Kerstin Garde

Winterzauber im kleinen Katzen-Café

Kerstin Garde, 1977 geboren, schreibt über liebenswerte Heldinnen mit kleinen Schwächen und gefühlvolle Helden, die ihr Herz nicht verstecken. Wichtig ist ihr ein Augenzwinkern zwischen den Zeilen. Die Autorin lebt mit Freund und Katzen in Berlin.

Kerstin Garde

Winterzauber im kleinen Katzen-Café

Roman

PIPER

Mehr über unsere Autoren und Bücher:
www.piper.de

Bei »Winterzauber im kleinen Katzen-Café« handelt es sich um eine Neuausgabe des 2018 im Piper Verlag erschienenen Titels »Frühstück bei Kitty-Cat« von Kerstin Garde

Wenn Ihnen dieser Roman gefallen hat, schreiben Sie uns unter Nennung des Titels »Winterzauber im kleinen Katzen-Café« an empfehlungen@piper.de, und wir empfehlen Ihnen gerne vergleichbare Bücher.

Wir produzieren nachhaltig
www.piper.de

978-3-492-50580-2

Redaktion: Theresa Schmidt-Dendorfer
Satz auf Grundlage eines CSS-Layouts
von digital publishing competence (München)
mit abavo vlow (Buchloe)
Covergestaltung: Traumstoff Buchdesign traumstoff.at
Covermotiv: Bilder unter Lizenzierung von Shutterstock.com genutzt
Printed in Germany

Für meine Lieben.

Prolog

Es war der perfekte Abend gewesen: Zuerst waren sie in ein schickes Restaurant gegangen. Klassische Musik. Kerzenlicht. Champagner – von der teuren Sorte. Dieses Prickeln, herrlich. Beim Anblick der Menüpreise hatten Lilly ganz schön die Ohren geschlackert. Sterneküche war eben nicht alltäglich. Aber Alex hatte darauf bestanden, sie ins beste Lokal der Hauptstadt zu entführen, um ihren Jahrestag zu feiern.

Lilly hatte eigentlich einen Tisch in ihrer kleinen Wohnung für sie gedeckt. Eine schlichte Tischdecke. Ein großer Strauß Margeriten in einem Tonkrug. An der Wand hing eine kleine Kette gefilzter Herzen, die sie gebastelt hatte. Und für das romantische Licht sorgten viele, viele Teelichter in unbenutzten Teegläsern, Trinkbechern … Ein Arrangement ganz nach Lillys Geschmack. Alex hatte bei dem Anblick gelächelt und gesagt, dass sie heute etwas Besseres vorhätten.

So waren sie in diesem noblen Etablissement am Pariser Platz gelandet, das Lilly sonst nur aus der Ferne kannte und wo Politiker und VIPs den Tag ausklingen ließen. Alex konnte es sich leisten, sein Vater war schließlich *der* Promi-Zahnarzt! Und Lilly musste zugeben, die Wachtel in Weißweinsauce war ein Hochgenuss gewesen!

Nun saßen sie, zwei Stunden später, auf der Designercouch in seinem Loft, mit Ausblick auf das nächtliche Berlin, und Lillys Knie fühlten sich so weich wie am Tag ihres ersten Dates an. Sie konnte immer noch nicht glauben, dass sie seit einem Jahr zusammen waren, denn Lillys Gefühle waren noch so frisch wie am Anfang. Dabei hatte es zunächst gar nicht danach ausgesehen, als würden sie sich finden. Alex war ein Traummann. Groß, adrett, gebräunt. Wie ein männliches Model. Sie hingegen entsprach dem Typ graues Mäuschen. Und die hatten ihrer Erfahrung nach selten Glück bei männlichen Models. Lilly war hübsch, aber eben unauffällig. Man brauchte einen zweiten Blick, um sie zu bemerken.

Während der Vorlesung hatte sie ihn oft – hoffentlich nicht zu auffällig – angestarrt, dabei kaum mitbekommen, was der Dozent in Stochastik erklärte, und sich nie getraut, den ewig lächelnden Sunnyboy anzusprechen. Anfangs hatte er nie zurück geschaut, sondern viel eher durch sie hindurch, wie es die meisten taten. Aber dann hatte er sie eines Tages eben doch bemerkt und angelächelt. Es war der Beginn eines wunderbaren Traums gewesen.

»Ein Jahr«, sagte Alex und sah sie zärtlich an.

Ein ganzes Jahr, dachte Lilly. Zwölf wundervolle Monate, 365 aufregende Tage. Lilly wollte gern den nächsten Schritt gehen. Zu ihm ziehen. Gemeinsam leben. Ihren Alltag noch intensiver werden lassen. Abends neben ihm einschlafen, morgens an seiner Seite aufwachen. Das kam einfach viel zu selten vor, weil Alex so viel lernen und arbeiten musste. Lilly wollte Nägel mit Köpfen und keine nächtlichen U-Bahn-Heimfahrten mehr.

»Ich bin froh, dass wir uns gefunden haben.« Jetzt legte er seine Hand auf ihr Knie. Lilly schaute zu ihm auf. Sein Lächeln ließ sie seufzen.

Sie war auch froh. Ein Teil von ihr konnte immer noch nicht glauben, dass sie solch einen attraktiven jungen Mann als Freund hatte. Alex hätte schließlich jede haben können. Aber er hatte sich für sie entschieden, die unscheinbare Lilly.

»Auf uns.« Er hielt ihr sein Glas hin. Lillys Herz klopfte wie wild und sie stieß mit ihm an. »Auf uns«, stimmte sie zu, dann nahm sie einen großen Schluck.

»Es ist ganz schön heiß, oder? Ich muss endlich die Klimaanlage reparieren lassen«, meinte er plötzlich und öffnete sein Seidenhemd. Lilly musterte verstohlen die muskulöse Brust, die sich unter dem feinen Stoff abzeichnete und bei jedem Atemzug hervorblitzte. Die Haut wirkte so angenehm samtig. Rasch nahm sie noch einen Schluck.

»Ja, es ist wirklich heiß!«, bestätigte sie, denn sein Anblick ließ einfach keinen anderen Rückschluss zu.

Er lächelte frech. Jetzt fühlten sich nicht mehr nur ihre Knie wie Butter an, Lilly schmolz dahin. Sie war versucht, die Hand auszustrecken und über seine Brust zu fahren, die Muskeln zu erspüren, um so herauszufinden, ob sie diesen Traum vielleicht nicht doch nur träumte.

»Wenn das so ist, gehen wir doch in mein Schlafzimmer. Die Klimaanlage dort ist nicht defekt.« Alex zwinkerte ihr zu und reichte ihr die Hand. Sein Schlafzimmer … warum nicht ihr gemeinsames Schlafzimmer? Lilly sagte nichts und nahm seine Hand dennoch an. Sie wollte auf den richtigen Moment warten, um ihm vorzuschlagen, dass sie doch einfach zusammenziehen konnten.

Im nächsten Augenblick lagen sie in seinem Bett und küssten sich so wild wie zwei verliebte Teenager, die in ihrer Unerfahrenheit über die Stränge schlugen. Ein ganzes Jahr und Lilly bekam immer noch nicht genug von ihm. Heftig kribbelte es in ihrem Körper. Schmetterlinge im Bauch. Und nicht nur dort.

Alex' Hände glitten durch ihre Haare, über ihren Rücken bis zu ihrem Rock, wo sie sich besitzergreifend auf ihren Po legten. Seine Fingerspitzen hinterließen eine wohlige Gänsehaut an ihrem Körper.

Dann schob er seine Zunge in ihren Mund, wo sich sein sinnlich herber Geschmack ausbreitete. Wie der Abend wohl weiterging? Würden sie es tun? Und wenn ja, würde sie zur Feier des Tages hier übernachten? Am Morgen in seinen Armen aufwachen?

»Warum bleibst du heute nicht einfach hier?«, schlug Alex in einer Atempause auch schon vor.

Lilly nickte. Aber sie wollte nicht nur für diese Nacht bleiben, sondern für immer. Alex hauchte einen zarten Kuss auf ihren Schopf. »Gib mir fünf Minuten. Ich mache mich kurz frisch, bin gleich wieder da. Lauf nicht weg.«

Alex verschwand, und Lilly verschränkte die Arme hinter dem Kopf und blickte aus dem Fenster, wo sich Wolken über den Mond schoben. Wie vertraut ihr hier alles war. Das weiche Bett, Alex' sinnlicher Geruch, der durch die ganze Wohnung strömte.

Es fühlte sich richtig an, hier zu sein, bei ihm.

Wir sind jetzt ein Jahr zusammen. Es war ein wunderschönes Jahr. Ich liebe dich. Und ich möchte auch das nächste Jahr mit dir verbringen. Wollen wir nicht … zusammenziehen?, ging Lilly in Gedanken durch und wurde durch das Klingeln des Telefons, das auf dem Nachschrank stand, aufgeschreckt. Sie hob den Kopf und blickte gleichzeitig zur Tür. »Alex?«, rief sie, doch aus dem Bad drang nur das Rauschen der Dusche.

Lilly ließ sich wieder auf das Kissen zurücksinken. Wer immer das war, er konnte ja auch später zurückrufen. Wer rief überhaupt um diese Uhrzeit noch an?

»Hallo! Dies ist der Anschluss von Alexander Herzog, bitte hinterlassen Sie eine Nachricht nach dem Signalton. Vielen Dank.«

BIEP.

»Alex? Bist du da? Geh doch ran!«, erklang eine weibliche Stimme. Lilly erkannte sie. Das war doch ihre ehemalige Kommilitonin.

»Hier ist Gina.« Bingo. Lilly bekam ein mulmiges Gefühl. »Es hat alles geklappt. Übernächstes Wochenende steht. Ich habe das Zimmer für uns gebucht. Und es wartet auch noch eine kleine Überraschung auf dich. Ich habe mir ein total süßes Spitzenhöschen gekauft. Wird dir gefallen. Bis bald, Bussibär.«

Hotelzimmer? Spitzenhöschen? Bussibär? Lilly lag starr im Bett, rührte sich nicht. War das gerade eben wirklich passiert? Das konnte nur ein Scherz sein. Ihr war schlecht! Aber richtig!

Es musste eine Erklärung geben. Gina hatte sich vielleicht verwählt? Nein, sie wusste genau, wen sie angerufen hatte, sie hatte ihn beim Namen genannt. Und sie hatte das Wochenende erwähnt. Dieses Wochenende etwa, an dem er angeblich wichtige Termine hatte und deswegen nicht zum Geburtstag von Ivonne, ihrer älteren Schwester, mitkommen konnte? Das war also der wichtige Termin!

Lilly fing an, sich am ganzen Körper zu verkrampfen. Wie lange ging das schon so? Wie oft hatte er erst Gina geküsst und anschließend sie? Plötzlich stand Alex in der Tür, nur ein Handtuch um die Hüften.

»Wo waren wir stehengeblieben?« Er fingerte an dem Frottee.

Lilly richtete sich auf. In ihrem Kopf herrschte Chaos. »Gina rief eben an«, sagte sie.

»Äh.«

»Sie freut sich auf euer Wochenende.«

Alex wirkte mit einem Mal ganz blass.

»Also. Was hat das alles zu bedeuten?« Es war eigentlich offensichtlich genug, aber sie wollte hören, was er zu sagen hatte. Ein Teil von ihr hoffte immer noch, dass es eine ganz logische Erklärung für alles gab.

Doch Alex senkte den Blick. »Es ist wahr. Gina und ich haben eine Affäre.«

Lilly schossen Tränen in die Augen. Wenigstens war er ehrlich. Und gleichzeitig gab er sich nicht mal Mühe, etwas zu leugnen oder zu vertuschen. Auch wenn es nichts zu leugnen gab.

»Aber das ist nicht alles«, fuhr er fort.

»Was denn noch?«

»Ich glaube, ich habe mich in sie verliebt.«

Lilly blieb fast das Herz stehen. Das konnte alles nicht wahr sein! »Wir haben gerade unseren Jahrestag gefeiert!«, erinnerte sie ihn.

»Ich weiß … ich wollte es dir sagen.«

»Ach ja?«

»Morgen.«

»Das glaube ich einfach nicht. Der Champagner, das tolle Restaurant. Wozu denn das alles, wenn du eh mit mir Schluss machen wolltest?»

»Ich hatte nicht den Mut früher mit dir drüber zu sprechen. Außerdem fühlte ich mich schuldig. Es schien mir wie ein schöner Abschied. Und, Lilly, du bedeutest mir doch so viel. Es ist auch nicht leicht für mich.« Ach, wie rührend. Und den Sex hätte er dann bei der Gelegenheit auch mitgenommen, wenn er schon dabei war.

»Wie lange geht denn das alles schon?«

»Zwei Wochen.«

»Zwei Wochen? Und in denen hast du dich von mir ent- und in Gina verliebt?« Was war das denn für eine unglaubwürdige Aussage?!

»Ich weiß, es klingt verrückt. Aber sie ist einfach toll. Sie ist die Person, mit der ich mein Leben verbringen möchte.« Genau das hatte Lilly eigentlich ihm gestehen wollen. Sie fühlte sich unsagbar verletzt, dass er nach einem Jahr mit ihr nicht solche Pläne hatte, aber nach zwei Wochen mit Gina durchaus. Sie musste hier raus, so schnell wie möglich!

Rasch sprang sie auf, strich den Rock glatt und wollte los, doch er stand immer noch im Weg.

»Lass mich durch«, fauchte sie ihn an. Lilly schob sich weinend an ihm vorbei zur Garderobe und schlüpfte seitenverkehrt in ihre Schuhe. Aber das war egal! Sie wollte nur weg. Fluchend stolperte sie zur Tür, knickte auch noch mit dem Fuß um. So eine Scheiße!

»Jetzt warte mal. Was ist denn mit unserem Abend?«

Sie drehte sich zu ihm um, ganz langsam, als befände sie sich in einer Filmsequenz, die gerade in Zeitlupe gezeigt wurde. »Unser Abend? Ernsthaft?«

Er sagte nichts.

»Weißt du was, Alex, weil du dich ja mit dem Schlussmachen offenbar sehr schwer tust, nehm ich dir diese Last ab! Mit uns ist es aus!«, spuckte sie aus und riss die Tür auf.

Was für ein Irrsinn! Sie hatte auch noch mit ihm zusammenziehen wollen! *Auf Nimmerwiedersehen, Alex!*

Kapitel 1

Einige Monate danach im Spätsommer

»Es ist ein kompletter Neuanfang«, sagte Lilly ernst.

»Das heißt, du willst nicht zurück nach Berlin?«, fragte Karla und nippte an ihrem Tee.

»Du hast das alles erst ins Rollen gebracht. Mit deiner Einladung.«

Karla hob beschwichtigend eine Hand. »Ich wollte dich auf keinen Fall in die Flucht treiben.«

»Nein, ganz im Gegenteil. Seit ich wieder hier bin, komme ich mir so frei vor wie nie.«

»Na dann Glückwunsch.« Karla hob fragend die Teekanne und als Lilly nickte, goss sie ihr nach.

Lilly musterte ihre alte Heide-Freundin, die früher im Nachbarhaus von Lillys Großmutter gelebt hatte. Wie sehr hatte sie sich verändert. Drei Kinder, ein Mann, ein wunderschönes Haus am Stadtrand von Soltau. Davon war Lilly meilenweit entfernt. Und es war auch nicht ihr Lebensziel, sondern Karlas. Aber eines wusste Lilly ganz genau: Alles sollte anders werden. Und warum nicht hier, in der Heide, in der sie die schönsten Schulferien verbracht und die beste Freundin aller Zeiten gefunden hatte. Sie waren zusammen durch dick und dünn gegangen. Und als Lilly Karla von ihrem Beziehungsaus erzählt hatte, hatte diese sie prompt eingeladen, um ein bisschen Ruhe zu finden und ihre Gedanken zu ordnen.

Dabei merkte Lilly, wie wohl sie sich in der Heide fühlte, wie gut ihr die frische Luft und die wundervolle Landschaft taten. Das war schon früher so gewesen. Bei ihrer Großmutter hatte sich Lilly immer wohl und verstanden gefühlt. Leider existierte das alte Haus von damals nicht mehr. Aber die Heide war ihr geblieben. Und mit ihr all die wertvollen Erinnerungen. Ein Zufluchtsort, wenn man so wollte. In Berlin hatte sie sich nie so wohl gefühlt wie hier. Zu laut, zu voll, zu viele Hipster … Für Berlin war Lilly nicht cool genug und sie wollte es auch nicht sein oder werden.

»Ich habe wirklich an die große Liebe geglaubt«, fuhr Lilly fort. Jetzt kam sie sich naiv deswegen vor. Warum Alex dieses falsche Spiel mit ihr gespielt hatte, wusste sie nicht. Vielleicht war es auch besser, wenn sie gar nicht erst versuchte, ihn verstehen. »Wer weiß, ob es außer Gina nicht noch andere gab.«

»Tut mir leid, man kann den Leuten nicht hinter die Stirn blicken, oder?« Karla seufzte.

»Nein, ganz gewiss nicht.«

»Du kannst so lange hier bleiben, wie du möchtest. Sofern dich das alte Kellerzimmer nicht zu sehr niederdrückt.«

»Danke, Karla. Wirklich. Aber allzu lange werde ich dir nicht auf die Nerven fallen.«

»Das tust du nicht. Aber was sind deine Pläne? Wie soll es weitergehen?« Karla musterte sie besorgt.

»Ich will was bewegen. Auf die Beine stellen. Verstehst du?«

»Na klar. Das sollst du ja auch. Hast du deinen Job denn schon gekündigt?«

Lilly nickte. Mam hätte das als große Dummheit angesehen. Aber immerhin wusste sie es noch gar nicht, sofern ihre große Schwester Ivy dicht gehalten hatte.

Lilly hatte einfach nicht anders gekonnt. Der neue Chef hatte immer wieder Stress gemacht, die Mitarbeiter gegängelt, an der Leistungsschraube gedreht und sie fester angezogen, sogar mit Entlassungen gedroht. Das Klima in der kleinen Firma, die Computerspiele entwickelte, war täglich schlechter geworden.

Und Informatikerin, geschweige denn Gamedesignerin, war nie ihr Traumberuf gewesen. Sie hatte nur deshalb Informatik studiert, weil Mam immer wieder auf die breit gefächerten Jobmöglichkeiten aufmerksam gemacht hatte. Die Welt wurde digitaler, Expertenwissen wertvoller. Und nichts war in diesen Zeiten wichtiger als ein festes Standbein. Etwas Solides. Lilly hatte in Wahrheit immer davon geträumt, etwas Eigenes aufzuziehen, sich selbstständig zu machen, ganz konkret: ein Café zu eröffnen, ein Wohnzimmer außerhalb des eigenen Zuhauses, ein Platz, an dem sich die verschiedensten Menschen treffen könnten, an dem geredet, getratscht, gestritten und geliebt werden sollte. Aber das sei viel zu unsicher, hatte ihre Mutter stets betont. »Wer nichts wird, wird Wirt«, hatte ihre Oma gesagt und augenrollend hinzugefügt: »Was für ein alberner Spruch!«

Aber das, was ihr mit Alex widerfahren war – das war jetzt ihre Chance! Da sah sie nun klar. Lilly war mit sechsundzwanzig Jahren noch jung. Wer nicht wagt, der nicht gewinnt! Den Spruch fand schon ihre Oma gut.

»Ich finde das klasse«, sagte Karla, die von Lillys Plänen wusste. »Hast du denn schon einen passenden Laden gefunden?«

»Natürlich nicht.« Lilly lachte. »Rom wurde ja auch nicht an einem Tag erbaut. Aber ich bin schon fleißig in der Recherchephase. Und ein, zwei Geschäfte habe ich entdeckt, die mir echt gut gefallen. Willst du mal sehen?«

»Gerne!«

Lilly zog ihr Smartphone aus der Hosentasche und mit ein paar schnellen Klicks hatte sie die Fotos aus dem Netz geladen. »Dieses hier befindet sich in Eversen ganz nah an der Örtze.« Auf dem Bild war ein altes Café mit einem besonders schrägen Dach zu sehen. »Und das hier ist eigentlich ein Antiquitätengeschäft. Ich schaue es mir übrigens morgen an. Ein ganz süßes Häuschen, zwei Stockwerke, Vorgarten, Fachwerkstil mit Backstein. Wirklich hübsch. Willst du vielleicht mitkommen?«

In dem Moment ging das Babyphone los und Karla lächelte entschuldigend. »Ich würde wirklich gern, aber du siehst ja selbst, ich habe viel um die Ohren. Die Zwillinge sind aufgewacht und die kleine Jessi ist dauernd krank. Ich fürchte, ich falle aus. Sorry.«

»Das macht gar nichts. Ich werde dir einfach morgen berichten.«

»Alles klar. Darüber freue ich mich.« Karla sprang auf und eilte aus dem Wohnzimmer. Ihre Lebenswelten waren schon sehr verschieden, stellte Lilly fest. Aber eine Freundschaft zerrüttete so etwas nicht.

Lilly drückte ihr Gesicht gegen das schmutzige Glas. Es waren nur Schemen zu erkennen. Sie zog ein Tempo aus der hinteren Tasche ihrer Jeans und wischte den Staub ab. Unter dem Druck schien die Tür leicht nachzugeben. War sie etwa offen? Sie rüttelte am Knauf. Nein. Es rührte sich nichts. Lilly legte beide Hände über die Augen und spähte in den kleinen Laden hinein. Neben der Theke entdeckte sie ein Grammophon und eine Zither, die auf einem dreibeinigen Tisch mit altertümlichen Verzierungen lag. Außerdem ein samtenes Sofa, auf dem alte Puppen liebevoll platziert worden waren. Spinnweben hatten sich wie Wolldecken über sie gelegt, als wollten sie diese wärmen.

Lilly schmunzelte und trat einen Schritt zurück. Dabei las sie das Schild, das an der Innenseite der Tür angebracht und inzwischen stark vergilbt war.

Antiquitäten – Marieta Tetzlav.

Lilly wandte sich um, blickte die kleine Pflastersteinstraße hinunter und zog ihre Strickjacke zusammen. Ein kühler Wind strich über ihre Wangen. Von wegen, heute wird es noch mal richtig warm! Aber wer verließ sich schon auf die Wettervorhersage. In der Ferne zog ein Gewitter auf. Eine dunkle Front, die hoffentlich kein schlechtes Omen darstellte.

Sie ging ein Stück bis zum Bordstein. »Winkelmanngasse« stand auf dem verschnörkelten Straßenschild. Die Schrift schien aus einer anderen Zeit zu stammen, genauso wie viele der Häuser. Gegenüber machte sie ein Bistro aus. »La Petite Fleur« stand in roten Lettern über dem Eingang. Eingerahmt von kleinen französischen Flaggen.

Wenn Herr Tetzlav sie noch länger warten ließ, würde sie rübergehen und sich einen heißen Tee gönnen. In dem Moment fuhr jedoch ein Auto vor und ein Mann mittleren Alters, hochgewachsen und äußerst hager, stieg aus. Er wirkte wie ein überdimensionales Insekt. Als er sie bemerkte, hob er die Hand. »Entschuldigen Sie, die Straßen sind so voll, ich bin einfach nicht vorangekommen.«

»Sie leben nicht in Oldendorf?«

»Nicht mehr.«

Er kam auf sie zu, streckte ihr die Hand entgegen und Lilly nahm sie an. Dabei gingen sie zum Laden. »Frau Wendelin, nehme ich an?«

Lilly nickte.

»Hannes Tetzlav«, stellte er sich vor und kramte in seiner Hosentasche nach einem Schlüssel, der in das alte Schloss der Ladentür passte. Sie konnte es kaum erwarten, das Geschäft von innen zu sehen. Aufgeregt trat sie auf der Stelle, bis Hannes Tetzlav endlich die Tür geöffnet hatte.

Er ging rein und hustete, wedelte mit der Hand vor dem Gesicht. »Was für ein Mief!« Dann zog er die Jalousien an den beiden Schaufenstern hoch und kippte die Seitenfenster, flutete die Räumlichkeiten mit Licht. Lilly störte sich nicht an dem Geruch. Alte Dinge hatten eben ihre ganz eigene Duftnote.

»Ich kann mich nur nochmals entschuldigen. Der Laden ist in keinem guten Zustand. Fünf Jahre ist es her, seit er endgültig geschlossen wurde«, erklärte Herr Tetzlav und wischte sichtlich angewidert Staub von der Theke.

»Er gehört Ihrer Frau, oder?«

»Nein, meiner Mutter. Er war ihr Ein und Alles.« Herr Tetzlav rollte mit den Augen, als könne er das nun gar nicht verstehen. Für ihn schien der alte Laden eine große Last zu sein, die er, wenn Lilly ihn richtig einschätzte, lieber heute als morgen los war.

Lilly aber brauchte nur zum alten Sofa zu blicken und zu den Puppen und dem Teddy, die sich aneinanderkuschelten, um zu verstehen, dass Marieta Tetzlavs Herz an diesem Ort gehangen hatte. Und obwohl Lilly die Vorbesitzerin gar nicht persönlich kannte, schien es ihr doch, als hätte sie überall ihre Handschrift hinterlassen. »Haben Sie etwas dagegen, wenn ich mich umsehe?«

»Nein, natürlich nicht. Sehen Sie sich alles an«, sagte er monoton, ohne sie auch nur anzusehen. Hannes Tetzlav war einer jener Menschen, die Lilly als lebende Zombies bezeichnete. Sie funktionierten nur noch irgendwie und hatten ihre Seele längst verloren. Anders war es kaum zu erklären, dass ihn diese Kostbarkeiten, die hier lagerten, nicht im mindesten interessierten oder gar begeisterten.

Lilly bestaunte den Verkaufsraum, der durch eine Öffnung in der Wand mit einem etwas kleineren Nebenraum verbunden war. In diesem entdeckte sie unglaubliche Dinge. Alte Postkarten aus dicker Pappe aus dem vorvorletzten Jahrhundert! Mit Grüßen aus dem herrlichen Urlaub im Schwarzwald an die Lieben daheim. Porzellanfigürchen mit Reifröcken und Amorflügeln! Davon ein ganzes Regal. Und eine Unmenge von Büchern. Eingestaubt. Uralt. Ein wahrer Schatz. Irgendwem hatten all diese Dinge irgendwann einmal gehört. Und jedes Teil hatte seine ganz eigene Geschichte. Es waren Geburtstags- oder Weihnachtsgeschenke, Andenken oder Liebesbeweise.

Im hinteren Bereich des Hauptraums gab es eine kleine Küche und ein Bad. Beides war nicht auf dem neuesten Stand der Technik. Aber daran störte sich Lilly nicht. Sie sah nicht was war, sondern was sein könnte!

Der staubige Laden verwandelte sich in ihrer Vorstellung in ein wunderschönes Café mit pastellfarbenen Wänden und Patchwork-Tischdecken, bunten Vorhängen und einer riesigen Schiefertafel über der Kasse, auf der Tagesangebote standen. Wer hereinkam, der wurde gleich vom würzigen Duft frischgemahlenen Kaffees empfangen. Und hinter einer Glastheke würden selbstgemachte Kuchen den Appetit der Gäste anregen. Dazu noch ein paar Erdbeertörtchen und Muffins, American Style.

Lilly setzte ihre Besichtigungstour fort. Eine hölzerne Treppe führte ins obere Stockwerk. Als die junge Frau die ersten Stufen nahm, knarrte das Gerüst gefährlich und schwankte sogar. Sicherlich, es gab einiges hier zu tun. Das ließ sich nicht leugnen. Aber die Treppe hielt stand.

Neugierig musterte Lilly die Wohnetage, die sich direkt unter dem Dach befand. Der Geruch von altem Eichenholz stieg ihr in die Nase. Platz für Wohn- und Schlafzimmer war reichlich vorhanden. Mit etwas Geschick konnte dieser Bereich sehr gemütlich werden. Das Häuschen war in ihren Augen alles andere als eine Enttäuschung. Es war perfekt für ihre Pläne. Sie liebte es! Es war genau das, was sie gesucht hatte.

Herr Tetzlav stand immer noch an der Theke, als Lilly zurückkam. Die Arme vor der Brust verschränkt starrte er ins Leere.

»Ich habe mir alles angesehen«, verkündete Lilly.

»Schön, dann werden Sie wohl weitersuchen, wie?« Er sah sie immer noch nicht an.

»Was? Aber nein. Ich nehme es. Ich liebe es!«

Herrn Tetzlav fielen fast die Augen aus dem Kopf. »Was … wirklich?«, stammelte er. Plötzlich kehrte Leben in die hageren Gesichtszüge zurück.

»Aber ja. Es ist zauberhaft. Das wusste ich ja schon, als ich die Bilder im Internet gesehen habe! Aber real ist es noch viel schöner. Es passt perfekt zu meinen Plänen.« Warum also länger suchen?

»Damit … habe ich ehrlich gesagt nicht gerechnet«, gab Herr Tetzlav zu. »Ist das Ihr Ernst?«, hakte er nach. »Ich habe den Vertrag nicht mitgenommen, weil ich dachte, dass Sie sowieso ablehnen«, fuhr er fort. Aber dann schien er zu merken, dass seine Verkaufstaktik nicht unbedingt die beste war. »Ich mache Ihnen einen Vorschlag«, sagte er dann. »Setzen Sie sich rüber ins Fleur. Ich fahre noch mal los und hole die Unterlagen. Wie wäre das?«

Lilly nickte begeistert.

Wenige Augenblicke später saß sie gegenüber an einem kleinen Tisch im La Petite Fleur, einem schnuckeligen französischen Bistro mit allem, was man sich an französischem Flair wünschte. Französische Chansons dudelten aus den Boxen in angenehmer

Lautstärke. Nicht zu aufdringlich. Nicht zu leise. Da hingen die kleinen Flaggen über der Bar und in den Regalen lagerten französische Tropfen der besten Sorten. Nicht, dass Lilly sich damit ausgekannt hätte, die Info stammte aus der Speisekarte, die ihr der blonde Kellner gebracht hatte. Um diese Uhrzeit war ihr aber ein Tee lieber. Gedankenversunken blätterte sie im Menü, bis ihr der Tee gebracht wurde.

Lilly blickte aus dem Fenster zu ihrem Laden, während sie gleichzeitig ihre Hände an der Teetasse wärmte. Sie konnte es noch immer nicht glauben. Sie war kurz davor einen Vertrag für ihr eigenes Café zu unterzeichnen! Nach all den Rückschlägen in der letzten Zeit ging es endlich wieder bergauf.

»Sie sind nicht von hier, oder?«, sprach sie plötzlich ein dunkelhaariger Mann an, der gerade aus der Küche gekommen war.

Lilly blickte zu ihm auf und erstarrte, als sich ihre Blicke trafen. Seine graublauen Augen funkelten so intensiv, als könnten sie alles durchdringen. Auch sie.

»He, Chef. Ich kümmere mich mal um die neue Lieferung«, sagte der Kellner im Vorbeigehen.

»Nur zu, Michel.« Dann wandte sich der attraktive Fremde wieder ihr zu. »Mademoiselle?«

Sie liebte den französischen Akzent. Er war so weich und melodisch, dazu diese samtene Stimme. Lilly räusperte sich. Das fing ja gut an. Ihr Nachbar von gegenüber war derart attraktiv, dass es ihr glatt die Sprache verschlug! Gefährlich konnte er ihr aber nicht werden, denn Lilly hatte im Moment zwar alles Mögliche im Kopf, Männer gehörten jedoch nicht dazu.

»Ich bin aus Berlin«, erklärte sie.

»Ah, Berlin. Fast so schön wie Paris«, sagte er und trocknete seine Hände an der Schürze, die seine schmalen Hüften zierte.

»Mag sein, ich war noch nie in Paris«, gab Lilly zu und versuchte, ihn nicht die ganze Zeit anzustarren.

»Da haben Sie etwas verpasst. Und jetzt machen Sie Urlaub hier bei uns in Oldendorf?«

»Nicht ganz, ich ziehe hierher.«

»Tatsächlich?« Überrascht hob er eine Braue, wodurch sein Gesicht einen aristokratischen Ausdruck annahm. Er kam näher, stand nun so dicht neben ihrem Tisch, dass sie seinen Duft wahrnehmen konnte. Moschus. Wenn es einen Duft gab, der Lilly wirklich becircen konnte, war es Moschus. Er erinnerte sie aber auch an Alex, was weniger glücklich war.

»Überrascht Sie das?« Lilly nahm einen vorsichtigen Schluck von ihrem Tee, um ihre Kehle zu befeuchten.

»Ein wenig, wenn ich ehrlich bin. Verstehen Sie mich nicht falsch, Oldendorf ist ein schöner Ort. Aber das Leben tobt hier nicht gerade. Gäbe es nicht mein wunderbares Bistro, wüssten die Leute nichts mit sich anzufangen.« Er zwinkerte ihr zu.

Lilly konnte sich gut vorstellen, warum die Leute gern ins Fleur gingen. Insbesondere das weibliche Publikum.

»Verraten Sie mir also, was Sie an Oldendorf reizt?«

Lilly dachte an all das Chaos in ihrem Leben. Und daran, dass sie endlich Ordnung hineinbringen wollte! Sie dachte an die alten Zeiten, an Karla, ihre Großmutter. Die Heide war schon immer wie ein zweites Zuhause für sie gewesen.

»Es ist schön hier«, sagte sie.

»Oui. Das ist es. Und in Berlin ist es nicht schön?«

»Schon … Ach … es ist kompliziert«, fasste sie zusammen.

»Das ist es immer, nicht wahr?«

»Da haben Sie recht, Herr …« Es fühlte sich ein wenig merkwürdig an, ihn zu siezen. So viel älter war er doch noch gar nicht.

»Arnault. Baptiste Arnault.«

»Lilly Wendelin.« Sie reichte ihm die Hand und lächelte. Seinem Blick hielt sie nicht lange stand, weil er so intensiv war. Es ärgerte sie. Sie wollte nicht wie ein schüchternes Mauerblümchen wirken. Aber genau das war sie doch. Also wem machte sie etwas vor?

»Wenn ich ganz offen sprechen darf, macht es mich neugierig, was wiederum Sie aus der Grande Nation nach Oldendorf geführt hat.« Es war ja schon recht ungewöhnlich, dass es in so einem kleinen Ort etwas Exotisches wie ein französisches Bistro gab, das noch dazu von einem echten Franzosen geleitet wurde.

Baptiste zog einen Stuhl zurück und setzte sich neben sie. »Ich will den Menschen hier die wundervolle französische Küche näherbringen. Es war ein Versuch, es hat funktioniert.«

»Ein edles Anliegen.«

Baptiste lachte leise. »Es gibt immer Gründe, oder? Wer verlässt freiwillig Berlin oder Paris, um in der Abgeschiedenheit zu leben? Ist es der, der die Hektik nicht mehr erträgt? Der, der vor der Liebe flieht und den Neuanfang sucht? Oder der, der sich selbst finden möchte?«

Lilly schüttelte es. Das traf alles auf sie zu. Leider. Und zwar nicht zu knapp. Dazu noch dieser Moschusduft, den Baptiste verströmte und Erinnerungen wachrief… In dem Moment kamen ihr die Tränen. Sie musste wieder an Alex denken und wie ihr ganzes Leben innerhalb kurzer Zeit zusammengebrochen war.

»Oh, nehmen Sie.« Er reichte ihr ein Taschentuch, und Lilly schnäuzte sich hinein. »Ist es so schlimm?«

»Sie haben ja keine Ahnung.«

»Mon dieu. Was immer es auch ist, wer immer dahintersteckt, wahrscheinlich ein sehr dummer Mann, es sollte Sie nicht zum Weinen bringen. Sehen Sie, die Welt dreht sich weiter. Und es gibt vieles auf ihr, das sich zu entdecken lohnt. Schauen Sie nur, jetzt werden die Tränen schon weniger.«

Lilly lächelte sacht. Der Versuch, sie zu trösten, war reizend. Es tat gut, dass sie einen Moment lang nicht stark sein musste.

»Wissen Sie, was am besten gegen Kummer hilft?«

»Wenn Sie da ein Rezept kennen, nehme ich es dankbar an.« Sie wischte sich mit dem Taschentuch die Tränen aus den Augen.

»Zufällig kenne ich tatsächlich eines. Warten Sie einen Augenblick.« Er ging in die Küche, aus der Lilly ein paar Kochgeräusche vernahm, und kam kurz darauf mit einer kleinen Schale und einem Löffel zurück. »Crème Brûlée«, sagte er, und seine Worte klangen wie ein Gedicht. Er stellte die Schüssel vor sie hin. Eine Karamellkruste lächelte sie verheißungsvoll an.

»Gerade erst angerichtet. Nach altem Rezept. Wenn ich mir als kleiner Bursche das Knie beim Spielen aufschlug, machte mir

Maman eine Crème Brûlée. Und es half. Auch viele Jahre später noch, versuchen Sie es.«

Lilly lächelte. Sie liebte diesen Akzent wirklich über alles. Egal, was man in französischer Sprache sagte, es klang immer wie Musik. Und wenn ein Franzose Deutsch sprach, verwandelte sein Akzent Worte in Melodien. So leicht und flockig klang das alles.

Vorsichtig durchbrach sie die Kruste mit ihrem Löffel und probierte die Creme. Lilly schloss die Augen und fühlte sich mit einem Mal, als stünde sie mitten auf einem Lavendelfeld in der Provence. Die Sonne schien wärmend auf sie herab. Jede Geschmacksknospe auf ihrer Zunge erblühte.

»Wirkt es schon?«, fragte Baptiste neugierig.

»Es ist grandios«, sagte Lilly erstaunt.

»N'est-ce pas?« Baptiste nickte mit einigem Stolz.

Und Lilly seufzte erneut. Nicht nur ein Mann, der umwerfend aussah, er konnte auch noch kochen!

Da ging die Tür auf und Herr Tetzlav stürzte panisch in das Bistro, fast als hätte er Angst, Lilly könne es sich doch noch anders überlegt und das Weite gesucht haben. Beinahe rutschte ihm die Sonnenbrille vom Kopf. Als er Lilly allerdings an ihrem Tisch erspähte, atmete er sichtlich auf und legte einen dünnen Ordner vor sie hin.

»Wenn Sie einmal Hilfe brauchen, zögern Sie nicht, mich zu fragen«, hauchte Batipste und schenkte ihr einen tiefen Blick, der ihr eine wohlige Gänsehaut über den Rücken jagte. Dann erhob er sich, während Hannes Tetzlav seine Krawatte zurechtrückte und einen Kugelschreiber aus seiner Anzugtasche zog. Lilly blickte dem attraktiven Franzosen nach, bis er in der Küche verschwunden war, lutschte ihren Löffel ab und legte ihn zur Seite.

»Ich bin so schnell gekommen wie nur möglich«, erklärte Herr Tetzlav atemlos. »Aber sehen Sie, ich musste direkt in die Unwetterfront fahren.«

Lilly warf einen Blick aus dem Fenster. Inzwischen regnete es. Zwar nur ein wenig, aber das Gewitter kam unaufhaltsam näher.

»Hier sind die Unterlagen. Wollen Sie gleich unterschreiben?«

»Sie haben es wirklich eilig, Herr Tetzlav. Aber ich lasse die Unterlagen vorher noch prüfen.«

»Oh, ja natürlich. Das ist ja so üblich.« Er schob ihr den Ordner herüber.

Beim Abendbrot fütterte Karlas Mann Christoph die kleine Jessi, die in einem Kinderhochstuhl saß, während die Freundinnen über das alte Antiquitätengeschäft in Oldendorf plauderten. Lilly war ganz aus dem Häuschen.

»Jetzt musst du das noch deiner Mam beibringen«, scherzte Karla.

»Ich bin kein Kind mehr. Sie hat meine Entscheidungen zu akzeptieren.« Hoffentlich. Mam war sehr eigen und oft ziemlich dominant. Und vor allem war sie es nicht gewöhnt, dass Lilly ihr widersprach. Ganz stressfrei würde es wohl nicht ablaufen.

»Bring erst mal Ivy bei, dass du Berlin den Rücken kehrst«, schlug Karla vor.

Aber Lillys ältere Schwester würde die Neuigkeiten sicher gut aufnehmen und ihre Unterstützung anbieten. Zumindest hoffte sie das. »Das hatte ich ohnehin vor. Mein Schwager ist ja selbst in der Gastronomie tätig. Und das ziemlich erfolgreich. Kann ich nachher mal euer Faxgerät benutzen? Ich will ihm die Unterlagen schicken, damit er drüber schaut.«

»Klar, es ist in meinem Büro«, sagte Christoph und wischte Jessi den Mund mit einer Serviette ab.

»Ist ganz schön aufregend, oder? Nicht nur, dass du jetzt in meine Nähe ziehst, du machst auch noch ein eigenes Café auf«, meinte Karla und bestrich eine Brezel mit Butter.

»Ich hoffe, du kommst mich dort mal besuchen.«

»Auf jeden Fall«, versicherte Karla. Aber da schrieen auch schon wieder die Zwillinge. Karla seufzte. So recht glücklich wirkte sie nicht, als sie die Brezel auf den Teller legte und den Stuhl zurückschob. »Es sind ja nur ein paar Monate, danach wird alles einfacher«, sagte sie mehr zu sich selbst als zu Lilly und verschwand.

»Karla gibt es nicht gern zu, aber sie ist oft ganz schön überfordert«, meinte Christoph. »Ich helfe ihr, wo ich nur kann. Aber tagsüber bin ich in der Firma.«

»Ich finde, sie managt das alles echt toll.«

Christoph lächelte. »Das tut sie. Sie ist die Beste.« Er hob Jessi aus dem Stuhl und setzte sie sich auf den Schoß. »So hast du dir euer Wiedersehen dennoch nicht vorgestellt, oder?«

Lilly kniff die Lippen zusammen. Wenn sie ehrlich war, hatte sie das nicht. Das Familienleben spannte Karla völlig ein. An ein spontanes Weggehen oder einen gemütlichen Mädelsabend mit DVDs war da nicht zu denken.

»Ich kenne ja nur euch hier«, sagte Lilly ein wenig niedergeschlagen.

»Ging mir ähnlich, als ich herzog. Versuch's mal mit Meet-FriendsIn.de, da lernst du Leute in deiner Umgebung kennen, die etwas unternehmen wollen. Ich hab gute Erfahrungen damit gemacht.«

»Echt?« Lilly konnte sich das gar nicht vorstellen. Sie war viel zu schüchtern, irgendwen aus dem Internet zu treffen.

»Klar. Bin mit netten Leuten ins Theater. Danach noch in eine Bar. Waren coole Zeiten, aber jetzt geht das nicht mehr.« Er wippte Jessi auf dem Knie auf und ab. Die Kleine gluckste vor Vergnügen.

»Ich kanns ja mal ausprobieren«, sagte Lilly und half anschließend beim Abräumen des Tischs, machte den Abwasch und schickte das Fax nach Berlin. Danach verbrachte sie noch eine Stunde mit Karla und Christoph vor dem TV, bevor sie sich in das kleine Kellerzimmer zurückzog, um Ivy anzurufen. Lilly war auf einmal ziemlich nervös. Obwohl es eigentlich gar keinen Grund dafür gab. Außerdem hatte Sebastian das Fax längst erhalten, zumindest war die Empfangsbestätigung eingetroffen. Das bedeutete, die beiden wussten, worum es ging.

»Ist das dein Ernst?«, fragte Ivy auch schon, kaum, dass sie an der Strippe war.

»Ja. Ich möchte ein eigenes Café eröffnen. Das wollte ich früher schon, das weißt du doch.«

»Natürlich. Davon hast du bereits als kleines Mädel geredet, wenn wir im Sommer bei Oma waren. Aber jetzt bist du erwachsen.«

Ja, es war wirklich ein Kindheitstraum von ihr gewesen, aber er war eben nie verschwunden. »Kannst du denn nicht verstehen, wie viel mir das alles hier bedeutet?«

»Aber ja. Denkst du etwa, ich will dir das ausreden?«

»Ich war mir ehrlich gesagt nicht ganz sicher.«

»Unsinn, Lil, ich freue mich für dich. Ganz ehrlich. Sebastian hat mir auch schon gesagt, dass er dir bei allem helfen wird.« Lilly atmete auf. Ivy hielt ihr also keine Standpauke, wie unvernünftig es war, einen festen Job in der heutigen Zeit zu kündigen. Blieb also nur noch Mam, der man das schonend beibringen musste. Aber das war eine Aufgabe für einen anderen Tag.

»Es ist nur«, unterbrach Ivy ihre Gedanken, »weiß Mam schon davon?«

»Natürlich nicht«, gab Lilly zu.

Sie hörte Ivy am anderen Ende seufzen. »Okay, das ist deine Sache. Sebastian würde die Unterlagen, die du uns gefaxt hast, übrigens gerne seinem Anwalt zeigen, wenn du nichts dagegen hast?«

»Das wäre super. Vielen Dank.«

»Nichts zu danken, Schwesterherz. Wir stehen hinter dir.«

»Und es klingt auch nicht zu verrückt?«, fragte Lilly aufgeregt.

»Doch. Aber das Leben wäre doch langweilig, wenn man nicht mal was Verrücktes tut.«

Es tat wirklich gut, das zu hören. Und langsam nahm alles Formen an. So fühlte es sich also an, wenn aus einem Traum Wirklichkeit wird. Ein gutes Gefühl. Denn auf einen zweiten Traum, aus dem ein Albtraum wird, konnte Lilly wahrlich verzichten.

Kapitel 2

Zwei Tage später, noch vor neun Uhr, standen Lilly und Herr Tetzlav zur Vertragsunterzeichnung an der eingestaubten Theke in dem kleinen Laden. Sebastians Anwalt hielt das Angebot für fair und einen Teil des Kaufpreises konnte sie gleich entrichten, dank des Geldes, das Großmutter ihr vermacht hatte. Den Ausgleich würde Lilly mit einem Bankkredit schaffen. Das war alles schon geregelt, dank der Unterstützung ihres Schwagers.

Zufrieden steckte Hannes Tetzlav seine Durchschrift des Vertrages ein und reichte ihr die wertvollen Schlüssel. »Ich wünsche Ihnen alles Gute«, sagte er mit dem strahlendsten Lächeln, das er ihr bisher geschenkt hatte. Vielleicht konnte er seine Mitmenschen mit diesem Lächeln täuschen, aber Lilly war immer noch überzeugt, der Kerl war ein Zombie.

»Danke, Ihnen auch«, sagte Lilly.

Kaum hatte Herr Tetzlav das Lädchen verlassen, bemerkte sie Baptiste durch das riesige Schaufenster im Hauptraum. Der junge Mann kam gerade angejoggt und hielt vor dem Fleur inne. Er trug eine lange Jogginghose mit blauen Seitenstreifen und ein ärmelloses Hemd, durch das seine muskulösen Oberarme gut zur Geltung kamen. Sie glänzten. Es hatte wieder geregnet. Jetzt stützte er sich auf die Knie und atmete einige Male tief durch.

Mach nur keinen Unsinn, Lilly, und verlieb dich nicht schon wieder völlig überstürzt, ermahnte sie sich selbst. Aber das war leichter gesagt als getan, denn Baptiste war in der Tat ein echter Hingucker. Und das war Alex auch gewesen und wohin hatte es geführt?

Schwermütig riss sie sich von dem sexy Anblick los und schnappte sich ihr Smartphone, um Ivy anzurufen, denn die hatte sofort informiert werden wollen, sobald alles über die Bühne gegangen war. Genau in dem Moment klingelte das Handy. Meine Güte, Ivy konnte es ja wirklich kaum erwarten. Lilly ging gleich ran.

»Der Laden gehört mir!«, verkündete sie voller Stolz.

»Laden? Was denn für ein Laden?«, dröhnte Mams Stimme durch das Phone.

Erschrocken starrte Lilly auf ihr Display, wo »Mam« stand, nicht Ivy. Ach du Sch … Nun wusste sie Bescheid.

»Lilly? Jetzt sag doch endlich, was ist los?«

Dann war es wohl an der Zeit, reinen Tisch zu machen. »Ich habe einen Laden gekauft, um ein Café zu eröffnen.«

Mam schwieg, doch auf der anderen Seite der Leitung braute sich etwas zusammen, das spürte sie bis in die Zehenspitzen.

»Du hast also einen Laden gekauft«, wiederholte Mam mit angespannter Stimme. »Von Omas Geld, nehme ich an, das ja eigentlich auf dem Sparbuch bleiben sollte?«

»Ja«, gab Lilly zu und stand zu ihrer Entscheidung.

»Aha.« Es war dieses typische Aha, das Mams Unzufriedenheit ausdrückte. Die Betonung lag auf dem ersten A, das sie unnatürlich in die Länge zog. »Weißt du, wie viele Cafés es in Berlin gibt?!«

»Es ist in Oldendorf«, fügte Lilly hinzu.

Mam verstummte völlig, Lilly hörte sie nicht einmal mehr atmen.

»Es würde dir gefallen, ich schick dir Bilder, wenn du magst, obwohl es im Moment noch ein wenig chaotisch aussieht und …«

»Was ist mit deinem Job? Du warst doch so zufrieden. Du bist Informatikerin. Spielentwicklerin musst du ja nicht immer bleiben, aber E-Learning oder so etwas hat doch wirklich Zukunft. Und das mit Alex, das renkt sich wieder ein. Was willst du in der Provinz? Du wirktest immer glücklich hier und ich …«

»Mam, bitte, das war ich nie, das weißt du auch … Und das mit Alex ist vorbei und das wird auch nichts mehr!«

»Aber in der heutigen Zeit ist ein fester Job das A und O! Was willst du machen, wenn sich dein Café nicht rentiert? Dann stehst du da, vor dem Nichts, womöglich noch mit Schulden.«

Genau mit der Reaktion hatte Lilly gerechnet. »Es hat ja noch nicht mal eröffnet.«

»Und wann soll es eröffnen?«

»Nach der Renovierung.«

»Renoviert werden muss es auch noch? Was das alles kostet!«

»Ivy und Sebastian haben versprochen, mir an den Wochenenden zu helfen. Seine Eltern managen derweil das Restaurant. Außerdem kennt Sebastian ein paar Kumpels, die mit anpacken würden.« Und wenn Not am Mann war, würden sicher auch Christoph und Karla einspringen.

»Ich habe immer wieder das Gefühl, dass du Dinge nicht zu Ende denkst, dieses Risiko ...«

»Mam!«

Ein seltsames Scheppern ließ Lilly innehalten. Es kam aus dem hinteren Bereich, wo sich die Küche und das Bad befanden.

»Bist du noch dran?«, fragte Mam ungeduldig.

»Ja. Bin ich. Ich habe etwas gehört«, flüsterte Lilly nervös.

»Was gehört?«

»Einbrecher vielleicht? Es stand hier ja ewig leer.« Sie schlich sich mutig zur Küche und lugte durch die türlose Öffnung in den kleinen gefliesten Raum. Zur Not konnte sie ja ins Fleur, um Hilfe zu holen, falls eine Gefahr drohte. Aber da war niemand. Nada! Auch das Bad war leer.

»Keiner zu sehen«, flüsterte Lilly. Dennoch fühlte sie sich plötzlich beobachtet, als hätten die Wände Augen und Ohren bekommen.

»Einbrecher? Also wirklich, das ist doch Unsinn«, meinte Mam und nahm sie nicht ernst. »Und wenn doch: Ich sage dir, das ist alles überhaupt keine gute Idee.«

Lilly sah das anders. Solche Geräusche bildete man sich schließlich nicht ein. Und da erklang es erneut. Ein Knarren, als würde jemand auf altes Holz treten. Diesmal hinter der Treppe. Doch als sie nachsah, schien auch hier alles in Ordnung.

»Alte Häuser atmen. Das weißt du doch, bei Großmutter war's früher auch so. Erinnerst du dich nicht mehr?«

Natürlich wusste sie das noch. Aus solchen Geräuschen, insbesondere in der Nacht, wurden die besten Gruselgeschichten geboren. Aber das hier war nicht Teil einer Geschichte, es war real. Da waren eindeutig Schritte, eher Getrampel, über ihr zu hören. Jemand lief durch ihre Wohnetage! Da war sie sich ganz sicher.

»Ich ruf dich zurück«, sagte Lilly hastig und legte auf, ehe Mam auch nur zu Wort kam. Würde jemand so dumm sein am helllichten Tag einzubrechen? Auch dann, wenn die Ladenbesitzerin anwesend war? Lilly beantwortete sich diese Frage mit einem eindeutigen Ja! Es gab schließlich immer wieder Geschichten rund um die »dümmsten Einbrecher der Welt«. Und wenn ausgerechnet ein solcher sich ihren Laden ausgesucht hatte, dann Prost Mahlzeit! Wie er hereingekommen war? Vermutlich durchs Seitenfenster. Aber das war geschlossen, wie sie nach einem kurzen Blick feststellte.

Lilly schnappte sich eine alte Vase, in Ermangelung anderer Waffen, aus dem Verkaufsraum, schlich sich die Treppe hoch, als wäre sie diejenige, die sich unbefugt Zutritt verschafft hatte, und versuchte, alles gleichzeitig im Auge zu behalten. Ihr Herz raste so schnell, dass ihr sogar ein wenig schwindelig wurde. Schon sah sie die Schlagzeilen vor sich: »Junge Cafébesitzerin noch vor Eröffnung mit einem Schraubenschlüssel erschlagen«, oder was immer solche Ganoven an Werkzeug mit sich trugen. Wahrscheinlich keine Vasen … Immerhin könnte sie dann die Strafpredigt ihrer Mutter nicht mehr hören. Aber weder im Wohnraum noch im Schlafzimmer war auch nur eine Menschenseele. Dafür hörte sie das Trampeln nun unten im Verkaufsraum. Das wurde ja immer besser. Also wieder runter. Mit der Vase. Wenigstens waren keine Blumen darin.

»Verschwinden Sie oder ich rufe die Polizei«, verkündete Lilly todesmutig.

Keine Reaktion.

Sie atmete einige Male tief durch, versuchte, die aufkeimende Panik niederzukämpfen.

Plötzlich knarrte und kratzte etwas dicht hinter ihrem Rücken und Lilly hielt es nicht länger aus, sie stürzte aus dem Laden rüber zum Fleur und stieß die Tür des Bistros, noch mit der Vase unter dem Arm, auf.

»Mon dieu!«, rief Baptiste, als sie hereinstolperte. »Was ist denn passiert, Mademoiselle Wendelin? Brauchen Sie Blumen?« Er grinste.

»Da ist irgendjemand.« Sie stellte die Vase mit zitternden Händen auf seiner Bar ab.

»Wie meinen Sie das?«

»In meinem Laden. Ein Einbrecher. Rufen Sie besser gleich die Polizei.« Sie bekam kaum Luft.

Michel griff schon nach dem Telefon, aber Baptiste schüttelte den Kopf. »Ein Einbrecher? Haben Sie ihn gesehen? Hat er die Blumen gestohlen?«

»Nein, was? Was für Blumen?« Ihr Blick fiel auf die Vase. Na, prima. Wahrscheinlich wirkte sie völlig gestört. »Nein, ich habe etwas gehört. Ich bin mir ganz sicher.«

»Das hat vielleicht etwas mit dieser Einbruchsserie zu tun, über die man ständig in der Zeitung liest«, sagte Michel.

Einbruchsserie? Das klang ja toll! Aber immerhin hatte sie nicht übertrieben.

»Jetzt hör schon auf. Dieser Ganove hat bisher immer nur nachts zugeschlagen, und noch nie in unserem Dorf«, meinte Baptiste und wandte sich wieder ihr zu. »Na schön, gehen wir gemeinsam rüber und schauen uns das erst einmal an, was meinen Sie?« Seine ruhige, besonnene Art senkte ihren Stresspegel.

Dennoch hielt sie das nicht für die beste Idee. »Aber … wenn der Einbrecher nun gefährlich ist?«

»Das bin ich auch.« Er zwinkerte ihr zu. »Und wir haben die Vase.« So ging er voran, Lilly folgte ihm zögerlich. Er war mutig, das musste sie ihm lassen.

Ohne jede Furcht öffnete er die Tür ihres Geschäfts, schaute sich erst im Hauptraum um, stellt die Vase zurück auf den Tresen, dann lief er jedes einzelne Zimmer ab, wagte sich auf die knarrende Treppe, um ihre Wohnetage zu untersuchen, so wie Lilly selbst es schon getan hatte.

»Ich kann beim besten Willen niemanden entdecken, Mademoiselle Lilly. Die Fenster sind auch alle geschlossen.«

Lilly beruhigte sich langsam. »Aber ich habe ganz sicher etwas gehört.«

»Das Haus ist alt. Da knarzt es schon einmal hier und da.« Genau das hatte Mam auch gesagt. »Sie können mir glauben, ich war sehr gründlich und habe wirklich keinen Einbrecher gefunden.« Er fasste sie sanft bei den Schultern. »Geht es wieder?«

Sie nickte. Aber diese kleine Berührung, sorgte nicht unbedingt dafür, dass ihr Herz langsamer schlug.

»Haben Sie keine Angst. Ich bin ja gleich gegenüber und habe ein Auge auf Sie«, versprach er.

Lilly seufzte. Das war sehr lieb.

»Ich kann Sie allein lassen?«, hakte er nach. Sie nickte.

»Bon. Ich bin gleich nebenan«, versicherte er ihr erneut.

Lilly nickte abermals und fasste sich. Es gab keine Einbrecher hier. Das war schon mal gut.

Baptiste ließ von ihr ab und ging wieder rüber. Auf der anderen Straßenseite angekommen, hob er die Hand und winkte ihr lächelnd zu. Lilly winkte zaghaft zurück.

Soso, Baptiste hielt sich also für gefährlich. War das ein Witz oder gar ein Flirt? Wahrscheinlich einfach Situationskomik, auch wenn der Zeitpunkt unpassend war. Zumindest gab es keinen Grund zur Sorge.

Dennoch brauchte sie erst mal einen Beruhigungstee. Lilly verschwand in der Küche, um Wasser aufzusetzen, als ihr Handy klingelte.

»Was ist denn los, um Himmelswillen? Wieso hast du einfach aufgelegt und meldest dich nicht mehr?«, beschwerte sich Mam aufgeregt.

»Alles gut, es war kein Einbrecher.«

»Das hätte ich dir auch sagen können.«

Die Einbruchsserie verschwieg Lilly ihr lieber. »Ich war mir eben nicht sicher. Da waren diese merkwürdigen Geräusche. Ich schwöre dir, ich habe sie mir nicht eingebildet.«

»Hast du vielleicht Ratten im Haus?«

Ach, du Schreck, an die Möglichkeit hatte sie noch gar nicht gedacht. In dem Moment hörte sie wie zur Bestätigung einen Knall aus dem Verkaufsbereich. Irgendetwas war zu Bruch gegangen. »Du hast vielleicht recht«, sagte Lilly. »Jetzt höre ich die Geräusche nämlich schon wieder.«

»Dann sieh gleich noch mal nach. Ich muss dir aber ehrlich sagen, ich halte das alles für eine große Dummheit.«

Lilly seufzte. Ratten hin oder her!»Es ist das Richtige für mich«, sagte sie und legte auf.

Entschlossen ging sie in den Nebenraum. Doch nur die Scherben einer zerbrochenen Porzellanfigur deuteten darauf hin, dass tatsächlich jemand oder etwas sein Unwesen hier trieb. Dafür war das alte Haus definitiv nicht verantwortlich. Das war so unheimlich, dass Lilly wie angewurzelt vor dem Scherbenhaufen stehenblieb, als etwas in Windeseile an ihr vorbeirauschte und dabei ihre Beine streifte.

Erschrocken fuhr sie herum. Gerade noch rechtzeitig sah sie etwas Pelziges, das in den Hauptraum flüchtete und unter dem Sofa verschwand. Es war schwarz und verflixt schnell. Lilly folgte dem Wesen. Da huschte im selben Moment ein weiteres, deutlich größeres Fellwesen zwischen ihren Beinen hindurch, wodurch Lilly fast das Gleichgewicht verlor. Es quetschte sich ebenfalls unter das Sofa und schnaufte dabei angestrengt, weil der Spalt zu eng war.

Was ging hier vor sich? Also doch eine Rattenplage! Mam hatte recht! Lilly hatte wahrlich nichts gegen diese Tiere, aber in ihrem künftigen Café hatten sie nichts zu suchen!

»Raus hier!«, rief sie, riss die Ladentür auf und griff nach dem Besen in der Ecke. »Macht, dass ihr rauskommt!« Sie hob drohend den Kehrwisch. »Hier gibt es nichts für euch zu holen!« Mit festem Schritt ging sie auf das Sofa zu, als sie eine Bewegung aus dem Augenwinkel bemerkte. Ihr Kopf ruckte herum, gleich darauf taumelte sie erschrocken zurück.

Ein roter Kater war auf die Theke gesprungen und blickte sie aus leuchtend gelben Augen eindringlich an. Ein wunderschönes stolzes Tier, wie sie es nie zuvor gesehen hatte. Aber wo kam es auf einmal her?

Der Moment der Unachtsamkeit genügte. Die pelzigen Kreaturen schossen unter dem Sofa hervor und türmten durch die offenstehende Tür. Es war, als hätten sie mit dem Kater zusammengearbeitet, der Lilly trefflich abgelenkt hatte. Katzen. Es waren nur Katzen! Ihr fiel ein Stein vom Herzen. Und doch fühlte sie sich ausgetrickst. Aber für Katzen war sie graue Maus ja sicher ein leichtes Spiel.

Gelassen setzte sich der Kater hin und fing an, seine Pfote ausgiebig zu putzen, als könnte er kein Wässerchen trüben. Lilly stellte den Besen ab und näherte sich ihm fasziniert. Konnte es wirklich sein, dass die zusammengearbeitet hatten? So etwas gab es doch gar nicht. Sie musterte ihn. Sein Fell wirkte seidig. Ein dunkelrotes Marmormuster überzog seinen Rücken. Dazu hatte er ein weißes Mäulchen und einen passenden Latz.

»Wer bist du denn?«, fragte sie sanft. »Gehörst du jemandem oder bist du ein Streuner?« Sacht hielt sie ihm die Hand hin, um ihm zu verstehen zu geben, dass keine Gefahr mehr drohte, und er sich an ihren Geruch gewöhnen konnte. Der Kater schnüffelte an ihren Fingern und leckte einmal kurz darüber, ehe er sich wieder seiner Pfote widmete.

»Du hast keine Angst, oder?« Lilly kannte die ängstlichen Katzen einer ehemaligen Kommilitonin, die sich verkrochen, wenn Besuch kam. Aber dieser rote Kerl war die Gelassenheit in Person. Er setzte die Pfote ab und blickte ihr tief in die Augen, als wollte er sie in ihrem eigenen Laden willkommen heißen. Natürlich! Ihr Laden war sein Revier. Von daher war das Willkommen wohl gerechtfertigt.

»Du wohnst hier also«, sagte Lilly nachdenklich. Wie waren die Tiere überhaupt hereingekommen? Es musste irgendwo ein Loch geben. Vielleicht im Keller.

Der Kater tippte ihre Hand mit dem Pfötchen an und rieb anschließend seinen Kopf an dieser. Es fühlte sich herrlich weich an.

»Du hast mich doch schon längst um die Pfote gewickelt«, sagte Lilly und warf einen Blick zur Tür, die noch immer offen stand. Das Wetter war alles andere als einladend. »Du kannst hierbleiben, solange du möchtest«, versicherte sie ihm. »Das heißt, sofern dich niemand vermisst.« Sie würde wohl herumfragen müssen, ob ein roter Kater entlaufen war. Aushänge waren ihr bisher nicht aufgefallen, das bedeutete wohl, dass niemand aktiv nach ihm suchte. Lilly ging vor die Tür und sah sich nach den anderen Katzen um, aber die waren längst auf und davon. Blieben also nur sie und der rote Charmeur.

»Du kannst jederzeit wieder zu uns kommen, wenn etwas ist«, sagte Karla mit Tränen in den Augen.

»Jetzt weine nicht. Ich ziehe nicht ans andere Ende der Welt«, erwiderte Lilly und schluckte ihre eigenen Tränen hinunter. Oldendorf war gerade mal dreißig Kilometer von Soltau entfernt.

Doch genau eine Woche nach Vertragsabschluss war es soweit, sie würde in ihr eigenes Heim ziehen. Vorher musste sie allerdings ihre Sachen aus Berlin holen. Zu diesem Zweck hatte Lilly einen Transporter gemietet, mit dem sie noch heute losfahren wollte. Über zu wenig Stauraum konnte sie sich bei dem Klein-LKW nicht beklagen. Im Moment lagen da eh nur zusammengefaltete Umzugskartons drin. Lilly war sich jedoch sicher, dass sie den Platz selbst dann, wenn die Kisten befüllt waren, kaum ausnutzen würde, denn eine Vielzahl an Sachen würde sie in ihrer Anderthalbzimmerwohnung im Herzen von Mitte belassen. Ivy hatte das für sie in die Hand genommen und innerhalb kurzer Zeit eine Nachmieterin gefunden, die vieles übernehmen wollte. Für Lilly war das ein Segen.

»Mach's gut, wir sehen uns«, sagte Christoph und umarmte sie.

Danach war Karla an der Reihe. »Melde dich, ja?«

»Aber klar. Danke für eure Hilfe!« Die Freundinnen drückten sich.

Dann stieg Lilly in den Transporter ein und fuhr los. Sie musste sich erst an den erhöhten Sitz gewöhnen, doch schon nach wenigen Kilometern war es, als wäre sie ihr Leben lang nichts anderes als Kleintransporter gefahren. Die Fahrt dauerte etwas mehr als drei Stunden. Lilly war es ruhig angegangen, kaum ein Stau hatte sie behindert. Und als sie endlich die Bärenstatur passierte, waren Ivy und Sebastian schnell per Handy informiert, dass Lilly in der Stadt und auf dem Weg zu ihrer Wohnung war, wo sie sich eine Viertelstunde später trafen. So unkompliziert war es also, ein altes Leben zu beenden und ein neues anzufangen.

»Du verrücktes Huhn, das geht ja auf einmal alles ganz schnell«, sagte Ivy, kaum dass Lilly ausgestiegen war, und umarmte sie. Keine zwei Minuten später standen sie in der Wohnung. Keine Zeit für Abschiedsschmerz und Wehmut, sie wollte heute Abend wieder in Oldendorf sein. Die Möbel blieben allesamt hier, Lilly freute sich auf frischen Wind für ihre neuen vier Wände.

»Na dann mal los, räumen wir die Schränke aus«, sagte sie entschlossen und machte sich ans Werk.

Im Nu waren die Kartons gefüllt. Ein paar Klamotten wollte sie an die Altkleiderspende abtreten. Das versprach Ivy für sie zu übernehmen. Was für eine Gold-Schwester! Schließlich schleppten sie am späten Nachmittag die Kisten nach unten und brachten sie im Transporter unter. Wie Lilly es vorausgeahnt hatte, war noch so viel freie Fläche übrig, dass sie gut und gern das Vierfache ihrer Habe hätte unterbringen können.

»Willst du jetzt wirklich noch losfahren?«, fragte Ivy. »Du könntest auch bei uns übernachten, nicht wahr, Sebastian?«

»Das wär kein Ding. Das Gästezimmer steht bereit.«

»Lieb von euch. Aber ich bin immer noch voller Tatendrang und Energie. Ich denke, ich fahre los.«

»Wirklich?«

»Ja, die Fahrt macht mir außerdem Spaß und ist herrlich entspannend«, erklärte Lilly freudestrahlend.

»Also gut, wie du meinst. Fahr aber schön vorsichtig, ja?«

»Mach ich immer.«

Ivy drückte sie an ihre üppige Brust und ließ sie sichtlich ungern gehen. Doch nichts und niemand konnte Lilly heute aufhalten. Schon saß sie wieder hinter dem Lenkrad auf ihrem erhöhten Sitz und trat aufs Gas. Leb wohl, Berlin! Vor allem, leb wohl, Alex!

Nach drei Stunden Fahrt ohne Pause parkte sie den Transporter gegen halb acht vor dem kleinen Laden. Sie fühlte sich gerädert. Und gar nicht mehr so munter und voller Tatendrang. Gerade als sie die Klappe heruntergelassen hatte, um die Kisten ins Haus zu tragen, stand Baptiste plötzlich neben ihr. Er trug wieder seinen Jogginganzug und kam offensichtlich gerade von seiner Abendrunde zurück.

»Lassen Sie mich das machen!«, schlug er vor und kletterte auch schon in den Transporter, um nach der ersten Kiste zu greifen.

»Wirklich? Das ist aber sehr lieb von Ihnen. Ich muss Sie jedoch warnen. Es sieht noch ziemlich chaotisch bei mir aus.« Lilly nickte rüber zu ihrem Häuschen.

»Ich würde vorschlagen, die Augen zuzumachen, aber dann weiß ich ja nicht, wo die Kisten hinsollen.« Baptiste grinste verstohlen. Er hatte irgendwie immer den Schalk im Nacken, wenn sie ihn sah.

Lilly schmunzelte und ging voran, um ihm die Türen aufzuhalten. »Wir müssen leider nach oben.«

»Pas de problème!»

Die Treppe knarrte verdächtig unter ihnen, doch sie hielt das Gewicht aus. Lilly war inzwischen daran gewöhnt und überzeugt, dass sie viel stabiler war, als es den Anschein machte.

»Wenn es Ihnen nichts ausmacht, platzieren Sie die Kiste bitte an die hintere Schlafzimmerwand.«

»Macht mir überhaupt nichts aus«, sagte er und stellte den ersten Umzugskarton ab. »Es ist nett hier. Ein wenig kleiner als bei mir, aber recht ähnlich.«

Lilly räumte rasch ein paar verknotete Kabel von dem Rattansessel, die eigentlich für den Fernsehanschluss im Wohnzimmer gedacht waren. Hier lag einfach überall etwas rum. »Sie wohnen also über Ihrem Bistro?«, fragte sie und verstaute den Kabelsalat im Schubfach ihres Nachtschränkchens.

»Oui. Ist sehr praktisch, oder? Man könnte kaum einen kürzeren Arbeitsweg haben.«

»Da haben Sie wohl recht.«

»Was ist das?« Er musterte fasziniert eine Konstruktion neben dem Fenster, wo ein Gitter mit diversen Töpfen hing.

»Das ist ein vertikaler Garten.« Sie hatte ihn gemeinsam mit Karla gebaut.

»Erstaunlich.«

»Gefällt er Ihnen? Ich könnte Ihnen auch so einen machen. Ich muss nur in den Baumarkt und …«

»Non, aber dennoch merci. Ich hatte noch nie einen grünen Daumen. Sie basteln gerne, oui?«

»Im Moment kaum noch.«

»Naturellement, Sie haben viel um die Ohren.«

Mehr als genug, das stimmte.

Baptiste brachte auch die anderen Umzugskartons hoch und Lilly trug ein paar kleinere Sachen. Zum guten Schluss schafften sie noch den kleinen Küchentisch und die Stühle in die Wohnetage, von denen sie sich in Berlin nicht hatte trennen können.

»Mir war nicht bewusst, wie viel Kram ich habe.« Beim Ausräumen in Berlin war es ihr viel, viel weniger vorgekommen. Baptiste wischte sich wortlos mit dem Ärmel über die schweißnasse Stirn. »Ach, verzeihen Sie mir, was bin ich nur für eine Gastgeberin? Möchten Sie etwas trinken? Ich bin nicht sicher, was ich im Haus habe. Vielleicht ist noch etwas Wasser da«, stammelte sie.

Ihre Blicke trafen sich, und seine faszinierenden grauen Augen fesselten Lilly. Und da war wieder dieser herbe Duft, den sie schon im Fleur wahrgenommen hatte. Eine sinnliche Note, die ihr durch und durch ging.

»Ah non, machen Sie sich keine Umstände.«

»Aber Sie haben mir so nett geholfen, da würde ich mich gern revanchieren.«

Er lächelte charmant. »Da wird sich bestimmt etwas finden. Aber jetzt wollen Sie gewiss erst einmal Ihre Sachen auspacken.«

»Ja, das wäre wohl nicht schlecht.«

»Da wünsche ich Ihnen viel Spaß.«

»Ich kann mir Unterhaltsameres vorstellen.« Sie blickte zu den Kisten und seufzte. Irgendwie war aus dem »Energiegeladen« plötzlich ein »Akku leer« geworden.

Baptiste drehte sich an der Tür noch mal um. »Es fällt einem die Decke auf den Kopf, wenn man etwas Neues anfängt. Das ging mir auch so, als ich hier meine Zelte aufschlug. Ich hatte niemanden. Aber Sie haben nun einen netten Nachbarn, der Ihnen zur Seite steht. Wenn Sie Sorgen haben oder ein Problem, rufen Sie mich an. Ich lasse Ihnen meine Karte hier.« Er legte diese auf ihren Nachtschrank.

»Dankeschön, Baptiste. Sie sind zu liebenswürdig.«

»Einen schönen Abend noch. Salut, Mademoiselle.«

»Salut«, sagte sie und brachte ihn noch zur Tür. Als sie anschließend wieder ins Schlafzimmer zurückkehrte, fühlte sie sich vom Anblick des riesigen Kistenbergs wie erschlagen.

Lilly zählte die Kisten. Zehn Stück waren es. Wo kam nur das ganze Zeugs her?

»Keine Müdigkeit vorschützen, Lilly Wendelin!« Wer anpackt, hat am nächsten Tag weniger zu tun, hatte Großmutter immer gesagt. Also schnappte sich Lilly die oberste Pappkiste, setzte diese auf das einfache Bett, das sie erst kürzlich selbst zusammengeschraubt hatte, und öffnete das Behältnis. Sofort war der Kater zur Stelle, um neugierig seinen Kopf hineinzustecken.

»Ach, schau an, da bist du ja.« Sie hatte sich tatsächlich schon gefragt, wo er die ganze Zeit abgeblieben war. Der Stubentiger wollte in die Kiste klettern, aber Lilly zog ihn sanft zurück.

»Das ist mein Erinnerungskarton«, erklärte sie ihm und zog einen alten buntgestreiften Schal hervor. »Den hat Ivy mir gemacht als sie Zwölf war.« Spielerisch legte sie den Schal um und der Kater beäugte die, von ihrem Hals baumelnden Enden, mit großem Interesse.

»Und das hier, das ist etwas ganz Besonderes. Mein Filzschwamm.« Sie ließ den Stubentiger daran schnuppern. Eine Zeit lang hatte Lilly es geliebt, DIY-Projekte aus Filz herzustellen und im Internet zu verkaufen. Dann rutschte ihr jedoch ein Standbilderrahmen in die Hand, darin ein Foto, das Alex und sie zeigte. Wie kam das denn hier rein? Sie war sich sicher, es aussortiert zu haben. Rasch legte sie es mit dem Bild nach unten in den Karton zurück.

»Das hingegen ist nicht mehr von Bedeutung«, sagte sie mehr zu sich selbst als zum Kater und schluckte. Erinnerungen kamen hoch. Erinnerungen, an die sie nicht denken wollte! Ein fröhlicher Trip nach Lübars, der leckere Kuchen am Kranzlereck, Alex' ansteckendes Lachen. Schluss jetzt! Es war vorbei! Den Alex, den sie geliebt hatte, gab es gar nicht. Vermisste sie ihn etwa dennoch? Plötzlich fühlte sie sich schrecklich einsam. Dabei war es nur ein Jahr gewesen. Kaum mehr als ein Wimpernschlag.

»Ist dir auch so heiß? Ich lüfte mal ordentlich durch.« Sie brauchte wieder einen klaren Kopf.

Mit Schwung öffnete sie die Flügel, um richtig durchzulüften. Da erblickte sie auf der anderen Straßenseite Baptiste am Fenster. Nachdenklich schaute er in die Ferne, doch als er sie entdeckte, nickte er ihr zu. Lilly hob zögerlich die Hand. Wie nett es von ihm gewesen war, ihr zu helfen. Er war wirklich ein toller Nachbar, der noch dazu ziemlich gut aussah.

Baptiste deutete mit dem Finger nach oben. Lilly verstand nicht ganz, was er meinte. Als sie schließlich hochschaute, sah sie zwei Sternschnuppen, die einander über den Himmel jagten. Verspätete Perseiden. Sie lächelte. Das war irgendwie hübsch. Es folgten ein dritter und sogar ein vierter Schweifstern. Die September-Perseiden weckten ihren Blick für diese wunderschöne Nacht, eine Nacht, wie man sie nur auf dem Land erlebte. Ein Meer aus funkelnden Sternen überzog das Firmament. Tausende und abertausende ferner Sonnen, die schon seit Millionen von Jahren existierten. Da wirkten die eigenen Probleme plötzlich ganz klein.

Ruhe kehrte in sie ein. Lilly atmete tief durch, entspannte sich, wollte sich bei Baptiste für den Fingerzeig bedanken. Als sie wieder zu ihm schaute, hatte er längst die Vorhänge zugezogen und nur seine Silhouette war zu sehen. Gerade jetzt zog er sich aus. Lilly konnte zwar keine Details erkennen, wohl aber die von Muskeln geformten Konturen seines Oberkörpers. Huh! Sie blickte schnell weg, denn sie wollte auf keinen Fall wie eine Spannerin wirken. Aber das, was sie hatte sehen dürfen, das war nicht allzu schlecht gewesen.

Es wurde langsam kühl. Aber erst als sich eine Gänsehaut an ihren Oberarmen bildete, machte sie das Fenster wieder zu, stellte die Kiste zurück und legte sich ins Bett. Morgen war auch noch ein Tag. Da würde sie richtig loslegen mit dem Auspacken.

Es dauerte keine zwei Sekunden, da gesellte sich der Kater wieder zu ihr. Sanft streichelte sie sein Köpfchen, woraufhin er so leise schnurrte, das man es kaum hörte, die Vibrationen jedoch spüren konnte. Lilly mochte den Gedanken, dass der Kater ganz bei ihr einzog. Sie fand, sie waren ein gutes Team. Und die Vorstellung, dass sich doch noch überraschend ein Besitzer auf einen ihrer Kater-zugelaufen-Aushänge hin meldete, brach ihr das Herz. Aber davon war zum Glück nicht mehr auszugehen. Wenn sie sich also dazu entschloss, ihn zu adoptieren, brauchte er einen Namen. Felix, der Glückliche. Oder Garfield, wegen des roten Fells. Aber für einen Garfield fehlten ihm ein paar Kilogramm. Der kleine Kerl war im Vergleich zu dem berühmten Vorbild ein echtes Fliegengewicht.

Nachdenklich schnappte sie sich ihren Laptop, um sich online ein paar Katzennamen anzuschauen. Es war spät, aber Lilly war noch nicht müde. Der Kater fühlte sich von dem Rauschen und Rattern des Rechners gestört und sprang vom Bett. Der Laptop war schnell hochgefahren, doch noch ehe sie den Begriff Katzenname in die Suchmaske eingeben konnte, ploppte unten rechts am Bildschirmrand ein Chatfenster auf.

»Hallo Lucky Troll.«

Wer war das denn? Sie blickte irritiert auf das MF-Symbol, das in der oberen Leiste des Chatfensters prangte. MF? Was sollte das denn heißen? Dann fiel es ihr ein! MeetFriends! Sie hatte den Rat von Karlas Mann Christoph befolgt und sich vor ein paar Tagen einfach mal angemeldet. Anonym vorerst. Das hieß ohne Foto, ohne Klarnamen, aber mit Geschlecht und Region. Ein kurzes Profil, über ihre Interessen, die sie absichtlich sehr allgemein hielt. Letzteres war auch nötig, wenn man Leute in der Region suchte, die Lust hatten, etwas mit einem zu unternehmen. Es sollte ja nicht ein Sportfreak mit einer passionierten Theatergängerin gematcht werden.

Derjenige, der sich gerade bei ihr gemeldet hatte, im Übrigen auch der Erste, der auf sie reagierte, nannte sich Lonely Wolf. Sie schaute sich sein Profil an, doch dieses sah in etwa so aus wie ihr eigenes. Kaum Infos, von der Ankreuzliste mit Interessen einmal abgesehen. Als Avatar benutzte er einen Wolf, sie einen Glücktroll. Sie waren also beide in etwa gleich originell, wenn es um die Wahl eines Profilbildes ging.

Eigentlich hatte sie jetzt gar keine Lust auf eine neue Bekanntschaft, obwohl das ja der Grund für ihre Anmeldung gewesen war. Doch im Moment hatte sie so viel um die Ohren, dass …

»Hallo, bist du da? Ich bin zum ersten Mal hier und kenne mich ehrlich gesagt noch nicht so gut aus, wie das mit den Verabredungen läuft und so.«

Lilly seufzte. Also schön, ein paar Minuten hatte sie gewiss. »Ja, bin da. Ich bin auch neu. Ich habe ebenfalls keinen Plan. Und um diese Uhrzeit will ich mich auch nicht in die zahlreichen Funktionen eines sozialen Netzwerks einarbeiten.«

»Haha. Verstehe. Geht mir genauso. Aber so spät ist es ja noch nicht oder bist du schon müde?«, schrieb er.

Müde war sie nicht. Erschöpft, ja. Aber wen wunderte das nach der Tour von heute? Drei Stunden hin, Kisten packen, drei zurück. Das schlauchte. Ihr verrückter Kater kam erneut in das Schlafzimmer gestürzt und wirbelte eine Spielzeugmaus durch die Luft, dabei schienen seine Vorderpfoten kurzweilig den Boden nicht mehr zu berühren. Lilly schüttelte amüsiert den Kopf. Sie hatte nie zuvor eine Katze besessen, doch erst jetzt merkte sie, was sie dadurch verpasst hatte. Mit Katzen kam Leben in die Bude. Leider auch zu unpassender Uhrzeit. Dennoch eröffnete sich eine völlig neue Welt. Allein die Auswahl an Spielzeugen, die der örtliche Supermarkt im Sortiment anbot, konnte sich sehen lassen. Diese Maus hatte es ihm angetan. Und als sie kurz neben Lillys Laptop landete, konnte sie sehen, wie zerkaut diese inzwischen war.

»Lucky Troll?«, hakte Lonely nach.

Der Kater schnappte sich die Maus und stürmte wie ein Pferd im vollen Galopp aus dem Raum, dass die Wände wackelten. Zum Glück wohnte niemand unter ihr. Dass das Getrampel von einer solch grazilen Gestalt stammte, die sicher kaum mehr als fünf Kilo wog, würde ihr wohl niemand glauben. Von wegen leise wie auf Katzensohlen.

»Ja, ja. War noch gerade etwas abgelenkt.«

»Ich habe in deinem Profil gesehen, dass du gern auf Konzerte gehst und jemanden in der Lüneburger Heide suchst, der dich begleitet. Du hast nicht zufällig Lust, nächstes Wochenende auf ein Konzert mitzukommen? Jemand hat mir abgesagt, und ich habe Freikarten. Ist natürlich ganz schön spontan. Und auch gar nicht meine Art, andere zu überfallen. Aber ich würde die Karten ungern verfallen lassen. Was meinst du?«

Lilly schmunzelte. Das war wirklich sehr spontan. Aber noch etwas anderes fiel ihr auf. »Du hast also einen Korb bekommen und brauchst mich als Ersatz?«

»Das klingt bei dir so negativ.«

»Ach, Quatsch. Nur ein Witz.« Mal rauszukommen, das wäre wirklich eine schöne Abwechslung. Aber Lilly hatte auch Hemmungen. Sie kannte Lonely nicht. Hinter seinem Pseudonym konnte jeder stecken. Ihr alter Mathelehrer oder zwei Halbstarke, die sich einen Scherz mit ihr erlaubten. Das alles ging ihr ein wenig schnell. Bevor sie jemanden aus dem Netz traf, wollte sie ihn lieber erst näher kennenlernen. Zumindest vorher ein bisschen chatten. Außerdem stand die Renovierung des Cafés an diesem Wochenende auf dem Plan. Ivy und Sebastian hatten sich angekündigt, um zu helfen.

»Wann fängt das denn an?«

»Es geht um 20:30 Uhr los. Soltau«, schrieb er.

Gut, das wäre wohl zu schaffen und konnte nicht als Ausrede herhalten. Sie würden garantiert nicht länger als zehn oder zwölf Stunden im Café werkeln können.

»Also, kommst du mit, Lucky Troll?«

In dem Moment sprang der Kater auf ihren Schoß, jagte wie vom Blitz getroffen über ihre Tastatur und raste gleich darauf wieder hinaus.

»Was zum ...?« Lilly starrte ihm ungläubig nach. Sie hatte von ihren Freundinnen aus dem Studium gehört, dass deren Katzen mindestens einmal täglich ihre fünf Minuten hatten, aber Lilly hatte sich darunter nie etwas vorstellen können. Bis jetzt. Die komischen gurgelnden Laute, die er dabei ausstieß, ließen sie perplex zurück.

Obwohl nichts und niemand zu sehen war, nicht einmal eine Mücke oder eine Fliege, geschweige denn die Spielzeugmaus, schien der Kater großen Spaß daran zu haben, imaginäre Beute zu jagen.

Lilly schüttelte schmunzelnd den Kopf und widmete sich wieder Lonely Wolf. Doch nach einem Blick auf ihren Bildschirm traute sie ihren Augen nicht. Da stand plötzlich: »Ok grrsa«.

Irgendwie musste der verrückte Kater ausgerechnet an diese Buchstaben gekommen sein und sie auch noch abgeschickt haben!

»Super!«, freute sich Lonely Wolf. »Auch wenn mir die Abkürzung grrsa nichts sagt.«

Ihr sagte das auch nichts, da musste man wohl ihren Kater fragen, was er damit hatte aussagen wollen. In jedem Fall hatte er ihr die Entscheidung abgenommen. Lilly wusste nur noch nicht, wie sie das finden sollte. Aber sie konnte ja schlecht schreiben, dass ihr Kater die Antwort getippt hatte – so würde sie ihr erster Online-Kontakt sicher für einen völligen Freak halten.

»Was für ein Konzert ist das denn genau?«, schrieb sie weiter.

»Die Piano Guys. Ich hoffe, du magst die.«

»Oh ja! Die find ich richtig gut!« Lilly war wirklich überrascht.

Ihr erster Chat auf MeetFriends und schon ein Glückstreffer! Sie hatte die Jungs schon immer mal live erleben wollen. Da fand sie direkt mehr und mehr Gefallen an der Idee mit Lonely aufs Konzert zu gehen. Und ein paar Tage Zeit, zum näher kennenlernen, hatten sie ja auch noch.

»Na, da bin ich froh. Ich melde mich morgen oder übermorgen mit mehr Details, dann besprechen wir alles Weitere. Ist das okay für dich?«

»Klar.«

»Fein, dann wünsch ich dir schöne Träume. Ich bin dann mal off, muss morgen früh raus. Schlaf gut«, schrieb Lonely, schickte noch einen winkenden Smiley hinterher und loggte sich aus.

Lilly klappte den Laptop zu, als sich der Kater, nun wieder ganz entspannt, zu ihr gesellte und sie mit seinen ausdrucksstarken Augen fixierte. Unglaublich, was hier gerade passiert war! Sie hatte eine Verabredung mit einem völlig Unbekannten! Das versprach interessant zu werden. Vielleicht sollte sie Karla und Christoph Bescheid geben, falls sich Lonely Wolf als Axtmörder entpuppte.

»Was hast du dir nur dabei gedacht?«, fragte sie den Kater und wuschelte ihm über den Kopf. Der Kater maunzte leise und rollte sich auf den Rücken, reckte ihr alle Viere entgegen und erwartete wohl eine Bauchmassage, die er natürlich auch prompt bekam …

Kapitel 3

»Oh mein Gott, ich kann es gar nicht glauben«, rief Lillys ältere Schwester Ivy zwei Tage später aus, kaum, dass sie das Café betreten hatte. »Es ist wirklich hinreißend, Lil! Noch schöner als auf den Fotos.« Ivy breitete die Arme aus und drückte Lilly an sich. Hinter ihr betraten Sebastian und seine Kumpels den Laden.

»Ich wette, Mam wäre anderer Meinung.«

»Ach vergiss, Mam, Lil. Die kriegt sich schon wieder ein. Lass sie mal das Café sehen, wenn es fertig ist.«

»Das wird ihre Meinung nicht ändern.«

»Ach, mach dir keinen Kopp. Wir wollen uns auf das Schöne hier konzentrieren. Das Thema Mam ist für heute verbannt. Einverstanden?«

»Klingt gut«, sagte Lilly.

»Und schön ist ja hier so einiges. Ich spüre gleich die guten Schwingungen«, flüsterte Ivy ihr ins Ohr und sah sich um.

Schwingungen? Was auch sonst? Obwohl Ivy die ältere und meist auch vernünftigere der beiden Schwestern war, glaubte sie an Auren, Schicksal und die Sterne. Jeder braucht seine verrückten Seiten. Und Lilly machte ihre jetzt einfach zu ihrem neuen Beruf.

»Kommen Karla und Christoph auch?«, wollte Ivy wissen.

»Christoph schaut nachmittags vorbei, aber Karla hat leider abgesagt. Die Kinder …«

»Hach, ich hätte sie gern wiedergesehen. Wir hätten gemeinsam in Erinnerungen an unsere Sommer in der Heide schwelgen können …«

»… und den Besen schwingen«, erinnerte Lilly ihre große Schwester scherzhaft an den Grund ihres Besuchs. »Spätestens zur

Eröffnung wird sie hier sein, dafür sorge ich. Kann ja nicht angehen, dass sie das verpasst, oder?«

»Haha. Da sagst du was. Ist schon komisch, wieder hier zu sein, oder? Was wir in den Sommerferien hier alles angestellt haben.«

»Die Nachtwanderung, bei der wir uns verlaufen haben?«

»Deine täglichen Backexperimente …«

»Hey, die waren gar nicht sooo schlecht« Lilly stemmte die Hände in die Hüften. Aber ihre Schwester hatte recht, fürs Backwerk würde sie Unterstützung brauchen.

»Besonders der Rosinenkuchen ohne Rosinen …«, neckty Ivy sie. Dann verstellte sie ihre Stimme und sprach knarzig weiter: »Man kann sich aus dem Kuchen sowieso nicht immer die Rosinen picken, besser, er hat gar nicht erst welche.«

Lilly lächelte wehmütig. »Oma hatte immer die besten Weisheiten parat. Und dann gab es keinen Grund mehr, herzukommen, nicht wahr? Nachdem Großmutter nicht mehr ist und auch ihr Haus abgerissen wurde.« Aber sie wollte auch nicht zu traurig werden. Dazu war der Anlass zu schön. »Und zu deiner Beruhigung: Ich werde jemanden für die Küche einstellen. Dann gibt es wieder einen Grund, öfter herzukommen.« Lilly zwinkerte Ivy zu.

Ein Lächeln zeigte sich auf dem Gesicht ihrer großen Schwester. »Keine Sorge, deine Tischdekorationen und Kuchentafeln in Omas Garten waren immer der Hit. Wenn das hier im Café nur halb so schön wie zu meinem zehnten Geburtstag wird, kann nichts mehr schiefgehen. Darauf freue ich mich sehr.« Sie drückte Lilly noch einmal an sich. »Machen wir uns an die Arbeit, oder?«, schlug sie dann vor.

Und Lilly war einverstanden. Sie hatten einiges vor sich. Aber zum Glück waren sie nicht nur zu dritt.

Verstohlen musterte Lillys Sebastians Freunde, die sogleich anfingen, Pläne zu machen, was hier zu tun sei und womit man am besten beginnen sollte. Ein Kerl trainierter als der andere. Dazu diese typischen Latzhosen und Trägerhemden, unter denen man die Muskeln spielen sah. Waren das wirklich Sebastians Freunde oder hatte Ivy heimlich die Chippendales engagiert, um Lilly zu überraschen? Im Nu luden sie die alten Möbel in den von Lilly angemieteten Transporter, der seit heute Morgen auf der Straße vor dem Café stand. Im Vorfeld hatte sie alle Seniorenheime in der Gegend durchtelefoniert, um zu fragen, ob Bedarf an dem alten Mobiliar bestand. In Eversen hatte sich schließlich ein dankbarer Abnehmer gefunden, denn viele Senioren hatten nicht das Geld, kaputte Einrichtungsgegenstände zu ersetzen. Und für die Gemeinschaftsräume konnte man älteres Mobiliar für eine gemütliche Wohnzimmeratmosphäre auch gebrauchen. Eine solche Spende kam also gerade recht. Und in ihrem Übereifer erklärten sich die Chippendales nicht nur dazu bereit, die Sachen noch heute nach Eversen zu bringen, sondern auch direkt in den jeweiligen Zimmern aufzubauen.

»Die alten Leutchen haben doch sonst nichts«, meinte einer der Jungs.

»Die sind ja echt klasse«, flüsterte Lilly begeistert ihrer Schwester zu.

»Ich weiß. Und das alles macht denen auch noch Spaß, irre, oder?«, feixte Ivy.

Nachdem also Platz geschaffen worden war, wurden jene Möbel, die Lilly behalten wollte, mit Folien verhangen, Werkzeuge hereingetragen und dann ging es richtig los: Es wurde gestrichen, gebohrt und gehämmert. Erneut war Lilly froh, keine Nachbarn zu haben, die unter ihr wohnten. Der Geräuschpegel war schwer zu ertragen. Selbst das mitgebrachte Radio war kaum zu hören.

Aber was sein muss, muss sein, pflegte Lillys Großmutter zu sagen. Und da hatte die gute Frau recht. Trotzdem war Lilly wirklich froh, als endlich eine Pause eingelegt wurde. Ihr Kopf dröhnte und inzwischen sahen die leeren Räume mit den abgekratzten Tapetenresten und dem teilweise entfernten Linoleumboden viel maroder aus als zuvor. Aber das war hoffentlich nur ein vorübergehender Zustand.

»Der ist ja süß«, rief Ivy plötzlich, riss sich ihren gefalteten Zeitungshut vom Kopf und lief zur Theke rüber, wo stolz wie Bolle der rote Kater saß.

Weder die lauten Renovierungsgeräusche noch das Anbringen des Laminatbodens im Hauptraum hatten Lillys vierbeinigen Freund in die Flucht geschlagen, obgleich sie ihm einen Rückzugsort in der Wohnetage eingerichtet hatte. Aber der Kater war offenbar viel lieber dort, wo was los war. Gelassen saß er vor ihnen und begutachtete die Neuerungen mit kritischem Blick. Man durfte nicht vergessen, der Laden gehörte ja eigentlich ihm.

»Wer bist du denn?«, fragte Ivy und streichelte den Stubentiger, der sichtlich begeistert seinen Kopf in ihre Hand schmiegte.

»Das ist Mr. Maunz«, erklärte Lilly mit einigem Stolz. Der Name war ihr gestern ganz spontan eingefallen, da der Kater recht gesprächig war und gern alles Mögliche mit seiner ungewöhnlich hohen, leicht heiseren Stimme kommentierte.

»Sebastian, sieh ihn dir an«, rief Ivy entzückt. Die Männer stellten ihre Biere auf den Fensterbrettern ab und sammelten sich um Mr. Maunz, der die plötzliche Aufmerksamkeit um seine Person sichtlich genoss.

»Der sieht aus wie dieser Kater auf YouTube. Wie heißt der noch gleich?«, grübelte Sebastian und fuhr sich über die Stirn, auf der ein Farbklecks zurückblieb.

»Welchen meinst du denn?«, hakte Ivy nach. Es gab ja so einige vierbeinige Prominente in den Weiten des Webs.

»Katzenvideos ziehen immer, meine Freundin ist süchtig nach dem Kram«, bemerkte einer der Muskel-Jungs.

»Vielleicht sollten wir ein Video von Mr. Maunz drehen? Er könnte ein Star werden«, überlegte Sebastian.

»Ich habe eine viel bessere Idee«, rief Ivy plötzlich und schlug in die Hände. »Mach aus deinem Café ein Katzencafé! Und Mr. Maunz wird dein Aushängeschild!«

Lilly lachte. »Ein was?«

»Jetzt sag nicht, du hast noch nie davon gehört! Die sind total in. In Amerika gibt es Hunderte davon.«

»Werden da Trockenfutter und laktosefreie Katzenmilch angeboten?«, hakte einer von Sebastians Kumpels amüsiert nach.

»Natürlich nicht, die Gäste sind ganz normale Leute, aber in dem Café laufen Katzen herum, die man anfassen und streicheln darf. Ich wette, so etwas gibt es hier in der Gegend noch nicht. Das wäre ein Alleinstellungsmerkmal!«

Ivy hatte nicht unrecht. Wenn es eine Katze gab, die Trubel mochte und alles andere als scheu war, dann war es Mr. Maunz. Genauso stand es zweifelsohne fest, dass Mr. Maunz die Herzen der Menschen in Windeseile für sich gewann. Wie war es sonst zu erklären, dass fünf erwachsene Männer und zwei Frauen wie gebannt auf dieses rote Fellwunder starrten, es herzten und plötzlich in Babysprache mit ihm kommunizierten?

»Für ein Katzencafé brauche ich doch gewiss eine extra Genehmigung.« Was da alles anfiel. Zusätzliche Hygienevorschriften, tierschutzrechtliche Bestimmungen …

»Darum kümmere ich mich«, versprach ihr Schwager.

»Also, was sagst du? Machst du's?«, fragte Ivy aufgeregt. »Ich spüre es bis in die Fingerspitzen, dieses Café kann ein großer Erfolg werden«, prophezeite sie.

Auch Lilly gefiel die Idee zusehends besser. Sie nickte, erst zögerlich, dann immer überzeugter. »Ja, warum nicht?«

In dem Moment ging die Tür auf und Baptiste Arnault vom Petite Fleur trug ein riesiges Tablett mit belegtem Baguette herein. Salami, Schinken, Käse. Garniert mit Zwiebelringen und Kresse. Lillys Herz machte einen kleinen Hüpfer.

»Bon jour! Ich dachte mir, wer so fleißig ist, der braucht eine kleine Stärkung.«

»Hey, hey, hey. Wer ist denn der Hübsche?«, flüsterte Ivy Lilly entzückt zu.

»Mein Nachbar von gegenüber«, murmelte sie.

»Ist nicht wahr! Du hast mir ja gar nicht erzählt, dass du solch eine Sahneschnitte als Nachbarn hast.« Ivy grinste anzüglich.

»Das haben dir die Karten also nicht verraten?«, stichelte Lilly.

»Auch die Karten wissen nicht alles. Ist er vergeben?«

Lilly rollte mit den Augen. »Denkst du vielleicht auch mal an etwas Anderes?«

»Du hast nicht nachgefragt? Das solltest du aber schnell nachholen.«

»Ich … ich sollte … ihn erst einmal begrüßen.« Lilly eilte zu Baptiste, ehe Ivy sie mit weiteren verrückten Ideen verunsichern konnte, und nahm ihm das Tablett ab.

»Das geht aufs Haus«, verkündete er. Und sein Akzent ließ ihr Herz schneller klopfen.

»Vielen Dank, Baptiste. Das schaut ja köstlich aus.« Sie stellte das Tablett auf der Theke ab und alle griffen beherzt zu.

»Sieht ja schon sehr … interessant hier aus«, sagte Baptiste und lief in den Nebenraum, wo er sich ausgiebig umschaute. Abgeblätterte Wände, bröckelnde Fassaden … Ein paar Antiquitäten hatte Lilly zur Zierde behalten. So gab es im hinteren Teil des Raums eine Sitzecke mit Sofa und Grammophon. Beides war jedoch mit Plastikfolie abgedeckt.

»Oh, wir sind ja noch mitten bei der Arbeit. Was Sie hier sehen ist nicht das fertige Bild. Da drüben, die Innenwand wird in einem zarten Pastellton gestrichen. Und der Boden bekommt ein Parkettimitat. Im Hauptraum können Sie es schon bewundern.«

»Das verspricht sehr stilvoll zu werden. Darf ich mich setzen?«

»Aber natürlich.« Sie nahm neben ihm Platz auf der raschelnden Folie, was Ivy außerordentlich gefiel. Sie gab Lilly durch die Wandöffnung, die beide Räume miteinander verband, das Handzeichen etwas näher an Baptiste heranzurutschen, was Lilly mit heftigem Kopfschütteln quittierte.

Gleich darauf vibrierte ihr Smartphone.

»Entschuldigen Sie mich kurz«, sagte sie zu Baptiste und zog das Mobiltelefon aus der Hosentasche. Zuerst glaubte sie, dass es Lonely war. Denn der hatte ihr noch immer nicht verraten, woran sie ihn eigentlich erkennen sollte, wenn sie sich heute Abend in Soltau trafen. Doch die SMS stammte von Ivy: ‚Jetzt frag ihn schon!' Rasch klickte Lilly die Nachricht weg und verstaute das Handy hastig in ihrer Jeans.

»Nicht so wichtig«, kommentierte sie.

Baptiste zog ein Stück der Folie zurück und befühlte den Couchbezug des alten Sofas.

»Schöne Qualität. Da werden Sie einen guten Preis erzielen«, sagte er und probierte die Sitzfestigkeit des Sofas aus, in dem er leicht auf und ab wippte.

»Preis?«, wunderte sie sich. »Oh nein, nein. Ich verkaufe keine Antiquitäten. Der Laden wird ein Café.«

Sein Lächeln schwand. Es verzerrte sich sogar. Dann ganz plötzlich, veränderten sich auch Baptistes Züge. Er hustete und fasste sich hektisch an die Kehle.

»Was ist denn los?«, fragte Lilly besorgt.

»Ich weiß es nicht.« Seine Augen nahmen einen seltsamen Schimmer an, als wären sie aus Glas.

»Die Luft ist nicht sehr gut«, hauchte er, das Sprechen schien ihm schwer zu fallen.

Da hüpfte Mr. Maunz auf den Tisch vor Baptiste, wohl in der Absicht, ihn zu begrüßen.

»Un chat?« Wie von einer Tarantel gestochen sprang Baptiste auf und flitzte los, raus aus dem Laden. Lilly starrte ihm irritiert nach.

»Na los, hinterher!«, rief Ivy.

Lilly nickte. Besser war es wohl, nach dem Rechten zu sehen.

Baptiste saß am Straßenrand und rang nach Atem. Die Lage war offensichtlich ernster als gedacht!

»Soll ich einen Krankenwagen rufen?«

»Nicht nötig. Es geht schon.« Sein Akzent war nun noch stärker. »Ich habe offensichtlich eine Katzenallergie.«

»Oh nein, wenn ich das vorher gewusst hätte.« Sie setzte sich neben ihn.

»Schon gut, Sie können nichts dafür. Woher hätten Sie auch davon wissen sollen?« Seine Augen wirkten nun geradezu stechend und himmelblau. Alle Grautöne schienen verschwunden. Die rötliche Farbe seines Gesichts betonte diesen Effekt.

»Sind Sie sicher, dass Sie keinen Arzt brauchen?«

»Naturellement! Los, gehen Sie wieder zu Ihren Freunden! Sie haben doch genug zu tun.«

»Ich lass Sie doch jetzt nicht allein!«

»Das ist … sehr nett, Mademoiselle Lilly. Aber ich komme schon zurecht. Ich habe leider ab und an einen asthmatischen Anfall. Ich bin Allergiker. Aber dass ich gegen Katzen allergisch bin, ist neu. Bisher war es Heuschnupfen, Bienenstiche und das eine oder andere Parfüm. In der Bretagne früher hatten wir Katzen, da gab es nie Probleme.« Er hustete und keuchte erneut, sein Gesicht wurde noch röter.

Lilly versuchte, nicht in Panik zu geraten und strich beruhigend über seinen Rücken. Was machte sie denn, wenn es doch schlimmer wurde? »Sie werden mir jetzt aber nicht ersticken?«

Baptiste lachte leise. »Können Sie denn Wiederbelebungsmaßnahmen?«

Lilly fixierte seine Lippen. »Mund-zu-Mund-Beatmung«, sagte sie wie weggetreten, ohne ihren Blick von diesen geschwungenen Lippen zu lassen. Sie wirkten so einladend. So sexy. Was waren das plötzlich für Gedanken? Ihre Blicke trafen sich und hielten auffällig lang stand. Und ja, er sah sie. Nicht durch sie hindurch, wie Alex es früher getan hatte. Er schien sie trotz aller Unscheinbarkeit wahrzunehmen. Lilly wurde unsicher. Sie war es nicht gewohnt, auf solche Weise angesehen zu werden, es machte sie nervös. Und wären da nicht diese Lippen … sie wüsste nicht, wo sie hätte hinsehen sollen.

»Hören Sie. Es ist kein Notfall, ich kann es einschätzen. Aber falls es einmal schlimmer wird, ich habe eine Anti Allergie-Spritze in meiner Jackentasche. Für den Fall, Sie verstehen? Nur, damit Sie Bescheid wissen.«

Lilly nickte, stolz darauf, dass er ihr vertraute. Und doch machte es ihr ein wenig Angst. Hoffentlich würde diese Spritze nie zum Einsatz kommen. Zum Glück nahm sein Gesicht allmählich wieder eine gesunde Farbe an. Der Anfall, oder zumindest das Gröbste, schien überstanden.

»Oh, du meine Güte, Baptiste? Alles in Ordnung mit dir?«, rief plötzlich jemand. Eine junge Frau mit roten Haaren stürzte zu ihnen hin.

»Oh non«, machte Baptiste und verdrehte die Augen.

»Wieder eine der vielen Allergien?«, fragte der Rotschopf besorgt und half ihm auf. »Du solltest dich besser hinlegen.«

»Soll ich Ihnen helfen?«, hakte Lilly nach. »Ich kann ihn auf der anderen Seite stützen.«

»Ich brauche keine Stützen!«, schimpfte Baptiste.

Erst jetzt bemerkte die Rothaarige sie und reichte ihr hektisch die Hand hin. »Wo habe ich nur meinen Kopf. Trixi Guthweiß. Ich arbeite für den Heide Boten.« Eine Reporterin? Das klang interessant. Lilly würde jede Art der Öffentlichkeit brauchen.

»Lilly Wendelin«, stellte sie sich vor und griff Baptiste auf der linken Seite unter den Arm.

»Ich sagte doch, ich brauche keine Stützen! Hört mir überhaupt jemand zu?«

Lilly ließ von ihm ab. »Sie kommen klar?«, fragte sie Trixi.

»Nehmen Sie das Geschimpfe nicht so ernst. Aber ja, wir kommen klar. Danke für die Hilfe.«

Lilly sah dem attraktiven Rotschopf nach, bis dieser Baptiste ins Bistro gebracht hatte. Hoffentlich erholte er sich schnell. Lilly fühlte sich für seinen Zustand verantwortlich, obwohl sie ja nicht hatte wissen können, dass er auf Katzen allergisch reagierte. Der Anfall hatte ihn ganz schön mitgenommen. Und Lilly auch. Wer war diese Trixi? Offenbar seine Freundin? Sie hatten zumindest sehr vertraut gewirkt. Lilly kehrte immer noch ein wenig aufgelöst ins Café zurück, wo Ivy sie abfing, als hätte sie nur auf Lillys Rückkehr gewartet. Wahrscheinlich hatte sie genau das getan.

»Das ist vielleicht ein Schnuckel. Den solltest du dir nicht durch die Lappen gehen lassen.«

»Du meinst Baptiste?«, hakte Lilly nach, als wenn es nicht bereits offensichtlich genug wäre.

Ivy nickte. »Groß, ein Gesicht wie gemeißelt, dazu dieser hinreißende Akzent. Sag mir nicht, das alles ist dir nicht aufgefallen. Und das Beste ist, ich glaube, er mag dich.« Ivy deutete zu dem inzwischen leergefutterten Tablett. »Der hat sich ganz schön Mühe für dich gegeben. Außerdem konnte ich seine Aura spüren.

Sie passt perfekt zu deiner. Ganz ähnlich wie bei Sebastian und mir. «

»Er ist vergeben«, erklärte Lilly. »Ich habe eben seine Freundin kennengelernt, sehr nette Frau.«

»Ach nein, so ein Pech.« Ivys Miene versteinerte. »Deshalb gibt es so viele unglückliche Beziehungen auf der Welt. Wenn sich die Leute mehr aufeinander einlassen, sich einfühlen würden, dann ...«

»Ich bin ohnehin noch nicht bereit für etwas Neues«, meinte Lilly sachlich und klang dabei so überzeugend, dass sie es sich selbst abnahm.

»Unsinn. Du weißt doch, was Oma immer sagte: Liebeskummer endet, wenn man sich neu verliebt. Und diese Schwingungen, die habe ich mir nicht eingebildet. Die haben was zu bedeuten!«

»Ach Ivy ...« Lilly wünschte wirklich, ihre große Schwester wäre nicht so eine Kupplerin. In dem Moment vibrierte Lillys Handy wieder. Sie zog ihr Smartphone aus der Hosentasche. Das war endlich der MeetFriends-Messenger. Eine neue Nachricht für sie. Diese konnte nur von Lonely Wolf stammen.

»Weißt du was, ich verrate dir jetzt ein Geheimnis«, verkündete sie in der Absicht, Ivy auf ein anderes Thema zu lenken.

»Oh, ich mag Geheimnisse«, sagte Ivy.

»Das weiß ich.« Lilly zwinkerte ihr zu. »Ich gehe heute Abend auf ein Konzert. Und das nicht allein.«

»Nein, wie aufregend!«

»Ich bin mit einem jungen Mann dort verabredet.« Sie hoffte, dass er jung war. Lonely hatte ja nicht gerade viel über sich verraten. Inzwischen hatten sie ein paar Messages ausgetauscht, um sich näher kennenzulernen. Soweit man das nach so kurzer Zeit beurteilen konnte, war er wirklich sympathisch. Und wirkte nicht unbedingt so, als wäre er dreißig Jahre älter und auf der Suche nach jungen Hühnern.

»Dann waren das bestimmt die Schwingungen, die ich bemerkt habe. Ich irre mich da nie.«

Lilly checkte ihre Nachrichten, um endlich zu erfahren, wie

das alles heute Abend ablaufen sollte. Doch stattdessen erhielt sie eine Absage!

»Tut mir leid, Lucky Troll, heute gibt's kein Konzert. Mir ist leider etwas dazwischen gekommen.«

»Was schreibt er denn? Sag schon«, wollte Ivy wissen.

»Nichts.« Lilly steckte enttäuscht ihr Mobiltelefon weg. Da kam Christoph zur Tür herein. Gerade rechtzeitig, damit Ivy ihr nicht weiter auf den Zahn fühlen konnte. »Endlich Verstärkung«, sagte Lilly und begrüßte ihn.

Sie beschloss, sich einfach auf die Renovierung zu konzentrieren. Schließlich brauchte sie eine neue Existenz und keinen neuen Mann.

Als Lilly am nächsten Morgen in ihre Pantoffeln schlüpfte, war die Enttäuschung über das ausgefallene Konzert längst verflogen. Lonely hatte ihr am Abend noch eine weitere Nachricht geschickt, in der er sich nochmals entschuldigt hatte. Lilly war ihm nicht böse. Sie waren erst mal so verblieben, dass sie ein Treffen bei Gelegenheit nachholten, was für Lilly völlig in Ordnung war. Im Moment hatte sie eh viel zu tun, da würde sie nicht so oft in die Verlegenheit kommen, sich einsam zu fühlen.

Mit Schwung nahm sie die knarrende, inzwischen verstärkte Treppe nach unten. Auch heute stand wieder viel auf dem Plan. Streichen, den Laminatboden fertig machen und natürlich die ersten Dekorationen anbringen. Gegen zehn Uhr trafen Ivy, Sebastian und ihre Helfer ein. Das Lädchen verwandelte sich wie im Zeitraffer in ein modernes Ambiente. Die gräulichen Wände wurden pfirsischfarben, der alte Linoleumboden wurde durch ein modernes Holzimitat ersetzt. Die Räume wirkten frisch und einladend.

Die Chippendales hatten ganze Arbeit geleistet! Sie waren in den zwei Tagen so gut vorangekommen, dass jetzt eigentlich nur noch das restliche Mobiliar und die Gastroküche fehlten. Die Lieferung erwartete Lilly Mitte nächster Woche. Diese würde dem Café den letzten Schliff und seinen eigentlichen Charakter geben.

Und während Lilly noch darüber sinnierte, wie alles aussehen würde, wenn erst die Tische und Stühle an Ort und Stelle standen, machten sich die Jungs sowie Ivy und Sebastian wieder auf den Weg in die Hauptstadt.

Die Sonne ging langsam unter, aber Lilly hatte noch immer Energie. Ganz spontan schlüpfte sie in ihren alten Jogginganzug, um noch eine Runde zu laufen, sich den Kopf von der frischen Heideluft durchpusten zu lassen. Sie lief im Schritttempo, bis sie die Ortschaft hinter sich gelassen hatte und sich die Asphaltstraße in einen breiten Sandweg verwandelte. Rechts und links von dieser tat sich weites Heideland auf, das sich scheinbar bis zum Horizont erstreckte. Ein Wunder, dass die Besenheide noch blühte. Soweit Lilly wusste, erstrahlten die Heideflächen nur bis Anfang September in diesem Glanz. Inmitten des purpurnen Meeres ragten vereinzelte Wacholder hervor wie Monolithen, stolz reckten sich ihre schlanken Gestalten gen Himmel. Lilly wählte eines der Zypressengewächse in der Ferne aus und setzte sich diese als Zielmarke. Bis dahin wollte sie es ohne Pause schaffen. Es war eine halbe Ewigkeit her, seit sie zuletzt Sport getrieben hatte. Die Rechnung bekam sie schnell. Schon nach wenigen Metern plagten sie erste Seitenstiche. Sie atmete tief durch und legte wieder einen Zahn zu. Aber es fiel ihr außerordentlich schwer, das Tempo zu halten.

»Nur keine Müdigkeit vorschützen«, rief jemand hinter ihr. Als sie sich umdrehte, entdeckte sie Baptiste, der ganz locker und lässig an ihr vorbeijoggte, sich zu ihr umdrehte und rückwärts lief. Hätte es Lilly nicht gewusst, sie wäre niemals darauf gekommen, dass diese Sportskanone erst gestern einen asthmatischen Anfall erlitten hatte. Offenbar hatte er jetzt wieder genug Puste, während Lilly ohne Unterlass keuchte. Auch das noch. Es war ihr peinlich, dass er sie so sah. Verschwitzt und erschöpft, schon nach ein paar hundert Metern nach Atem ringend. Aber hatte sie nicht damit rechnen müssen? Sie hatte ihn schließlich schon mal joggen sehen, kurz bevor sie ihren Kaufvertrag unterzeichnet hatte. Und dass Baptiste gut trainiert war, war offensichtlich.

»Oh, Sie dürfen nicht einfach anhalten. Laufen Sie weiter, sonst sackt Ihr Kreislauf ab.«

»Ich kann nicht mehr«, schnaufte Lilly und stützte sich auf ihre Knie.

»In Bewegung bleiben«, forderte er wie ein Drillsergeant.

»Ich kann nicht mehr«, wiederholte sie atemlos. Was war das nur für eine blöde Idee gewesen!

»Sie können, Lilly, machen Sie ganz langsam weiter. Schritt für Schritt. Ja, genau so.«

Sie kämpfte sich voran. Und verfluchte sich, dass sie an der Uni keinen einzigen Sportkurs belegt hatte, obwohl ihr das jeder empfohlen hatte. Es war nicht so, dass sie mit Übergewicht kämpfte, von einem klitzekleinen bisschen Kuschelspeck an Hüften und Po abgesehen, aber Kondition und Ausdauer waren nicht ihre besten Freunde. Und in ihren Turnschuhen steckten offensichtlich Bleisohlen, anders war es nicht zu erklären, warum diese Teile so schwer waren.

Der Baum, den sie sich als Ziel gesetzt hatte, rückte in weite Ferne.

»Na schön, gehen wir im Schritttempo.«

»Laufen Sie ruhig weiter. Sie müssen keine Rücksicht auf mich nehmen«, ächzte Lilly.

»Sie haben mich gestern auch nicht im Stich gelassen«, erinnerte Baptiste sie.

»Das war etwas Anderes.« Und weniger blamabel, so wie sie hier wie ein Fisch auf dem Trockenen japste.

»War es nicht.«

»Natürlich …« Sie rang nach Atem. »Außerdem war Ihre Freundin gleich zur Stelle. Ich habe also nicht viel getan.«

»Meine Freundin?«

»Die vom Heide Boten.«

Baptiste lachte herzlich. »Das ist nicht meine Freundin. Sie wäre es vielleicht gern. Aber non, wir sind kein Paar. Und wenn ich ehrlich bin, bin ich auch froh darüber.«

Plötzlich pochte Lillys Herz bis in ihre Schläfen. »Da habe ich wohl was falsch verstanden.«

»Allerdings!«

Sie war irgendwie erleichtert. Aber dann drehten die Seitenstiche voll auf, obwohl Lilly nur im Schritttempo lief. Sie musste anhalten. Es ging nicht anders. Leider war keine Bank zum Hinsetzen in der Nähe.

»Sie sind ja völlig verspannt«, stellte Baptiste fest und stellte sich hinter sie. »Laufen Sie ganz langsam auf der Stelle«, sagte er und Lilly versuchte es. Da legte er seine Hände auf ihre Schultern und fing an, diese zu massieren. Es fühlte sich wundervoll an. Lilly schloss die Augen. Weg waren die Seitenstiche – scheinbar, denn Lilly fühlte sich wieder wie auf dem schönen Lavendelfeld in der Provence.

Baptistes Mini-Massage tat so unendlich gut. Und seinen Atem an ihren Nacken zu spüren war irgendwie aufregend.

»Wie schaut es mit Ihnen aus? Haben Sie sich mit Ihrem Freund wieder vertragen?«

»Warum wollen Sie das denn wissen?«, platzte es aus Lilly heraus.

»Weil Sie wegen ihm so geweint hatten.«

»Oh. Ach so. Nein. Es ist tatsächlich aus.«

»Je suis très désolé. So jetzt sind die Verspannungen ein bisschen gelöst. Sie sollten vielleicht vor dem Jogging ein paar Aufwärmübungen machen.«

»Ja, vielleicht.« Sie war enttäuscht, dass die Mini-Massage schon vorbei war.

»Wollen wir weiter?«, hakte er nach.

»Oh nein, nein. Ich gehe lieber zurück. Sehen Sie mal, da zieht ja auch ein Unwetter auf.«

Er schaute zum Himmel. »Oui, wir sollten wohl besser umkehren.«

»Laufen Sie nur voraus, ich schaffe die letzten Meter allein.« Nicht, dass sie ihn loswerden wollte. Aber ihr ständiges Gepuste war schon etwas peinlich.

»Ich mache Ihnen einen anderen Vorschlag. Wenn Sie jetzt nicht aufgeben und mit mir zurückjoggen, Sie bestimmen das Tempo, erwartet Sie eine kleine Überraschung bei mir zu Hause.«

»Bei Ihnen?«

»Nur wenn Sie Lust haben.«

Woran dachte er denn nur? »Worauf?«, hakte sie also vorsichtig nach.

»Überraschungen werden nicht verraten.« Er zwinkerte ihr zu.

»Das hat meine Oma auch immer gesagt.«

»Eine weise Frau.«

»Das war sie.« Lilly überlegte, ob es so eine gute Idee war, sich mit Baptiste zu treffen. Denn er war ja gefährlich – gefährlich gutaussehend. Sie wollte sich in nichts verrennen. Und auch wenn sie zurzeit kaum zum Nachdenken kam, richtigen Anschluss hatte sie hier noch nicht gefunden. Und Ivy und Sebastian waren wieder fort, Karla mit ihrer Familie beschäftigt. Irgendwann würde sie sich einsam fühlen. Vielleicht ging es Baptiste ähnlich? Er war ja auch nicht von hier.

Er lief voraus, jedoch langsam genug, dass Lilly mithalten konnte, wenn auch unter schwerem Keuchen.

Sie war heilfroh, als sie endlich zu Hause ankamen. Lilly war so durchnässt, als wäre sie bereits durch das Unwetter gelaufen, das sich mit fernem Grollen ankündigte.

»Sehen Sie, was habe ich gesagt? Sie haben es geschafft.«

Bloß in welchem Zustand? »Ich muss mich erst frisch machen«, hauchte sie und japste zum zwanzigsten Mal an diesem Abend nach Luft.

»D'accord. Danach kommen Sie zu mir rüber, oui?«

»Na klar …«

»Wir machen es uns gemütlich!«, rief er ihr nach, kaum dass Lilly ihre Tür aufgeschlossen hatte und hindurchgeschlüpft war.

Wenig später saßen sie auf dem weichen Teppich vor seinem Flachbildschirm, ein Tablett mit Madeleines und Himbeer-Tartelettes zwischen ihnen. Ein DVD-Abend also. Das war gut, denn so etwas machten Nur-Freunde und keine gefährlichen Nachbarn. Baptiste nahm zwei Flaschen Cidre vom Beistelltisch und reichte ihr eine.

»Sie haben sich vorhin gut geschlagen.« Baptiste nickte wohlwollend.

»Naja, das ist vielleicht ein wenig übertrieben. Immerhin bin ich nicht zusammengebrochen.«

»Ich bitte Sie. Sie haben tapfer gekämpft.« Er öffnete ihren Apfelschaumwein mit einem Flaschenöffner.

»Und Sie sind überraschend gut auf Besuch vorbereitet, mit all diesen Köstlichkeiten hier.« Hatte er das geplant? Lilly wurde nun doch ein klitzekleines bisschen unsicher.

»Die sind aus der Vorratskammer des Bistros. Aber bitte, sagen Sie das nicht meiner Hilfsköchin Erna.« Er zwinkerte ihr zu.

»Ich halte dicht.« Lilly machte eine Geste über ihren Lippen, als würde sie einen Reißverschluss zuziehen. »Was schauen wir denn jetzt?«

Wenn sie sich hier so umblickte, fühlte sie sich direkt etwas heimisch. Nicht, weil einer ihrer Freunde in Berlin eine ähnlich charmante Einrichtung aus alten und neuen Möbeln gehabt hätte. Es war viel mehr das ersehnte Gefühl des Allmählich-Ankommens, des Miteinander-Vertraut-Werdens, das sich in ihr ausbreitete.

»Das ist Teil eins der Überraschung.« Er schaltete den Player ein und der Film ging los. Lilly erkannte ihn sofort! Das war doch »Die fabelhafte Welt der Amélie«! Sie liebte diesen Film mit all seinen schrulligen und liebenswerten Charakteren. Bisher hatte sie allerdings gedacht, es sei ein Frauenfilm.

»Sie mögen Amélie?«, fragte sie verdutzt.

»Oui. Ist ein guter französischer Film.« Er schnappte sich eines der Tartelettes und nahm einen Schluck Cidre. »Er gehört zu meinen Lieblingsfilmen, wenn ich ehrlich bin.« Er lächelte, fast ein wenig schüchtern.

Zu ihren auch. Vielleicht lag Ivy mit ihren Schwingungen gar nicht so verkehrt.

»Probieren Sie auch die Madeleines. Sie sind hausgemacht.«

»Oh, na dann.« Sie griff beherzt zu. »Köstlich.«

»Nach bestem französischen Rezept von Maman.«

»Sie vermissen Frankreich ganz schön, oder?«

Er hielt überrascht inne. »Wie kommen Sie darauf? Ich lebe gern hier. Als Austauschschüler kam ich in die Heide und verliebte mich in die wunderschöne Landschaft, die Sprache, die netten Leute. Und als sich die Gelegenheit ergab, hier ein Bistro zu eröffnen, ergriff ich sie. Leider zog meine damalige Gastfamilie vor Jahren schon fort, in die Großstadt, so dass wir uns aus den Augen verloren. Aber die Stadt ist mir zu laut, ich liebe die Ruhe und Abgeschiedenheit.«

Das klang fast wie ihre eigene Geschichte, vielleicht waren sie doch verwandte Seelen? Trotzdem hörte Lilly auch etwas Wehmut aus seinen Worten, als steckte doch mehr hinter all dem. Das war ja bei ihr auch der Fall gewesen.

»Lassen Sie uns nun den Film sehen, oui?«

Lilly nickte. Sie würde ihn nicht weiter mit Fragen nach seinen Beweggründen nerven. Es ging sie ja auch nichts an.

Er schaltete den Player ein und es ging los. Lilly versank ganz tief in den Film, sodass sie um sich herum kaum noch etwas mitbekam.

Im Verlauf des Films brach draußen das Gewitter los. Der Regen peitschte gegen die Scheibe und es blitzte und donnerte in nicht allzu weiter Ferne. Doch Lilly war so in den Film vertieft, das sie all das nur am Rande bemerkte. Genauso wie ihr erst beim Abspann auffiel, dass das Gebäcktablett längst woandershin gewandert war und Baptiste und sie so nah aneinander gerückt waren, dass kaum mehr als ein Blatt Papier zwischen sie gepasst hätte.

Lilly erschrak und rutschte ein Stück zur Seite. Sie wollte nicht, dass Baptiste das Gefühl bekam, dass sie sich ihm aufdrängte.

»Was ist Ihre Lieblingsszene?«, fragte er und schaute sie neugierig an.

»Ich … weiß nicht. Die Katze!«

»Es macht eine Katze mit?«

Lilly lachte. »Wir haben den Film gerade erst gesehen. Sie lauscht den Geschichten, die den Kindern erzählt werden.«

»Ich bin erstaunt. Ich weiß, Sie lieben Katzen, dennoch hätte ich erwartet, Sie sagen: Wenn sich Amélie und der Fotoautomaten-Mann finden.«

Das hätte sie gesagt, wenn das Happy End sie nicht aus unerklärlichen Gründen an Alex hätte denken lassen. Und daran, dass Beziehungen in fiktiven Geschichten schön und gut sein mochten, im realen Leben jedoch selten funktionierten und im Augenblick das Letzte waren, was sie gebrauchen konnte.

»Und Ihre Lieblingsszene?«, hakte Lilly neugierig nach.

»Ich habe keine. Ich finde jede Szene in diesem Film großartig.«

Das war diplomatisch.

»Kommen wir nun zu Teil zwei der Überraschung. Hierfür möchte ich Sie bitten, die Augen zu schließen.«

»Was?«

»Vertrauen Sie mir.«

»Also gut.« Lilly machte die Augen zu.

»Nicht schmulen.«

»Nein ... großes Indianerehrenwort.« Sie hob die Hand zum Schwur.

»Bon, ich bin gleich wieder da.«

Sie hörte, wie er rausging, irgendetwas in einem Nebenraum machte und kurz darauf zurückkehrte. Ein herrlicher Duft begleitete ihn. Käse, Lauch und etwas, das sie nicht zuordnen konnte.

Sie bekam mit, wie er sich wieder neben sie setzte. »Bitte öffnen Sie den Mund«, sagte er und Lilly spielte mit. Da spürte sie köstlichen Knusperteig auf ihrer Zunge, dazu Lauch und Garnelen.

»Mmmh.« Sie öffnete die Augen und blickte auf einen riesigen Flammkuchen vor sich. »Fantastisch!«, sagte sie.

»Dann greifen Sie zu. Sie sind eine der Ersten, die ihn probieren dürfen. Ein neues Angebot, es kommt bald auf unsere Karte.«

»Es ist ein Traum.« Sie nahm sich ein großes Stück und Baptiste freute sich darüber sichtlich. Aber dann fielen ihr Ivys Worte ein, als Baptiste mit einer Platte Baguette hereingekommen war: *Ich glaube, er mag dich. Der hat sich ganz schön Mühe für dich gegeben.*

Lilly blickte auf den wundervollen Flammkuchen, sah Baptistes strahlendes Lächeln und ihr Herz galoppierte los. Wie ein wildes

Pferd sprang es über Stock und Stein, lief ihr davon, bis ihr schwindelte.

»Ich sollte besser gehen«, murmelte sie durcheinander. Wenn etwas in ihrer Situation unvernünftig war, dann war es, sich nach Alex zu schnell auf etwas Neues einzulassen.

»Was schon?«

»Ja, tut mir leid.« Sie erhob sich und wischte sich die Hände nervös an ihrer Hose ab. »War ein schöner Abend!«

»Sie haben noch gar nicht aufgegessen.«

»Tut mir leid. Ich … ich fühl mich nicht ganz wohl.«

»Ach so. Ich bringe Sie natürlich noch nach Hause!«

Und am Ende stünden sie noch knutschend vor ihrer Haustür, oder vielmehr: Lilly wollte, dass sie knutschend vor ihrer Tür standen, aber dazu würde es nicht kommen, weil der schöne Franzose Baptiste die graue Maus Lilly nur als gute Freundin sah. Lilly kannte solche Situationen. Und im Moment wollte sie genau so etwas vermeiden, denn das Berlin-Desaster hatte sie noch nicht verarbeitet. Selbst wenn Großmutter immer gesagt hatte, man müsse sich neu verlieben, um Liebeskummer zu heilen, war dieses Hals-über-Kopf-Ding nichts für Lilly. Wie beim Joggen hatte sie ihr eigenes Tempo.

»Oh, nein, nein. Es sind nur zwei Schritte! Gute Nacht, Baptiste!«

Lilly wachte am nächsten Morgen mit einem schrecklichen Muskelkater auf. Sie hatte das Gefühl, sich kaum bewegen zu können. Das mit dem Joggen war trotz des netten DVD-Abends eine blöde Idee gewesen und rächte sich nun. Nur mit großer Kraftanstrengung schaffte sie es die Treppe runter, wo sie eine haarige Überraschung erwartete. Auf der Theke hatte es sich Mr. Maunz gemütlich gemacht, doch er war nicht allein. Offenbar hatte er über Nacht Besuch durch die Katzenklappe bekommen, die ihr Schwager Sebastian auf ihren Wunsch hin in die Tür eingebaut hatte. Nun saßen ein spindeldürrer schwarzer Kater mit zwei weißen Vorderpfötchen und einer zerrupften Ohrspitze, die er sich in irgendeinem Revierkampf zugezogen haben musste, sowie eine wuschelige graublaue Perserdame mit sichtlichem Übergewicht vor ihr. Alle drei Tiger schauten sie aus riesengroßen Kulleraugen an, als wäre sie gerade in ein konspiratives Treffen geplatzt.

Lilly erinnerte sich an die vermeintliche Rattenplage und zählte eins und eins zusammen. Die Katzen hatten den Laden gemeinsam bewohnt, lange bevor Lilly ihn gekauft hatte. Es war ihr Revier, augenscheinlich hatten sie vor, sich wieder hier anzusiedeln. Mr. Maunz hatte offensichtlich ihre Cat-Lady-Qualitäten getestet und sie für gut befunden. Und hier waren sie nun. Bereit die Weltherrschaft zu übernehmen oder zumindest die über ihr Café.

Lilly hatte immer geglaubt, dass Katzen Einzelgänger waren. Entweder war dies ein Irrtum oder es traf zumindest nicht auf dieses Grüppchen zu. Es zu trennen kam natürlich nicht in Frage!

Immer noch blickten die Fellnasen sie an, nun jedoch weniger erschrocken als viel mehr auffordernd. Mr. Maunz maunzte auch schon.

»Schon gut, ich kümmere mich um das Frühstück«, sagte Lilly und machte sich auf den Weg nach oben, um Näpfe, von denen sie zum Glück genug gekauft hatte, und Katzenfutter zu organisieren. Ob nun eine Katze oder drei hier lebten war eigentlich egal. Platz war genug da, und ihrem Plan, ein Katzencafé zu eröffnen, kam diese Entwicklung sogar entgegen. So gab es mehr Minitiger, die sich von den Gästen betüddeln lassen konnten.

Sie stellte die Näpfe in den kleinen Flur und befüllte sie. Sofort kamen die Samtpfoten angerannt, allen voran die sichtlich übergewichtige Perserkatze, die sich gleich auf einen Napf stürzte und das Futter in Rekordzeit vertilgte. Anschließend wollte sie auch dem schwarzen Kater das Fressen stibitzen, indem sie nicht allzu unauffällig seinen Napf mit der Pfote zu sich heranzog.

Lilly beobachtete das Schauspiel amüsiert. Der schwarze Kater gab ein paar eigentümliche Geräusche von sich, eine Mischung aus Gurgeln und Knurren, dass die Perserkatze offensichtlich in ihre Schranken weisen sollte. Ebenso geschickt bugsierte er den Napf zurück.

Fest stand, Lilly musste heute noch mal einkaufen und für einen ordentlichen Nachschub an Katzenfutter sorgen. Wichtig war auch die tierärztliche Untersuchung, die Miezen waren Freigänger, sie brauchten Impfungen. Lilly schnappte sich das Telefon und rief die Tierärztin aus dem nahe gelegenen Lohheide an, die sie im Internet ausfindig gemacht hatte, um einen Termin zu vereinbaren. Gedanklich setzte sie Transportboxen auf ihre Einkaufsliste. Dabei blickte sie aus dem größeren ihrer beiden Schaufenster rüber zum Fleur. Hoffentlich hatte sie Baptiste nicht zu sehr mit ihrem schnellen Aufbruch verprellt. Da sollte sie vielleicht noch mal ein klärendes Wort mit ihm sprechen. Am Ende dachte er sogar, es hätte an seinem Flammkuchen gelegen.

»Dr. Zinker«, meldete sich eine Frau am anderen Ende der Leitung und riss Lilly aus ihren Gedanken. Es zeigte sich, dass sie am späten Mittag ohnehin in Oldendorf zu tun hatte und bei Lilly vorbeifahren konnte, um sich die Katzen anzusehen. Das tat sie dann auch.

»Da brat mir doch einer einen Storch!«, sagte Frau Dr. Zinker, als sie am Nachmittag das kleine Café betrat und Lilly der Tierärztin ihre Katzenbande vorstellte.

»Dass ich dich noch mal wiedersehe«, fügte sie amüsiert hinzu und kraulte den Kopf der Perserkatze.

»Sie kennen diese Katze?«, wunderte sich Lilly.

»Oh ja, allerdings. Wie sie ursprünglich hieß, weiß ich leider nicht. Aber in der Klinik haben wir sie Sugardoll genannt. Sieht sie nicht auch aus wie eine Zuckerpuppe? Nicht wahr, kleine Ausreißerin.« Versonnen strich Frau Dr. Zinker der Katze übers Fell. Wenn das Café floppen sollte, beschloss Lilly, einen Besen zu fressen.

»Dann gehört sie also jemandem?«

»Nein, es ist komplizierter. Sugardoll war das Haustier Ihrer Vorgängerin.«

»Marieta Tetzlav?«, fragte Lilly erstaunt.

»Ja, genau. Als sie ihr Antiquitätengeschäft aufgab, musste sie auch Sugardoll abgeben, denn Haustiere sind im Seniorenheim nicht gestattet. Ich weiß noch, der Sohn brachte die Katze zu uns nach Lohheide. Schrecklicher Mann, hatte kaum Interesse an irgendetwas und wollte das Tier nur so schnell wie möglich loswerden. Ich wollte die Mieze daraufhin an eine neue Familie vermitteln, aber dazu kam es nicht. Der kleine Dickschädel büchste aus. Offenbar hat sie die weite Strecke nach Oldendorf zurückgelegt, um wieder in ihrem alten Revier zu leben.«

Lilly bekam eine Gänsehaut. Sugardoll musste ihr Frauchen sehr vermisst haben, aber zu einem Wiedersehen war es dennoch nicht gekommen. »Erstaunlich, wie sie das geschafft hat.«

»Katzen haben einen hervorragenden Orientierungssinn. Immer wieder verblüffend.«

Die Tierärztin untersuchte Sugardoll eingehend, tastete ihren Bauch ab und gab ihr schließlich die notwendigen Impfungen. »Nun schaue ich mir die beiden Herren näher an.« Sie schnappte sich den schwarzen Kater und setzte ihn vor sich auf die Theke. »Wer bist du denn?«, fragte sie sanft.

Erst da fiel Lilly auf, dass er noch keinen Namen hatte.

»Das ist … Franz!« Ja, Franz! Wie der Kater ihrer Großmutter, der recht ähnlich ausgesehen hatte.

»Franz ist ein wenig unterernährt.«

Kein Wunder, dachte Lilly. Sugardoll fraß ihm ja auch alles weg.

»Ich habe hier eine Vitaminpaste, von der geben Sie ihm zweimal täglich etwas ins Futter. Schon ein älteres Semester, der Gute. Aber noch fit«, erklärte Dr. Zinker und gab auch Franz seine Impfung, die er mit einem heiseren Fauchen quittierte, ehe sie sich Mr. Maunz zuwandte.

»Das ist ja ein schönes Tier. Kräftig und jung, kaum älter als drei Jahre«, mutmaßte die Tierärztin. Die Spritze machte ihm nichts aus. »So dann haben wir das Gröbste erledigt, hier sind die Impfpässe.« Dr. Zinker reichte ihr drei Heftchen, in die sie zuvor etwas eingetragen hatte.

»Ich danke Ihnen herzlich.«

»Gern geschehen, und viel Freude mit Ihren Miezen. Was wird das denn eigentlich hier?« Sie blickte sich in dem weitestgehend leeren Raum um. Tische und Stühle sowie ihre Kücheneinrichtung fehlten noch. Aber die würden ja bald geliefert und der Gastrobereich aufgebaut und angeschlossen werden. Lilly wurde ganz aufgeregt, wenn sie daran dachte.

»Ein Katzencafé.« Dafür brauchte sie wohl auch noch einen Namen …

»Ach so?« Dr. Zinker lachte. »Das passt ja wirklich gut.« Dann fuhr sie sich nachdenklich mit dem Zeigefinger übers Kinn. »Hätten Sie vielleicht noch einen Moment?«

»Ja, natürlich. Worum geht's denn?«

»Ich würde Ihnen gern jemanden vorstellen. Warten Sie kurz.« Die Tierärztin verließ das Café und eilte über die Straße zu ihrem Kombiwagen. Gleich darauf kehrte sie mit einem Pappkarton in den Händen zurück. Ein schrilles Miau erklang daraus. »Das ist unser aktuelles Findelkind. Es wurde mir heute übereignet. Eigentlich wollte ich es nach Lohheide mitnehmen und dort vermitteln, vielleicht möchten Sie es aufnehmen, für Ihr Katzencafé?«

Lilly lugte über den Rand des Kartons. Sofort drehte sich das kleine Fellknäuel in ihre Richtung und blickte sie aus zwei riesigen dunklen Augen an. Es sah süß aus. Und so winzig. »Wie alt ist es denn?«

»Zwölf Wochen. Das ist normalerweise ein wenig früh für eine Abgabe, aber weil es sich um ein Findelkind handelt und ich mir sicher bin, dass dass Kleine bei Ihnen gut aufgehoben ist, würde ich es hierlassen. Sofern Sie das Mädel aufnehmen möchten.«

Ein Mädchen war es also. Das passte doch gut zu ihrer Rasselbande.

»Entwurmt und geimpft ist sie auch schon.«

Lilly konnte diesem süßen Gesicht nicht widerstehen. Aller guten Dingen waren also nicht drei, sondern vier Katzen.

Kapitel 4

Es war ein angenehm warmer Herbstabend. Die ersten bunten Blätter segelten verspielt durch die Luft. Für einen Moment war Baptiste wieder in der Bretagne, zehn Jahre alt und spielte mit den Kindern in der Rue du Monde im feuchten Laub. In der Straße duftete es nach frischem Quiche und gebackenen Äpfeln. Doch der Geruch stammte nicht aus einer Erinnerung. Er war hier, breitete sich im Fleur aus.

Seine Hilfsköchin Erna hatte sich große Mühe gegeben, den Quiche nach altem Rezept anzurichten. Und es war gelungen. Die Leute waren begeistert.

Baptiste lauschte den Gästen und den wunderbaren Chansons. Michel Grefe, sein Barmann und Gelegenheitsstudent, sang leise »Non, rien de rien, non, je ne regrette rien« mit. Es war gut, dass er sich zurückhielt. Seine Stimme klang wie die einer Katze, der man versehentlich auf den Schwanz getreten war, aber offensichtlich hatte der junge Student trotzdem großen Spaß. Und das machte das Fleur aus, war dessen schlagendes Herz. Ein zeitloses Lied, eine zeitlose Edith Piaf. Baptiste liebte sie. Eine der wenigen Frauen, der sein Herz gehörte.

Er war ganz versunken in diese wundervolle Stimme, als plötzlich ein schrilles Geräusch an sein Ohr drang. Er schreckte auf. War das die Alarmanlage? Nein, dafür war es dann doch zu wenig penetrant. Er blickte aus dem Panoramafenster, das die ganze Wandseite einnahm, und traute seinen Augen kaum, als er seine Nachbarin durch die Dunkelheit stolpern sah.

»Miez? Komm her, miez, miez!«, rief die junge Frau aus Leibeskräften.

»Was ist denn da draußen los?«, beschwerte sich auch schon ein Gast.

»Ich kümmere mich darum«, sagte Baptiste und ging hinaus.

Schon am Nachmittag war es in der Winkelmanngasse ungewöhnlich laut gewesen. Wieder wegen Lilly. Ein riesiger Laster hatte vor dem Café gestanden, und es waren etliche Tische und Stühle sowie Hängeschränke, Gasherd, Ofen, Edelstahlarbeitsschränke und Spülmaschinen geliefert worden. Und noch etwas hatten die emsigen Männer ins Café getragen. Kratzbäume – jede Menge Kratzbäume!

»He!«, rief er. »Was machen Sie da? Wissen Sie eigentlich, wie spät es ist?«

Lilly Wendelin drehte sich zu ihm um. Das Mondlicht erhellte ihre zarten Züge. Sie war hübsch, irgendwie.

»Ja, ich weiß, wie spät es ist, ich suche mein Kätzchen!«, erwiderte sie sichtlich angespannt, was ihn davon abhielt, sie weiter zu betrachten.

»Das tut mir leid, aber geht das vielleicht auch etwas leiser? Meine Gäste fühlen sich gestört«, erklärte er sanft. Irgendetwas an ihrem Mund fesselte seine Aufmerksamkeit. War es die neckische Unterlippe, die ein wenig vorstand?

»Ich bin zu laut?«, fragte Lilly verblüfft. Daran merkte man, dass sie die Großstadt noch nicht ganz hinter sich gelassen hatte. »Aber was soll ich machen, es ist nun mal ein Notfall? Das Kätzchen ist noch ganz klein.«

Baptiste seufzte. Ein wenig tat sie ihm schon leid. »Na schön, wie lange wird das Ganze dauern?«

»Wenn Sie mir beim Suchen helfen, erhöht das nicht nur die Erfolgsaussicht, Sie haben auch schneller wieder Ihre Ruhe«, sagte Lilly und lächelte.

Eigentlich hatte er sich den Abend anders vorgestellt. Außerdem konnte er Michel und Erna schlecht für längere Zeit allein lassen. Doch es steckte einfach zu viel weißer Ritter in ihm, mehr als ihm lieb war. »Also schön, ich helfe. Aber nur, damit es schneller geht!«, sagte er schließlich.

»Danke!«, freute sich Lilly und strahlte über das ganze Gesicht. »Zu zweit haben wir gute Chancen.«

Sie machten sich auf die Suche.

Baptiste wusste nicht viel über Katzen, er verließ sich darauf, dass Lilly wusste, was sie tat. Statt Wein bei ausgelassener Stimmung zu trinken, schlich er nun also die Winkelmanngasse herunter, auf der Suche nach einem Fellknäuel. Das war, wie eine Nadel im Heuhaufen zu suchen. Das Tierchen konnte schließlich überall sein. Aber dann hörte Baptiste ein Rascheln in einem Gebüsch zu seiner Linken. Vielleicht war das ja schon der Jackpot.

»Pssst! Mademoiselle Wendelin, kommen Sie mal her. Ich glaube, ich habe Ihren Ausreißer gefunden!«, rief er möglichst gedämpft.

Lilly, die ein Stück vorausgegangen war, rannte zu ihm hin. »Wirklich? Sie haben das Kätzchen gefunden?«

Er deutete auf das raschelnde Blätterwerk. Lilly hockte sich davor hin. »Das ist ja großartig! Danke! Komm raus, kleines Mäuschen. Trau dich nur. Ich tu dir nichts«, säuselte sie in lieblichsten Tönen. Aber das Kätzchen war offenbar zu verschreckt. Lilly tastete ihre Hosentaschen ab. »Ich habe kein Leckerli mitgenommen, um es zu locken.«

»Schauen Sie mich nicht so an, ich habe auch kein *Leckerli* dabei.«

In dem Moment kroch das Wesen wagemutig aus seinem Versteck und blinzelte erst Lilly, dann Baptiste an.

»Oh – es sieht ein wenig anders aus als erwartet«, sagte er irritiert über die lange, spitze Nase. Da fing Lilly lauthals an, zu lachen. »Das ist keine Katze.«

»Das sehe ich jetzt auch.«

»Sie haben einen Igel für eine Katze gehalten – unglaublich!« Sie kicherte mädchenhaft.

»Ich wusste gar nicht, wer oder was in dem Busch sitzt«, empörte er sich. »Natürlich habe ich erkannt, was es ist, als es hervorkam.«

Aber Lilly machte sich einfach weiter über ihn lustig. Ihr Lachen hallte durch die ganze Winkelmanngasse und verschreckte den

Igel so sehr, dass er sich rasch ins Buschwerk zurückzog. »Tut mir leid, Baptiste, aber Sie sind zu komisch!«

»Das nehmen Sie zurück!«

»Es war nicht böse gemeint. Seien Sie nicht so empfindlich.«

»Empfindlich?« Er wollte sich erneut entrüsten, aber den Gefallen tat er ihr nicht.

Sie drückte sich aus der Hocke nach oben und plötzlich stand sie ganz dicht vor ihm, immer noch lachend. Ihr Duft stieg ihm in die Nase. Sie roch süß. Baptiste wollte einen Schritt zurück machen, stolperte aber dabei über den Bordstein und drohte nach hinten zu fallen. Lilly reagierte schnell, griff nach seinen Armen und zog ihn kräftig zurück, so dass er gegen sie stieß, was wiederum Lilly aus dem Gleichgewicht brachte. Jetzt hielt er sie fest. Erneut blickten sie sich länger an, als es üblich war. Sie lachte nicht mehr. Stattdessen schaute sie ihm tief in die Augen.

Es war ein seltsamer Moment. Baptiste konnte nicht vor und nicht zurück, sein Blick wanderte zu ihrer Unterlippe, die leicht zitterte.

»Wissen Sie eigentlich, was das für ein Haus ist?«, fragte sie rasch und deutete auf eine alte Villa.

Baptiste folgte irritiert ihrem Blick. »Das war der Haxen-Meier. Er bot Köstlichkeiten aus Bayern an.« Interessierte sie das jetzt wirklich? Es machte ganz den Anschein. Ihm sollte das nur recht sein.

Dann merkte sie nicht, wie durcheinander er gerade war. Hatte er sie etwa küssen wollen? So ein Unsinn! Aber sie ihn vielleicht? Mon dieu, bitte nicht. Darauf konnte er gut verzichten. Misstrauisch beäugte er sie, doch Lilly blickte nur das Haxen-Meier-Haus an.

»Sein Geschäft blieb nicht lange geöffnet. Wegen des Fleurs. Es zog alle Aufmerksamkeit auf sich. Genauso war es mit dem Honigkuchenpferd. Das war ein Café, müssen Sie wissen. Es konnte sich nicht halten. In der Winkelmanngasse war immer nur Platz für ein Restaurant. Das Fleur«, redete er einfach weiter, nur um irgendetwas zu sagen.

»Ah, das ist aber sehr spannend.«

Jetzt tat sie ganz normal. Doch dieser Moment und ihr intensiver Blick gingen ihm nicht aus dem Kopf. Das konnte er sich nicht eingebildet haben. Vielleicht sollte er alles schnell aufklären, bevor es irgendwelche Missverständnisse gab. Oder sie sich Hoffnungen machte. Das war das Beste!

»Lilly, ich muss Ihnen sagen, Sie sind wirklich eine tolle Freundin und gute Nachbarin.«

»Ja, natürlich. Warum sagen Sie das … *so*?«

»Nun, ich … wollte eben, dass Sie das wissen. Es war mir wichtig. So etwas sollte man einfach mal sagen. Der guten Nachbarschaft wegen.«

Lilly lachte leise. »Da haben Sie recht. Genau das wollte ich Ihnen übrigens auch sagen.«

»Wirklich?« Merkwürdigerweise überraschte ihn ihre Reaktion. »Bon, dann ist ja wirklich alles … ganz wunderbar.«

»Lassen Sie uns weitersuchen, ja? Ich hoffe nur, dass dem kleinen Mäuschen nichts passiert ist. Es ist meine Schuld, wissen Sie. Ich habe vergessen, die Klappe abzuschließen. Abends dürfen die Stubentiger nicht mehr raus. Und die kleine Mieze sollte sowieso erst nach ein paar Wochen zum ersten Mal ins Freie. Damit sie sich vorher ans neue Zuhause gewöhnen kann«, redete Lilly wie ein Wasserfall.

»Zumindest ist die Winkelmanngasse keine vielbefahrene Straße.« Wenn hier mal ein Auto langfuhr, war das eine halbe Sensation. Und um diese Uhrzeit fuhr auch kein Bus mehr. Aus der Richtung drohte also keine Gefahr.

»Ja, aber es könnte überall hingelaufen sein. Auch in die nahen Wälder.«

Jetzt tat sie ihm erneut leid. »Es wird sich schon wieder anfinden«, sagte er beruhigend.

»Das hoffe ich, alles andere würde ich mir nie verzeihen.«

»Dann machen wir weiter!«, beschloss Baptiste.

»Sie haben recht.«

Baptiste wollte schon los.

»Nein, warten Sie«, sagte Lilly dann, er hielt wieder inne. »Es könnte vielleicht länger dauern, und Sie haben ja Gäste im Haus. Ich mache das allein.«

Das war vielleicht doch besser. Irgendetwas war anders zwischen ihnen.

»Ich will Sie auch nicht weiter aufhalten. Danke für die Hilfe«, sagte Lilly, ohne ihn anzusehen.

»Ganz wie Sie wünschen.« Baptiste war irritiert. Und er musste zugeben, etwas ärgerte ihn das auch. Vielleicht sollte er sich in Zukunft besser überlegen, wem er seine Hilfe anbot.

Lilly nickte nur und eilte los.

Erst gegen Morgengrauen kehrte Lilly in ihr Café zurück. Das Kätzchen hatte sie nicht gefunden. Sie war gänzlich durchgefroren und am Ende ihrer Kräfte. Die ganze Nacht hatte sie nach dem Zwerg gesucht – vergebens. Wie sollte sie das nur der Tierärztin erklären! Gerade erst hatte Lilly die kleine Fellmaus aufgenommen und schon war sie ihr ausgebüchst.

Doch nun, da sie im Ladenbereich stand, traute sie ihren Augen kaum. Vier Paar Katzenaugen starrten sie auffordernd an. Die Herrschaften waren wach und erwarteten ihr Frühstück. Insbesondere Sugardoll machte durch klägliches Miauen mit einer leicht theatralischen Note deutlich, dass sie nicht gewillt war, noch länger zu warten.

Lilly lachte vor Erleichterung auf, das Kätzchen war bei ihnen. Sie hob das kleine Fellknäuel hoch und drückte es an sich, was es mit einem leisen Schnurren quittierte.

»Wo hast du denn nur gesteckt?«, fragte Lilly erleichtert, während ihr die anderen Tiger um die Beine strichen. Offenbar war sie sehr vermisst worden. Ein Blick auf die Uhr verriet, dass es nun wirklich an der Zeit war, die Raubtierfütterung durchzuführen. Sie setzte das Kätzchen wieder ab, ging in die Küche und wurde dabei von der Katzenbande keinen Moment aus den Augen gelassen. »Ich beeile mich ja schon, seid nicht so ungeduldig.«

Ein Tütchen Lachs in Gelee landete in Franzens Napf, dasselbe Gericht bekam auch das Kätzchen serviert. Mr. Maunz erhielt eine ordentliche Portion Hähnchen in Sauce und Sugardoll Rind Royal. Doch die Perserdame ließ es sich nicht nehmen, auch die anderen Gerichte zumindest einmal zu probieren, indem sie ihren großen runden Kopf in jeden einzelnen Napf steckte.

Lilly hätte sich nun am liebsten noch mal hingelegt. Aber in wenigen Minuten würde sie ein Bewerbungsgespräch führen. Und zwar nicht als Bewerberin, sondern als Arbeitgeberin. Wie ungewohnt allein der Gedanke war.

Es blieb Lilly also nur, rasch unter die Dusche zu schlüpfen und sich nach einer wohltuenden Brause etwas Frisches überzuziehen. Sie hoffte, dass die junge Frau, die sich als Köchin beworben hatte, zu ihr passte. Denn Ende des Monats war es soweit. Das Café würde eröffnen. Jetzt war nicht mehr viel Zeit, Werbung wollte ja auch gemacht werden.

Die Türglocken, die an einer geraden Strippe hingen, bimmelten, als Lilly gerade die Treppe herunterhechtete. Dabei lief sie fast in die Arme einer jungen Frau mit kurzen verwuschelten Haaren, die ihr die Hand entgegenstreckte und sie anlächelte. »Frau Wendelin?«

»Ja, die bin ich.«

»Ich heiße Neele. Wir hatten vor Kurzem telefoniert.«

»Hallo Neele, ich bin Lilly. Schön, dass Sie da sind. Wie Sie sehen, haben wir noch nicht eröffnet.«

Neele blickte sich um und entdeckte die vielen Kletterbretter und Kratzbäume. »Das ist ja toll, Sie haben ein Katzencafé«, stellte sie begeistert fest. »Ich habe schon mal in einem gearbeitet. Auch als Köchin. Ich komme eigentlich aus Berlin, bin aber vor einigen Jahren in die Heide gezogen«, erklärte Neele, die in etwa in Lillys Alter sein musste.

»Das ist ja verrückt. Ich bin auch aus Berlin!«

»Nein!«

»Doch.«

»Welcher Bezirk?«

»Mitte!«

»Prenzlauer Berg!«

Sie verstanden sich auf Anhieb, auch wenn sie rein äußerlich nicht die geringsten Gemeinsamkeiten aufwiesen. Lilly bevorzugte unauffällige Kleidung, am liebsten Jeans und Shirt. Neele trug einen Cordrock und bunte Strumpfhosen darunter. Einen mangofarbenen Blazer und eine dunkelrote Bluse dazu. Keine alltägliche Erscheinung, schon gar nicht hier, im kleinen Oldendorf, aber Lilly fand Neele unglaublich sympathisch und warmherzig.

»Ich habe übrigens ein paar Kostproben meiner besten Kuchenrezepte mitgebracht, wenn Sie mal probieren möchten?«

»Sehr gern, Sie sind ja wirklich gut vorbereitet.«

»Das muss man heutzutage auch sein. Und ich sage Ihnen ehrlich, als ich gerade hier reinkam, fühlte ich mich schon wie zu Hause. Ich glaube, ich passe gut hierher.«

Das sah Lilly genauso.

Neele eilte kurz raus zu ihrem Kleinwagen, einem uralten blassgelben Käfer, den Lilly durch das Schaufenster erspähte, und holte einen Kuchentransporter vom Beifahrerersitz.

Als sie wenige Augenblicke später den Deckel abnahm, strahlten Lilly bunte Cupcakes und Muffins, dekoriert mit Mandelsplittern und Liebesperlen, entgegen. Sie staunte über die süße Vielfalt aus Sahnetörtchen sowie kleinen Schnitten von Erdbeer- und Apfelkuchen.

»Kosten Sie nur«, forderte Neele sie auf. Aber Lilly traute sich kaum, auch nur eines dieser Kunstwerke hochzunehmen, aus Angst etwas kaputt zu machen.

Neele drückte ihr resolut einen Cupcake in die Hand. »Nur Mut. Bisher hat noch niemand Bauchschmerzen von meinem Backwerk bekommen.«

Lilly nickte, biss vorsichtig in den weichen Teig und versank in einem Traum süßesten Hochgenusses. Erdbeeren schmeckte sie heraus. Und die Sahne zerging auf der Zunge.

»Ich weiß nicht, was ich sagen soll«, sagte Lilly wie in Trance.

»Hat es denn geschmeckt?«

»Und wie. Ich habe noch nie einen so guten Cupcake gegessen.«

»Dann sollten Sie mal meinen Apfelstreusel probieren.« Neele schnitt ihr ein Stückchen ab und reichte es Lilly. Hätte diese noch den Hauch eines Zweifels gehabt, ob Neele die Richtige für ihren Laden war, dieser wäre spätestens jetzt verflogen! Was für wundervoller Kuchen! Genau das, was sie sich für ihr Café erhofft hatte.

»Ich würde Sie auf der Stelle einstellen.«

Neele lachte. »Dann machen Sie das doch, meine Unterlagen habe ich dabei.«

Neele dachte offenbar an alles, das gefiel Lilly. »Es geht nur um einen Teilzeitjob, das wissen Sie?«

»Natürlich, das hatten wir schon telefonisch geklärt.«

Mr. Maunz sprang auf den Tisch vor Neele und schnupperte erst an ihrer Kuchenbox und dann an ihrer Hand.

»Mr. Maunz scheint Sie zu mögen«, sagte Lilly, was in ihren Augen ein gutes Zeichen war. Ivy hätte das gewiss mit guten Schwingungen erklärt.

»Mr. Maunz? Schön dich kennenzulernen, ich bin Neele Farber. Du bist doch aber sicher nicht die einzige Katze hier, oder?«

»Oh nein, schauen Sie mal da drüben. Auf dem höchsten Aussichtspunkt liegt Franz. Und bei den Näpfen ist häufig Sugardoll anzutreffen.« Lilly deutete in die entsprechenden Richtungen, bis ihr auffiel, dass das Kätzchen erneut verschwunden war. Nicht schon wieder! Hektisch sprang sie auf.

»Was ist denn passiert?«, hakte Neele nach.

»Ich vermisse die Vierte im Bunde. Sie ist noch ganz klein und verschwindet dauernd, obwohl die Klappe inzwischen abgeschlossen ist.«

»Sie meinen diese ganz kleine Tigerkatze? Grau mit dunklen Streifen?«

»Ja, genau.«

»Da kann ich Ihnen weiterhelfen.« Neele ging rüber in den Nebenraum zur Sofaecke und deutete auf das Grammophon. »Als ich vorhin das Café betrat, sah ich, wie jemand hier hereinkletterte. Tolles Schlafplätzchen.« Sie deutete auf den goldenen Trichter.

Ungläubig blickte Lilly hinein. Und tatsächlich. Im Inneren des Trichters hatte sich das Kätzchen gemütlich zusammengerollt. Müde kniff es die Augen zusammen. Lilly lachte erleichtert auf. »Ich habe sie die ganze Nacht gesucht, aber wahrscheinlich war sie die ganze Zeit hier.«

»Katzen sind sehr kreativ, was ihre Verstecke angeht. Das war in dem Katzencafé in Berlin nicht anders.«

»Sie glauben nicht, wie erleichtert ich bin. Diese ganze Hektik raubt mir noch den letzten Nerv.«

»Es ist nicht nur die Katze allein, oder?«

Lilly schüttelte den Kopf. Die Eröffnung des Cafés stand kurz bevor, und sie konnte nur hoffen, dass ihr Laden nicht das gleiche Schicksal ereilte wie den Haxen-Meier und das Honigkuchenpferd. Was, wenn alles letztlich umsonst und es sogar ein großer Fehler gewesen war, das Geschäft zu kaufen? Was, wenn am Ende doch keine Gäste kamen und sie auf einem riesigen Schuldenberg sitzenblieb? Sie hörte schon Mam sagen: »Das war abzusehen. Wärst du mal in Berlin geblieben.«

»Hören Sie, Lilly. Eine Café-Eröffnung ist keine alltägliche Sache. Es ist ganz normal, dass Sie aufgeregt sind und im Vorfeld alles Mögliche schiefgeht. Das ist wie das Lampenfieber vor einem Auftritt. Aber Sie werden das schon schaffen, und ich helfe Ihnen dabei, wenn Sie möchten.«

Neeles Worte beruhigten sie. Lilly war froh, dass sie sich bei ihr beworben hatte. Die junge Frau schien ein echter Glücksgriff zu sein.

»Ich habe einen Cousin, der bei einer Werbeagentur arbeitet. Ich werde ihn mal fragen, ob er uns nicht ein paar schöne Flyer zu Sonderkonditionen drucken kann.«

Das klang äußerst vielversprechend!

»Dafür müsste ich allerdings den Namen des Cafés wissen. Oder hat es noch keinen?«

Lillys Blick glitt zu dem Katzenkind im Trichter. »KittyCat«, sagte sie. »Es heißt KittyCat.«

Der letzte Gast war gegangen. Baptiste atmete auf. Er liebte seinen Job, das Fleur und alles, was damit zusammenhing. Er hatte es aufgebaut, es war sein Lebenswerk. Nach einer Zeit, in der es ihm richtig dreckig gegangen war, war das Fleur sein einziger Halt gewesen. Es war, neben Edith Piaf, seine große Liebe. Es gab nichts, was er nicht für den Erhalt des Fleurs, seines ruhiger Hafens, getan hätte. Aber manchmal war es auch einfach anstrengend und ermüdend, den ganzen Tag auf den Beinen zu stehen.

Für einen Moment verstummte das Klappern der Tastatur und Trixi sah von ihrem Laptop auf. »Dein Flammkuchen war übrigens ein Gedicht.«

»Freut mich, meine Testesserin war derselben Meinung.«

»Oh, Testesserin. Wer mag das wohl gewesen sein?«

»Lilly«, sagte er ganz selbstverständlich.

»So eine Überraschung, in letzter Zeit sprichst du auffällig oft von Lilly.«

»Tu ich das?«

»Allerdings.«

Er zuckte mit den Schultern. »Sie ist meine Nachbarin.«

»Wenn ich es nicht besser wüsste, würde ich sagen, du bist verliebt. Aber dann denke ich, sie ist doch so gar nicht sein Typ! Blass, unscheinbar. Mädchen von nebenan wäre noch geschmeichelt.«

»Sei nicht so gemein.«

»Entschuldige bitte, aber ich weiß ja, worauf du stehst. Sicherlich nicht auf kleine graue Mäuse. Was haltst du von einem Absacker?«

Baptiste griff nach einer Flasche Rotwein und entkorkte sie. »Warum nicht.«

Trixi leckte sich über die Lippen, dann ging das Tippen weiter.

»Immer bei der Arbeit, wie?«, fragte er amüsiert und brachte den edlen Tropfen samt zwei bauchiger Gläser zu ihrem Tisch.

»Was soll ich machen, ich bin nun mal Reporterin.«

»Geht es wieder um diesen Einbrecher?«

»Nein, diesmal nicht. Obwohl der Kerl mein Steckenpferd ist.

Ich habe nachgeforscht und festgestellt, dass er immer in einem bestimmten Umkreis zuschlägt. Das ist ein Muster, sag ich dir.«

»Verstehe, Frau Holmes.«

»Jaja, mach dich nur lustig.«

»Komm schon, Beatrix, du solltest auch mal Feierabend machen.« Er goss ihr ein.

»Ich bin gleich fertig …«

Er stellte die Flasche ab und klappte ihren Laptop zu.

»Hey!«

»Es ist ein Merlot. Deine Lieblingssorte.«

Versöhnlich griff sie nach dem Glas, schwenkte den Inhalt, der so tiefrot wie ihre Haare leuchtete, und nahm einen Schluck, während Baptiste sich neben sie setzte.

»Und worüber schreibst du dann?«, fragte er amüsiert.

»Ein Artikel über Liebe und, wie Paare zusammenfinden. Brandaktuell.« Sie lächelte ihn an und kam näher, so nah, dass sich ihre Lippen fast berührten

Aber Baptiste wandte den Kopf von ihr ab. Er musste plötzlich wieder an den Moment denken, in dem Lilly und er sich auffällig lang angeblickt hatten. Und an Lillys kecke Unterlippe. »Warum bist du wirklich hier?«, fragte er, um sich abzulenken.

»Was meinst du?«

»Seit einigen Wochen bist du jeden Abend im Fleur. Das war doch sonst nie der Fall.«

»Vielleicht vermisse ich jemand Bestimmtes?« Sie legte ihre Hand unter sein Kinn und drehte seinen Kopf zu sich. »Geht es dir nicht manchmal auch so?«

»Darüber haben wir lange und breit diskutiert. Wir wollen nicht das Gleiche.«

»Ich weiß, du willst nichts Festes, dich nicht binden, brauchst deine Freiheit, blabla …«

»So ist es.«

»Aber für meine Recherche wäre es schon hilfreich, wenn du ein wenig entgegenkommender wärst.«

»Schreib doch lieber einen Bericht über das Fleur. Du weißt, es ist eine Institution. Bei mir bekommen die Leute exotische Küche, die authentisch ist. Bei der einem das Wasser im Munde zusammenläuft. Ich bin seit Jahren erfolgreich. Derjenige, der mich vom Gastronomiethron stößt, muss erst noch geboren werden.«

»Mir läuft das Wasser aus ganz anderen Gründen im Mund zusammen.« Erneut dieses verführerische Lächeln, gegen das Baptiste aber immun war. Obgleich – sie hatte schöne Lippen. Das musste er ihr lassen. Aber sie waren unauffällig im Vergleich zu Lillys hervorstechender Unterlippe, die stets bebte, wenn sie redete. Was machte Lilly schon wieder in seinem Kopf?

»Was den Gastronomiethron angeht – ich habe gehört, Lillys Café soll ein Katzencafé werden?«

»Scheint so.« Er wusste es nicht genau.

»Da übernimmt sich die Kleine ganz schön.«

»Gegen das Fleur hat sie jedenfalls keine Chance. Da mache ich mir keine Sorgen. Im Gegenteil, sie tut mir sogar leid. Steckt viel Arbeit in die ganze Sache, das arme Mädel.«

»Du bist so mitfühlend.« Trixi grinste.

»Nur realistisch.«

»Selbstbewusst und sexy. Das mag ich.« Sie legte ihre Hand auf seine, aber er entzog sie ihr. »Sei nicht so ablehnend, Baptiste. Wir hatten im letzten Jahr doch eine gute Zeit. Warum nicht da wieder anknüpfen?«

»Wie gesagt, wir suchen nicht dasselbe. Eine richtige Beziehung – das ist nichts für mich«, antwortete er angespannt. Er wollte sich nicht mit ihr streiten, ihr aber auch die Grenzen aufzeigen.

»Womöglich sehe ich das jetzt auch so?«

»Ach, komm. Du hast von Heiraten und Kindern gesprochen, da kannten wir uns gerade zwei Wochen.« Er nahm einen Schluck.

»Menschen ändern sich. Vielleicht suche ich nur ein wenig Zuneigung?«

Er seufzte. Eigentlich war es ihm egal, ob Trixi auf Abenteuer oder etwas Festes aus war. Sie reizte ihn einfach nicht mehr. Keine Frau interessierte ihn lange genug. »Tut mir leid, damit kann ich nicht dienen. Vielleicht solltest du dir auch eine Katze zulegen.«

»Ach, was hat Georgine nur mit dir angestellt?« Sie lehnte sich zurück und knibbelte an ihren langen feuerroten Nägeln. Es hatte eine Zeit gegeben, in der Trixi genau sein Typ gewesen war. Eine Femme fatale in Rot.

»Es hat nichts mit Georgine zu tun«, betonte er. »Außerdem weißt du fast nichts über sie und mich.«

»Wie du meinst. Geht mich ja im Grunde auch nichts an. Aber wenn du die Wahrheit wissen willst, ich glaube, sie hat dich für alle Frauen, die nach ihr kamen, ruiniert. Mir tut diejenige leid, die am Ende die Suppe auslöffeln darf. Zum Glück werde das nicht ich sein.«

»Gerade eben wolltest du noch Zuneigung von mir?«, meinte er spöttisch.

»Seifenblasen zerplatzen eben schnell. Es ist nun mal, wie es ist. Ich bin ein großes Mädchen und sollte jetzt gehen.« Sie packte ihre Sachen zusammen, lächelte dezent und hauchte einen Kuss auf seine Stirn. »Mach's gut, Baptiste! Vielleicht findest du ja irgendwann die Richtige, mit der du es länger als zwei Monate aushältst.«

Erleichtert beobachtete er, wie Beatrix das Fleur verließ und kurz darauf knatternd auf ihrem Moped davon fuhr.

Sein Blick wanderte zum Merlot. Er nahm noch einen kräftigen Schluck. Beatrix hatte schlafende Hunde geweckt. Georgine ins Spiel zu bringen, hatte alte Wunden aufgerissen. Aber die konnte er gut mit dem Merlot verarzten.

Als er aus dem Fenster sah, entdeckte er Licht im oberen Stock des Cafés. Lilly war noch wach. Warum dachte er schon wieder an sie? Das war wohl einem Zuviel an Wein geschuldet. Und mon dieu, sie wohnte halt direkt gegenüber, er konnte ja noch nicht mal aus dem Fenster sehen, ohne an sie erinnert zu werden. Das war eben der Nachbarschaft geschuldet.

Kapitel 5

Morgen sollte es soweit sein! Das KittyCat öffnete seine Pforten. Lilly bekam vor Aufregung kein Auge zu. Sie fragte sich, ob überhaupt jemand zur Eröffnung des Cafés kommen würde? Von der Familie und Karla einmal abgesehen.

Passend zur Jahreszeit hatten Lilly und Neele die Schaufenster mit herbstlichen Kürbissen, Halloween-Gruselkatzen und Hexen auf ihren fliegenden Besen dekoriert. Es würde sogar einen Kürbiskuchen geben. Außerdem hatten sie überall im Dorf Werbebroschüren verteilt und im Schaufenster des KittyCats klebten Plakate, die eine Eröffnungsfeier ankündigten. Dank Neele hatte sie die Poster zu einem äußerst günstigen Preis bekommen. Sie würden mit leckerem Kuchen aufwarten, mit bestem Kaffee und einer Bande Fellnasen, die die Gäste streicheln durften.

Aber genügte das alles, um ein Café am Leben zu halten? Sie schaute zu Mr. Maunz, der inzwischen neben ihr eingeschlafen war. Katze müsste man sein, dann hatte man wenig Kummer. Er konnte überall schlafen. Und Sorgen hatte er wohl auch nicht allzu viele.

Als der Wecker 5.30 Uhr anzeigte, lag sie immer noch wach. Sie hatte versucht, sich so wenig wie möglich zu bewegen, um Mr. Maunz nicht zu wecken. Im Laufe der Nacht war sie von ihm immer mehr an die Bettkante gedrängt worden, so dass er Dreiviertel der Matratze für sich einnahm und in seltsamer Verrenkung vor sich hindöste. Aber dann nieste sie und er schreckte auf. Nachdem er sich orientiert und geputzt hatte, begrüßte er sie mit einem Nasenstups. Seine Nähe und das warme Fell wirkten beruhigend.

»Du bist mein kleines Ass heute«, flüsterte sie ihm zu und

Mr. Maunz maunzte zur Bestätigung. »Wir schaffen das schon, oder?« Er kniff die Augen zusammen, was ganz klar ja bedeutete. Lilly seufzte. Es gab noch so viel zu tun.

Gegen sechs Uhr stand sie auf den Beinen und machte sich einen Instant-Kaffee, anschließend fegte sie alles noch mal durch, stellte die Stühle von den Tischen und bereitete die Kaffeemaschine vor. Anschließend zog sie die bunten Vorhänge auf, so dass die ersten Strahlen der Morgensonne hineinschienen. Einem Scheinwerferlicht gleich beleuchteten sie das Innere ihres Cafés. Lilly setzte sich einen Moment lang hin und genoss den Anblick.

Sie hatte mit der Hilfe ihrer Freunde und Familie etwas ganz Tolles aufgebaut! Schon das Antiquitätengeschäft war in ihren Augen wunderschön gewesen, jetzt erstrahlte das kleine Lädchen in neuem Glanz. Die Halloween-Deko gaben ihm einen besonderen Pfiff. Kleine Fledermäuse hingen von den Decken genauso wie Kunstspinnennetze. Lilly wünschte, ihre Großmutter hätte heute bei ihr sein können, um mit eigenen Augen zu sehen, was aus Lillys einstigem Traum geworden war.

»Wenn ich groß bin, will ich mal ein eigenes Café haben«, hatte sie früher immer gesagt.

»Und ich will den ersten Kuchen bei dir essen«, hatte Oma dann geantwortet.

Lilly seufzte. Das war nun leider nicht mehr möglich. Dennoch hatte Großmutter immer an sie geglaubt. Ohne ihre Stärke, wäre Lilly nicht hier, und jetzt hatten sich all die Anstrengungen gelohnt. Dies war ihr Lädchen!

Lilly erhob sich, um auch die Stühle im Nebenraum von den Tischen zu nehmen und öffnete die Seitenfenster, um frische Luft einzulassen.

Um zehn Uhr stieß Neele zu ihr. Sie hatte eine fertige Torte dabei und würde nun in der Küche weitere Schnitten backen.

»Der Kirschsahnekuchen sieht ja traumhaft aus«, schwärmte Lilly und stellte diesen später in die gekühlte Glastheke.

»Ist ja auch ein besonderer Tag für dich, Boss.« Sie duzten sich inzwischen, und Neele hatte es sich angewöhnt, Lilly Boss zu nennen. Was überaus ungewohnt war. Und obwohl sie flache Hierarchien bevorzugte, war sie auch stolz auf sich, endlich selbstständig zu sein.

»Oh ja …« Lilly musste nur daran denken, dass das KittyCat um fünfzehn Uhr die Pforten öffnete und schon stachen sie die Hummeln im Hintern. Sie lief noch mal alles ab.

Rückzugsraum für die Katzen – Check.
Einhaltung der Hygienevorschriften – Check.
Saubere Tischdecken – Check.
Schieferntafel mit aktuellen Angeboten über der Theke – Check.
Auf jedem Tisch eine Speisekarte – Check.
Toilettenausschilderung – Check.
Vorräte aufgestockt – Check.
Funktionierende Kaffeemaschine – Check.

Schien alles in Ordnung zu sein. Gegen vierzehn Uhr würden Sebastian und Ivy mit Mam und Paps eintreffen, sicher würde sie dann ruhiger werden, sofern Mam sich einmal zusammenriss und keinen Stress machte. Und Karla kam ja auch. Sie hatte fest zugesagt und bereits gesimst, dass ihre Mutter auf die Zwillinge aufpasste.

»Du machst mich ein wenig nervös«, sagte Neele, die mehr als einen Teig gleichzeitig anrührte.

»Tut mir leid.« Lilly ging weiter auf und ab wie ein Tiger im Käfig und rührte dabei selbst einen Teig, um Neele zu helfen.

»Atme mal tief durch, Boss. Es wird schon alles gut gehen.«

Lilly schloss die Augen und sog die Luft tief in ihre Lungen.

»Besser?«

Sie wiederholte die tiefen Atemzüge einige Male und nickte. Ja, es half. Irgendwie. Für den Moment.

»Sieh mal, du bist ja auch nicht allein. Ich bin hier. Mr. Maunz ist auch bei dir. Was soll da schief gehen?«

Lilly öffnete langsam die Augen. Ihre Köchin hatte natürlich recht. Sie hatte gute Freunde. Und Neeles Stimme war so beruhigend, dass Lillys Stresspegel sank.

Und doch war eine Café-Eröffnung etwas ganz Besonderes, bei dem auch ganz besonders viel schiefgehen konnte. »Ich habe Angst, dass die Eröffnung ein Reinfall wird«, gab Lilly zu und rührte wie besessen ihren Teig. »Außerdem kommt meine Mutter, die nicht gerade ein großer Fan meiner Entscheidungen ist.«

»Es wird kein Reinfall, Boss«, versicherte Neele eindringlich und nahm ihr die Teigschüssel aus den Händen. »Denn das werde ich nicht zulassen. Und deine Mam werden wir auch überzeugen. Hier probier mal.« Neele holte ein paar Muffins aus dem Ofen und reichte Lilly einen Teller mit einem besonders großen Exemplar, das mit Blaubeeren verziert war.

Lilly nahm das Küchlein entgegen und nickte. Es roch so gut, dass es einfach jeden Gast überzeugen musste!

Und als schließlich ihre Familie pünktlich auf die Minute eintraf, lagen bereits mehrere köstliche Torten hinterm Glas und der Duft von frischen Kaffee aus der gleichmäßig blubbernden Kaffeemaschine erfüllte den Raum.

Mam sonderte sich von den anderen ab und schaute sich mit überkritischem Blick um. Lilly begrüßte derweil ihre Familie, ohne ihre Mutter dabei aus den Augen zu lassen.

»Was meinst du, wird's ihr gefallen?«, fragte sie Ivy, die nur hilflos mit den Schultern zuckte.

Aber da kam Mam auch schon zurück. Ein überaus freundliches Lächeln im Gesicht. »So sieht es also aus! Ivy hat mir ja schon so viel erzählt. Doch es ist in Wahrheit noch schöner«, schwärmte Mam überraschend, umarmte sie herzlich und verschwand in dem kleinen Nebenzimmer, um sich auch von diesem einen Eindruck zu verschaffen.

»Hast du sie gegen eine Doppelgängerin ausgetauscht?«, fragte Lilly verblüfft.

»Ich bin genauso baff wie du. In Berlin hat sie noch nach jedem Haar in der Suppe gesucht und auf der Fahrt von soliden Standbeinen und Festanstellungen geredet, ein Gastronom in der Familie würde reichen, blabla …«, sagte Ivy nicht minder beeindruckt.

Mams Lob bedeutete einiges. Wie jeder in der Familie war sie überkritisch. Doch die bunten Vorhänge und Flickenläufer hatten es ihr wohl gleich angetan. Lilly konnte es nicht glauben.

»Das ist wirklich ein sehr schönes Café«, sagte Mam schließlich, als sie von der Sofaecke zurückkehrte. »Ich glaube, die Leute werden sehr gern hierherkommen.«

Lilly lachte vor Glück auf. »Das bedeutet mir wirklich viel, dass du das sagst.« Einen strengeren Gast als Mam gab es nicht.

Und als dann auch noch die Tür aufging und Karla und Christoph mit Jessi auf dem Arm eintraten, wusste Lilly, dass dieser Tag auf keinen Fall in einem Desaster enden würde! Im Gegenteil. Er war schon jetzt perfekt! Denn alle, die ihr wichtig waren, standen ihr zur Seite.

Mam schnappte sich gleich Karla, um mit ihr über die alten Zeiten zu plaudern und die kleine Jessi zu herzen. Christoph und Sebastian verstanden sich auf Anhieb, genauso wie Ivy und Neele, die überall herumwuselten!

Es schien, als ahnten auch die Katzen, dass dies ein besonderer Tag war. Neugierig schlichen sie umher. Ganz langsam und vorsichtig, aber mit erhobenen Köpfen. Nur dem Kätzchen war die Aufregung zu viel und es versteckte sich im Grammophon.

»Wir müssen uns langsam umziehen«, flüsterte Neele ihr zu.

Ach ja, richtig, die Kostüme! Neele hatte sie besorgt, und Lilly war sofort von der Idee begeistert gewesen.

»Entschuldigt uns kurz«, sagte Lilly, und die beiden Frauen zogen sich in ihre Wohnetage zurück.

Als sie kurz darauf als Katze und Hexe verkleidet zurückkehrten, ernteten sie Begeisterung von allen Seiten.

»Ihr seht einfach toll aus«, sagte Ivy.

»Richtig süß, kleine Hexe«, meinte Karla und zeigte Jessi das aufwendige Kostüm mit spitzem Hut und großmaschigen Netzstrümpfen. »Na, erkennst du sie wieder? Das ist unsere Lilly.«

Jessi klatschte vergnügt in die Hände. Offensichtlich wusste sie trotz ihrer drei Jahre ganz genau, wen sie vor sich hatte. Lilly gab der Kleinen ein Küsschen auf die Stirn. Dabei fiel ihr Blick auf die Uhr hinter der Theke. Es war soweit. Der große Zeiger schob sich auf die Zwölf. Lillys Herz fing an zu rasen.

»Es ist fünfzehn Uhr«, verkündete Neele auch schon und rückte ihre Katzenöhrchen zurecht. Jeder im Raum hielt den Atem an. Der Augenblick, dem alle entgegengefiebert hatten, war gekommen. Lillys Hände fingen unweigerlich zu zittern an.

Die anderen sammelten sich um sie, drückten und herzten sie. »Das wird ganz toll, du wirst sehen«, sagte Karla aufmunternd. »Du hast so hart dafür gearbeitet. Was soll also schiefgehen?«

Ja, es war der Moment, auf den Lilly mit aller Kraft hingearbeitet hatte. IHR Moment. Lilly sah in Mams und Paps Gesicht, die ihr zunickten. Sie ging vorbei an Ivy und Sebastian, Tränen schimmerten in den Augen der Schwester. Und sie schaute zu Karla, Christoph und Jessi, die ihr allesamt die Daumen drückten.

Schließlich gelangte Lilly zur Tür, über deren gläsernes Fenster ein Rollo die Sicht nach draußen versperrte. Sie atmete tief durch. Ihr Moment war gekommen. Da spürte sie Neeles Hand auf ihrer Schulter.

»Sie werden es lieben«, sagte sie.

Lilly nickte, öffnete die Tür und hakte sie ein, es standen tatsächlich schon ein paar Gäste vor dem Lädchen.

Freundliche Gesichter, heiteres Lachen überall. Sie waren sogar aus Lohheide und Eversen hierhergekommen. Leckerer Kuchen, guter Kaffee. Es funktionierte! Die Leute waren gut drauf, sie scherzten und lachten. Im Nu war der Laden voll.

Aber wo waren die Katzen? Keine von ihnen ließ sich blicken. War der Stress für sie doch zu groß, die Gäste zu laut?

Lilly sah im Rückzugsraum nach, aber selbst dort waren die Tiere nicht. Auch das Kätzchen hatte sein Versteck geräumt. Vermutlich waren die Stubentiger unter Lillys Bett geflüchtet. Was für ein Auftakt, ein Katzencafé ohne Katzen! Die ersten Gäste fragten auch schon nach den Samtpfoten. Aber was sollte Lilly sagen? Sie konnte die Tiere nicht zwingen. Ihre vierbeinigen Mitbewohner mussten sich erst an die neuen Umstände gewöhnen.

»Seht mal, da ist eine Katze!«, rief ein kleiner Junge plötzlich und deutete zur höchsten Plattform des größten Kratzbaumes im ganzen Raum.

Dort saß wie gewöhnlich Franz, der sich als Einziger nicht verkrochen hatte. Er wirkte gelassen. Ihm war wohl klar, dass er hier oben überaus gut geschützt war.

»Richtig, das ist Franz«, erklärte Lilly.

»Hast du noch mehr Katzen?«

»Eigentlich schon.«

»Wo sind die denn?«, wollte der Junge wissen.

Lilly seufzte. Da erklang plötzlich Gelächter von der Sofaecke. Und als Lilly nach dem Rechten sah, traute sie ihren Augen nicht, als sie Mr. Maunz zwischen ihren Gästen entdeckte. Er kletterte über jeden Schoß, gab Köpfchen und Nasenstupser. Nein, ihr kleines Ass ließ sie wirklich nicht im Stich! Die Leute waren begeistert. Rasch gesellten sich auch die anderen Gäste mitsamt dem kleinen Jungen zu der abseits gelegenen Sesselecke.

»Der ist ja toll!«, rief der Junge.

Mr. Maunz setzte sich auf den Tisch und fing an, sich entspannt das Pfötchen zu putzen. Er schien die Aufmerksamkeit um seine Person sichtlich zu genießen und sein Fell noch ein wenig in Form bringen zu wollen. Nichts brachte ihn aus der Ruhe. Kein lautes Geräusch, keine streichelnde Hand. Ein geborener Entertainer, der nur einen Moment gebraucht hatte, um mit dem neuen Publikum warm zu werden. Aber jetzt saß er hier, im imaginären Rampenlicht.

»Darf ich mal durch?«, vernahm Lilly eine vertraute Stimme hinter sich, und plötzlich stand die Reporterin Beatrix mit einem jungen Fotografen neben ihr, das Augenmerk auf den Charmeuer im roten Pelz gerichtet.

»Oh ja, davon brauche ich Bilder«, sagte Trixi und lächelte Lilly an, als wären sie seit Jahren beste Freunde. »Ich will auch ein Interview mit Ihnen«, erklärte sie beiläufig. Ein Interview? Oh Gott, das hatte ja gerade noch gefehlt!

»Den bringen wir groß raus«, prophezeite Trixi ihrem Begleiter, der wie wild Fotos von dem Kater schoss. Mr. Maunz brachte sich in Pose.

»Möchten Sie etwas trinken? Oder ein Stück Kuchen?«, fragte Lilly die Reporterin, doch diese winkte ab.

»Später vielleicht. Diese kleine Sensation dürfen wir uns doch nicht entgehen lassen.«

»Wie Sie meinen.« Lilly kümmerte sich um eintreffende Gäste. Der Laden wurde immer voller, so dass Ivy, Sebastian und Neele draußen Tische und Stühle aufstellen mussten. Mit einem solchen Andrang hatte niemand gerechnet.

»Läuft doch super, oder Boss?«, meinte Neele.

Lilly nickte. Vergessen waren alle Sorgen. Mr. Maunz und seine schnurrenden Freunde hatten die Leute in ihren Bann gezogen.

»Da drüben ist ja einiges los«, meinte Michel. Und er hatte recht. Der stürmische Erfolg kam unerwartet.

»Das geht schon den ganzen Nachmittag so«, sagte Erik Pallaske, ein älterer Herr und Stammgast des Fleurs. Er nahm Michel die Käseplatte ab, die dieser ihm gerade gebracht hatte. Der herrliche Geruch des Camemberts erfüllte den ganzen Raum.

»So viele Gäste auf einmal, das hatten wir lange nicht«, erwiderte Michel. »Oder sogar noch nie.«

»Es ist eben Neueröffnung. Die Leute wollen sehen, was es mit den Katzen auf sich hat. Darüber wurde ja schon im Vorfeld viel gesprochen«, überlegte Pallaske und stellte die Platte mit leicht zitternden Händen auf dem Tisch ab. Baptiste blickte unentwegt aus dem Panoramafenster und spielte dabei mit einem Bierdeckel, den er auf der schmalen Seite balancierte.

Der nicht enden wollende Strom an Besuchern beunruhigte ihn stärker, als er vor sich selbst zugeben wollte. Insbesondere weil nicht wenige der Gäste eigentlich sonst ins Fleur kamen. Jetzt zog es sie magisch ins KittyCat. Hoffentlich war das nur eine vorübergehende Erscheinung. Es musste so sein! Denn das Fleur war seit

Jahren die unangefochtene Nummer Eins im ganzen Landkreis. Doch vom alten Herrn Pallaske abgesehen war das Fleur heute leer.

»Ich schaue mir das nachher auch mal an«, sagte Pallaske und schnitt etwas vom Käse ab, den er sich gleich darauf in den Mund steckte.

Baptiste seufzte. Er hatte schon viele Restaurants kommen und gehen sehen. Aber keines hatte an seinem Eröffnungstag so viel Aufmerksamkeit auf sich gezogen. Es war direkt beängstigend.

»Da haben Sie jetzt echte Konkurrenz direkt vor der Nase«, meinte Michel. »Aber die belebt bekanntlich das Geschäft.«

»Es ist ein Café, nicht mehr, nicht weniger. Was kann man dort schon speisen? Französische Köstlichkeiten jedenfalls nicht. Kein frisches Baguette, keine Platte Fromage. Ordinären Kuchen vielleicht. Oder ein simples Frühstück. Das ist nichts im Vergleich zu unserer Küche«, sagte Baptiste verärgert. Er konnte einfach nicht verstehen, warum seine Gäste ihn im Stich ließen. Er war Koch aus Leidenschaft. Oft stand er persönlich hinter dem Herd, denn niemand, davon war er überzeugt, konnte französische Delikatessen besser zubereiten als ein gebürtiger Franzose.

»Schon gut«, beruhigte Michel ihn. Und Baptiste merkte, er hatte über die Stränge geschlagen.

»Schmeckt es denn, Herr Pallaske?«, fragte Baptiste freundlich.

»Ja, wie immer«, gab der ältere Herr zu und biss abermals herzhaft in ein Stück Käse.

Wie immer. Begeisterung klang anders. Aber Baptistes Ego brauchte nun unbedingt eine Streicheleinheit. In dem Moment ging die Tür auf und ein junges Paar trat ein. Offenbar ortsfremd, vielleicht auf der Durchreise. Es spielte ja eigentlich keine Rolle. Es waren Gäste. Und Gäste wurden herzlichst vom Chef persönlich empfangen.

Baptiste breitete die Arme aus. »Willkommen im Petite Fleur! Darf ich Ihnen einen Tisch anbieten?«

Der Mann nickte ihm schon zu, die junge Frau aber hielt ihn am Arm fest. »Wollen wir lieber rübergehen und uns dort umschauen?« Sie deutete durch die offene Tür zum KittyCat.

Baptiste fühlte sich, als hätte man ihm einen Dolch hinterrücks ins Herz gestochen. Schätzte denn wirklich niemand mehr die französische Küche?

»Wenn Sie ein warmes Abendbrot französischer Art möchten, dann sind Sie hier genau richtig.«

»Ich habe gar keinen so großen Hunger«, meinte die junge Frau.

»Wir sind schon seit fünf Stunden unterwegs und haben noch eine lange Fahrt vor uns. Wir wollten uns nur kurz stärken«, erklärte der Mann.

»Eine lange Fahrt? Monsieur, Sie haben recht! Da benötigen Sie etwas Gutes im Magen.« Baptiste suchte bereits einen Tisch aus und zog den Stuhl am Fenster zurecht. »S'il vous plaît.«

Die jungen Leute zögerten immer noch. Da erhob sich Erik Pallaske, setzte seine Schiebermütze auf und warf einen Schein und ein paar Münzen auf den Tisch. »Stimmt so«, sagte er zu Michel.

»Danke, sehr freundlich.«

»Ich gehe jetzt rüber. Kommen Sie doch einfach mit. Wenn es Ihnen nicht gefällt, können Sie ja wieder ins Fleur zurück«, sagte er und stützte sich auf seinen Stock, den er immer bei sich hatte, seit Baptiste ihn kannte.

Die junge Frau lächelte begeistert. »Das ist eine gute Idee. Machen wir es so.«

Mit Pallaske und den beiden jungen Leuten verließen die letzten Gäste das Fleur. Baptiste traute seinen Augen kaum. So etwas war ihm noch nie passiert. Und Pallaske war ihm auch noch in den Rücken gefallen: Sein Stammgast hatte Gäste zur Konkurrenz gelockt.

»Da ja hier nichts los ist, kann ich sicher auch mal gucken, was im KittyCat so läuft, oder?«, fragte Michel.

»Ja, nur zu«, sagte Baptiste konsterniert.

»Kommen Sie auch mit? Nur ganz kurz. Erna ist ja zur Not hier.«

»Non! Ich habe eine Katzenallergie«, entgegnete er.

»Ah, verstehe.«

Aber Baptiste verstand gar nichts mehr.

»Das war eine gute Idee von Ihnen«, bedankte sich die junge Frau bei Pallaske. »Dieses Fleur war ja ganz nett, aber auch ein wenig spießig.«

Er lachte und beobachtete, wie sich das Paar an einen der wenigen freien Tische setzte.

Erik Pallaske ließ die jungen Leute, die ihn ins KittyCat begleitet hatten, nun unter sich und schaute sich in dem Café um. Es war ganz anders als erwartet. Überall hingen Halloween-Dekorationen und sogar die Bedienungen waren verkleidet. Der Duft frisch gemahlenen Kaffees lag in der Luft, und als eine als Katze kostümierte junge Frau mit zwei Kuchentellern an ihm vorbeirauschte, wurde ihm der Mund wässrig beim Anblick der leckeren Nascherei.

»Ein Tisch für eine Person?«, fragte ihn plötzlich eine zweite junge Frau, die als Hexe verkleidet war.

»Wenn noch etwas frei ist.«

Sie schaute über ihre Schulter. »Wird tatsächlich nicht ganz leicht. Mit solch einem Andrang haben wir nicht gerechnet. Aber ich sehe gerade, ein Plätzchen ist noch frei. Kommen Sie mal mit.« Sie führte ihn an all den Leuten vorbei, vielen standen auch und unterhielten sich angeregt, zu einem Einzeltisch in der Ecke. »Leider ist der etwas abseits«, sagte die Dame im Hexenkostüm entschuldigend.

»Das macht gar nichts. Der Tisch ist genau richtig.« Erik Pallaske wollte ja ohnehin erst mal nur gucken, ob dieses neumodische Café etwas für ihn war. Die Stimmung war ausgelassen, das gefiel ihm immerhin. Und die Cafébetreiber waren ausgesprochen nett.

»Ich bringe Ihnen sofort die Karte.«

»Das müssen Sie nicht, junge Dame. Ich habe schon längst erkannt, dass Sie hier brasilianischen Kaffee anbieten.« Er deutete auf seine Nase. »Im Alter, so sagt man, lässt der Geruchssinn nach. Bei mir ist das aber nicht der Fall.«

»Sie haben tatsächlich ein gutes Näschen.«

»Bringen Sie mir bitte eine Tasse, ja? Und vielleicht auch etwas von dem Zitronenkuchen?«

»Sehr gern.« Die junge Frau eilte davon und Erik Pallaske hatte genügend Zeit, alles unter Augenschein zu nehmen.

Familien mit Kindern waren hier, Pärchen, ältere Leute, junge Menschen. Selten sah man eine so bunte Mischung beisammen. Und alle schienen sich gut zu verstehen, ihren Spaß zu haben. Die Stimmung erreichte auch ihn. Früher war er gern unter Menschen gewesen. Das war, genau genommen, auch heute noch der Fall, aber irgendwie war da trotzdem dieses Gefühl, nicht mehr dazuzugehören. Auf einer Art Abstellgleis zu stehen. Er war alt. Da brauchte er sich nichts vorzumachen. Er musste nur seine Hände ansehen, die von Falten gezeichnet und mit Altersflecken übersät waren. Das war jedoch nicht das eigentliche Problem. Es war viel mehr die innere Leere, die sich in ihm ausgebreitet hatte, seit er allein war. Pallaske war nicht naiv, er wusste, dass das der Lauf der Dinge war. Menschen kamen und gingen. Manche kehrten nie zurück. So sah das Leben aus. Doch wenn man einen Großteil seines Lebens mit einem Menschen verbrachte und dieser einem so vertraut wurde wie kein zweiter, dann war diese Bindung so stark, dass sie auch dann noch bestehen blieb, wenn dieser Mensch nicht mehr da war.

Ein seltsames Geräusch, das wie ein Schmatzen klang, riss ihn aus seinen Gedanken. Irritiert schaute er sich um. Spielten ihm die alten Ohren einen Streich? Was war das nur? Sacht hob er den Kopf und traute seinen Augen nicht, als er einen schwarzen Kater knapp unterhalb der Decke bemerkte. Er lag auf einer Plattform, die zu einem Kratzbaum gehörte. Ausgiebig putzte er sein Fell. Doch nun, da Pallaske ihn immer noch anstarrte, schaute er verdutzt zurück.

»Noch jemand, der alles aus der Entfernung beobachtet«, sagte Pallaske amüsiert.

Da kam auch schon die Dame im Hexengewand zurück, stellte ihm nett lächelnd den Kaffee hin und auch das gewünschte Stück Kuchen. »Guten Appetit«, wünschte sie und legte ihm noch einen Zettel mit einer Nummer neben die Tasse.

»Was ist das?«

»Ein Los. Wir veranstalten heute eine kleine Tombola, zur Eröffnung des KittyCat.«

»Oh. Na da bin ich ja mal gespannt, ob ich Glück habe.«

»Ich drücke beide Daumen. In einer halben Stunde findet schon die erste Ziehung statt. Es gibt heute zwei Verlosungen«, sagte die kleine Hexe und war auch schon wieder verschwunden.

»Losnummer 51«, las Pallaske. Das bedeutete wohl, dass derzeit mindestens einundfünzig Gäste anwesend waren. Wahrscheinlich sogar mehr, denn nach ihm waren gewiss auch noch einige gekommen. Für so einen kleinen Laden war das eine ganze Menge. Er probierte ein Stück von dem Kuchen und glaubte kaum, was ihm da auf der Zunge zerging. Ein Hochgenuss! Wundervoll. So frisch und sahnig. Dazu der leicht säuerliche Zitronengeschmack. Ein Gedicht! Damit hatte er nun wirklich nicht gerechnet. Und auch der Kaffee war grandios! Der Laden gefiel ihm immer besser.

Und als die Verlosung schließlich wie angekündigt stattfand, wurde es noch voller. Ein wenig zu voll für Pallaske, der seinen Aufenthalt im KittyCat sehr genoss. Nun war es aber wirklich Zeit zu gehen. Er schnappte sich seinen Stock, stützte sich darauf und erhob sich vom Stuhl. »Darf ich bitte durch«, fragte er freundlich und die Leute machten ganz selbstverständlich Platz. Auf so viel Rücksicht traf man sonst selten.

»Unser erster Gewinner eines ganz besonderen Halloween-Pakets mit Kürbiskuchen, einem guten Tropfen und einer Schachtel süßer Schokoerdbeeren ist: die Nummer 51!«, rief die Frau im Katzenkostüm an der Theke. Die Leute applaudierten.

51? Pallaske konnte es nicht glauben! Er hatte tatsächlich gewonnen! Er hatte doch noch nie irgendetwas gewonnen. Das musste sein Glückstag sein! Und plötzlich erwachte in ihm der kleine Junge. »Ich habe das Los!«, rief er und riss es hoch.

»Kommen Sie zu mir nach vorne. Herzlichen Glückwunsch!«, rief die Katzenlady und streckte ihm beide Arme entgegen.

»Tatsächlich, das ist die Nummer 51«, sagte sie laut und nahm ihm das Los ab, um es hochzuhalten. Die nette Frau im Hexenkostüm reichte ihm seinen Gewinnkorb. »Haben Sie viel Spaß damit, ja?«

Pallaske freute sich so sehr, dass er sich gleich zwanzig Jahre jünger fühlte und sich spontan entschied, doch noch ein wenig zu bleiben. Vielleicht noch ein halbes Stündchen, das konnte ja nicht schaden. Außerdem hatte er gerade einen weiteren freien Tisch entdeckt, der näher am Geschehen lag und wie für ihn geschaffen war. Prompt setzte er sich dorthin.

Es wurden noch weitere Gewinne verlost. Und aus Pallaskes halbem Stündchen wurden rasch zwei Stunden. Dann musste er sich aber wirklich losreißen, von all den netten Leuten und den neugierigen Miezen, die sich hier ganz frei bewegten. Eine Perserdame hatte mit großem Interesse seinen Gewinnkorb untersucht und auch ein roter Kater war kurz vorbeigekommen, damit man sich miteinander bekannt machen konnte. Nun wurde es aber Zeit, sonst machte sich seine Älteste noch Sorgen.

Pallaske wurde herzlich verabschiedet und fühlte sich zum ersten Mal seit langer Zeit wieder richtig lebendig. Er konnte es nicht erwarten, seiner Tochter Daniela von diesem Schatz zu erzählen, der in der Winkelmanngasse lag. Ach, seiner Frau hätte das Café auch gefallen. Da war er sich ganz sicher. Für einen kurzen Moment kehrte die Wehmut zurück. Das Gefühl der Einsamkeit, jetzt da er allein durch die Straße ging, den Trubel, das Leben hinter sich gelassen hatte. Aber er konnte jederzeit ins KittyCat zurückkehren.

»Es war wirklich ganz toll bei dir«, sagte Karla und drückte Lilly an sich. »Ich glaube, deiner Oma hätte es auch richtig gut gefallen.«

Es bedeutete ihr viel, dass Karla das sagte.

»Wir kommen bestimmt bald wieder.«

»Das hoffe ich doch.«

»Bei den leckeren Kuchen ganz bestimmt«, meinte Christoph, der Jessi im Arm hielt. Die Kleine war inzwischen eingeschlafen.

»Fahrt mir bitte ganz vorsichtig.«

»Natürlich. Wir melden uns, ja?«

»Alles klar.«

Karla lachte und zog Lilly spaßeshalber den Spitzhut ins Gesicht, dann umarmten sich die Freundinnen noch einmal.

Was für ein Tag. Gegen einundzwanzig Uhr hatte der letzte Gast das Café verlassen und damit die offiziellen Öffnungszeiten ein wenig überstrapaziert. Aber da heute die Eröffnungsfeier stattgefunden hatte, hatte Lilly ein Auge zugedrückt. Alles in allem, hatte es sich gelohnt. Ihr erster Tag als Cafébesitzerin war ein voller Erfolg gewesen.

Lilly hatte von allen Seiten Lob erhalten, für die gute Stimmung, die leckeren Kuchen und ihr süßes Hexenkostüm sowie das Versprechen unzähliger Gäste wiederzukommen. Was konnte man sich mehr wünschen?

Ein wenig enttäuscht war sie darüber, dass Baptiste nicht zu Besuch gekommen war. Sie wusste ja, dass er an einer Allergie litt. Dennoch hatte sie fest damit gerechnet, dass er zumindest kurz vorbeigeschaut hätte.

Die Enttäuschung darüber war jedoch schnell vergessen, als Sebastian eine Flasche Sekt hinter der Theke hervorzog. »War ein harter Tag, aber auch ein toller Erfolg. Darauf sollten wir anstoßen.«

Neele drückte Ivy, Mam, Paps und Lilly je ein Sektglas in die Hand und Sebastian schenkte ein. Sich selbst goss er etwas in sein Basecap und schüttete es lachend über seinen Kopf.

»Auf das KittyCat«, sagten alle einstimmig. Dann klirrten die Gläser aneinander.

Lilly war wirklich stolz auf sich. Nach der Trennung von Alex hatte sie so viel erreicht. Und endlich machte sie etwas, das sie glücklich machte.

»Ich danke euch allen sehr für eure Hilfe«, sagte sie gerührt.

Ivy und Neele umarmten sie. »Wir haben gemeinsam etwas Großartiges aufgebaut«, sagte ihre ältere Schwester. »Aber das hatte ich dir ja prophezeit.«

»Ich weiß, ich weiß. Es stand in den Karten.«

»So ist es. Ich krieg dich noch dazu, daran zu glauben.«

Lilly hatte da ihre Zweifel.

»Und die Leute haben das KittyCat sehr positiv aufgenommen«, fügte ihr Schwager hinzu.

»Ich glaube, ein Ort wie dieser hat in Oldendorf gefehlt«, sagte auch Paps.

»Wenn ich mich nicht irre, war das halbe Dorf heute zu Gast«, meinte Neele und grinste. »Das ist ein gutes Zeichen. Es wird sich schnell herumsprechen, dass man hier exquisiten Kaffee und Kuchen bekommt, und dazu noch ein paar Miezen streicheln kann.«

Alle lachten. Ja, das Rezept schien tatsächlich zu funktionieren!

Eine Stunde später waren Mam, Paps, Ivy und Sebastian in ihr Hotel zurückgekehrt. Morgen früh ging es wieder nach Berlin. Lilly würde sie vermissen. Aber zum Glück lag die Hauptstadt nicht am anderen Ende der Welt, sondern nur drei Stunden Autofahrt entfernt.

Neele ging eine halbe Stunde später, und Lilly fegte den großen Raum aus. Das Glück pochte in ihrem Herzen. All die freundlichen Worte. Sie war so dankbar, dass alles so wunderbar geklappt hatte. Und dennoch wanderte ihr Blick immer wieder zum Fleur, wo noch Licht brannte. Es wäre schön gewesen, wenn Baptiste zur Eröffnung gekommen wäre. Da kam ihr eine Idee. Entschlossen schlüpfte sie in Alltagskleidung und packte die übriggebliebenen Muffins in einen Pappkarton. Wenn Baptiste nicht ins KittyCat kam, kam das KittyCat eben zu ihm.

Lilly klemmte sich den Karton unter den Arm und ging rüber. Baptiste verabschiedete gerade die letzten Gäste und blickte Lilly mit einem Ausdruck an, den sie nicht ganz deuten konnte. Erfreut war jedenfalls etwas anderes.

»Ich wollte Ihnen nur ein paar Kuchen vorbei bringen«, sagte Lilly aufgeregt.

»Kuchen? Für mich?«, fragte er etwas pikiert.

»Es sind genau genommen Muffins.« Sie stellte den Karton auf einen Tisch. »Die schmecken wirklich gut. Ist ein kleines Dankeschön, weil Sie mir neulich halfen, mein Kätzchen zu suchen.«

Baptiste blickte skeptisch auf den Karton, lächelte dann aber. Es wirkte dennoch gequält, genauso wie sein »Merci«.

Vielleicht kam sie gerade ungelegen. Lilly ging rückwärts zur Tür, deutete mit dem Daumen hinter sich. »Ich … geh dann mal.«

»Natürlich.«

An der Tür angekommen, drehte sie sich erneut zu ihm um. »Ich fand's schade, dass Sie gar nicht da waren.« Ach, das hätte sie jetzt besser nicht gesagt. Das kam so bedürftig rüber.

Er hob eine Augenbraue.

Sie ging wieder auf ihn zu. Irgendwie musste sie das ja jetzt erklären. »Naja, ich hatte gehofft, dass Sie auch zur Eröffnung kommen. Ich weiß natürlich, dass Sie eine Katzenallergie haben und nicht lange hätten bleiben können. Aber wir sind doch gute Nachbarn und immer noch Freunde, oder?«

Er nickte nachdenklich. »Oui.«

»Aber Sie hätten mal sehen sollen, wie viele Leute da waren. Es war großartig. Ich habe wirklich nicht mit solch einer Resonanz gerechnet.«

»Ich auch nicht …«

»Ich glaube, der Herr Bürgermeister hat sich sogar die Ehre gegeben.«

»Schön für Sie.« Er wirkte angestrengt.

»Geht es Ihnen nicht gut? Hatten Sie wieder einen Anfall?«, plapperte Lilly drauf los. Am liebsten hätte sie sich auf die Zunge gebissen. Das war ja nun wirklich mit der Tür ins Haus.

»Non. Keinen Anfall«, sagte er ganz ruhig und blickte sie versöhnlich an. »Aber ich danke Ihnen, für Ihre Freundschaft und die Muffins.« Er schob sie sacht, aber bestimmt in Richtung Tür.

»Sehr gern. Lassen Sie sich die Muffins schmecken. Gute Nacht, Baptiste.« Schon war sie raus aus dem Fleur – dagegen fühlte sich die kühle Nachtluft schon fast wieder warm an.

Kapitel 6

»Wo bist du denn?« dröhnte es laut aus dem Café.

Es war Neele!

Lilly schreckte hoch. Ihr Blick glitt zum Wecker. Es war schon neun Uhr! Er hatte nicht geklingelt und sie hatte prompt verschlafen. Wie gut, dass Neele einen Schlüssel hatte! Gegen zehn Uhr machten sie doch schon auf!

»Ich habe verschlafen!«, rief Lilly. Das fing ja gut an. Aber ein gutes Gewissen war ein sanftes Ruhekissen – und sie hatte die Gewissheit, dass ihr Café gut angekommen war. Hoffentlich blieb das auch so. »Fang schon mal an, ich bin gleich bei dir.«

»Alles klar, nur keine Panik, Boss.« Lilly sprang unter die Dusche, band danach die feuchten Haare zu einem Knoten und eilte die Treppe in Shirt und Jeans runter, gab den Katzen Frühstück und gesellte sich zu Neele in die Küche, die eine Zeitung auf der Ablage platziert hatte.

»Schau dir das mal an. Deine Reporterfreundin hat kostenlose Werbung für uns gemacht«, sagte Neele und grinste von einem Ohr bis zum anderen.

»Das ist nicht meine Freundin«, erklärte sie, warf aber trotzdem einen Blick auf den Heide Boten und staunte nicht schlecht.

»Frühstück bei KittyCat«, stand in dicken Lettern auf der ersten Seite. Dazu ein Foto vom Star-Kater Mr. Maunz, der mit stolzgeschwollener Brust in die Kamera blickte. Wahnsinn! Heute Abend, wenn sie Zeit hatte, würde sie den Artikel in Ruhe lesen.

»Den hängen wir in die Galerie«, schlug Neele vor.

»Galerie?«, wunderte sich Lilly.

»Das war Ivys Idee. Ich dachte, du hättest es gestern schon gesehen. Komm mal mit.« Neele führte sie zu der gemütlichen Sofaecke. An der Wand hingen vier goldene Bilderrahmen mit je einem Foto einer ihrer Katzen. Darunter ein Namensschild, damit alle Besucher wussten, mit wem sie es zu tun hatten.

»Grammy«, las Lilly irritiert vor.

»Oh ja, wir wussten nicht, wie das Kätzchen heißt. Daher schlug ich Grammy vor.«

»Weil Grammy immer im Grammophon liegt?«

»Es gefällt dir nicht?« Neele spielte nervös mit den Fingern.

»Es ist süß und passt zu der kleinen Maus«, sagte Lilly.

Sie war ehrlich begeistert von der Bildersammlung, was für eine süße Überraschung! Ivy hatte sich selbst übertroffen. Der Zeitungsartikel würde sich hier gut machen.

Da ging die Tür auf und ein älterer Herr trat ein. Lilly erkannte ihn gleich wieder. Er war der erste Tombolagewinner gewesen, erinnerte sie sich. Mit zittriger Hand nahm er seine Schiebermütze ab, klemmte sie unter den Arm und nickte den beiden Frauen zu, dabei stütze er sich auf seinen Gehstock.

»Habt ihr schon geöffnet?«, fragte er.

Lilly nickte. »Aber ja, setzen Sie sich nur, ich bin gleich bei Ihnen.«

Neele verschwand in der Küche und Lilly brachte dem älteren Herrn die Frühstückskarte.

»Ich war gestern schon hier, habe sogar etwas gewonnen«, erklärte er stolz.

»Ich weiß. Ich hoffe, Ihr Gewinn hat Ihnen zugesagt?«

»Oh ja, sehr. Die Schokoladenerdbeeren waren köstlich. Sagt auch meine Tochter. Sie haben übrigens ein wirklich schönes Café.« Er reichte ihr die Hand. «Erik Pallaske.»

»Freut mich sehr, Lilly Wendelin. Wissen Sie schon, was Sie möchten?«

Er warf einen kurzen Blick in die Karte. »Das große Frühstück.«

»Sehr gern.«

»Oh, da bist du ja wieder«, sagte Herr Pallaske und lächelte. Lilly folgte seinem Blick zu dessen Schuhen, wo Sugardoll sich an seine Beine schmiegte. »Wir haben uns schon gestern kennengelernt«, erklärte Herr Pallaske. »Die junge Dame fand den Inhalt meines Gewinnkorbs sehr interessant.«

»Das überrascht mich nicht, unsere Sugardoll ist immer auf der Suche nach einer Nascherei.« Lilly schmunzelte.

»So eine Katze hatten wir auch mal. Ist viele Jahre her. Da lebte meine Frau noch.« Wehmut klang aus seiner Stimme. »Die Zeit macht vor niemandem Halt, nicht wahr?« Sein Blick glitt in die Ferne. Etwas Trauriges lag in diesem. Lilly nickte nachdenklich. »Sechsundfünzig Jahre«, sagte er mehr zu sich selbst. »Sechsundfünzig Jahre verheiratet. Mehr als ein halbes Leben. All die Aufs und Abs – und dann, ganz plötzlich, ist man allein.«

Der alte Mann tat ihr leid. Lilly wünschte, sie hätte ihm irgendwie helfen können. Sugardoll strich ihm erneut um die Beine, dabei schlängelte sich ihr buschiger Schwanz einer Umarmung gleich um sein Hosenbein.

»Das hätte meine Mieze hingegen nie gemacht, vor Fremden hatte sie immer Angst.«

»Sugardoll hat Sie offenbar gern.«

»Ist das so?« Er lächelte zaghaft. »Das beruht auf Gegenseitigkeit.« Seine Stimmung hellte sich auf. Er beugte sich zu ihr zu runter und kraulte sie hinter dem Öhrchen, was der Perserdame ein erfreutes Glucksen entlockte.

»Ich gebe Ihre Bestellung an die Küche weiter.«

»Nur zu. Ach ja, ehe ich es vergesse. Ich habe ein wenig Werbung bei meinen Nachbarn für Sie gemacht. Meine Tochter will sich das Café auch bei Gelegenheit anschauen«, erklärte er.

»Danke. Dann wird der Laden heute nicht leer stehen.«

»Davon würde ich an Ihrer Stelle ausgehen.«

»Oha, das wird dem Chef nicht gefallen«, sagte Michel einen Tick zu laut.

»Was wird mir nicht gefallen? Was brütet ihr beiden da wieder aus?«

Michel und Erna beugten sich über die Tageszeitung und schienen diese mit übergroßem Interesse zu studieren.

»Nichts!«, sagte Michel hastig.

Nichts? »Sehr glaubwürdig.« Er riss ihnen die Zeitung aus den Händen und erspähte ein Bild von Mr. Maunz auf der ersten Seite. Hastig überflog er ihn und stellte fest, dass Trixi für den Artikel verantwortlich war und Lilly auch interviewt hatte. Fragen über Katzen, Kuchen und Kaffee. Er klappte beiläufig den Muffinkarton auf, holte sich einen Kuchen heraus und bemerkte aus dem Augenwinkel, wie angespannt er von Michel und Erna beobachtet wurde.

»Sie haben die Stelle noch nicht gefunden, oder?«

»Welche Stelle?«

»Das gibt ein Donnerwetter«, prophezeite Michel.

»Was denken Sie über die Konkurrenz auf der anderen Straßenseite?«, las Baptiste und sein Blutdruck schnellte in die Höhe, als er Lillys Antwort sah. »Altbacken? Verstaubt? Unmodern?«

Erna und Michel zuckten zusammen.

»So sieht sie mich? Und das Fleur?« Er konnte es nicht glauben! Von wegen gute Nachbarn und Freundschaft! Sie hatte ihn öffentlich schlechtgemacht! »Der Inhaber wird sich umschauen, denn das KittyCat will hoch hinaus. Wir sind modern, jung und lieben Katzen. Alle lieben Katzen?« Das war ein Scherz, oder? Er quetschte den Muffin in den Karton zurück und zerdrückte ihn dabei. »Ich nicht! Ich hasse Katzen!«

Das stimmte natürlich nicht. Aber in seiner Wut und Enttäuschung platzte es aus ihm heraus. Was war nur in Mademoiselle Wendelin gefahren? Es sah ihr überhaupt nicht ähnlich, zu solchen Mitteln zu greifen, um die Konkurrenz schlecht dastehen zu lassen. Hatte er sich so in ihr getäuscht? Andererseits – kannte er sie überhaupt?

»Bestimmt hat Frau Guthweiß die Fragen sehr sugg… sugensativ gestellt«, meinte Erna.

»Suggestiv«, verbesserte sie Michel.

Das konnte natürlich sein. Die Rache dafür, dass er den Rotschopf hatte abblitzen lassen. Baptiste ging zur Bar, schnappte sich das Telefon und rief Trixi an.

»Hallo Süßer, was gibt's?«

»Ich habe deinen Artikel über das Katzencafé gelesen.«

»Wirklich? Wie fandest du ihn?«

»Kannst du dir das nicht denken? Was hast du Lilly in den Mund gelegt?« Er konnte sich nicht vorstellen, dass sie sich so ausdrückte. Das war nicht die Art von ihr.

»Gar nichts!«

»Erzähl mir keine Märchen. Altbacken? Unmodern? So etwas würde sie nie sagen.« Er mochte Mademoiselle Wendelin wirklich nur wenig kennen, aber da war er sich sicher.

»Du bist ja richtig gekränkt. Die Kleine hat dir wohl doch ein bisschen den Kopf verdreht.«

»So ein Unsinn, ich lasse mir nicht den Kopf …« Schon gar nicht von Lilly Wendelin!

»Ich weiß, ich weiß. Keine Beziehung, nie etwas Festes. Du bist immun gegen die Liebe. Aber glaube es oder glaube es nicht, heute rief mich das KittyCat an und bedankte sich überschwänglich für die tolle Zusammenarbeit. Ich meine, ich war ja auch rasend schnell.«

»Ich glaube dir kein Wort.«

»Bitte, dann nicht. Du kannst Lilly fragen.«

»Das mache ich auch.« Er legte auf und ging entschlossen rüber.

Das KittyCat war gut besucht. Kaum ein Platz noch frei. Lilly war nirgends zu sehen. Nur eine kurzhaarige Angestellte stand hinter der Theke. Er wollte sie nach Lilly fragen, aber dann entdeckte er eine kleine Bildergalerie über der Sofaecke. Und darunter befand sich auch der Artikel von Trixi! Baptiste konnte es nicht fassen. Lilly hatte dieses Machwerk auch noch eingerahmt und stellte es für jedermann sichtbar aus!

»Kann ich Ihnen helfen?«, fragte Lilly, die plötzlich hinter ihm stand, eine Platte mit Schaumgebäck – frisch aus dem Ofen – in den Händen.

Baptiste spürte abermals Wut in sich aufsteigen, atmete aber tief durch und bemühte sich um eine sachliche Klärung. Noch ehe er jedoch etwas sagen konnte, hielt sie ihm das Schaumgebäck unter die Nase.

»Möchten Sie Baiser? Aber Vorsicht, sonst verbrennen Sie sich die Finger.« Lilly leckte sich über die Lippen, es sah … irritierend sinnlich aus. So sinnlich, dass ihm abrupt sehr schnell sehr heiß wurde. Baiser?! War das eine … Anmache? Eine Einladung? Ihm blieb der Mund offenstehen.

Es brauchte einen Moment, ehe er realisierte, dass Lilly die Bedeutung von *baiser* – Französisch für … Poppen – nicht kannte und sich selbstredend auf die deutsche Bezeichnung dieser Süßigkeiten bezogen hatte.

Doch für einen Sekundenbruchteil hatte sie ihn gänzlich aus den Konzept gebracht und ein paar Hormone durch seinen Körper gejagt, die hier und jetzt wirklich fehl am Platz waren. Sie waren sogar jetzt noch da, diese verräterischen kleinen Biester.

Er lockerte seinen Kragen und schüttelte dabei den Kopf. Zurück zum Thema! Aber schnell!

»Ich habe den Artikel über das KittyCat gelesen«, sagte er angespannt und mit heiserer Stimme.

»Wirklich? Ich noch nicht«, gab sie zu. »Aber Neele hat ihn dennoch schon aufgehängt.«

»Verstehe. Dann sollten Sie ihn sich vielleicht einmal zu Gemüte führen, denn ein paar Ihrer Aussagen sind nicht gerade freund- oder nachbarschaftlich.«

»Was meinen Sie?«

»Altbacken. Unmodern?«

»Was?«

Lilly stellte die Baisers auf einem Tisch ab, ging zu dem eingerahmten Artikel und stand eine ganze Weile davor. Dann kam sie mit rotem Gesicht zurück. »Das tut mir wirklich leid, Baptiste.«

»Sie haben diese Äußerungen also gar nicht getätigt?« Und es steckte doch Beatrix hinter allem? Zuzutrauen wäre es dem roten Gift.

»Doch, ich habe das gesagt«, gab Lilly zu seiner Überraschung zu. »Aber ich wusste nicht, dass das ins Interview kommt. Trixi fragte mich im Plauderton, was ich von der Konkurrenz halte. Ich dachte, es wäre eine normale Unterhaltung.«

»Reportertricks. Aber Sie halten das Fleur für altbacken?«

»Das ist nicht böse gemeint. Es hat schon eher einen traditionellen Stil. Meine Wortwahl war ungeschickt, aber ich wollte Ihnen nichts Böses.« Sie wirkte unglücklich. Aber wer weiß, vielleicht nur eine Masche.

Wahrscheinlich hatte Trixi Lilly angestachelt, um ein paar schöne Einzeiler aus ihr herauszulocken. In jedem Fall war dieser Artikel eine gute Werbung fürs KittyCat, aber eine miserable für das Fleur!

»Hören Sie, Baptiste, ich werde mit Trixi reden und Sie bitten eine Korrektur meiner Aussagen in der nächsten Ausgabe zu bringen.«

»Und den Artikel wollen Sie hier eingerahmt hängen lassen? Für jedermann sichtbar?« Das passte Baptiste gar nicht.

»Natürlich bleibt der Artikel hängen«, sagte die kurzhaarige Angestellte und stellte sich neben Lilly. »Das ist immerhin der erste Bericht, den es über das KittyCat gibt. Es ist doch wohl ganz klar, dass der bleibt, wo er ist.«

Er schaute zu Lilly und erwartete, dass sie ihre Angestellte zurückpfiff und das Bild eigenhändig abnahm, doch sie tat weder das eine noch das andere. Sie beteuerte lediglich, dass sie alles regeln würde.

Aber der Schaden war längst angerichtet. Seit gestern schien das Fleur bei den Leuten abgeschrieben. Und der unsägliche Artikel verschärfte die Situation nur. Wenn er sich hier umblickte, erkannte er zahlreiche seiner Gäste.

»Baptiste, seien Sie nicht böse. Es war wirklich nur ein Versehen. Unbedarftheit. Ich habe nicht viel Erfahrung mit der Presse. Verzeihen Sie mir bitte, ja?«

»Würden Sie das umgekehrt auch einfach so hinnehmen?«, fragte er.

Sie zuckte hilflos mit den Schultern.

»Na schön«, sagte er und mit einem Blick auf die Armbanduhr fügte er hinzu: »Ich muss zurück, die Küche braucht mich.«

Er verließ das Café mit Wut im Bauch. Lilly war offenbar nicht klar, wie viel ihm das Fleur und dessen Ruf bedeuteten. Und ein wenig zweifelte er nun auch, wie wichtig ihr seine Freundschaft war. Auf der anderen Seite hatte sie versprochen, die Sache zu regeln. Die Chance sollte sie bekommen.

»Wie lief's?«, wollte Michel wissen, als er das Bistro betrat. Baptiste schwieg eisern. Er griff im Vorbeigehen nach dem Muffinkarton, ließ diesen draußen im Mülleimer verschwinden und schloss sich in der Küche ein.

»Was ist denn mit ihm los?«, hörte er Michel durch die Tür.

»Crème Brûlée«, entgegnete Erna. Und damit war alles gesagt.

Im Laufe des Nachmittags zeigte sich, dass Lillys Befürchtungen wieder einmal unbegründet gewesen waren, denn die Leute kamen in Scharen, so dass auch die Tische vor dem Café wieder belegt waren. Zum Glück spielte das Wetter mit und die späte Oktobersonne strahlte mit Lilly um die Wette.

Amüsiert beobachtete sie, wie Mr. Maunz jeden Gast persönlich begrüßte. Er war tatsächlich das perfekte Aushängeschild für das KittyCat. Insbesondere spielte er gern mit Kindern. Ein kleines Mädchen, das sich mit der Familie draußen hingesetzt hatte, warf eines seiner Spielzeuge, und Mr. Maunz apportierte es wie ein Hund. Das Spiel wiederholten sie einige Male, bis Mr. Maunz sich auf die andere Straßenseite verirrte. Lilly eilte dem roten Kater nach, um ihn zurückzubringen. Sie wusste ja, dass Baptiste über Katzenbesuch wenig erfreut war, nicht zuletzt wegen seiner Allergie.

Doch Mr. Maunz verschwand einfach in einem der Zierbüsche, die das Fleur umgaben. »Mr. Maunz?«, rief Lilly nervös. Sie konnte Neele nicht die ganze Zeit allein lassen, sie musste aber auch aufpassen, dass Mr. Maunz keinen Unsinn anstellte.

Und dann schepperte es plötzlich hinter dem Haus.

»Oh nein!« Was hatte er denn jetzt angestellt? Sie rannte um das Bistro herum und stolperte fast über ihre eigenen Füße, als sie eine Vollbremsung hinlegte. Mr. Maunz hatte eine der Blechmülltonnen umgeworfen, so dass sich der Inhalt wie verschüttete Milch über das Pflaster ergoss. Baptiste war wegen des Zeitungsartikels nicht gut auf sie zu sprechen, was Lilly sehr gut verstand. Sie wollte jetzt nicht noch mehr Ärger mit ihm.

»Was hast du dir nur dabei gedacht?«, fragte Lilly fassungslos und fing rasch an, den Müll wieder in die Tonne zu werfen, als ihr unter den Tüten und Speiseresten ihr Muffinkarton in die Hände fiel. Durch den Aufprall war er zerdrückt worden, der Deckel war halb abgerissen und erlaubte einen Blick auf die zermatschten Muffins, die sie Baptiste gestern Abend vorbeigebracht hatte. Natürlich noch im guten Zustand.

Ein Kloß bildete sich in ihrem Hals. Sekundenlang starrte sie die Muffins an. Es brach ihr das Herz, dass Baptiste sie einfach weggeworfen hatte. Keinen einzigen hatte er angerührt. Lilly hatte ihm nur eine Freude machen, sich bei ihm bedanken wollen, für die Hilfe und die belegten Baguettes beim Renovieren.

Da hörte Lilly Geräusche an der Hintertür des Fleurs. Rasch warf sie die Muffins weg und setzte den Deckel auf die Tonne, um sich gleich darauf davonzumachen. Doch zu spät. Baptiste stand plötzlich vor ihr. Mit zusammengekniffenen Augen.

»Was machst du denn hier?«, fragte er verwundert.

»Ich … habe Mr. Maunz gesucht.«

Baptiste nickte und warf etwas in den Müll – genau auf ihre Muffins. Lilly schluckte.

»Warum hast du sie weggeworfen?«, fragte sie. Ihre Stimme zitterte ein wenig, sie konnte es nicht verhindern.

Baptiste, der sich gerade umgewandt hatte, blieb stehen. Er wirkte angespannt. »Weil sie mir nicht geschmeckt haben.« Wortlos ging er weiter.

»Ich bringe das mit dem Artikel in Ordnung, versprochen«, sagte sie erneut, denn es tat ihr wirklich leid. An der Tür angekommen nickte Baptiste nur, dann war er schon verschwunden. Offenbar trug er ihr diese Sache wirklich nach.

Aber schlimmer: Ihr Herz klopfte erneut wie wild. Alles nur, weil sie ihn kurz gesehen hatte.

Und dann lief auch noch Mr. Maunz wie vom Blitz getroffen los, über die Straße und Lilly hinterher. Die Winkelmanngasse war zum Glück wenig befahren.

»Vorsichtig!«, rief sie sicherheitshalber, aber die Straße war eh leer und schon tollte Mr. Maunz wieder mit dem kleinen Mädchen herum, das sich über seine Rückkehr riesig freute und die Arme vor lauter Begeisterung in die Höhe riss.

Baptiste hat sie einfach weggeworfen, ging es Lilly durch den Kopf. Und er war so abweisend gewesen, sein Blick voller Kälte. So kannte sie ihn gar nicht.

»Alles okay?«, fragte Neele, als Lilly mit hängenden Mundwinkeln das Café betrat.

»Jaja.«

»Ich bin gleich bei dir«, sagte die Freundin, die gerade ein Tablett mit Kuchen an einen bunt dekorierten Tisch, an dem Kindergeburtstag gefeiert wurde, brachte. Zwei Augenblicke später legte Neele besorgt den Arm um Lillys Schulter.

»Alles gut«, sagte Lilly benommen. Aber nichts war gut. Sie hatte das beklemmende Gefühl, Baptistes Freundschaft nicht nur zu verlieren, sondern ihn sich sogar zum Feind gemacht zu haben. Und das war ein Gedanke, den sie kaum ertrug.

»Das sieht mir aber nicht danach aus.« Neele schleppte Lilly sogleich in die Küche.

»Raus mit der Sprache, Boss, wo drückt der Schuh?«

»Er hat die Muffins weggeworfen.«

»Welche Muffins? Von wem sprichst du?«

»Baptiste. Ich hatte sie ihm geschenkt und fand sie im Müll.«

»Was? Das kann doch nicht sein. Es war ein Versehen, nehme ich an.«

»Nein, er mochte sie nicht. Und es war ihm egal. Wahrscheinlich hat es etwas mit dem Artikel zu tun.«

»Der Artikel bleibt, wo er ist, dafür sorge ich.« Neele meinte es nur gut.

Dennoch kniff Lilly die Augen zusammen, um Tränen zurückzuhalten. Mann, war das peinlich.

»Oh nein, jetzt sag mir nicht, dass du dich verliebst hast!«

»Ich will nichts von Baptiste!«, sagte Lilly hastig.

»So sieht das aber nicht aus.« Lilly seufzte gequält, blieb Neele aber eine Antwort schuldig. »Deswegen schaust du auch so oft verträumt zum Fleur, mh?«

Oh nein, hatte sie das getan? Ehrlich? Es war ihr nicht bewusst gewesen. »Wir sind nur Freunde, ehrlich. Zumindest waren wir das bis vor Kurzem. Ich bin die Letzte, die eine neue Beziehung will.«

»Und was ist dann das Problem?«

»Er war vorhin so anders, ich verstehe das gar nicht. Dabei habe ich mich doch entschuldigt.«

Neele strich über Lillys Arm. »Hör mal, ich lebe schon ein wenig länger hier als du. Lass dir mal was gesagt sein. Baptiste ist ein grandioser Koch! Ich meine es ehrlich. Gegen ihn bin ich eine stümperhafte Anfängerin. Aber wenn es um die Liebe geht, würde ich jedem Mädel raten, die Finger von ihm zu lassen!«

»Warum?«

»Weil er nichts anbrennen lässt. Er ist ein Kerl für eine Nacht. Mehr nicht. Du machst dir viel zu viele Gedanken um ihn.«

»Hast du etwa mit ihm …?«

»Um Himmelswillen, nein! Natürlich nicht. Wir kennen uns nicht mal persönlich. Das heißt, ich weiß, wer er ist. Weil jeder weiß, wer Baptiste Arnault ist. Ich kenne einfach nur die Geschichten, die man sich über ihn erzählt. Und ein liebes Mädel wie du, das passt nicht zu ihm.«

»Ich hatte eigentlich immer das Gefühl, dass wir uns gut verstehen.«

»Er ist charmant und sieht gut aus«, erklärte Neele. »Das sind seine Waffen.«

Alles also eine Taktik, um Frauen zu verführen? Das konnte Lilly nicht glauben.

»Er wird sich schon wieder beruhigen«, sagte Neele.

»Themenwechsel, bitte!«, schlug Lilly vor. Das musste sie erst mal verdauen. Baptiste, der Dorf-Casanova …

»Ganz wie du willst, Boss. Da fällt mir ein, gerade war jemand vom Regionalsender hier, der den Artikel im Heide Boten gelesen hat und einen Bericht über uns bringen will.«

»Was? Ist das dein Ernst?«

»Ja, du hast ihn ganz knapp verpasst.«

»Und wann will er drehen?«

»Das besprichst du am besten selbst mit ihm, er hat mir seine Karte da gelassen.« Neele reichte ihr eine fein bedruckte Visitenkarte. »Heide Regional TV. Bernd Schuster.« Lilly kannte diesen Namen. Sie hatte schon öfter Berichte von ihm gesehen, wenn sie abends im Bett gelegen und ferngesehen hatte. Sympathischer Mann. Aber das der sich fürs KittyCat interessierte, das war schon ein Ding!

Für den Moment war Muffin-Gate vergessen. »Das ist ja der reine Wahnsinn«, platzte es aus Lilly heraus. Eine bessere Werbung konnte es nicht geben!

»Sag ich doch«, meinte Neele und zwinkerte ihr zu.

Am Abend las Lilly den Artikel über ihr Café noch einmal und griff zum Telefon. Es war wirklich eine super Werbung, doch es war nicht in ihrem Sinne, das Fleur oder Baptiste schlecht dastehen zu lassen. Also rief sie Trixi an.

»Hallo Frau Wendelin, wie schön, dass Sie sich melden. Ihre Kollegin Neele hat sich heute Morgen ganz herzlich für den Artikel bedankt. Ich hätte natürlich Interesse, weiter über die Entwicklungen in Ihrem Café zu schreiben«, sagte Trixi gleich, ohne Lilly zu Wort kommen zu lassen. »Ihr Mr. Maunz macht sich perfekt auf Seite eins!«

»Danke. Das ist sehr freundlich von Ihnen. Über den Artikel würde ich auch gern mit Ihnen reden.«

»Ach, nichts zu danken, Schätzchen. Ich hoffe, die kleine Werbung hat sich rentiert?«

»Absolut. Wir hatten auch heute wieder einen vollen Laden.«

»Schön.«

»Jedoch gibt es ein paar Passagen, die vielleicht ein wenig unglücklich klingen«, begann Lilly vorsichtig.

»Was meinen Sie denn?« Trixi klang augenblicklich kühler.

»Es liegt mir fern, Baptiste als Spießer darstellen zu wollen. Oder ihm die Gäste zu stehlen.«

»Da machen Sie sich mal keine Sorgen. Er wird damit klar kommen.« Trixi ließ sie abblitzen.

»Ich fände es dennoch sehr schön, wenn Sie eine Gegendarstellung verfassen würden.«

»Was soll denn da drin stehen?«, fragte Trixi genervt.

»Dass ich das Fleur und den Inhaber sehr schätze und die französische Küche dieses Bistros mehr als überzeugend ist.«

»Hat Baptiste Sie beauftragt, das zu sagen?«

»Was? Nein! Das sind meine ehrlichen Gedanken.«

»Das klang vorher aber anders.«

»Ich weiß auch nicht, was in mich gefahren war. Ich habe einfach drauflosgeredet und war aufgekratzt wegen der Eröffnung. Ich fühle mich im Fleur sehr wohl. Es hat eine tolle Atmosphäre und der Flammkuchen ist fantastisch.« Das war ein Fakt!

»Also schön, ich will ehrlich mit Ihnen sein. Das Fleur hat meiner Meinung nach die besten Zeiten hinter sich. Und das merken die Leute auch.«

Lilly hörte Trixi verwundert zu. Sie hatte gedacht, die Reporterin wäre eine gute Freundin von Baptiste. Wie konnte sie dann so etwas sagen?

»Sie hingegen sitzen auf einer kleinen Goldgrube. Das wird Baptiste nicht gefallen. Er mag keine Konkurrenz. Stellen Sie sich also darauf schon einmal ein.«

Lilly atmete hörbar aus. Erst schockte sie Neele mit Horrorgeschichten über Baptiste und nun schlug Beatrix in dieselbe Kerbe.

»Tut mir leid, Kleine. So ist das nun mal. Ich merke ja, dass Sie Baptiste gernhaben und ihm keine Schwierigkeiten machen wollen. Also tue ich Ihnen den Gefallen und schreibe diese Gegendarstellung. Aber glauben Sie mir, Baptiste findet immer ein Haar in der Suppe.«

»Danke«, sagte Lilly nur.

»Gern geschehen. Ich denke, ich bekomme die Gegendarstellung in die Abendausgabe für morgen rein. Ist Ihnen das recht?«

»Das klingt gut.«

»Fein. Dann wünsche ich Ihnen noch einen schönen Abend. Und vergessen Sie bitte nicht, mich rund um das KittyCat auf dem Laufenden zu halten. Ich will die Erste sein, die berichtet, wenn es etwas Neues bei Ihnen gibt.«

»Natürlich. Ich sage Ihnen Bescheid.«

»Wunderbar. Bis dann.« Sie legte auf. Ihr Wunderbar hatte alles andere als wunderbar geklungen.

»Ich habe mit Trixi geredet«, keuchte Lilly am nächsten Morgen und versuchte, zu Baptiste aufzuschließen, der sich aber nicht bemühte, sein Tempo zu drosseln.

Es war viel kälter geworden. Insbesondere um diese frühe Stunde. Ihr Atem hinterließ feine Spuren in der Luft.

Aus Gewohnheit waren sie zur selben Zeit losgelaufen. Doch sie joggten nicht, wie sonst, die Blaue Straße hinunter, vorbei an Feld und Wiesen, sondern die Hauptstraße entlang in Richtung Zentrum. Gerade kamen sie an dem alten Schulgebäude vorbei, als Lilly erste Seitenstiche plagten. Ihre Kondition war besser geworden. Aber mit Baptiste konnte sie noch lange nicht mithalten.

»Sie hat versprochen, eine Gegendarstellung zu schreiben«, stieß sie atemlos aus.

Baptiste hielt inne, wartete auf sie und seine Züge hellten sich ein wenig auf. Sogar ein kleines Lächeln umspielte seine Lippen. Es war so winzig, dass man es fast nicht erkannte. Aber Lilly war sich sicher, es sich nicht nur einzubilden. Doch dann verhärtete sich seine Miene wieder.

»Gut«, erwiderte er nur, joggte weiter und blickte offenbar konzentriert nach vorne.

»Ich dachte, du würdest dich freuen.« Sie versuchte erneut, mit ihm mitzuhalten.

»Habe ich gesagt, dass ich mich nicht freue?«

»Ich weiß nicht, ich hatte gedacht …«

»Lilly, ich will heute noch ein paar Runden schaffen.«

»O…kay … aber …«

Er legte nochmals einen Zahn zu. Lilly musste anhalten. Es ging einfach nicht anders. Sie blickte ihm nach, bis er an der Apotheke vorbei gelaufen war und um eine Ecke bog. Und zum ersten Mal verspürte Lilly Wut darüber, dass er nicht auf sie wartete und ihre Mühe nicht würdigte. Doch da war auch die Sorge, dass sie seine Freundschaft tatsächlich verlieren könnte. Der Gedanke machte ihr Angst. Er hatte zwar nichts dergleichen gesagt, aber noch nie hatte er sie einfach stehen lassen.

Sie kehrte um, enttäuscht, besorgt und verärgert, und schleppte sich in Richtung Winkelmanngasse.

Da hupte es hinter ihr. »Soll ich dich ein Stück mitnehmen?«

Das war Neele! Sie fuhr ihren blassgelben Käfer an den Straßenrand und Lilly stieg ein. »So früh schon beim Sport, alle Achtung«, sagte Neele vergnügt.

Aber Lilly war nicht in Redelaune und brummte nur.

»Oh nein, sag mir nicht, es geht wieder um unseren Dorf-Casanova?«

»Wir waren joggen«, fing sie an.

»Das habe ich mir beinahe gedacht. Hast du ihn abgehängt?« Neele schaute in ihren Rückspiegel, als suchte sie dort nach Baptiste.

»Im Gegenteil. Er ist mir davon gelaufen.«

»Ach was.«

»Dabei habe ich alles in Ordnung gebracht. Mit dem Artikel, meine ich.«

»Ist doch toll. Dann sind die Wogen ja wieder geglättet.«

»Er scheint immer noch wütend.« Lilly blickte betrübt aus dem Seitenfenster. Hinter den Einfamilienhäusern, an denen sie dank Dreißigerzone im Schneckentempo vorbeifuhren, entdeckte sie in der Ferne die weitläufigen Heideflächen. Gerade an einem Herbstmorgen wie diesem wirkte das zuvor purpurne Flies regelrecht golden. Von einigen weißen, sich schnell bewegenden und herumtollenden Punkten abgesehen. Das mussten wohl Heidschnucken sein. Ihr Anblick zauberte ein Lächeln in Lillys Gesicht. Doch nur für einen kurzen Moment.

»Und du fühlst dich immer noch schlecht?«

Lilly nickte und bekannte sich damit schuldig.

Neele seufzte. »Mach dich doch nicht selber klein. Du hast einen Fehler gemacht, schön. Du hast ihn in Ordnung gebracht und dich entschuldigt. Mehr kann man wohl nicht verlangen. Wenn er immer noch beleidigte Leberwurst spielen will, dann lass ihn.«

Wenn das so einfach wäre. Auf der anderen Seite, warum eigentlich nicht?

»Du solltest dir wirklich zu schade sein, ihm hinterherzulaufen. Egal ob in Jogginghose oder nicht. Jetzt ist er am Zug. Ohne Frage. Wenn ihm eure Freundschaft wichtig ist, wird er dir dieses Malheur, das im Übrigen kein Weltuntergang war, auch verzeihen.«

Klang überzeugend. Lilly nickte. Ja, jetzt war wirklich Baptiste am Zug. Sie würde nicht mehr mit ihm joggen, das war ohnehin Schinderei. Aber ob er einen Schritt auf sie zu machte?

Gegen achtzehn Uhr schaute Lilly in die aktualisierte Onlineausgabe des Heide Boten. Sie hatte den ganzen Tag sehnsüchtig auf das Update gewartet. Hoffentlich hatte Trixi ihr Versprechen gehalten!

Tatsächlich, die Gegendarstellung fand sich als kleine Anmerkung, wenn man ganz weit runterscrollte. Ein winziger Artikel. Aber immerhin! Hoffentlich stellte das Baptiste zufrieden. Sie schaute durch das große Fenster zu seinem Bistro.

Es waren nur wenige Gäste bei ihm, das konnte sie von hier aus erkennen. Ganz im Gegensatz zu ihrem Café, das selbst um diese Uhrzeit noch gut besucht war.

Ob es stimmte, was Trixi am Telefon gesagt hatte? Dass Baptiste jetzt in Lilly eine Konkurrentin sah, da das KittyCat auf Erfolgskurs war?

Um Konkurrenz war es ihr nie gegangen. Sie wollte einfach nur gut mit ihm auskommen. Und Kuchen und französische Küche konnte man doch nicht vergleichen? Andererseits – wie oft gingen die Leute hier auswärts essen? Der Gedanke, seine Freundschaft zu verlieren, setzte ihr zu. Warum meldete er sich nicht? Hatte er die Gegendarstellung vielleicht noch nicht gelesen?

Lilly schnappte sich das Telefon und verschwand für einen kurzen Augenblick in ihrem Wohnbereich. Es dauerte keine zwei Sekunden, da war er am Apparat.

»La Petite Fleur«, meldete er sich. Und seine Stimme klang so wunderbar samtig und melodisch, dass Lillys Herz einen kleinen Hüpfer machte. »Hallo?«

»Ich bin's, Lilly!«

»Ah.«

»Hast du schon das Abend-Update vom Heide Boten gelesen? Die Gegendarstellung ist unter Regionales gelistet. Ich habe Trixi erklärt, dass das, was in ihrem Interview stand, nicht meine wahren Ansichten über das Fleur sind.«

»Ich habe es noch nicht gelesen. Aber danke für die Info.« Bildete sie es sich nur ein oder klang er immer noch kalt? Gar abweisend. »Sonst noch was?«

»Nein … das war's!«

»Bon. Au revoir.«

Er hatte einfach aufgelegt. Lilly seufzte. Sie hatte so gehofft, dass die Gegendarstellung allen Zwist aus der Welt schaffte. Aber scheinbar war doch mehr zerbrochen, als sie gedacht hatte. So kurz angebunden kannte sie ihn jedenfalls nicht. Und er konnte sich nicht damit rausreden, dass so viel in seinem Laden los gewesen wäre.

Lilly spürte, wie ihr Tränen in die Augen stiegen. Ging es nur um Freundschaft oder hatte Neele recht, und da war doch mehr von ihrer Seite?

Kapitel 7

Der Bürgermeister von Oldendorf war letzten Sonntag zum Frühstück gekommen. Auch der örtliche Kegelclub hatte sich zwei Tage später die Ehre gegeben. Nach dem TV-Bericht von Bernd Schuster standen die Leute Schlange vor dem kleinen Katzencafé. Ohne Reservierung war es schwer, einen Tisch zu bekommen. Lilly war auf Erfolgskurs. Und das nur wenige Tage nach der Eröffnung. Die Herzen flogen Mr. Maunz zu. Wie Ivy es prophezeit hatte, war er zum Aushängeschild des KittyCat geworden. Sein Konterfei zierte nicht nur immer öfter die Titelseite vom Heide Boten, sondern auch die anderer regionaler Zeitungen. Mr. Maunz in stolzer Pose. Mr. Maunz beim Pfötchen putzen. Mr. Maunz schlafend im Körbchen. Sein Bekanntheitsgrad stieg und somit auch der des KittyCats.

An einem wunderschönen bunten Morgen, an dem der Herbstatem gelbes und rotes Laub durch die Gasse blies, besuchte eine Gruppe von Senioren aus dem Nachbarort Eversen das Café. Genug zu tun für Lilly, um endlich auf andere Gedanken zu kommen. Denn Baptistes distanzierte Art setzte ihr immer noch zu. Sie wollte wütend sein, aber sie konnte es nicht. Nicht wirklich. Das wiederum ärgerte Lilly. Wut auf sich selbst zu empfinden, war so viel einfacher.

»Ich bin Gero Ansbach, ich glaube, wir hatten telefoniert«, sagte der junge Mann im Pflegeroutfit, der die Herrschaften begleitete.

»Ja, richtig. Sie haben die Sofaecke reserviert. Kommen Sie.« Lilly half den älteren Damen und Herren, ihre Übergangsjacken und Schals abzulegen, und führte sie zu der gemütlichen Sitzecke in dem kleinen Nebenraum, der sich durch eine türlose Öffnung vom Hauptbereich des Cafés abzweigte. Wenn man gern unter sich blieb, war das die beste Wahl.

»Wir haben den Bericht über ihr Café im Fernsehen gesehen«, sagte eine der Seniorinnen mit glucksender Stimme. Sie trug eine übergroße Brille, die sie permanent zurechtrückte.

»Das freut mich. Hat er Ihnen denn gefallen?«

»Ja, sehr. Jetzt wollen wir alle gern Mr. Maunz kennenlernen«, erklärte die ältere Dame ernsthaft ihr Anliegen.

Lilly schmunzelte. Mr. Maunz sprengte alle Beliebtheitsskalen, aber auch die anderen Katzen hatten sich nach und nach eine eigene Fangemeinde erschmust. Dank Sebastian hatte das KittyCat nun sogar eine eigene Internetpräsenz, und die Leute kommentierten dort wie verrückt: »Mr. Maunz FTW! Wir kommen wieder ;o) Bestes Café! <3 <3 <3 KittyCat! Sugardoll – u r sooooo cute!«

Die ältere Dame schaute sie immer noch hoffnungsvoll mit übergroßen Kulleraugen an.

»Ich sehe gleich mal nach, ob ich Mr. Maunz finden kann«, versprach Lilly und ging zur Theke, um ein paar Speisekarten zu holen und nach ihrem Star-Kater Ausschau zu halten.

Aber der hatte die neuen Gäste längst entdeckt und machte sich bereits auf den Weg zur Sofaecke. Die persönliche Begrüßung aller Neuankömmlinge ließ er sich nicht nehmen. Denn jeder, der sein Revier betrat, musste erst einmal ausführlich beschnuppert werden.

Lilly schaute dem roten Kerlchen nach, das mit erhobenem Schwanz durch den Raum stolzierte, da bemerkte sie eine Seniorin, die wohl zu der Gruppe gehörte, sich aber dennoch nicht zu den anderen gesellt hatte. Sie stand einfach nur mitten im Hauptraum und blickte sich mit offenstehendem Mund nach allen Seiten um. Sie wirkte ein wenig orientierungslos.

»Kann ich Ihnen helfen?«, fragte Lilly, aber die ältere Dame schaute ihr nur ganz kurz in die Augen, dann blickte sie wieder weg, fast scheu. Eine Antwort bekam Lilly nicht.

»Ihre Gruppe hat in der Sofaecke Platz genommen«, erklärte Lilly und deutete zu den Senioren im Nebenzimmer. Aber die alte Dame folgte ihrem Fingerzeig nicht. Sie schien gänzlich fasziniert von den pastellfarbenen Wänden und bunten Bildern, die dort hingen. »Sehen Sie sich ruhig noch etwas um«, sagte Lilly und brachte den anderen Senioren erst einmal die Speisekarten.

»Hören Sie, Gero. An der Theke ist eine ältere Dame, die vermutlich zu Ihnen gehört. Ich konnte Sie aber nicht überzeugen, mir zu folgen.«

Gero reckte den Hals. »Das ist Marieta Tetzlav«, sagte er.

Der Name war Lilly vertraut. Aber sie konnte ihn gerade nicht zuordnen. Und die kleine, spindeldürre Frau mit dem schneeweißen Pagenschnitt kam ihr auch nicht weiter bekannt vor. Sie wirkte zerbrechlich. Abwesend und isoliert, wie in einer Seifenblase. Sie selbst schien den Kontakt nach außen weder zu suchen noch zu vermissen, zumindest war das der Eindruck, den sie auf Lilly in dem kurzen Moment gemacht hatte. Und er bestätigte sich, als Herr Pallaske, der wie immer sein Frühstück im KittyCat einnahm, die ältere Dame ansprach. Genau wie Lilly zuvor erhielt auch er kaum eine Reaktion. Marieta Tetzlav drehte sich lediglich weg.

»Frau Tetzlav gehörte der Laden früher«, erklärte Gero.

Natürlich! Der Name hatte auf dem Schild an der Tür gestanden. Anitquitäten – Marieta Tetzlav. Jetzt ergab alles einen Sinn. Das war die Mutter des Mannes, der Lilly das Geschäft verkauft hatte. Mittlerweile sah das Café natürlich völlig anders aus. Und eben das schien Frau Tetzlav zu faszinieren. Sie erkannte die alten Räume wieder, doch waren sie nicht mehr die gleichen.

»Die ist doch verrückt, die redet mit keinem«, meinte einer der älteren Herren.

»Das war nicht sehr nett von Ihnen, Herr Ludovick«, mahnte Gero.

»Ist doch wahr. Ich weiß gar nicht, warum die überhaupt mitgekommen ist. Die will doch mit keinem von uns etwas zu tun haben.«

Sie war mitgekommen, um ihren alten Laden wiederzusehen. Das war doch offensichtlich! Lilly hatte den Zauber des Antiquitätengeschäfts nicht vergessen, als sie es zum ersten Mal betreten hatte. Alles hatte Frau Tetzlavs Handschrift getragen. Lilly hatte gespürt, wie viel Mühe sie sich mit ihrem Geschäft gegeben hatte. Jeder noch so kleine Gegenstand, jedes bisschen Kitsch hatte seinen Platz bekommen. Nicht in einer dunklen Ecke, sondern für jedermann sichtbar, ausgestellt in Regalen und im Schaufenster.

Die harschen Worte des älteren Herrn taten Lilly daher weh, obwohl sie gar nicht ihr galten. Es hatte immer einen Grund, warum sich ein Mensch verhielt, wie er sich verhielt. Und mochte das noch so sonderbar anmuten. Tatsächlich setzte sich Frau Tetzlav an den einzig leeren Tisch am Fenster, anstatt sich ihrer Gruppe anzuschließen.

»Sag ich doch, die bleibt immer für sich.«

Auch Pallaske hatte den Kontaktversuch aufgegeben. Er saß nun wieder an seinem Tisch und widmete sich seinem Frühstück.

»Lassen Sie sie einfach«, meinte Gero. »Sie kommt schon allein klar.«

War das so? Gab es überhaupt Menschen, die niemanden brauchten? Behaupten taten das ja so einige. Aber wie es in ihnen aussah, wussten sie oft nicht einmal selbst. Lilly jedenfalls zweifelte an, dass Marieta Tetzlav mit ihrer selbst gewählten Einsamkeit wirklich glücklich war. Dafür hatte Lilly viel zu viel Traurigkeit in Marietas Augen gesehen. Vielleicht blieb sie der Gruppe auch deshalb fern, weil sie merkte, dass sie da nicht gern gesehen war. Im KittyCat aber war jeder willkommen!

Lilly brachte Frau Tetzlav entschlossen eine Karte. Wer hier zu Gast war, der wurde auch bedient!

»Wir bieten verschiedene Frühstückssets an. Mögen Sie es eher süß am Morgen oder deftig?«, quasselte Lilly einfach drauf los.

Marieta reagierte nicht, blickte nicht mal in die Karte. Aber Lilly bemerkte, dass die ältere Dame sie sehr wohl wahrnahm und aus dem Augenwinkel beobachtete. Sie wirkte steif, vielleicht sogar verängstigt. Aber vor Lilly brauchte nun wirklich niemand Angst zu haben.

»Einen Kaffee vielleicht?«, fragte Lilly ganz sanft. »Wir haben echten brasilianischen Bohnenkaffee. Dazu etwas Milch und Sie haben Kraft für den ganzen Tag.« Kurz trafen sich ihre Blicke und ein unauffälliges Lächeln umspielte die Lippen von Marieta. Lilly freute sich, denn sie hatte das Gefühl, dass sie zu Marieta durchdringen konnte. Zumindest ein wenig. »Ich deute Ihr Lächeln einfach mal als: Ja, den würde ich gern probieren.«

Wenig später stellte Lilly eine bunte Tasse dampfenden Kaffees vor Frau Tetzlav hin. »Vorsicht, der ist sehr heiß!« Lilly holte noch ein Milchkännchen nach und rückte den Zuckerstreuer zurecht. »Mildes und Süßes«, ergänzte sie.

Frau Tetzlav griff nach dem Streuer und gab ordentlich Zucker. Ihre Hand zitterte kaum merklich, als sie den Streuer wieder zurückstellte.

»Ich fand Ihre Antiquitäten sehr schön«, sagte Lilly leise, als wäre es ihr gemeinsames Geheimnis, wem der Laden einst gehörte. »Ein paar habe ich sogar behalten, aber das ist Ihnen sicher längst aufgefallen. Vielleicht sind ein paar der Möbelspenden sogar auf Ihrer Station gelandet?«

Das Lächeln auf den Lippen der älteren Dame wurde größer. Sie wirkte nun fast jugendlich. Lilly konnte sich jedenfalls gut vorstellen, wie sie früher ausgesehen hatte. Eine hübsche Frau musste sie gewesen sein. Es war bedrückend, welche Wege das Schicksal manchmal nahm. Doch Lilly wollte, dass es Frau Tetzlav hier gut ging, dass sie sich wohlfühlte, denn ohne Frau Tetzlav wäre das KittyCat nicht dasselbe! Ein Teil ihrer alten Möbel gehörte jetzt zur Einrichtung. Außerdem fühlte sich Lilly auf merkwürdige Weise mit ihr verbunden, weil sie doch, so glaubte Lilly, einiges gemeinsam hatten. Ihre Liebe für alles Alte und Antike zum Beispiel. Deswegen hatte sie ja auch so viele Dinge aus dem Trödellädchen behalten.

»Haben Sie noch einen Wunsch?«

Jetzt schüttelte Marieta den Kopf.

»Sagen Sie mir einfach, wenn Sie etwas brauchen, ja?«

Frau Tetzlav nickte. Mit einem guten Gefühl nahm Lilly nun die Bestellungen der Seniorengruppe auf und gab diese gleich an Neele in der Küche weiter.

»Wir haben jeden Tag einen vollen Laden, besser kann's ja kaum gehen«, sagte diese und bereitete in Rekordzeit die Frühstücksteller zu.

»Ich hoffe, diese Glückssträhne bleibt uns erhalten.«

»Das ist keine Glückssträhne mehr. Die Leute lieben das Konzept und die Katzen. Schau doch mal, es sind Stammgäste, die immer wieder kommen. Das KittyCat ist viel mehr als nur ein Café für sie. Es tut den Leuten gut, denn über die Katzen können sie auch Kontakt zu anderen Gästen aufnehmen.«

So hatte Lilly das noch gar nicht gesehen.

»Ich habe das schon einige Male beobachtet. Da entstehen Freund- und Bekanntschaften. Natürlich kommen die Leute auch wegen meines Kuchens, das ist ja klar.«

Lilly schmunzelte und schnappte sich die ersten Teller mit »Süßem Frühstück«, das aus einer Komposition aus Waffeln, Sahne, Marmelade und Honig sowie zwei Croissants bestand.

Sie düste los und brachte die Bestellungen zu den Tischen, und die darauffolgenden ebenfalls, bis jeder versorgt war. Der Duft von warmen Brötchen, Tee und frischem Kaffee durchströmte die Räume. Lilly hielt einen Moment inne und sog ihn tief ein. Da vernahm sie plötzlich ein aufgeregtes Miauen, das nicht enden wollte und immer lauter wurde.

Rasch sah Lilly nach dem Rechten und traute ihren Augen kaum, als sie Sugardoll sah, die wie verrückt ihren Kopf an dem von Marieta rieb. So etwas hatte Lilly noch nie gesehen! Schon gar nicht bei Sugardoll. Sie ließ sich von den Leuten anfassen, legte sich sogar hin und wieder auf Herrn Pallaskes Schoß, aber nie war sie derart verzückt von einem Gast gewesen, dass sie gar nicht mehr von ihm ablassen wollte.

Aber natürlich! Jetzt fiel es Lilly ein! Sie bekam eine Gänsehaut. Fast hatte sie es vergessen, doch die Tierärztin hatte ihr verraten, dass Sugardoll einst Marietas Katze gewesen war, die den weiten Weg aus Lohheide auf sich genommen hatte, um zurück nach Oldendorf zu kommen. Doch Marieta war fort gewesen, abgegeben ins Pflegeheim.

Nun begegneten sich die beiden wieder. Nach etlichen Jahren! Unglaublich, dass Sugardoll sich überhaupt erinnern konnte. Doch genau das tat sie zweifelsohne. Die Perserdame war schier außer Häuschen. Sie drückte ihren massigen Körper wieder und wieder an Marieta.

Es war rührend zu sehen, wie die faltige Hand über das weiche blaugraue Perserkatzenfell strich und Sugardolls buschiger Schweif vor Wonne vibrierte.

»Hier sind noch ein paar Bestellungen«, sagte Neele und stellte sie auf die Theke. Aber dann bemerkte sie das Szenario ebenfalls. Und in dem Moment schien es, als stünde die Zeit still. Es gab nur noch Marieta und ihre Katze.

»Was ist da los?«, fragte Neele.

»Das Wiedersehen«, flüsterte Lilly ergriffen.

»Wiedersehen?«

»Ich erkläre es dir später.«

»Ich bin schon gespannt.«

Sugardoll rollte sich schließlich auf Marietas Schoss zusammen. Dort blieb sie liegen, bis der Vormittag fast herum war, denn sie konnte sich einfach nicht von ihrem alten Frauchen trennen.

Die Senioren bezahlten irgendwann, erhoben sich von ihren Plätzen und zogen ihre Mäntel über. Sie waren so begeistert von ihrem Ausflug, dass sie gleich für die Woche darauf dieselben Tische reservierten. »Ein unglaublich schöner Tagesanfang«, sagte Gero herzlich und bedankte sich für den guten Service.

»Ich durfte sogar Mr. Maunz streicheln«, erklärte die ältere Dame mit der Riesenbrille voller Stolz.

»Wir kommen auf jeden Fall wieder!«

Lilly freute sich sehr über so viel Lob. Mit dem Aufbruch der Gruppe musste sich Marieta auch von Sugardoll verabschieden, denn Katzen waren im Pflegeheim nicht erlaubt, so dass sie gezwungen war, Sugardoll zurückzulassen. »Sie können Sugardoll immer besuchen«, versicherte Lilly. »Und wir passen gut auf sie auf, versprochen.«

Frau Tetzlav nickte. Ihre Augen waren so ausdrucksstark, dass sie eigentlich keine Worte brauchte. Dankbarkeit sah Lilly in ihnen. Und Verständnis. Die Augen sind der Spiegel zur Seele. Das sagte man ja immer. In Marietas Fall schien es zu stimmen.

»Kommen Sie denn nächste Woche auch wieder?«, fragte Lilly Frau Tetzlav, die hilflos mit den Schultern zuckte. »Ich glaube, Sie sollten das tun. Ansonsten wird Sugardoll Sie sehr vermissen.«

Frau Tetzlav nickte erneut. Erst nur ganz kurz, dann immer entschlossener. Lillys Argument schien sie überzeugt zu haben. Zitternd erhob sie sich. Ihre dünnen Beinchen wirkten, als könnten sie jeden Moment wie Streichhölzer brechen. Lilly stützte sie, bis Gero übernahm.

»Ich freue mich auf Sie«, sagte Lilly sanft und meinte es ehrlich. Dann hielt sie den Senioren noch die Tür auf.

Gemeinsam gingen sie zur nahe gelegenen Bushhaltestelle.

»Nette Leute«, sagte Herr Pallaske, nachdem die Seniorengruppe das Café verlassen hatte. »Allerdings. Und gefallen hat es Ihnen auch.«

»Natürlich. Das geht uns doch allen so.«

Sugardoll strich um Herrn Pallaskes Beine. »Jetzt bist du plötzlich wieder hier, mh? Glaubst du, ich hab nicht gesehen, wie du mit der Frau Tetzlav geschmust hast? Aber keine Sorge, ich nehme es dir nicht übel. Die Frau Tetzlav hat das gebraucht. Sie war früher übrigens anders, das können Sie mir glauben, Frau Wendelin. Als sie damals noch ihren Antiquitätenladen führte, war sie voller Lebensfreude. Dann wurde sie von einem Tag auf den anderen pflegebedürftig. Die Familie hat sich am Anfang noch um Marieta gekümmert, aber wie das so ist, wurde sie zunehmend als Last angesehen und schließlich ins Heim gegeben.«

Das klang tatsächlich schrecklich und passte zu dem Eindruck, den Hannes Tetzlav bei Lilly hinterlassen hatte. Er schien kaum Interesse am Laden seiner Mutter gehabt zu haben, und offensichtlich noch weniger an ihr. Was ziemlich traurig war. »Sie mögen Marieta, oder?«

Pallaske zuckte mit den Schultern. »Ich sage nur, was ich gehört habe. In Oldendorf kennt jeder jeden, das sollten Sie inzwischen wissen.« Er zog sich seine Schiebermütze tiefer ins Gesicht. »Das Geld hab ich auf den Tresen gelegt.«

»Alles klar.«

»Noch einen schönen Tag!«

»Ihnen auch.«

Lilly seufzte und räumte die Teller weg. Die Geschichte von Marieta Tetzlav berührte sie sehr. Vielleicht hatte Neele recht und es war keine Übertreibung, dass das Katzencafé den Menschen tatsächlich guttat. Es war nicht nur der leckere Kuchen oder das Entspannen vom Alltag, das die Leute herlockte. Es ging auch um die Möglichkeit, Kontakt aufzunehmen. Und sei es nur mit einer Katze. Nachdenklich wischte Lilly die Tische ab.

Im Laufe des Nachmittags hatte sie ihn gesehen. Etwas in ihr hatte noch immer gehofft, dass er endlich über seinen Schatten sprang. Doch als Baptiste sie im Vorgarten des KittyCats entdeckt hatte, war sein Blick durch sie hindurchgegangen, als hätte er ihre Freundschaft längst aufgegeben. Vielleicht hatte Lilly es sich nur eingebildet? Doch in dem Moment war Kälte an ihr hochgekrochen und hatte sie nahezu gelähmt.

Jetzt, viele Stunden später, konnte Lilly nicht schlafen. Sie erhob sich, schaute aus dem Fenster, rüber zu seinem Bistro. Ein Teil von ihr hoffte, er würde jetzt auch aus dem Fenster sehen, ihr vielleicht zuwinken. Ein Zeichen, das alles wieder in Ordnung zwischen ihnen war, aber nichts geschah. Die Gardinen bewegten sich nicht einmal.

Lilly seufzte und legte sich ins Bett zurück, immer noch hellwach. Sie beschloss, noch etwas zu surfen und sich auf andere Gedanken zu bringen. Doch kaum hatte sie sich mit dem Internet verbunden, ploppte eine Nachricht nach der anderen von Lonely Wolf auf. Damit hatte sie nun nicht gerechnet. Weil sie ständig die Gesuche der Leute aus ihrer Umgebung aufs Smartphone bekommen hatte, hatte sie die MeetFriends-App kurzerhand deinstalliert, so dass sie auf das Netzwerk nur noch per Laptop zugreifen konnte. Aber was waren das auch für Anzeigen gewesen? Naturfreak34 hatte nach einer Freizeitpartnerin gesucht, die mit ihm Endmoränen und Hochmoore erkunden sollte. ShoppingQueen Gigi hatte nach einer Shoppingfreundin in Lüneburg Ausschau gehalten. Und »Joe aus Wolfsburg« wollte seine einsamen Stunden gern zu zweit verbringen, Motto: Alles kann, nichts muss. Urgh. Das meiste war einfach nicht Lillys Ding gewesen.

Jetzt las sie Lonelys Nachrichten, während Franz und Grammy gleichzeitig auf ihr Bett sprangen und sich schnurrend an sie kuschelten. Seltene Besucher, ihre Liege galt sonst als Eigentum von Mr. Maunz.

»Habe lange nichts von dir gehört.«

»Bist du noch da?«

»Melde dich doch mal.«

»Hast du noch Lust auf ein Treffen?«

Lilly bemerkte den grünen Punkt neben seinem Namen. Er war online!

»Lucky Troll, da bist du ja!« Natürlich hatte er sie gleich entdeckt.

»Hallo Lonely Wolf«, schrieb sie zurück.

»Wie geht's dir denn? Wo warst du die ganze Zeit?«

Sie hatte wirklich nicht dran gedacht, dass sie ohne Smartphone App auch Lonelys Nachrichten nicht mehr sehen würde. Das tat ihr echt leid.

»Lange Geschichte.« Sie wollte ihn nicht mit Details langweilen und in der Anonymität chattete es sich doch viel freier. Wenn sie erzählen würde, dass sie mit der Eröffnung ihres Cafés beschäftigt gewesen war, dann würde er sie in weniger als fünf Sekunden ergoogelt haben. »Und wie geht es dir?«, lenkte sie das Thema auf ihn und kraulte Franzens zerrupftes Ohr.

»Ja, ganz okay.« Klang auch nicht gerade überzeugend. »Wollen wir das mit dem Konzert nachholen? Ich habe zwar diesmal keine Freikarten, aber im Dezember soll eine nette irische Band in Hannover spielen. Wir teilen uns die Fahrtkosten. Was meinst du?«

Sie zögerte.

»Noch da?«

»Ja.«

»Verstehe. Also lautet die Antwort Nein.«

»Was? Ich habe nicht Nein gesagt.« Lilly ärgerte sich über sich selbst. Irgendetwas hielt sie zurück, sich einfach wieder mit Lonely zu verabreden. Und es war nicht allein die Tatsache, dass Grammy plötzlich anfing, Lillys großen Zeh zu jagen, der unter der Bettdecke raschelte.

»Aber auch nicht ja.«

Das stimmte. Eine scharfsinnige Beobachtung.

»Du wirkst abgelenkt«, bemerkte Lonely.

War sie ja auch.

»Es gibt jemanden, der dir wichtig ist, oder?«

Lilly seufzte. Jetzt fiel es auch schon Chatbekannten auf. Was Neele angedeutet und Lilly tief im Innern längst befürchtet hatte, zeichnete sich immer klarer ab.

Ja, Baptiste war ihr wichtig. Mehr als das. Leider. Sie konnte nicht aufhören, an ihn zu denken. Er war schräg, mürrisch und wirkte durch sein gehobenes Verhalten deutlich älter, als er war. Er konnte aber auch sehr nett und fürsorglich sein. Zumindest war er es am Anfang gewesen. Als sie die ersten Nächte allein in ihrem Haus verbracht hatte, war ihr die Decke auf den Kopf gefallen. Eine riesige Umstellung war das gewesen, von der belebten Großstadt in dieses süße kleine Nest zu ziehen. Kaum noch Menschen um sie. Einsamkeit. Nur Erinnerungen und eine alte Freundin, die keine Zeit mehr für sie hatte. Die Familie weit weg. Doch durch Baptiste hatte sie sich tatsächlich angenommen und aufgenommen gefühlt. Sie dachte an den wunderschönen DVD-Abend in seinem Haus. Daran, dass sie ganz nah aneinander herangerutscht waren, ohne es zu merken. An den Flammkuchen, den er sie hatte probieren lassen als eine der Ersten. Diesen Baptiste, der so fürsorglich und liebenswert gewesen war, den vermisste sie … irgendwie …

»Und es läuft nicht so gut?«, schlussfolgerte Lonely.

Lilly gab es zu, indem sie ihm einen traurigen Smiley schickte.

»Wenn du drüber reden willst …«

Anonym im Netz? Ohne das Risiko einzugehen, etwas über

sich zu verraten? Das klang nach einer völlig gefahrlosen Möglichkeit, sich endlich bei jemandem das Herz ausschütten zu können. »Ich habe ein Händchen, mich in die falschen Kerle zu verlieben. Gerade habe ich die letzte Beziehung verdaut, schon steht die nächste Krise an.«

»Klingt übel.«

»Wir sind nicht zusammen. Es war mir bis vor Kurzem nicht einmal klar, was ich wirklich für ihn empfinde. Fest steht aber, wir werden kein Paar werden, nicht in diesem Leben jedenfalls. Vorhin hat er mich auf eine Weise angesehen, da wurde mir richtig kalt.«

»Er mag dich nicht?«

»Nicht mehr. Ich habe ihn gekränkt. Mich aber sofort entschuldigt. Dennoch trägt er es mir nach.«

»Verstehe, der Junge hat ein übergroßes Ego, wie? Das sind mir die liebsten. Aber glaube mir, das ist nur die eigene Unsicherheit. Mr. Egoversum muss offenbar irgendetwas kompensieren.«

Da konnte was dran sein. »Ich bin dennoch traurig. Und auch enttäuscht.«

»Natürlich. Aber das Leben steckt nun mal voller Enttäuschungen.«

Das klang bitter.

»Alles, was man tun kann, ist, sich dagegen abzugrenzen. Ich wurde neulich auch von einer guten Bekannten enttäuscht, die hinter meinem Rücken über mich Unwahrheiten verbreitete, das war eine richtige Verleumdung. Die Lästerschwester hat nicht mal wirklich verstanden, was das Problem war, aber solche Menschen brauche ich nicht um mich. Wenn du die links liegen lässt, ärgert sie das am meisten.«

Er hatte so was von recht! Man sollte um jeden Mr. Egoversum und jede Lästerschwester einen riesigen Bogen machen.

»Wenn du mich fragst, diese Leute sollten vom Datingmarkt ausgeschlossen werden. Oder ihren eigenen gründen. Da können sie sich dann gegenseitig beglücken.«

Lilly schmunzelte. »Hervorragende Idee.« Dazu schickte sie drei lachende Smileys ab.

»Schön, dass es dir wieder besser geht«, meinte Lonely.

In der Tat hatte sie der Chat mit ihm etwas aufgeheitert. Und sie plauderten auch noch ein ganzes Weilchen weiter. Über die Südheide im Frühjahr oder die anstehenden Kommunalwahlen. Sie hatte das Gefühl, hier konnte sie über alles reden, ohne verurteilt zu werden. Was wirklich verrückt war, wenn man bedachte, dass sie nicht die geringste Ahnung hatte, wer hinter Lonely Wolf steckte. Doch seine Meinung war fast immer auch ihre.

»Lass uns das Konzert im Dezember im Auge behalten«, schrieb sie, denn um einen Konzertbesuch war es ja ursprünglich gegangen. Dann wurde sie allmählich müde. Und Lonely ging es nicht anders. Also wünschte sie ihm eine gute Nacht und loggte sich aus.

Mr. Maunz sprang erst auf ihr Bett und vertrieb Franz und Grammy mit einem leichten Kopfstups, um seine Reviergrenzen klar abzustecken, dann wanderte er weiter aufs Fensterbrett und schob dabei den Vorhang ein wenig zur Seite, so dass Lilly von ihrem Bett aus den Himmel sehen konnte. In dem Moment rieselten zarte Schneeflöckchen auf die Erde herab. Lilly beobachtete die kleinen weißen Sternchen mit großer Freude. Die ersten Boten des Winters gaben Hoffnung auf eine weiße Weihnacht. Und das schon zum Novemberanfang. Lilly mochte nichts lieber als Schnee. Glitzernde Dächer und verschneite Straßen, strahlendes Flies auf blattlosen Ästen und das herrliche Knirschen, wenn man mit dem Stiefel im Schnee versank. Und es wurden immer mehr und mehr Flocken. Zu schade, dass Baptiste das nicht mitbekam. Sie schaute wieder zum Fleur. Lilly seufzte. Lonely hatte recht, Baptiste war ein Mr. Egoversum, und doch fiel es Lilly schwer, ihn so zu sehen. Hatte nicht jeder Mr. Egoversum auch seine guten Seiten? Sie dachte an seine Crème Brûlée, lächelte und legte sich wieder hin, als ihr Handy vibrierte. Überrascht schaute sie auf das Display. Wer konnte das sein? Neele? Ivy? Karla?

Alex! Das gab's doch nicht!

Kapitel 8

»Das kann so nicht weitergehen«, schimpfte Baptiste am nächsten Morgen, als er gerade einen roten Puschelschwanz im Geäst verschwinden sah. Das war schon die dritte Attacke von diesem roten Kater innerhalb weniger Tage! Dieses Viech machte immer wieder in seine Büsche! »Komm sofort da raus!« Es dachte nicht daran.

Ein Hauch von Puderzucker lag auf den Sträuchern und am Bordstein, auf den Autodächern und den Dachziegeln der Häuser. In Wahrheit war es Frost, weil die Nacht sehr kalt gewesen war. Baptiste streifte seine Handschuhe über und rüttelte an den Zweigen. Doch nichts zu machen. Das Tier ignorierte ihn behaarlich. Baptiste warf den Schal über die Schulter und ging entschlossen zum KittyCat.

»Welches Viech meinen Sie?«, fragte die junge Frau hinter der Theke, nachdem er ihr sein Anliegen lautstark mitgeteilt hatte.

»Mr. Miau. Oder wie sie alle heißen.«

»Mr. Maunz hat in ihr Gebübsch gemacht?«

»Ständig macht er das, ständig!«, betonte Baptiste.

»Haben Sie das gesehen?«

»Ich habe ihn auf frischer Tat ertappt.«

»Verstehe, ich leite Ihre Beschwerde weiter.«

»Weiterleiten? Wo ist Mademoiselle Wendelin? Ich möchte mit ihr sprechen.«

»Sie sprechen mit mir, genügt das nicht?«

»Wer sind Sie denn eigentlich?«

»Neele Farber. Und nein, Lilly ist nicht zu sprechen. Sie ist nämlich nicht da. Sie ist heute Morgen früh aufgebrochen, um nach Berlin zu fahren.«

»Nach Berlin?« Jetzt verstand er gar nichts mehr.

»Ja, irgendetwas mit ihrem Ex-Freund. Sie war kurz angebunden, musste sofort los.«

»Ex …« Wovon sprach diese Neele? Ach ja, da war ja etwas gewesen. Ganz am Anfang, als Lilly das erste Mal das Fleur betreten und kurz darauf geweint hatte. Wegen eines Mannes wohl. Ob es dabei um diesen Ex gegangen war? Und zu dem fuhr sie jetzt zurück? Mochte sie ihn etwa noch? Da würde er Frauen wohl nie verstehen, warum sie zu jemanden zurückkehrten, der ihnen wehgetan, sie sogar zum Weinen gebracht hatte. Also er, an Lillys Stelle, würde sich das nicht gefallen lassen! Er würde diesem Mistkerl die kalte Schulter zeigen. Und er hoffte, dass sie genau das tun würde! Aber was ging es ihn eigentlich an?

»Ich weiß auch nicht so genau, ist wohl so ne On-/Off-Beziehung. Vielleicht kann sie es ja kitten. Soll wohl ihr Traumtyp sein.«

Baptiste spürte plötzlich einen Stich in der Herzgegend. Traumtyp? Da war offenbar so einiges an ihm vorbeigegangen. Hatte er sich doch tatsächlich eingebildet gehabt, Lilly fände ihn anziehend! Es beruhte zwar nicht auf Gegenseitigkeit, so weit würde er nie gehen, dazu war sie zu gewöhnlich. Von dieser kecken Unterlippe mal abgesehen. Ja, gut, ihre Augen waren auch recht hübsch. Rehbraun. Dazu die dunkelblonden Locken, eine durchaus seltene Kombination. Doch wirklich anziehend fand er sie nicht. Zumindest nicht auf die Weise, wie ein Mann nun einmal eine Frau anziehend fand. Sie war ein Kumpeltyp. Nicht mehr, nicht weniger. Aber es war ein schönes Gefühl gewesen, dass sie ihn attraktiv gefunden hatte. Zumindest hatte er das bis gerade eben geglaubt. Hatte er die Anzeichen wirklich falsch gedeutet? Die scheuen Blicke, das viel zu schnelle Sprechen, die geröteten Wangen. Ganz niedlich, zugegeben. Der Gedanke, dass sie ihre Aufmerksamkeit nun einem anderen schenkte, war irgendwie … störend. Ja, das mochte er nicht.

»Alles okay?«, fragte die junge Frau.

»Sicher.« Er fuhr sich übermäßig oft durchs Gesicht. Beziehung kitten. Ex-Freund. Warum machte ihn das nur so … unzufrieden?

»Kann ich sonst noch etwas für Sie tun? Darf's etwas sein? Vielleicht ein paar Muffins zum Wegwerfen?« Neele grinste schräg.

»Sehr witzig.« Offenbar wusste sie von den Muffins! Und wenn schon! Das war Schnee von gestern.

»Sie will also mit diesem ... Traumtypen ... wieder etwas anfangen, oui?«, hakte er nach, um sicherzugehen, dass er es richtig verstanden hatte. Eigentlich war es ihm ja egal, versicherte er sich selbst. Es war also nur die reine Neugierde, die ihn zu der Frage veranlasste.

»Ich glaube schon. Sie hat jedenfalls gesagt, dass er der wichtigste Mann in ihrem Leben sei. Ihr Ein und Alles«

»Veralbern Sie mich gerade?« Das klang doch gar nicht nach Lilly! So stark würde sie nie auftragen. Trixi machte so etwas vielleicht. Aber Lilly war eine ehrliche Haut. Das mochte er an ihr. Wenn sie jemanden gernhatte, dann sagte sie es frei heraus. Oder zeigte es zumindest, wenn sie sich die Worte nicht zutraute. Ja, genau das machte Lilly aus. Authentizität.

Die junge Frau hinter der Theke grinste. »Als er sie anschrieb, machte sie sich sofort auf den Weg nach Berlin. Das ist doch ein Zeichen, oder nicht?«

Wahrscheinlich. »Das ist das Problem mit euch jungen Frauen. Da muss nur irgend so ein hübscher Schnösel anrufen und schon fahrt ihr los, ihm hinterher, obwohl er grausam war! Das ewige Rätsel!«

»Ich wusste ja gar nicht, wie viel Sie über die Beziehung von Alex und Lilly wissen«, staunte Neele.

»Ich habe eben ein gewisses Einfühlungsvermögen.« Er erinnerte sich genau an die Tränen, die Lilly wegen dieses Kerls vergossen hatte. Und es machte ihn wütend, dass dieser nun eine zweite Chance bekam. Sie sollte ihn am besten gar nicht mehr sehen!

»Ach was? Wirklich?«

»Oui! Zweifeln Sie das ruhig an. Es ist dennoch wahr. Und eines sage ich Ihnen. Mademoiselle Wendelin hat etwas Besseres verdient als einen Mann, der sie zum Weinen bringt.«

»Da sind wir allerdings einer Meinung.« Neele verschränkte die Arme vor der Brust und starrte ihn fast missbilligend an.

»Also … wenn sie dann wieder da ist … hoffentlich recht bald, weil sie diesem Kerl den endgültigen Laufpass gegeben hat …« Was ihm im Grunde völlig egal war, aber sowas von völlig! »… dann sagen Sie ihr bitte, dass sie Mr. Maunz beibringen soll, wie man eine Katzentoilette benutzt.«

»Ja, klar. Ich richte es aus, versprochen.« Neele grinste.

Das ärgerte Baptiste noch mehr. Was bildete sie sich eigentlich ein?! »Ich muss schließlich auch wissen, wie lange das KittyCat noch geöffnet hat, wenn sie wieder nach Berlin geht.«

Jetzt grinste Neele nicht mehr, stellte Baptiste zufrieden fest, obwohl der Gedanke ihn selbst noch immer wurmte.

»Danke, dass du gekommen bist«, sagte Alex. Er wirkte so normal. Keine teure Garderobe, keine Tonnen Gel im Haar. Eine schlichte Erscheinung. Lilly hätte ihn fast nicht wiedererkannt.

Sie saßen in ihrem ehemaligen Lieblingscafé am Zoo.

»Das klang wie ein Notfall«, sagte Lilly. »Zwei SMS hast du mir geschickt, dass es dir sehr schlechtgeht und du mich sehen willst.«

»Ich war so ein Idiot.«

Das stimmte! Aber Lilly konnte mithalten: Sie hatte sich von ihm verarschen lassen und zwar richtig. Vielleicht hätte sie gar nicht kommen sollen. Doch die Nachrichten hatten sie tatsächlich sehr besorgt. Alles hätte keinen Sinn mehr … Sie hatte schon das Schlimmste angenommen.

»Sie hat mit mir Schluss gemacht«, ergänzte er und sprach wohl von Gina.

Lilly verzog das Gesicht. Es tat immer noch weh, einfach ausgetauscht worden zu sein.

»Ich rede nicht von Gina«, klärte er sie auf, als hätte er gerade ihre Gedanken gelesen. »Das mit Gina, das hat nicht funktioniert.«

»Ach was?«

»Ich weiß gar nicht, was in mich gefahren war. Gina … ich meine, die war langweilig ohne Ende.«

Lilly nickte. Das hatte zuvor aber ganz anders geklungen. Frau fürs Leben und so … Irgendwie wühlte sie das alles immer noch sehr auf. Es war ein Fehler gewesen, herzukommen. Seine Nähe tat ihr nicht gut.

»Also geht es um eine andere Frau«, fasste sie zusammen.

»Sie hat wie gesagt Schluss gemacht.«

»Und das ist alles?«, platzte es aus ihr heraus. Sie war den weiten Weg nach Berlin gefahren, weil Alex' neue Freundin einen Schlussstrich gezogen hatte? Dabei hatte sie sich wirklich Sorgen gemacht, er könne sich was antun. Unglaublich! Er war doch ein großer Junge und es war nicht das erste Beziehungsaus. Noch dazu hatte er genügend Freunde in Berlin, die ihn hätten trösten können.

»Nein, natürlich nicht.« Er sah sie merkwürdig an. So wie früher, vor dem Anfang des Endes. »Seit es aus ist, musste ich immer wieder an dich denken. Es war falsch, alles aufzugeben, was wir hatten.«

»Das fällt dir reichlich spät ein.«

Er starrte auf den Kaffee vor sich. »Es tut mir alles so leid mit dir«, heulte er auf. »Ich war nicht ich selbst. Gina hat mich verführt. Du weißt doch, wie sie ist. Mit diesen engen Kleidern und …«

»Jetzt ist also Gina Schuld?«

Alex seufzte. »Nein, du hast ja recht. Aber verdient nicht jeder eine zweite Chance?«

Lilly schwieg. Es war ja offensichtlich nicht nur Gina, sondern auch noch eine andere Dame im Spiel. Wie viele Chancen auf eine Beziehung wollte Alex denn noch haben?

»Die Wohnung gibt es übrigens nicht mehr. Mein Vater hat das Loft gekündigt. Ich wohne jetzt … in einer WG!« Er sagte das so dramatisch, als wäre es etwas Verwerfliches.

Daddy hatte also den Geldhahn zugedreht. Das konnte einem schon zusetzen. Lilly empfand das als ausgleichende Gerechtigkeit.

»Ich verursache angeblich zu viele Kosten, studiere zu lange.«

»Du hättest ja jetzt auch schon deinen Abschluss haben können«, stellte sie nüchtern fest.

»Ich weiß, ich weiß. Ach, ich mache so viele Fehler. Wenn du bei mir gewesen wärst, wäre das alles nicht passiert. Du warst immer so vorausschauend. Ich will das alles wiederhaben.« Er blickte sie aus traurigen Hundeaugen an.

Sie seufzte. »Sieh mal, du bist durcheinander. Deine Gefühle fahren Achterbahn nach der Trennung. Jetzt kommen wieder alte Gefühle von damals hoch. Aber sie sind Vergangenheit. Du musst nach vorne blicken.« Sie bemühte sich, um ein aufmunterndes Lächeln.

Aber das verstand Alex offenbar als Aufforderung. »Komm wieder zurück zu mir. Lass uns noch mal von vorne anfangen, ich habe niemanden …«

Hatte er überhaupt ein Wort von dem verstanden, was sie gesagt hatte? »Wie stellst du dir das vor? Ich lebe nicht mal mehr in Berlin. Ich habe mir etwas Neues aufgebaut.«

»Dann ziehe ich zu dir.«

»Was?!«

»Das wäre doch perfekt, oder nicht? Wo lebst du eigentlich noch mal genau?«

»Ich lebe in Oldendorf. Aber siehst du, das meine ich! Du triffst eine Entscheidung und weißt noch nicht einmal worüber!« Lilly konnte nicht verstehen, warum ihr das vorher nie aufgefallen war. So unselbstständig und unreif.

»Oldendorf? Bei Bernau?«

»Nein, in Niedersachsen. Nicht mal das weißt du.« Sie wurde wütend. Nicht auf den aktuellen Alex, der ja wirklich wie ein Häufchen Elend wirkte, sondern auf den alten, arroganten Alex, der sie betrogen und ausgetauscht hatte und im Grunde kaum mehr als ein verzogenes Balg war.

»Ich möchte einfach bei dir sein. Ist das so verkehrt?«, jammerte Alex weiter.

»Du bist im Moment verzweifelt. Du warst immer in einer Beziehung, eine hat die nächste abgelöst. Und es ist neu für dich, auf dich allein gestellt zu sein. Das kann verwirren. Niemand weiß das besser als ich, Alex.« Sie überwand sich, ihre Hand auf seine zu legen, um ihn zu beruhigen. »Aber sieh das doch jetzt als Chance.«

»Ach, Lilly, so einfach ist das alles nicht. Ich vermisse die alten

Zeiten, ich vermisse uns. Ich hätte dich doch nicht nach Berlin gerufen, wenn es mir nicht so ernst wäre.«

Lilly seufzte innerlich auf. Alex wollte sie einfach nicht verstehen. War sie tatsächlich diejenige von ihnen beiden, die über den anderen hinausgewachsen war? Die einzig logische Erklärung war, dass ihr neues Leben sie verändert und reifer gemacht hatte. Das wollte sich Lilly nicht kaputt machen lassen, indem sie eine neue Beziehung mit Alex einging. Er würde früher oder später in alte Muster fallen!

Nein, Lilly war mit ihrem Leben, so wie es gerade war, zufrieden. Sie hatte nicht nur ein eigenes Café, sie hatte auch Freunde und so etwas wie eine Familie gefunden. Denn als solche sah sie ihre Katzen und Neele inzwischen. Lilly hatte früher mehr darauf geachtet, dass es anderen gut ging und sich selbst zurückgenommen. Damit war nun Schluss.

Sie winkte die Kellnerin herbei und bezahlte.

»Was hast du vor?«, fragte Alex nervös.

»Ich fahre nach Hause.«

»Du kannst doch nicht einfach gehen.«

»Hör zu, Alex. Es ist jetzt an der Zeit auf eigenen Füßen zu stehen. Du wirst das schon schaffen.« Sie erhob sich.

Alex blieb der Mund offen stehen. »Du willst mich hier wirklich sitzenlassen?«

»Ist ja hier keine Gefahrenzone.« Sie zwinkerte ihm zu und ging. Hoffentlich folgte er ihr nicht. Aber zum Glück tat er das nicht. Sie eilte zu ihrem Wagen, stieg ein und machte sich auf die Rückfahrt.

Sie hatte sich nie freier gefühlt. Es war schwer, eigene Bedürfnisse durchzusetzen, Grenzen aufzuzeigen. Aber es war nötig. Und jetzt merkte sie, wie gut ihr das tat.

»Oh, schon wieder zurück?«, staunte Neele, als Lilly gegen siebzehn Uhr das KittyCat betrat. Die lange Fahrt hatte sie ganz schön geschlaucht.

Lilly nahm Schal und Mütze ab. »Es gab nicht viel zu besprechen«, sagte sie beiläufig und gesellte sich zu Neele hinter die Theke. »Da ist man mal ein paar Stunden nicht da und schon verpasst man alles.« Sie nickte rüber zu einem Pärchen, das sich offenbar gerade gefunden hatte. Er kam schon seit Eröffnung des KittyCat regelmäßig her, sie war seit zwei Wochen Dauergast. Erst hatten sie sich gar nicht bemerkt, dann zaghaft angelächelt, jetzt hielten sie Händchen.

»Das ist der Zauber des KittyCat«, erklärte Neele. »Die beiden sind ja auch nicht unser erstes Pärchen, das sich bei Kaffee und Kuchen verliebte.«

Da hatte Neele recht. Es gab auffällig viele Pärchen hier.

»Jetzt erzähl doch mal von dir. Wie war denn das Treffen mit deinem Ex? Auch zauberhaft?« Neele machte große, neugierige Augen.

»Anstrengend.« Lilly schlüpfte aus ihrem Mantel und hängte diesen zu Schal und Mütze in die Garderobe. Dann ging sie zu Neele zurück.

»Demnach gab es keine Versöhnung?«

»Nein«, sagte Lilly strikt.

»Aha.« Neele schien kurz über etwas nachzudenken. »Übrigens, unser Nachbar hat heute Morgen nach dir gefragt.«

»Welcher Nachbar?«

»Baptiste.«

Lillys Herz schlug sogleich höher. »Ist das wahr?«, fragte sie aufgeregt. Er ging ihr doch ständig aus dem Weg. Aber vielleicht hatte er nun endlich den ersehnten ersten Schritt auf sie zu gemacht? Oder er hatte es zumindest gewollt?

Neele nickte. »Er wollte sich, glaube ich, beschweren.«

Ah. Es ging nur um eine Beschwerde. Ihre Euphorie war sofort verschwunden. Offensichtlich wollte er die Fehde weiterführen. »Worüber denn?«

»Über Mr. Maunz, der in seine Büsche macht.«

»Das tut er doch gar nicht! Das weiß ich genau.«

»Ärgere dich nicht. Ich habe ihm dafür einen ganz schönen Bären aufgebunden.«

»Wie denn das?«, fragte Lilly neugierig, weil Neele gar so schelmisch grinste.

»Ich sagte, dass du zu deinem Ex fährst, um dich zu versöhnen. Du hättest mal sein Gesicht sehen sollen.« Neele zog ihre Mundwinkel mit zwei Fingern runter.

»Ist nicht wahr?« Das hatte Baptiste etwas ausgemacht? War sie ihm womöglich doch nicht so egal, wie er immer tat?

»Er war nicht erfreut!«, bestätigte Neele auch schon und zwinkerte verschwörerisch. »Vielleicht habe ich mich wirklich in ihm geirrt. Diese ganzen Geschichten um seinen Frauenverschleiss passen nicht zu dem, was ich vorhin erlebt habe.«

Lillys Herz schlug sogleich noch ein paar Takte schneller.

»Natürlich hat er so getan, als wenn es ihn nicht interessiert. Aber nachgefragt hat er gleich zwei Mal.«

Wenn das kein Zeichen war! Sie benötigte nicht einmal die Dienste ihrer esoterischen Schwester Ivy, um das klarzusehen. »Ich muss gleich zu ihm!«

»Wirst du wohl hier bleiben.« Neele hielt sie am Arm fest.

»Aber …«

»Das glaube ich jetzt nicht. Mach es ihm doch nicht so einfach. Er hat dich von oben herab behandelt. Er ist – mit Verlaub – immer noch ein selbstverliebter Gockel, der ruhig auch mal etwas zappeln darf.«

Lilly sah das ein. Die Vorstellung, wie er noch ein wenig zappelte, gefiel ihr sogar ein bisschen und schließlich hatte sie sich in den letzten Wochen auch genug um ihn bemüht. »Was soll ich denn machen?«

»Einfach nur warten. Gib ihm nicht das Gefühl, dass er dich leicht rumkriegen kann. Zier dich ein wenig. Du weißt doch, wie das geht.«

»Eigentlich nicht.«

»Dann schau dir ein paar alte Filme an. Besseres Lernmaterial findest du nirgends.« Neele kicherte. »In mancher Männerbrust schlägt das Herz eines Eroberers. Wenn sie sich verweigert, weckt sie erst sein Interesse. Und ich glaube, dein Baptiste ist genau einer von diesem Schlag.«

Baptiste steckte eine Münze in das Schloss des Einkaufswagens und befreite diesen von seiner Kette.

Es war Anfang November und die Regale quollen über vor weihnachtlichen Artikeln. Lebkuchenherzen mit zartbitterem Schokoladenüberzug, Dominosteine und Zimtsterne überall, im Hintergrund dudelte der Song »Sleigh Ride«. Baptiste schüttelte es. Nicht, dass er Weihnachten nicht mochte. Es hatte nur seine Bedeutung verloren. Dieses Jahr würde er nicht einmal in die Bretagne fahren, sondern in Oldendorf bleiben. Warum? Natürlich hatte die Familie ihn eingeladen, aber er hatte keine Lust auf das übliche Prozedere, das aufgesetzte Lächeln, wenn alle so taten, als wäre der Supergau in Paris nie passiert. Dieser lag bereits fünf Jahre zurück, und Baptiste hatte sich immer noch nicht davon erholt. Seit jenem Tag war er ein anderer. Er merkte es immer wieder. Zum Beispiel daran, dass ihn die vorweihnachtliche Stimmung kaum berührte.

Er blickte auf seine Einkaufsliste. Brot, Eier, Milch hatte er bereits gefunden. Jetzt fehlte noch etwas Aufschnitt und Waschmittel. Danach ging es zur Kasse. Es waren nur zwei geöffnet, obwohl der Andrang enorm war. Sein Blick schweifte umher, um die schnellste Kassiererin auszumachen, da bemerkte er diesen dunkelblonden Zopf an der rechten Kasse, der ihm mehr als vertraut war. Lilly! Sieh an, wieder in Oldendorf. War die Versöhnung in Berlin nicht von Erfolg gekrönt gewesen? Quel dommage.

»Au!«, zischte jemand vor ihm. In seiner Unachtsamkeit war er einer Frau in die Hacken gefahren. »Passen Sie doch auf, Sie Tölpel!«, schrie ihn die Wohlbeleibte an.

Lilly drehte sich, wie die meisten anderen auch, um und blickte zu ihm rüber, sie hatte alles mitbekommen. Das ärgerte ihn.

»Ich warte noch auf eine Entschuldigung«, fauchte ihn die Kundin an.

»Verzeihung«, sagte er zerknirscht und ordnete sich in die Schlange ein, legte nach einer gefühlten Ewigkeit seine Einkäufe aufs Band, bezahlte diese und legte sie in den Wagen zurück, um sie anschließend in seinem Einkaufsbeutel zu verstauen.

»Ich liebe diese Weihnachtsdeko«, flötete Lilly, die plötzlich mit ihrem Wagen neben ihm stand und nach oben zu ein paar Girlanden aus Kunsttannennadeln deutete.

»Wie schön für dich.«

»Wieder mal schlechte Laune?«

»Dein Kater macht in meine Büsche. Heute Morgen schon wieder«, sagte Baptiste rüde.

»Unsinn, er ist ganz brav und macht so etwas nicht.«

Warum war sie schon wieder so übertrieben zuckersüß zu ihm? Wie ein klebriger Schokokriegel. »Vielleicht solltest du deinen Flohfänger mal erziehen?«

»Ich sagte doch gerade, Mr. Maunz macht so etwas nicht.«

»Und ich habe dir gesagt, ich habe ihn erst heute Morgen wieder in einem der Büsche vor meinem Bistro gesehen. Und wenn sich das nicht ändert, wird es Konsequenzen geben.«

Lillys Augen verengten sich. Seine Worte hatten sie offenbar getroffen, aber was sollte er machen? Es war nun einmal ihr Kater! »Naja, ich will mir meine Laune nicht von dir verderben lassen, Herr Isegrim.«

»Isegrim? Was ist das?«

»Ein grimmiger Wolf.«

Sie schob ihren Wagen mit vorgerecktem Kinn an ihm vorbei. Direkt über seine Stiefel! Im ersten Moment, vermutlich war das noch der Schock, spürte er nichts. Aber dann schrie Baptiste plötzlich unwillkürlich auf, weil der Schmerz seine Füße wie ein elektrischer Schlag traf. Ein wenig hatte das Leder wohl abgefangen. Aber verdammt, das tat vielleicht weh. Er hüpfte von einem Fuß auf den anderen.

»Pass doch auf!«, fuhr er sie so laut an, dass es augenblicklich ruhig im Supermarkt wurde und alle ihn anstarrten.

Lilly war die erste, die ihre Sprache widerfand. »Oh nein, das tut mir leid. Es war keine Absicht.« Sie eilte zu ihm hin, versuchte ihn zu stützen. »Setz dich erst mal.«

»Rühr mich nicht an«, zischte er. »Was für ein Tollpatsch! Seit du hier bist, gibt es nur Ärger!«, fuhr er sie wieder an, etwas leiser als zuvor, aber immer noch laut genug, dass die Leute es mitbekamen.

»Du musst vielleicht in die Notaufnahme«, stammelte Lilly und fingerte an seinen Schuhen herum.

»Lass das!« Er zog die Beine weg, auch das schmerzte, so dass er aufstöhnte.

»Bist du mit Auto da?«, fragte sie.

»Oui!«, zischte er. »Aber wie es aussieht, werde ich die Pedale nicht bedienen können.« Was, wenn beide Füße gebrochen waren? Nicht auszudenken!

»Dann gib mir den Schlüssel, ich fahre dich.«

»Kommt nicht in Frage!«

»Ich bin nur mit dem Rad hier, sonst würde ich dich mit meinem Auto fahren. Jetzt keine Widerrede, ein Arzt muss sich das ansehen.«

Sie hielt fordernd die Hand auf. Vielleicht hatte sie recht. Sehr wahrscheinlich sogar! Er brauchte seine Füße, wie sollte er sonst die Leute im Lokal bedienen? Oder hinter dem Herd stehen?

Baptiste gab nach. Er reichte ihr den Autoschlüssel, und es fanden sich ein paar hilfsbereite Leute, die ihnen die Einkäufe zum Wagen trugen und ihm beim Einsteigen halfen. Lilly wollte ihn anschnallen, wie ein Kleinkind. »Meine Hände funktionieren noch«, sagte er gereizt und entriss ihr den Gurt.

»Okay, entschuldige.« Dann fuhr sie los. Ruckelnd und stockend ging es nach Celle.

Wenig später saßen sie im Wartebereich der Notaufnahme, Lilly plapperte unentwegt irgendetwas auf ihn ein, aber Baptiste war mit den Nerven am Ende. »Sei einfach für einen Moment ruhig, bitte!«, raunzte er.

Dann schwieg sie endlich. Aber das machte es auch nicht besser. Was für ein verfluchter Tag!

Am späten Nachmittag fuhr sie ihn mit seinem verbundenen Fuß und zwei Krücken in seinen Händen nach Oldendorf zurück. Er hatte Glück im Unglück gehabt. Kein Bruch, ein Fuß weitestgehend intakt und inzwischen wieder auftrittfähig, der andere leicht geprellt.

Lilly parkte den Wagen vor dem Fleur. »Das ist ja alles noch mal gut gegangen«, sagte sie sichtlich erleichtert.

»Findest du?«

»Du etwa nicht?« Sie lächelte wieder, natürlich süß und lieb.

Diese sinnlichen Lippen – er konnte nicht aufhören, sie anzustarren. Ob dieser Traumkerl aus Berlin sie geküsst hatte? Er rollte mit den Augen. Warum stellte er sich überhaupt diese Frage? Es war ihm egal! Sie war ihm egal, verdammt! Beziehungen, Bindungen, all das war für die Katz! Bedeutete nur Probleme und zerrüttete Nerven, wenn man sich erst mal ehrlich darauf einließ! Das konnte und wollte er sich ersparen!

»Warum verstehst du nicht, dass du mir tierisch auf die Nerven gehst?« Er war lauter geworden als gewollt.

Lilly schluckte sichtlich, aber auch Zorn funkelte in ihren Augen. »Ich gebe mir Mühe.«

»Schön, vielleicht. Aber was nutzt es? Du bringst nur Chaos. Das Fleur ist nicht mehr dasselbe. Meine Füße schmerzen. Aber du lächelst alles weg, als wäre es nichts.«

»Ich wusste nicht, dass du das so siehst.«

»Ich sage dir, wie ich es sehe. Du bist ein verzogenes Gör, das glaubt, der Nabel der Welt zu sein! Du brauchst nur zu lächeln und alles wird gut. Aber die Leute um dich herum sind dir in Wahrheit egal. Sie merken es nicht, weil du so unglaublich lieb und nett bist. Und du selbst glaubst es auch nicht, bis du einen sitzenlässt. Alles was war, zählt dann nicht mehr. Weil du jetzt ganz anders empfindest. Und es zählen ja nur deine Gefühle«, redete er sich in Rage. Das hatte er Georgine schon immer sagen wollen.

Ihr blieb der Mund offenstehen. Aber Lilly hörte sich alles an.

»Selbstsüchtig bist du. Das hat man dir wahrscheinlich nie gesagt, weil alle Rücksicht nehmen. Aber ich nehme keine Rücksicht mehr auf Leute wie dich!« Baptiste hielt inne. Er bebte am ganzen Körper. All die aufgestaute Wut hatte sich entladen.

Aber an die falsche Adresse.

»Tut … mir leid«, sagte er, doch nun war Lilly so richtig wütend.

»Dann sag ich dir jetzt auch mal was! Du bist ebenfalls nicht der Mittelpunkt des Universums. Finde dich damit ab, dass das Fleur nicht mehr die Nummer Eins in Oldendorf ist. Das ist doch in Wahrheit alles, worum es dir geht! Die große Institution, die über den ganzen Landkreis und darüber hinaus bekannt ist, verblasst neben einem klitzekleinen Café. Aber die Leute kommen nicht deshalb nicht mehr zu dir, weil sie die französische Küche überhaben, sondern weil der Gastgeber ein verbitterter, übelgelaunter … Giftriese ist.«

»Giftriese?«

»Zwerg passt einfach nicht«, erklärte Lilly patzig. »Ich habe wirklich versucht, mit dir auszukommen. Unsere Freundschaft zu retten. Aber es ist einfach nicht möglich. Ich gebe es jetzt auf!« Sie stieg wütend aus und knallte die Tür zu.

»Toll! Und wie bekomme ich jetzt meine Einkäufe in die Wohnung?«, schrie Baptiste ihr nach, aber sie hörte es nicht mehr. Oder tat zumindest so.

Baptiste saß noch eine ganze Weile in dem Wagen und versuchte, sich zu beruhigen. Dabei starrte er zum KittyCat. Ja, Lilly hatte recht! Es war ihm ein Dorn im Auge. Nicht von Anfang an, zuerst hatte er es ja nicht mal als Konkurrenz gesehen, geschweige denn das Geschäftsmodell ernst genommen. Aber dann hatte es ihm den Rang abgelaufen. Und dem Fleur drohte nun dasselbe Schicksal wie dem Haxen-Meier und dem Café Honigkuchenpferd. Die Wut brodelte wild in ihm. Das Fleur war nicht einfach nur ein x-beliebiges Bistro. Es war sein Leben! Nachdem er Frankreich wegen Georgie verlassen hatte, war das Fleur das Einzige gewesen, das ihm Halt gegeben hatte. Alle Energie war in dieses Projekt geflossen. Er hatte nicht geschlafen, nicht gegessen, nicht mal gefühlt. Nur gearbeitet. Und noch mehr gearbeitet. Renoviert. Möbel zusammengebaut. Weine bestellt. Gekocht. Und noch mehr gekocht. Unter großer Kraftanstrengung und mit eigenem Schweiß hatte er das Fleur zu dem gemacht, was es heute war. Ihm hatten die Leute nicht die Türen eingerannt. Keine Presse- und Fernsehberichte hatten ihn unterstützt. Nein, es war seine gute Küche, die die Leute begeistert hatte. Und dann hatte es sich nach und nach herumgesprochen. Doch jetzt hatten die Leute das Fleur abgeschrieben, und ihn auch! Ein Gefühl, als zöge man ihm den Boden unter den Füßen weg.

In dem Moment schlich Mr. Maunz über die Straße und verschwand in einem der Zierbüsche vor dem Fleur. Nein, der Kater machte natürlich keine Geschäfte in seine Büsche! Der Kater war brav. Der Kater hier, der Kater da. Er war der Grund, warum die Leute das KittyCat so liebten. Er war das Aushängeschild. Sein Foto prangte in jedem Zeitungsartikel, der sich um das Katzencafé drehte.

Nicht mit ihm! Baptiste sah vor Zorn nur noch rot, zog sein Handy aus der Hosentasche und suchte online nach der Nummer des Gesundheitsamtes. Er hatte sich diese Zustände nun lange genug angesehen. So konnte es nicht weitergehen! Diese streunenden Katzen übertrugen Krankheiten und Keime! Und wer wusste schon, was die noch mitschleppten. Das alles erzählte er brühwarm der Sachbearbeiterin, die sich hoffentlich schnell um diesen Fall kümmerte! Er legte auf und fühlte sich besser. Doch nur für den Moment. Gleich darauf bereute er, was er getan hatte. Konkurrenz hin oder her. Lilly hatte die Erlaubnis, Katzen in ihrem Café zu halten. Und soweit er wusste, hatte sich noch nie jemand über diesen Umstand beschwert oder irgendwelche Mängel entdeckt. Außerdem war er zwar wütend auf Lilly, aber nicht so sehr, dass er sie gleich komplett ruinieren wollte. Also drückte er eilig auf die Wahlwiederholung. Zum Glück hatte er die gleiche Dame noch mal an der Strippe.

»Alles zurück! War ein Irrtum! Das Café ist in Ordnung. Streichen Sie meine Beschwerde, bitte. Merci beaucoup!«

Kapitel 9

»Wie findest du es?« Neele deutete zum Schaufenster des Hauptraums. »Ich habe auf dem Dachboden meine alten Leuchtsterne und Lichterketten gefunden und dachte mir, die passen doch perfekt zum KittyCat.«

»Es sieht gut aus«, sagte Lilly verhalten. Die winzigen Lämpchen blinkten im Sekundentakt. Rot. Grün. Gelb. Blau. Lila.

»Finde ich auch. Jetzt kommt richtig Weihnachtsstimmung auf, oder?«

»Mmmh.«

»Oder ist es zu früh? Wir haben ja erst Mitte November.«

»Nein, nein.«

»Ich habe übrigens noch eine Idee, sag mir mal, ob sie dir gefällt.«

»Welche denn?«

»Plätzchenbacken im KittyCat. Wir laden unsere Gäste dazu ein, ihre eigenen Weihnachtsplätzchen mit uns zu backen. Für Familien mit Kindern wäre das der Hit. Aber auch alle anderen werden ihren Spaß haben. Ich kümmere mich um den Teig und besorge die Liebesperlen, Kokosflocken und den ganzen Schnickschnack.«

Lilly nickte teilnahmslos. »Klingt gut.«

»Ach, Boss, was ist denn jetzt schon wieder mit dir los?«

»Nichts, schon gut.«

Neele nickte in Richtung Fleur. »Er geht seit zwei Wochen nicht mehr an Krücken. Und davor auch nur ein paar Tage. So schlimm kann es also nicht gewesen sein. Es war noch dazu ein Unfall.«

»Darum geht es mir gar nicht.« Nicht mehr zumindest, aber bis vor kurzem hatte sie sich wegen seiner Verletzungen große Vorwürfe gemacht.

»Worum geht es dann?«

»Ich bekomme nicht aus dem Kopf, was er mir im Auto sagte. Ich frage mich, ob er recht hat«, sagte Lilly kleinlaut.

»Natürlich nicht! Dich selbstsüchtig zu nennen, ist ja wohl der Lacher des Jahres. Nur weil du eine erfolgreiche Geschäftsfrau bist? Der hat doch von Anfang an gedacht, dass KittyCat würde sich nicht lange halten. Jetzt merkt er, dass wir es eben doch draufhaben. Das kratzt an seinem Ego, kann uns aber egal sein. Du solltest froh sein, dass du jetzt weißt, woran du bei ihm bist.«

Vielleicht sollte sie das. Aber warum tat es immer noch so weh?

»Also Kopf hoch, sei stolz auf das, was du dir aufgebaut hast. Du bist die Besitzerin eines tollen und erfolgreichen Cafés, das die Leute lieben.«

Lilly lächelte. Sie war stolz auf alles, was sie erreicht hatte. Das KittyCat hatte sogar all ihre Träume übertroffen. Es war zu einem Ort geworden, an dem sie sich zu Hause fühlte, an dem sie sie selbst sein konnte und einer Arbeit nachging, die ihr wirklich Spaß machte. Es war ein tolles Gefühl, sein eigener Herr oder eher seine eigene Herrin zu sein. Sich selbst bewiesen zu haben, dass sie etwas schaffen konnte. Das alles änderte jedoch nichts daran, dass Baptistes Worte sie verletzt hatten. Und weil er so kalt reagiert hatte, als wären sie nie Freunde gewesen.

»Ich bin enttäuscht, weil er mir den Erfolg nicht gönnt«, sagte Lilly nachdenklich.

»Aber du magst ihn immer noch?«

Lilly seufzte. Wohl eher den alten Baptiste. Der, der ihr Crème Brûlée gemacht hatte, um sie zu trösten wegen ihrer Trennung von Alex. Der für sie einen Filmabend bei Gewitter veranstaltet hatte. Der einfach so ihre Umzugskisten getragen hatte. Und der, der mit ihr nach Grammy gesucht und die kleine Maus mit einem Igel verwechselt hatte. Aber inzwischen fragte sie sich, ob dieser Mann überhaupt noch existierte. Vielleicht hatte sie sich einfach in ihm getäuscht und er wollte von Anfang an noch nicht mal eine

Nur-Freundin, sondern *nur* seine zukünftige Konkurrentin auschecken.

»Ich werde mich von jetzt an von ihm fernhalten«, sagte Lilly ernst. Denn es war an der Zeit, Grenzen zu setzen, so wie sie es auch schon bei Alex getan hatte. Eine offene Feindschaft und ein schwelender Nachbarschaftsstreit mochten sein Ding sein, aber nicht ihres. Sie würde neutral bleiben, sich sachlich verhalten, das Nötigste sagen, was eben so anfiel. Sich aber ansonsten rarmachen.

Neele nickte ernst. »Ist vielleicht das Beste«, sagte sie. »Sein Name kommt nicht mehr über meine Lippen«, versprach Neele. »Was ich dich fragen wollte, was machst du eigentlich zu Weihnachten?«

»Ich bin noch nicht sicher. Wahrscheinlich fahre ich nach Berlin, um mit Mam und Paps zu feiern. Und natürlich mit Ivy und Sebastian.«

»Klingt schön. Ich fahre auch zur Familie. Vielleicht bilden wir eine Fahrgemeinschaft? Wir haben ja immerhin dasselbe Ziel.«

Berlin, oh ja. So schnell hatte sich Lilly an das beschauliche Oldendorf gewöhnt und vermisste die Hauptstadt gar nicht. Über die Feiertage bis zum Neujahr würde das KittyCat Urlaub machen. Das würde eine ganz schöne Umstellung sein.

In dem Moment schob sich Mr. Maunz in ihr Blickfeld, fast als wollte er sie auf andere Gedanken bringen.

In Wahrheit interessierte er sich für die Lichterketten, die so aufregend blinkten. Für Katzen war das eine spannende Angelegenheit. Alles, was glitzerte, sich bewegte oder raschelte musste näher untersucht werden. Doch die Ketten hingen zu weit oben, selbst als er sich auf die Hinterbeinchen stellte und die Pfote ausstreckte, reichte er nicht heran. Stattdessen fing er an zu keckern und schnattern, wie er es sonst machte, wenn er ein interessantes Insekt oder einen Vogel vor dem Fenster erblickt hatte.

»Dem gefällt meine Deko«, freute sich Neele.

Das KittyCat machte wie immer um zwanzig Uhr dicht. Nachdem Lilly alle Stühle hochgestellt, die Räume ausgefegt und die Rollläden heruntergelassen hatte, wartete eine heiße Dusche auf sie. Die hatte sie sich wirklich verdient. Den ganzen Tag hatte sie auf den Beinen gestanden.

Und nach der wohltuenden Brause legte sie sich mit einer Packung Chips aufs Bett, auf dem es sich bereits Mr. Maunz gemütlich gemacht hatte. Wie immer nahm er dabei geschätzte zwei Drittel des Platzes für sich ein, während sich Lilly an den Rand quetschen musste. Aber das tat sie gerne. Mr. Maunz wirkte so zufrieden, dass sie ihn unmöglich verdrängen wollte. Zumindest hatte sich die restliche Bande wie gewöhnlich auf beide Stockwerke verteilt. Lägen alle Miezen in ihrem Bett, müsste Lilly wohl auf die Couch im Wohnzimmer ausweichen.

»War ein harter Tag heute, was?«, fragte sie ihn. Immerhin war heute wieder ein Kindergeburtstag gewesen und die kleinen Gäste hatten sich alle auf Mr. Maunz gestürzt, um ihn zu streicheln und mit ihm zu spielen.

Jetzt war Mr. Maunz so müde, das er nicht einmal den Kopf hob, lediglich sein Ohr zuckte. Sie streichelte sanft sein Kinn und schnappte sich ihren Laptop vom Nachttisch. Nur noch rasch die Emails checken, aber da meldete sich Lonely Wolf.

»Guten Abend, Lucky Troll!«

Lilly hatte eigentlich gar keine Lust auf einen Chat, sie war einfach zu kaputt. »Bin gleich wieder off«, teilte sie mit.

»Schade.« Es folgte ein »Alles okay?« Er ahnte wohl, dass es ihr nicht gut ging.

»Geht so«, gab sie zu. Sie knabberte noch daran, dass ihre Freundschaft zu Baptiste vorbei war.

»Wo drückt denn der Schuh?«

Lilly seufzte. Also schön, wenn er es unbedingt wissen wollte. »Ich hab doch neulich von dem Kerl erzählt. Der, der mir wichtig ist.«

»Ich erinnere mich. Mr. Egoversum.«

»Der hat seinem Ruf alle Ehre gemacht. Nicht mal eine Freundschaft mit ihm ist möglich.«

»Autsch! Das tut mir leid.«

»Kannst ja nichts dafür. Ich hielt ihn für okay. Aber er war ein Blender.«

»Genau wie meine Lästerschwester. Ich bin auch wieder an sie geraten. Scheinheilig ohne Ende, die Frau. Die lächelt immer ganz lieb, hat es aber faustdick hinter den Ohren.«

»Schlimm, sowas«, gab Lilly ihm recht. Sie konnte sich diese Tussi richtig gut vorstellen. Dauergrinsen, Engelsgesicht. Und dann zack – stieß sie einem den Dolch in den Rücken.

»Vielleicht sollten wir die beiden Täubchen mal zusammenbringen. Klingt doch, als würden die sich super verstehen«, schlug Lonely Wolf vor.

»Da sagst du was. Naja, würde mich nicht überraschen, wenn Amors Pfeil sie trifft. Irgendwie scheint er nur bei mir kein Zielwasser getrunken zu haben.«

»Sag das nicht. Ich bin ja noch da.«

Lilly schickte einen lachenden Smiley ab.

»Ich meine es ernst. Und finde es schade, dass wir uns noch immer nicht getroffen haben.«

»Das lag nicht an mir.« Kurz fragte sich Lilly, ob das vielleicht zu vorwurfsvoll klang.

»Ich weiß. Vielleicht gibst du mir noch eine Chance? Wir hatten doch das Konzert in Hannover ins Auge gefasst.«

Die irische Band, richtig.

»Also, Lucky Troll, wie sieht es aus? Wollen wir das in Angriff nehmen? Oder wollen wir uns sogar vorher noch auf einen Kaffee treffen? Wird bestimmt lustig.«

»Soll das ein Date werden?«

»Vielleicht? Spricht doch nichts gegen, oder? Es sei denn, du hoffst noch auf eine Versöhnung mit deinem Mr. Egoversum.«

»Unsinn!«

»Also?«

Er hatte recht. Warum eigentlich nicht? Was hatte sie groß zu verlieren? Sie fühlte sich durch den Erfolg des KittyCat zwar nicht mehr ganz so einsam, aber etwas anderes als Arbeit wäre ja auch nicht verkehrt.

»Ja, versuchen wir es«, schrieb sie zurück. Es war an der Zeit, neue Menschen in ihr Leben zu lassen und nicht ständig unerfüllten Träumen nachzujagen. Ob sie vorschlagen sollte, dass sie sich in ihrem Café trafen? Aber vielleicht mochte er keine Katzen. Es gab ja immer wieder eigenartige Zeitgenossen.

»Super, wann hast du denn Zeit und Lust?«

»Am Samstag. Fünfzehn Uhr?« Da würde Neele im Café sein.

»Ja, klingt gut!«

»Jetzt brauchen wir nur noch einen Treffpunkt? Die Heide ist groß. Und woran erkenne ich dich?«, hakte sie nach.

»Am besten treffen wir uns in der Mitte, oder? Aus welcher Richtung kommst du denn? Was mein Aussehen angeht, ich werde mir eine Rose ins Knopfloch stecken. Nur Spaß! Schick mir doch ein Bild von dir. Ich selbst habe erst heute Abend ein paar Fotos hochgeladen.«

Jetzt war Lilly sogar etwas aufgeregt. Die ganze Zeit über war der Kontakt zu Lonely Wolf anonym gewesen. Kein Name, kein Alter, nur eine vage Ortsangabe. Die Heide, eben. Und jetzt hatte er die Profilangaben erweitert. Alter 31, Größe 1,85 m, Sternzeichen Löwe! Wie gut, dass Ivy das nicht wusste, ihrer Meinung nach waren Löwen selbstherrlich ohne Ende und passten eh nicht zu Waagen wie Lilly. Aber am neugierigsten war sie auf die Fotos, die er von sich in sein MeetFriends-Album hochgeladen hatte. Die musste sie sich natürlich sofort ansehen!

»Ich werfe gleich mal einen Blick darauf!«

»Okay, ich hoffe, ich verschrecke dich nicht.«

»I wo!«

Ihre Finger zitterten förmlich, als sie nach der Maus griff und den Cursor zum Fotoalbum bewegte. Und es schien eine Ewigkeit zu brauchen, ehe die Seite endlich lud.

Aber dann war es soweit. Lilly klickte das erste Foto an, es baute sich auf und … ihr blieb der Mund offenstehen.

»Das kann doch nicht sein«, stammelte Lilly. Sie musste sich verguckt haben. Ihre Fantasie spielte ihr einen Streich. Oft hatte sie sich gefragt, wie er aussah. Oft hatte sie sich ausgemalt, wer hinter diesem Nickname steckte. Ein Hollywoodstar? Ihr Onkel aus dem Schwarzwald? Ein ehemaliger Kommilitone? Sie hatte die verrücktesten und abschreckendsten Theorien entwickelt, aber keine davon war so verstörend wie die Realität.

»Baptiste … das gibt's doch nicht.« Lonely Wolf war ihr Nachbar, der sich wünschte, sie würde sich in Luft auflösen. Der, der ihr mittlerweile das Leben so schwer machte, dass sie abends schlecht einschlief. Isegrim, der böse Wolf. Die ganze Zeit hatte er sie an diese Märchengestalt erinnert. Selbstsüchtig hatte er sie genannt. Behauptete, sie brächte nur Chaos und bevor sie nach Oldendorf gezogen war, sei alles besser gewesen. Das tat immer noch weh. Jetzt war ihr auch klar, wer diese angebliche Lästerschwester war!

»Schickst du mir auch ein Foto von dir?«, hakte Mr. Egoversum noch mal nach. Aber Lilly war einfach nur wütend. Sie hatte keine Lust mehr länger vernünftig zu sein. Und nun, da sie diese Fotos sah, Baptiste mit einem leckeren Cocktail am Strand, in seinem Hotelzimmer auf einem luxuriösen Bett und mit einem Krabbensalat im Restaurant, die Highlights seines letzten Urlaubs, hatte sie genug von diesem selbstverliebten Gockel und schaltete den Laptop aus. Lästerschwester, von wegen! Das musste sie erst mal verdauen! Bei so vielen Usern war es ausgerechnet dieser eine? Solche Zufälle konnte es doch nicht geben. Sie hörte schon Ivys Worte in ihrem Ohr. *Das ist alles Vorherbestimmung. Schicksal! Du musst die Zeichen endlich anerkennen.* Pah! Sie musste gar nichts! Wenn sie nur daran dachte, was sie ihm online alles anvertraut hatte!

»Kannst du dir das vorstellen? Lonely Wolf ist Baptiste.« Mr. Maunz schaute sie mitfühlend an, als hätte er jedes Wort verstanden.

Aber zum Glück wusste Baptiste noch nicht, wer sie war. Und er würde es nie erfahren. Das stand schon mal fest. Sie würde ihn aus ihrer Freundesliste kicken. Gleich morgen früh!

Mr. Maunz löste sich von ihr und sprang auf das Fensterbrett.

Lilly folgte ihm, um ihn zu streicheln. Dabei warf sie einen Blick zum Fleur.

Dort war es dunkel, aber die Rollläden waren noch nicht

heruntergelassen worden. Nur an einem Tisch brannte eine Kerze. An diesem saß Baptiste mit seinem Laptop. Er schien wie besessen irgendetwas zu tippen. Vielleicht eine weitere Nachricht an sie.

Aber er würde keine Antwort von Lucky Troll erhalten. Die Geschichte von Lonely Wolf und Lucky Troll war zu Ende, bevor sie begonnen hatte!

Baptiste klappte seinen Laptop zu, fuhr sich mit der Hand über die Stirn und ließ den Kopf hängen. Eine halbe Ewigkeit saß er einfach nur so da. Und Lilly schaute ihn dieselbe halbe Ewigkeit lang an.

Kapitel 10

Wenn seine Tochter ihn fragte, wohin er ging, sagte er nur »KittyCat«, dann wusste sie Bescheid. Im KittyCat war immer was los. Erik Pallaske mochte Lilly und ihre Katzen, er mochte auch den leckeren Kuchen und den exquisiten Kaffee. Nirgends sonst gab es so guten Kaffee mit echten brasilianischen Bohnen. Aber der eigentliche Grund, der ihn ins KittyCat zog, war ein anderer.

Er fühlte sich lebendig, als Teil eines großen Ganzen, nicht mehr abgeschnitten und allein, in seiner Traurigkeit gefangen. Die heitere Atmosphäre, das Plaudern der anderen Gäste und auch Marietas Anwesenheit versüßten ihm selbst die dunkelsten Tage. Und das war nicht übertrieben, denn längst stand die Sonne schon am frühen Nachmittag so tief, als wäre der Himmel wolkenverhangen.

Erik hatte Marieta schon früher gemocht, als sie noch ihren Antiquitätenladen geführt hatte. Freilich auf einer freundschaftlichen Ebene. Sie war immer herzlich und gutgelaunt gewesen. Die Arbeit in ihrem Laden hatte sie ganz und gar erfüllt.

Nun brachte sie ein Pfleger jeden Dienstag aus dem Seniorenheim am Eversen Park in das Katzencafé. Und jeden Dienstag genau zur selben Zeit ging auch Erik dorthin. Jedes Mal nahm er sich vor, sie einfach anzusprechen. So wie er es früher jederzeit getan hätte.

Doch Marieta umgab eine Eiswand. Diese war nicht sicht-, aber spürbar. Erik hatte nicht das Gefühl, dass sich Marieta dessen bewusst war. Vielmehr schien es ihm, als wäre sie hinter dieser Mauer sehr einsam. Sie hatte so traurige Augen. Einmal, vor genau einer Woche um genau zu sein, hatten sich ihre Blicke ganz kurz getroffen. Erik war das Herz aufgegangen, aber der Augenblick war viel zu kurz gewesen. Fast hätte er einfach seinen Kaffee genommen und sich zu ihr gesetzt. Aber er hatte sie nicht verschrecken oder gar ängstigen wollen.

Als er heute im KittyCat ankam, war Marieta schon da. Pfleger Gero saß am anderen Ende des Raums und genehmigte sich Zitronentorte. Marieta selbst hatte sich ein Stück Schokokuchen ausgesucht. Gero kam auch mittwochs ins KittyCat. Dann in Begleitung seiner Seniorengruppe. Einmal hatte Pallaske ihn gefragt, warum er Marieta von der Gruppe trennte. »Marieta geht es ohne die anderen besser«, war seine Antwort gewesen.

»Sie kommen also zwei Mal in der Woche hierher, damit Marieta überhaupt eine Möglichkeit hat, das Heim zu verlassen?«

»Ja. Ich finde das richtig.«

Das fand Erik auch. »Sie sind ein guter Junge.« Gero Ansbach hatte genau die richtige Einstellung, die ein Altenpfleger haben sollte. Wenn das jemand beurteilen konnte, so war es Erik Pallaske!

Auch heute hatte Erik Glück, Lilly hatte den Tisch neben Marieta für ihn freigehalten. Das machte sie immer so. Als die junge Frau ihn sah, nahm sie das Schild mit der Aufschrift »Reserviert« herunter und er setzte sich hin, machte es sich gemütlich.

»Wie immer?«, fragte Lilly.

Erik nickte. Wie immer bedeutete brasilianischer Bohnenkaffee. Oh, wie freute er sich darauf. In dem Moment vernahmen sie beide eine leise Stimme.

»Du bist ein braves Kätzchen«, hauchte jemand und zwar so zart, dass man sich anstrengen musste, die Worte überhaupt zu verstehen. »Meine wunderschöne Mrs. Grey.«

Lilly drehte sich um und blickte genauso verblüfft wie er zu Marieta. Auf deren Schoß hatte es sich Sugardoll gemütlich gemacht. Das war an und für sich nichts Besonderes. Sugardoll und Marieta verband viel mehr, als man auf den ersten Blick auch nur erahnte. Lilly hatte ihm verraten, dass die Perserdame einst die Katze von Marieta gewesen war. Es war also nicht verwunderlich, dass sich die beiden zueinander hingezogen fühlten. Aber nie hatte

Marieta mit der Perserdame gesprochen, denn sie sprach mit niemandem. Nicht mal mit Gero. Und wenn sie etwas bestellte, dann deutete sie nur auf die Karte und man brachte es ihr.

»Sie sollten sich heute vielleicht zu ihr setzen?«, schlug Lilly im Flüsterton vor. Frau Wendelin machte man nichts vor. Sie wusste natürlich längst, dass er sich nichts sehnlicher wünschte, als mit Marieta Kontakt aufzunehmen. Doch das war alles andere als leicht. Erik war nicht nur aus der Übung, er hatte auch mächtiges Herzklopfen.

Dennoch, Lilly hatte recht. Natürlich. Einen besseren Moment würde es nicht geben. Der Eiswall begann zu tauen. Aber Erik spürte, wie seine Knie weich wurden, noch bevor er überhaupt aufgestanden war. Und das trotz seines Gehstocks.

Lilly schien zu merken, wie nervös er war und legte sacht die Hand auf seinen Arm. »Ich habe eine Idee, warten Sie kurz.«

Sie ging zur Theke, nahm ein paar Rosen aus der Vase und winkte Erik zu sich. »Hier, geben Sie ihr die.«

»Sie sind zu lieb, Lilly.«

»Ich drücke Ihnen die Daumen.«

Erik amtete tief durch, nahm ihr die Blumen ab und ging, auf seinen Stock gestützt, zu Marietas Tisch. Dort räusperte er sich. Aber Marieta beachtete ihn gar nicht, sie schien wie gefangen von dem zauberhaften Blick der Perserdame.

»Frau Tetzlav, darf ich mich zu Ihnen setzen?« Endlich war die Frage raus. Es hatte ihn viel Überwindung gekostet. Aber Marieta reagierte zu seiner Enttäuschung nicht, also nahm Erik ihr Schweigen als Zustimmung, nur um nicht länger herumzustehen. »Die … sind für Sie«, sagte er fast ein wenig ungeschickt und reichte ihr ungelenk die Blumen. Da hob Marieta den Kopf. Angst stand ihr in den Augen. Erik ging es ja kaum anders. Vielleicht war er doch zu forsch gewesen.

»Tut … mir leid … ich möchte nur … nett sein«, stammelte er.

Marieta hörte ihm nicht zu oder es war ihr egal, was er sagte. Sie winkte Gero zu sich, der sich auch schon erhob. Offenbar wollte sie gehen. Nein, nicht einfach nur gehen. Es kam einer Flucht gleich.

»Ich möchte Ihnen nur Gesellschaft leisten. Bitte gehen Sie nicht. Nicht wegen mir«, sagte Erik aufgelöst. Er hatte das Gefühl, einen schlimmen Fehler begangen zu haben. Was, wenn Marieta nun gar nicht mehr ins KittyCat kam? Das wäre viel schlimmer, als nur nicht mit ihr sprechen zu können.

In dem Moment sprang Sugardoll von Marietas Schoss und lief über den Tisch zu ihm hin. Erik wusste das Verhalten der Katze nicht recht zu deuten. Aber er merkte wohl, dass Sugardolls Reaktion für Aufmerksamkeit bei Marieta sorgte. Vorsichtig hielt er der Katzendame die Hand hin, da drückte diese ihren Kopf in seine Handfläche.

Erik lachte leise. »Du möchtest von mir gestreichelt werden?«

Sanft glitt seine Hand über ihr voluminöses blaugraues Fell und während er über ihren Rücken strich, reckte sie ihren buschigen Schwanz in die Höhe. »Ja, du bist ein liebes Mäuschen«, sagte Erik. Marieta beobachtete ihn genau, das spürte er, obwohl er sie nicht direkt ansah.

»Möchten Sie gehen?«, fragte Gero.

Marieta hielt in ihrer Bewegung inne.

»Frau Tetzlav?«

Langsam ließ sie sich auf den Stuhl sinken und schüttelte mit dem Kopf.

»Ich setze mich dann wieder an meinen Tisch, einverstanden?«, fragte Gero und Marieta nickte.

Erik konnte kaum glauben, was gerade geschehen war. Sie erlaubte ihm, an ihrem Tisch zu bleiben. Und als Marieta ihm ein zaghaftes Lächeln schenkte, glaubte sich Erik in einem wunderschönen Traum. Dieses Lächeln war ganz klein, man musste genau hinsehen, um es zu erkennen. Doch es galt ihm!

Sie streckte die Hand aus und Sugardoll kehrte zu ihr zurück.

»Ihr Kuchen sieht sehr lecker aus«, sagte Erik vorsichtig.

»Er ist sehr lecker«, erwiderte Marieta mit derselben samtenen Stimme, die er vorhin schon gehört hatte.

Rasch räusperte er sich und versuchte, sich nicht anmerken zu lassen, wie aufgeregt er nun war.

»Möchten Sie?«, fragte Marieta und schob ihm den Teller zu.

»Ich darf?«

Sie nickte.

Erik griff erfreut nach der Kuchengabel und genehmigte sich ein kleines Stück. »Mmmh!«, machte er. »Der ist ja wirklich ausgezeichnet. Viel besser als der Zitronenkuchen, den ich sonst nehme. Wenn ich das gewusst hätte, hätte ich jeden Tag Schokokuchen bestellt.«

Marieta lachte, leise und zögerlich, fast nicht hörbar, aber für Erik war es der wunderschönste Ton, den er seit Langem gehört hatte. Erik stimmte mit ein. Endlich schien das Eis gebrochen.

Lilly stellte eine Vase auf den Tisch und tat die Rosen hinein. »Es ist noch was von der Schokotorte da«, flüsterte sie. »Die ist heiß begehrt, aber ich habe Ihnen je ein Stück reserviert. Falls Sie möchten.«

»Nur zu gern, Lilly«, sagte Erik Pallaske in bester Laune und wandte sich wieder Marieta zu.

»Sagen Sie, wie haben Sie Sugardoll vorhin genannt?«, fragte Lilly aufgeregt.

»Mrs. Grey. Das ist ihr richtiger Name«, antwortete das zarte Stimmchen von Marieta.

»Mrs. Grey also. Sehr schön.« Lilly nickte zufrieden.

Und Herr Pallaske war es auch.

»Die beiden sind einfach süß«, sagte Neele eine Woche später, als Erik und Marieta an ihrem Stammtisch am Fenster saßen. »Ich beneide sie ein wenig«, gestand sie Lilly.

Es war schön zu sehen, wie Marieta und Erik sich annäherten. Insbesondere Marieta blühte regelrecht auf. Sie sah heute viel frischer aus als sonst. Ihre Wangen schienen rosig und ihre Körperhaltung aufrecht, als hätte sie das Alter einfach abgeschüttelt.

»Weißt du eigentlich, was ihr fehlt?«, hakte Neele nach.

»Du meinst, weil sie am Anfang so schweigsam war?«

»Sie wirkte nicht einfach nur schweigsam. Sie wirkte wie eine leere Hülle. Ich meine das nicht böse, aber wenn ich sie mir jetzt ansehe, erscheint sie wie ein anderer Mensch.«

»Es wird die Einsamkeit gewesen sein. Das Gefühl, nicht mehr gebraucht zu werden. Eine Last zu sein.« Lilly dachte an Hannes Tetzlav, der wenig herzlich gewirkt hatte und konnte sich prompt denken, wer der Auslöser gewesen war.

»Da könntest du recht haben. Wie schön, dass Herr Pallaske nicht aufgegeben hat. Aber das ist eben der Zauber des KittyCat.«

»Vielleicht hättest du in die Werbebranche gehen sollen. Du bist die Slogan-Königin«, meinte Lilly und lachte leise.

»Es ist mir ernst. Das KittyCat ist etwas ganz Besonderes«, sagte Neele. »Ich wünschte nur, der Zauber würde auch bei mir wirken. Aber der Traumprinz will sich einfach nicht zu erkennen geben. Liegt's an den kurzen Haaren?«

»Och, das darfst du nicht denken. Wir müssen uns einfach beide in Geduld üben.«

»Dummerweise ist Geduld nicht meine Stärke.«

Lilly drückte Neele tröstend an sich.

»Ach, was soll's, oder? Ich finde Romantik eh überbewertet«, grummelte Neele.

Lilly versuchte, zu lächeln, was aber misslang. Sie war eben selbst hoffnungslos romantisch. Und etwas sagte ihr, dass Neele es auch war, das aber im Moment nicht zugeben wollte.

Abends im Bett, als das Café längst geschlossen war, dachte Lilly noch einmal an Neeles Worte und spürte erdrückende Einsamkeit. Auch bei ihr schien der Zauber des KittyCat nicht zu wirken. Leider.

Ihr Blick glitt zu ihrem Laptop. Ob er ihr geschrieben hatte? Lonely Wolf war so anders als Baptiste. Es war schwer vorstellbar, dass sich hinter diesem Nickname tatsächlich ihr Nachbar verbarg. Ihr unfreundlicher, missgünstiger aber genauso einsamer Nachbar. Lilly seufzte und packte den Laptop mit beiden Händen, zog ihn runter vom Nachtschränkchen auf ihren Schoß und schaltete ihn ein.

Es dauerte nicht lange, da hatte sie sich in ihrem Lieblings-

Sozialen-Netzwerk eingeloggt und eine wahre Lawine an Nachrichten rollte über sie nieder. Sie waren alle von Lonely Wolf.

»Wo bist du denn?«

»Hallo?«

»Melde dich doch bitte.«

»Bist du wütend auf mich?«

»Habe ich etwas falsch gemacht?«

»Es lag an den Fotos, oder?«

»Findest du mich so abschreckend?«

»Ich vermisse dich.«

»Warum bist du nicht mehr online?«

»Ich würde jetzt gern mit dir reden.«

Er hatte ihr in den letzten Wochen beinahe jeden Tag geschrieben. Nur in den letzten Tagen hatte er damit aufgehört, vielleicht weil er aufgegeben hatte. Sie durfte jetzt nicht weich werden. Er war mehr als unfair zu ihr gewesen. Und es war eine dumme Idee gewesen, sich überhaupt einzuloggen und seine Nachrichten zu lesen. Lilly klappte den Laptop zu. Warum musste dieser Kerl alles so kompliziert machen? Dabei gaben seine Online-Messages ein ganz anderes Bild von ihm wieder. Sie passten eher zu dem netten, fürsorglichen Baptiste, dem der Schalk im Nacken saß.

Lilly stieg aus dem Bett und ging zu ihrem Fenster. Sie schaute hinaus und erschrak. Im Fleur brannte Licht. Baptiste saß an seinem Stammtisch, aber er war nicht allein. Bei ihm war Trixi, die hier schon lange nicht mehr ihr Unwesen getrieben hatte. Sie hielten Händchen?!

Ihr Herz raste unwillkürlich. Was sie ärgerte, denn eigentlich sollte ihr egal sein, mit wem er sich traf. Aber war es auch so?

Die zwei waren offenbar zusammen. Obwohl Baptiste immer den Eindruck hinterlassen hatte, Trixi würde ihm eigentlich auf die Nerven gehen. Offenbar hatte er seine Meinung geändert. Lilly zog die Vorhänge zu und legte sich wieder ins Bett. Sie fühlte sich furchtbar.

Kapitel 11

Die nächsten Tage wurden für Lilly zur Qual. Urplötzlich fiel ihr nämlich auf, wie eine hochgewachsene Rothaarige mehrmals täglich das Fleur aufsuchte. Schlank, elegant, gut gekleidet. Und trotzdem fuhr sie Moped. Trixi eben. Die Karla Kolumna von Oldendorf. Aber einen großen grauen Elefant gab es hier nicht, nur eine kleine graue Maus … Neben einer Erscheinung wie dieser verblasste Lilly total. Kein Wunder, dass Baptiste ihr verfallen war. Zusehends wurden Lillys Gefühle ihr gegenüber immer negativer, obwohl Trixi ihr mit ihren Artikeln über das KittyCat sehr unter die Arme gegriffen hatte. Wodurch sich Lilly wiederum undankbar vorkam. Wie also sollte sie sich der Reporterin gegenüber verhalten?

Und dann stand ausgerechnet Trixi am Montagnachmittag plötzlich im KittyCat. Einfach so. Lilly hatte gerade die Kaffeemaschine sauber gewischt, und als sie sich umdrehte, sah sie sich der Journalistin gegenüber.

»Guten Tag, Lilly.«

»Tag«, sagte Lilly so freundlich wie möglich.

Trixi schaute sich die Kuchen in der Glastheke an. »Die sehen ja wieder köstlich aus.«

»Ja«, erwiderte Lilly lediglich.

»Ich glaube, ich nehme ein paar Muffins.«

»Muffins?« Lilly musste daran denken, wie Baptiste ihre Muffins weggeworfen hatte. Ob Trixi davon wusste? Ob sie absichtlich Muffins bestellte, um Lilly eins auszuwischen? Lilly seufzte, sie interpretierte viel zu viel in alles herein, oder?

»Ja. Diese zwei hier vorne und den mit den Streuseln.«

»Natürlich.« Lilly gab sich wenig Mühe die Muffins ordentlich einzupacken und ließ sie einfach in die Papiertüte plumpsen. »Sonst noch etwas?«

»Eine neue Story vielleicht? Nein? Sie wissen doch, ich schreibe immer gern über das KittyCat. Aber andererseits, da wir jetzt quasi Nachbarn sind, bekomme ich auch so mit, wenn es etwas Neues bei Ihnen zu berichten gibt, nicht wahr?«

Quasi Nachbarn? Autsch! Lilly war sich immer sicherer, dass Trixi von ihren Gefühlen für Baptiste wusste. Irgendwie hatte sie Lilly durchschaut, was ihre Lage nur noch unangenehmer machte.

»Auf gute Nachbarschaft«, sagte Trixi dann noch mit einem süffisanten Lächeln.

Händeringend sucht Lilly nach einer schlagfertigen Antwort, aber natürlich fiel ihr nichts ein.

Da sprang Franz vom Kratzbaum auf die Theke und beschnupperte die neue Kundin. Lilly fiel sofort auf, dass der Kater sehr aufgeregt war. Normalerweise verließ er nie wegen eines Gastes seinen Aussichtsposten. Jetzt sträubte sich sogar sein Fell, auch sein Schwanz wurde buschig. Rein optisch schien er doppelt so groß wie sonst.

»Du bist so ein Hübscher«, sagte Trixi. Offensichtlich fiel ihr seine Abneigung gar nicht auf. Als sie auch noch die Hand nach Franz ausstreckte, fauchte dieser sie an!

Guter Junge, dachte Lilly und schob Trixi ihre Bestellung über die Theke zu, die ihr wiederum das Geld reichte

»Oh, ich wollte dich nicht erschrecken … der ist ja ganz schön kratzbürstig.«

Franz stolzierte mit peitschendem Schwanz über die Theke, gleich einem Wachhund, der sein Frauchen verteidigen wollte.

»Manchmal sieht er einfach rot.« Lilly zuckte gezwungen lächelnd mit den Schultern.

»Naja, wie dem auch sei … Mein Liebster und ich gönnen uns jetzt ein paar Muffins, einen schönen Tag noch«, sagte das rote Gift und stöckelte aus dem Café.

Liebster … Das hatte gesessen. Lilly hätte gern noch etwas

Schlagfertiges erwidert, aber das übernahm Franz für sie, der Trixi hinterherfauchte.

»Du bist ja der Knaller«, sagte Lilly zu Franz, der sie anschaute, als redete sie irgendein Kauderwelsch, und gemütlich zu seinem Lieblingskratzbaum zurückkehrte.

Für ihn war die Angelegenheit somit erledigt. Aber Lilly wurde schnell klar, dass das Problem bei ihr selbst lag. Sie war wirklich eifersüchtig. Und das konnte nur bedeuten, dass ihr dieser schräge Kerl von gegenüber immer noch viel zu wichtig war!

Am Abend lag Lilly erneut wach, den Laptop auf dem Schoß, ziellos herumsurfend. Sie konnte nicht aufhören, an Baptiste und Trixi zu denken. Irgendwie musste sie damit klarkommen, dass die beiden jetzt ein Paar waren. Sicher würde sie ihnen auch öfter über den Weg laufen und … ein lautes Schreien und Fluchen riss Lilly aus ihren Gedanken. Irritiert stellte sie den Laptop zur Seite, erhob sich, zog die Gardine ein Stück zur Seite und lugte aus dem Fenster. Baptiste und Trixi standen mitten auf der Straße und stritten sich. Es flogen Kraftausdrücke und es wurde wild mit den Armen über den Köpfen gefuchtelt. Lilly wusste nicht, worum es in dem Streit ging, doch es musste etwas Heftiges passiert sein. Schließlich stampfte der Rotschopf wie ein trotziges Kind auf, ging zum Moped und fuhr knatternd weg.

»Ja, geh nur! Es ist besser so«, rief Baptiste ihr so laut nach, dass Lilly seine Worte durch das geschlossene Fenster verstand. Dann schaute er zu ihr. Lilly erschrak und wich zwei Schritte zurück. Hatte er sie gesehen?

Und wenn schon? War es verwunderlich, dass sie bei dem Krach nach dem Rechten sah?

Sie legte sich in ihr Bett zurück, als plötzlich ein Pling aus den Lautsprechern ihres Laptops erklang, das akkustische Zeichen, dass eine neue Chatnachricht von MeetFriends eingetroffen war. Irritiert warf sie einen Blick auf den Bildschirm.

»Was für ein mieser Tag«, schrieb Lonely. ›Aber du wirst mir vermutlich eh nicht antworten.‹

Lilly hatte tatsächlich auf keine einzige seiner Nachrichten mehr reagiert, seit sie wusste, dass Lonely Wolf Baptiste war. Und auch jetzt zögerte sie. Doch Baptiste tat ihr irgendwie leid. Sie wusste zu gut, wie sehr eine Trennung einen mitnehmen konnte. Und ihn jetzt alleinzulassen – das ging einfach nicht.

»Hey, was ist denn los?«, schrieb sie also, obwohl sie die Antwort längst kannte. Aber sie hatte nicht vor, ihre Identität zu lüften, das würde alles nur noch schlimmer machen. Baptiste würde sich – zurecht – hintergangen fühlen, also tat sie arglos. So konnte sie wenigstens für ihn da sein.

»Da bist du ja. Welch Wunder.«

War er schon wieder wütend? Sie hatte unter diesen Umständen keine Lust auf einen Chat. »Ich kann ja wieder gehen«, gab sie ein.

»Nein, warte. Tut mir leid. Warum hast du dich nicht mehr gemeldet?«

Darüber wollte sie nicht reden. Es hätte bedeutet zu offenbaren, wer hinter dem Nickname Lucky Troll steckte. Und das kam nicht in Frage. Lonely wusste zu viele Details aus ihrem Leben. Auch, dass sie Baptiste immer noch mochte.

»Was ist denn passiert?«, hakte sie stattdessen nach. Zum Glück ging er gleich darauf ein.

»Heute lief alles schief. Ich bin wieder, hm, Single. Seit gerade eben, um genau zu sein. Da zeigt sich wieder einmal, dass Beziehungen keinen Sinn machen.«

»Das tut mir leid. Wie kam's?«

»Ich weiß es selbst nicht so genau. Wir stritten. Wegen einer Lapalie. Das schaukelte sich hoch. Du kennst das ja. Oder auch nicht.«

»Ein Streit bedeutet doch noch kein Beziehungsaus.«

»Doch, in dem Fall schon. Es war schon unser zweiter Anlauf. Und eigentlich, ach … Ich wollte es versuchen. Sie hat sich so bemüht … Aber ich … Ich weiß nicht, ob ich nur sie nicht will oder wirklich gar keine Beziehung. Meine Ex hat mich einfach verdorben.«

Welche von den vielen?, fragte sich Lilly. »Versteh«, schrieb sie nur.

»Nein, kannst du nicht verstehen.«

»Was macht dich so sicher?«

»Es ist kompliziert.«

»Das ist es immer.« Sie schmunzelte, genau das hatte er ihr einmal gesagt.

»Ehrlich. Ich glaube bald, ich bleibe Single, für immer. Damit kenne ich mich aus.«

»Also, was war nun mit deiner Ex?« Lilly wusste, dass es moralisch nicht in Ordnung war, aber emotional …

»Willst du die Geschichte wirklich hören?«

»Ja, sonst würde ich nicht fragen.«

»Sie ist aber lang. Sehr lang. Vielleicht sollten wir telefonieren oder skypen?«

Oh, das war keine gute Idee. Er würde sie sofort an ihrer Stimme erkennen und sich dann ganz rasch wieder verschließen. Dabei hatte Lilly das Gefühl, wenn sie mit Lonely sprach, sprach sie mit dem echten Baptiste! Und im Moment brauchte eben dieser Baptiste ihre Unterstützung.

»Nein, ich bevorzuge den Chat«, sagte Lilly rasch und hoffte, dass er das akzeptierte, was er tat.

Denn er fing an zu schreiben.

Baptiste wusste wenig vom Leben. Er war jung. Neugierig. Gerade mal zwölf Jahre alt. Und ein Talent darin, in das eine oder andere Fettnäpfchen zu treten. Über die Gewichtsprobleme der Nachbarin Ninette Fromage hatte er sich amüsiert, während sie in der Einkaufsschlange hinter ihm gestanden und alles mitangehört hatte. Beim Spielen war ihm der Ball entglitten und hatte die Fensterscheibe von Monsieur Dulac am Ende der Straße zerschmettert. Dass seine Worte Ninette verletzt hatten und Monsieur Dulac sich den Austausch des Fensters aufgrund seiner bescheidenen Rente nicht leisten konnte, hatte Baptiste nicht gewusst, nicht einmal geahnt. Als er jedoch Georgine zum ersten Mal sah, als sie mit ihrer Familie ins Nachbarhaus einzog, war er ihm sofort klar gewesen, dass er mit ihr den Rest seines Lebens verbringen wollte. Ihre seidenen blonden Haare hatten ihn genauso fasziniert wie ihr süßes Lachen. Dabei hatte er geflissentlich übersehen, dass Georgine im Superette das Kaugummi in die Tasche gesteckt hatte, ohne es zu bezahlen, und hier und da Geschichten erzählte, deren Wahrheitsgehalt schwer zu überprüfen war.

Aus Kindern wurden schnell Jugendliche und dann junge Erwachsene. Seine Faszination für sie hielt an, wurde sogar stärker, je mehr Zeit ins Land strich. Ihre Freundschaft hatte Bestand und verwandelte sich in Liebe. Sie machten große Pläne von Weltumsegelungen und kleine vom gemeinsamen Haus, wenn sie irgendwann in Rente gingen. Neugierig tauschten sie Zärtlichkeiten aus. Anfangs heimlich in seinem Zimmer unter elterlichem Dach, später in seinem ersten eigenen Wagen. Ihre samtene Haut war so weich gewesen und hatte so lieblich geduftet wie ein Pfirsich. Baptiste fühlte sich in ihrer Nähe wie ein anderer Mensch. Vollkommen. Sie zogen nach Paris. Studierten. Genossen das Leben. Immer zu zweit.

Aber Baptiste wollte mehr.

So betrat Georgine am Abend vor ungefähr fünf Jahren das Nuage, ein exquisites Gourmetrestaurant im Zentrum von Paris, das sich in einem Aussichtsturm befand mit einem Rundumpanoramablick. Baptiste hatte sie erwartet. Mit schweißnassen Händen und klopfendem Herzen.

Er hatte einen Ring beim Juwelier gekauft. Ein wunderschönes Kunstwerk aus echtem Gold, verziert mit einem winzigen Diamanten. Das Schmuckstück hatte ein kleines Vermögen gekostet, aber Baptiste hatte monatelang darauf hin gespart und seinen alten klapprigen Wagen verkauft. Alles für diesen einen Moment vorbereitet. Der Kellner war instruiert, den Ring in ihr Sektglas zu legen, sobald Baptiste ihm ein Zeichen gab.

»Bon soir!«, rief sie und kam auf ihn zu. Ihre natürliche Anmut verzauberte ihn immer wieder. Sie war perfekt, von den Zehenspitzen bis zum sommerblonden Schopf. Und ihr Lächeln ließ ihm das Herz aufgehen.

Sie war seine erste Liebe. Die Einzige! »Setz dich, Georgie«, sagte er und ging um den Tisch, um ihr den Stuhl zurecht zu rücken.

»Merci. Was für eine herrliche Aussicht«, sagte Georgine und blickte in die Nacht hinaus. Der Eiffelturm leuchtete in bunten Farben, wie man es aus Filmen oder von Postkarten kannte. Baptiste setzte sich wieder, streckte den Arm aus und legte seine Hand auf ihre, aber sie entzog sie ihm.

»Ist alles in Ordnung?«, fragte er besorgt.

»Mais oui. Alles ist wie immer«, sagte sie, doch mit einem Mal schien auch sie ein wenig nervös. Ob sie wohl ahnte, was er vor hatte? Georgie gehörte zu den wenigen Menschen, die er nie hatte überraschen können. Weder mit einem Geburtstagsgeschenk noch einem Überraschungsausflug oder kleinen Aufmerksamkeiten zwischendurch. Es schien fast, als hätte sie einen sechsten Sinn. Aber wenn er es sich recht überlegte, war der heutige Abend völlig anders als alle anderen Abende. Schließlich war dies ein sehr teures Restaurant, in das sie sonst nie gingen. Gehobene Küche, gehobene Garderobe. Man brauchte keine übersinnlichen Kräfte, um zu bemerken, dass dies ein besonderer Besuch an einem noch besondereren Abend war.

Baptiste räusperte sich. Die Aufregung schnürte ihm die Kehle zu, in der sich gleichzeitig ein dicker Kloß gebildet hatte. Hoffentlich versagte ihm nicht die Stimme. »Wie war denn dein Tag?«, hakte er nach und gab dem Kellner ein Zeichen, dass er den Sekt bringen sollte.

»Wie immer. Das Studium ist sehr interessant, aber ich überlege noch, ob ich nicht den Studiengang wechseln sollte.« Seit einiger Zeit plagte Georgie die Sorge, dass sie als Politologin nur geringe Karrierechancen haben würde.

»Mademoiselle, Monsieur, der Sekt geht aufs Haus«, sagte der Kellner. Doch als der Garçon die beiden Gläser auf ihren Tisch stellte und Georgie den Ring sofort erblickte, weiteten sich ihre

Augen. Sie wurden immer größer, zugleich verzog sich ihre Miene zu einer seltsamen Grimasse, die eine Mischung aus Entsetzen und Schock darstellte. Spätestens jetzt wusste sie, warum er sie heute Abend ins Nuage eingeladen hatte.

Der Kellner entfernte sich mit einem strahlenden Lächeln von ihrem Tisch und Georgie starrte immer noch den Ring an, der unter den sprudelnden Perlen auf und ab trieb. Allmählich löste ihr Schweigen ein ansteigendes Unbehagen in ihm aus. Warum sagte sie denn nichts? Dies war der wichtigste Moment seines und ihres Lebens. Da konnte sie doch nicht einfach schweigen. Baptiste beschloss, die Initiative zu ergreifen. Er ging vor ihr auf ein Knie.

»Georgie, ich möchte diese Frage nur einmal in meinem Leben stellen«, erklärte er und fand sich ungeschickt, weil er viel zu schnell auf den Punkt kam. Doch er hatte irgendwie das Gefühl, sich beeilen zu müssen. Als stünde er gerade an der Startlinie und wartete nur auf den Schuss. Der Kloß in seinem Hals drückte stärker.

»Warte!«, sagte sie hastig und unterbrach ihn. »Setz dich bitte wieder ganz normal hin.«

»Was? Aber wieso …«

»Bitte keine Fragen, setz dich einfach. Bevor die Leute gucken.«

Er tat, worum sie ihn bat. »Ich möchte diese Frage nur einmal …«

»Ich weiß. Bitte rede nicht weiter.«

Baptiste verstand gar nichts mehr und hustete, aber der Kloß wurde nicht kleiner.

»Ich kann nicht«, sagte sie so leise, dass er sie fast nicht verstand.

»Was?«

»Ich kann nicht heiraten, Baptiste.«

»Aber …« Sie hatten doch Pläne, so viele Pläne!

»Bitte, mach es nicht noch schwerer für mich.«

»Schwer? Für dich?« Er spürte alle Blicke auf sich. Natürlich hatten die Leute doch geguckt. Jeder im Nuage hatte seine Blamage mitbekommen. Das tat weh. Noch mehr tat aber die Zurückweisung durch Georgine weh. Er verstand nicht, was in ihr vorging.

Sie waren sich doch einig gewesen, dass sie zusammengehörten. Für immer. Egal, wie kitschig das auch klang.

»Ich muss gehen. Tut mir leid.« Sie erhob sich, warf die unbenutzte Serviette auf den Tisch und eilte los. Einfach raus aus dem Gourmetrestaurant. Und Baptiste war so geschockt, dass sich seine Beine wie gelähmt anfühlten. Er wollte ihr nach, aber kein Muskel regte sich. Irgendwann war er zu Hause, in seinem kleinen Pariser Apartment. Wie er hier her gekommen war? Er erinnerte sich nicht. Am nächsten Tag brauchte er Antworten. Denn was geschehen war, fühlte sich wie ein böser Traum an, aus dem er so schnell wie möglich erwachen wollte. Also fuhr er mit dem Rad los, den Blick verschleiert stieß er fast mit einem Linksabbieger zusammen. Der Fahrer brüllte ihm etwas nach, aber Baptiste sah und hörte nichts um sich herum.

Schließlich stand er vor ihrem Haus und blickte zu ihrem Fenster hoch. Doch ihre Gardinen waren fort. Als die freundliche Nachbarin Madame Susette gerade von ihrem Einkauf kam, überhäufte Baptiste sie mit Fragen. Wo war Georgie? Ausgezogen! Seit wann? Vor einer Woche schon! Wo ist sie jetzt? Keine Ahnung! Hat sie eine Nachricht hinterlassen? Nein! »Und jetzt lassen Sie mich bitte meine Einkäufe hochbringen«, sagte Madame Susette freundlich, aber bestimmt.

Viel später erfuhr er, dass sie mit ihrem besten Freund und Kommilitonen Emanuel ein neues Leben begonnen hatte. Wie hatte das alles nur passieren können, ohne dass er es gemerkt hatte? Ihre Küsse hatten wie immer geschmeckt. Wundervoll, zärtlich, aber waren sie auch echt gewesen? Welches ihrer Worte war ehrlich gewesen? Wann hatte sie gelogen? Und warum? Ja, warum? Das war die zermürbendste Frage!

Baptiste ließ nicht locker, er brauchte die Antworten dringender denn je. In einem Straßencafé am Montmartre stieß er zufällig auf Georgies Freundinnen. Eine Gruppe alberner Gänse, die er nie hatte leiden können. Aber jetzt konnten sie ihm vielleicht helfen. Ihre amüsierten und mitleidigen Blicke ignorierte er, als er sich zu ihnen setzte. Er erfuhr, dass Georgie ihre Beziehung nie ganz ernstgenommen hatte, geschweige denn ihn! Er sei viel zu feinfühlig für einen Mann und im Bett würde er viel zu laut atmen, das sei ein Abturner. Auf die Frage, warum Georgie überhaupt mit ihm zusammengeblieben war, wenn er so schrecklich gewesen war, wussten die Mädels nur eine Antwort. Kichern.

Wahrscheinlich war er nicht mehr als ein nützlicher Idiot gewesen, der Georgie beim Studium geholfen und ihre Rechnungen anteilig bezahlt hatte.

Baptiste fühlte sich verraten und gedemütigt. Alles, woran er geglaubt, was er mit ihr erlebt hatte, war eine Farce gewesen.

Baptiste blieb rastlos. Zog nach Lyon. Dann ins Elsass. Nirgends fand er Ruhe. Bis er sich an die schöne Zeit in Niedersachsen erinnerte. Er war dort vor vielen Jahren als Austauschschüler gewesen, hatte das Land, die Leute und die Sprache lieben gelernt. Ein kompletter Neuanfang. Das war es, was er brauchte.

»Tut mir leid, dass du das durchmachen musstest«, schrieb Lucky Troll.

»Es ist schon einige Jahre her. Aber die Narbe ist noch da.« Er spürte sie täglich. Trixi hatte recht. Wegen Georgie konnte er sich auf niemand Neues einlassen. Selbst wenn er es wollte. Es ging nicht.

»Auch wenn es abgedroschen klingt, meine Großmutter sagte immer, dass man die große Liebe zwei Mal im Leben trifft. Vielleicht begegnest du ihr ja irgendwann.«

»Wem?«

»Der zweiten großen Liebe im Leben.«

Trixi war es ganz gewiss nicht, da war er sich nun doch sicher. »Ich bin groß, ich glaube nicht mehr an den Weihnachtsmann.«

‚Mit der Einstellung wird es nicht ganz leicht werden, jemanden zu finden.'

»Vielleicht möchte ich niemanden mehr finden? Vielleicht habe ich genug?«

»Aber das ist doch traurig.«

»Warum?«

»Weil das bedeutet, dass du dein ganzes Leben lang allein bleiben wirst. Von einer gelegentlichen Affäre vielleicht abgesehen. Ist ja nicht so, als wäre ich noch nie enttäuscht worden. Aber ganz auf die Liebe verzichten? Nein, das könnte ich nicht.«

»Liebe ist eine Illusion. Schmetterlinge im Bauch, schön und gut. Aber das sind alles nur chemische Reaktionen in deinem Gehirn.«

»Klingt irre romantisch.«

»Nö. Soll's aber auch gar nicht. Mein Motto ist, wenn du dich auf andere verlässt, bist du verlassen. Das habe ich doch heute erst wieder erlebt.«

»Aber in der Not zeigt sich auch, wer wirklich zu einem hält.«

»Ja, mag sein. In meinem Fall wären das nicht allzu viele Personen.«

»Das unterschätzt du.«

»Woher willst du das wissen?« Sie kannte ihn doch gar nicht wirklich. Die paar Zeilen im Chat waren kaum aussagekräftig.

»Ich habe da so ein Gefühl.«

»Sei mir nicht böse, Lucky Troll, aber ich traue lieber Fakten statt Gefühlen.«

»Ich bin mir ganz sicher, in deiner Umgebung gibt es Menschen, denen du etwas bedeutest.« War das so? Es fühlte sich oft genug nicht so an.

»Was sollst du auch anderes sagen, oder? Ich habe keine Freunde. Gute Bekannte, ja, mag sein. Aber richtige Freunde, die zu einem stehen? Keinen. Dich vielleicht.« Er fühlte sich einsam, das wurde ihm zum ersten Mal so richtig klar.

Lucky Troll schwieg. Und er hatte keine Lust, weiter zu chatten. Er hatte sowieso schon viel zu viel von sich preisgegeben.

»Wie dem auch sei, es ist spät. Ich gehe jetzt offline«, schrieb er also.

»Jetzt warte doch!«

»Worauf?«

»Vielleicht können wir ja doch telefonieren?«

Jetzt zögerte er. Aber nur kurz, denn er bereute es schon, seine Geschichte überhaupt jemandem erzählt zu haben. Und auf Mitleid konnte er im Augenblick verzichten.

»Schlaf gut, Lucky Troll«, schrieb er nur und stellte sein Smartphone auf stumm, schaltete das Licht aus und saß schließlich ganz allein im abgedunkelten Raum. So wie es hier aussah, düster und leer, so fühlte er sich auch. Schlaftrunken schleppte er sich die Treppe hoch in seine Wohnung im ersten Stock. Dort nahm er eine Dusche und schlüpfte in seinen wohlig weichen Bademantel, als er von unten ein seltsames Knarren vernahm.

Irritiert hielt er inne. War da jemand? Hatte er etwa vergessen, abzuschließen? Er sah besser nach dem Rechten. Unwillkürlich musste er an diese Einbruchsserie denken, über die Trixi immer berichtete. Baptiste blieb auf halber Höhe der Treppe stehen und lugte von dort ins Bistro, doch das Fleur war genauso leer wie zuvor. Er hatte sich die Geräusche offenbar nur eingebildet.

Er wollte gerade umkehren, da sah Baptiste eine Bewegung im Augenwinkel nahe der Kasse!

»Hey!«, rief er und eilte die letzten Stufen runter, um den Räuber aufzuhalten, doch er trat ungünstig auf, manchmal schmerzte der Fuß nach dem Vorfall im Supermarkt noch immer. Und dann verfing sich auch noch der weiche Gürtel seines Mantels zwischen seinen Beinen, und Baptiste verlor das Gleichgewicht, stürzte. Im nächsten Moment schlug er mit dem Kopf auf. Dann wurde es dunkel um ihn. Nein, das durfte nicht passieren. Er musste Hilfe holen!

Im nächsten Moment hatte er das Telefon in der Hand und stützte sich an der Bar ab. Baptiste wusste nicht, wie er hierhergekommen und was zwischenzeitlich geschehen war. Es schwindelte ihm. Die Farben um ihn herum wurden erneut dunkler. Gleich würde er das Bewusstsein abermals verlieren. Er dachte an Lilly. Ihr Name war der erste, der ihm einfiel. Dann drückte er eine Taste.

»Hallo?«, hörte er Lillys Stimme im nächsten Moment. Doch schon sank er wieder auf die Knie.

Das hatte er nicht verdient! Baptistes Geschichte hatte Lilly sehr berührt. Jetzt verstand sie auch, warum er Frankreich den Rücken gekehrt hatte! Zu viele traurige Erinnerungen. Oldendorf war für ihn ein Neuanfang gewesen, genau wie für sie. Sie hatte nicht geahnt, dass er einst so verliebt gewesen war, dass er sogar hatte heiraten wollen. Das war immerhin ein großer Schritt und ein Zeichen dafür, wie ernst es ihm mit Georgine gewesen war. Es tat ihr sehr leid, dass diese Frau seinen Antrag abgelehnt hatte und er auf grausame Weise hatte herausfinden müssen, dass ihre Zuneigung nur gespielt gewesen war. Aber nun begriff Lilly endlich, warum er oft so hart war und sich auf keine längere Beziehung mehr hatte einlassen können. Da lag eine Art Panzer um sein Herz. Und wann immer ihm jemand zu nah kam, rüstete er auf. Und doch war da in ihr der Wunsch, ihm zu zeigen, dass nicht jede Beziehung so aussehen musste. Dass es Menschen gab, die es ehrlich mit einem meinten. Aber wer war sie, ihm das zu beweisen? Eine romantische Träumerin, mehr nicht. Sie hatte doch selbst keine Beziehung auf die Reihe bekommen.

Ihr Handy klingelte plötzlich und zeigte Baptistes Nummer an. Ihr Herz schlug bis zum Hals. Was wollte er denn um diese Uhrzeit von ihr? Hatte er doch herausgefunden, dass sie Lucky Troll war und nun wollte er sie zur Rede stellen? Damit wäre er moralisch im Recht … Rasch ging sie ran.

»Hallo?«

Er reagierte nicht.

»Baptiste?«

Kein Wort. Nichts. Die Leitung schien stumm.

»Sag doch etwas!«

Lilly überkam ein komisches Gefühl. Sie ahnte, irgendetwas war passiert. Entschlossen stieg sie aus dem Bett, schlüpfte in ihre Jeans, den Pullover und rannte schnell die Treppe runter, zog im Laufen ihre Stiefel an und eilte raus aus dem Café über die Straße.

Die Tür vom Fleur stand offen. Und als sie hereinstürzte, entdeckte sie Baptiste am Boden. Er lag direkt vor seiner Bar. Das Telefon noch in der Hand.

»Oh mein Gott! Baptiste! Was ist passiert?«, rief sie aufgeregt und kniete sich zu ihm, rüttelte sacht an seiner Schulter. Aber er reagierte kaum. Gab benommen ein paar Geräusche von sich und blickte sie schließlich an.

»Lilly«, flüsterte er und lächelte plötzlich. »Schön, dass du da bist.« Seine graublauen Augen nahmen einen auffälligen Silberblick an, im nächsten Moment war er wieder bewusstlos.

Lilly schnappte sich das Telefon und rief den Notarzt. Wenig später fand sie sich im Krankenwagen wieder. Zwei Männer hatten Baptiste auf eine Liege gehievt und in den Transporter getragen. Jetzt gaben sie ihm eine Infusion. Was passiert war, wollten sie von Lilly wissen, aber die hatte keine Ahnung!

»Er rief mich an. Dann habe ich ihn so gefunden«, erklärte sie aufgelöst. Alles ging von jetzt an sehr schnell. Der Krankenwagen brachte Baptiste zur Notaufnahme des Hauptkrankenhauses von Celle. Dort wurde er gründlich untersucht, eine Computertomographie seines Kopfes erstellt und schließlich eine leichte Gehirnerschütterung diagnostiziert. Über Nacht sollte er hier bleiben, zur Beobachtung. Lilly verbrachte Stunde um Stunde im Wartebereich und knetete nervös ihre Hände, bis diese rot wurden, bevor man sie endlich zu ihm ließ.

Als sie sein Zimmer schließlich betrat, atmete Lilly auf, denn er war bei Bewusstsein. Dennoch wirkte er ein wenig abwesend. Sein Blick glitt durch sie hindurch, er lächelte.

»Je suis … content de te voir, Lilly.« Seine Augenlider fielen immer wieder zu.

Lilly war sich nicht sicher, ob ihm klar war, wo er sich befand oder was passiert war. Aber zumindest erkannte er sie wieder. »Ich spreche kein Französisch, Baptiste«, sagte sie sanft.

»Je m'en fiche …»

«Hat man dir gesagt, dass du über Nacht hier bleiben musst? Vielleicht auch noch den Tag darauf? »

»Non …?«

Sie deckte ihn sanft zu. »Dann weißt du es ja jetzt.« Er kuschelte sich ins Kissen. »Ruh dich ein wenig aus«, flüsterte sie.

Die Ärzte hatten ihm irgendein Mittel gegeben, dass ihn offenbar rasch müde werden ließ. Vielleicht ein Schmerzmittel oder Ähnliches.

»Bleibst du hier?«, murmelte er leise.

»Natürlich.«

»Versproch…en?«

»Ja.«

Sie wollte sich auf den Stuhl neben der Heizung setzen, aber seine Hand tastete nach ihrer und hielt sie am Arm fest. »Du hast … es versprochen.« Angestrengt öffnete er die Augen und versuchte sie mit Silberblick zu fixieren.

»Ich hole mir den Stuhl.«

Baptiste schien damit einverstanden und ließ sie los. Schlaff glitt sein Arm zur Seite, dann war er eingeschlafen. Und Lilly stellte den Stuhl neben sein Bett und setzte sich hin. Es war seltsam, jetzt, in dieser Ausnahmesituation, fühlte sie sich ihm so viel näher als zuvor. Sie hatte das Gefühl, dass sie sich wirklich zusammenraufen und ihre Freundschaft retten konnten. Nachdenklich schaute sie zu Baptiste, der wie ein Baby schlief. Und auch an ihr kroch die Müdigkeit hoch. Sie deckte sich mit ihrem Mantel zu und schloss die Augen.

»Wo bin ich?«, riss sie jemand aus dem Schlaf. Lilly schreckte hoch. Auch sie musste sich erst orientieren. Offenbar war sie in ihrem Stuhl eingeschlafen. Baptiste saß senkrecht in seinem Patientenbett und befühlte die Kanüle in seinem Arm.

»Ganz ruhig, alles ist in Ordnung«, erklärte Lilly und drückte ihn sacht in die Kissen zurück, weil er schon drauf und dran war, das Bett zu verlassen. Behutsam erklärte sie ihm, was passiert war.

Aber Baptiste erinnerte sich weder an die Fahrt zum Krankenhaus noch daran, was ihm widerfahren war. »Soll das ein Witz sein?«

»Nein, es ist wirklich geschehen. Sonst wärst du nicht hier, oder?«

»Irgendjemand muss Erna und Michel Bescheid geben, dass ich ausfalle«, murmelte er.

»Das ist doch kein Problem, das übernehme ich«, versicherte Lilly.

Er schaute sie ernst an. »Du hast mich also gefunden?«

»Du hattest mich angerufen.«

»Habe ich das?«

Sie nickte. »Andernfalls hättest du vielleicht bis zum Morgengrauen im Fleur gelegen.« Die Vorstellung war grässlich.

Auch Baptiste schüttelte es sichtlich. »Danke«, hauchte er dann.

»Wofür?«

»Dass du sofort zur Stelle warst.« Er tastete nach ihrer Hand und drückte sie sanft.

»Das war doch selbstverständlich.«

»Non, war es nicht. Nicht nach all dem Streit. Du bist eine wirklich gute Freundin.«

Sie lächelte und blieb noch ein Stündchen bei ihm. Dann musste sie allerdings nach Oldendorf zurück. Denn das KittyCat machte bald auf.

»Ich komme später wieder nach dir sehen«, versprach sie.

»Ich werde hier sein«, sagte Baptiste und zwinkerte.

Lilly lachte leise. Wenig später saß sie in einem Taxi nach Oldendorf und gab Michel und Erna Bescheid. Für die nächsten Tage würde das Fleur wohl geschlossen bleiben.

»Ist der tot?«

»So ein Unsinn, Michel. Natürlich nicht. Er schläft nur.«

Baptiste öffnete die Augen einen Spalt. Zwei verschwommene Gesichter beugten sich über ihn. »Tout va bien.« Seine eigene Stimme kam ihm fremd vor.

»Wie bitte, Herr Arnault?«, fragte Erna.

Er hob den Kopf und befühlte die schmerzende Stirn, an der sich eine Beule gebildet hatte. »Ich bin überfallen worden. Die Kasse!«, fiel es ihm plötzlich wie Schuppen von den Augen.

»Ein Überfall? Ach, du Scheiße«, sagte Michel.

Ja, die Erinnerung war wieder da!

»Los, Michel, nimm ein Taxi, fahr zum Fleur und sieh nach der Kasse«, forderte Baptiste ihn auf. »Und ruf auf Ernas Handy an, ich habe meins nicht hier.«

Michel zögerte keine Sekunde. »Ich melde mich, wenn ich da bin«, erklärte er und eilte los.

Eine Dreiviertelstunde später klingelte schon Ernas Handy.

»Es ist alles weg! Auch die Kassette im unteren Regal«, hörte er Michel durch die Lautsprecher.

»Merde!« Hätte er doch nur einen Safe angeschafft.

»Na, na, Herr Arnault, jetzt mal keine Ausdrücke am frühen Morgen. Konnten Sie erkennen, wer es war?«, fragte Erna.

»Non! Leider war der Dieb im Schatten. Ich konnte ihn nicht sehen.«

»Wie viel war denn in der Kasse und der Kassette?«, fragte Michel.

»Ich fürchte, es waren die Einnahmen des ganzen Monats. Ich war nicht dazu gekommen, das Geld auf die Bank zu bringen.«

»Schöne Bescherung«, sagte Michel.

»Michel, du schließt am besten alles ab. Häng auch das Geschlossen-Schild an die Tür«, sagte Baptiste.

»Alles klar, wird gemacht.«

Erna legte auf. »Die Polizei muss auch informiert werden. Das gehört sich so. Wenn Sie wollen, übernehme ich das für Sie.«

»Nur zu.«

Erna ging kurz vor die Tür, um das Telefonat zu führen, als ein Arzt hereinkam, sich kurz angebunden nach seinem Befinden erkundigte und Baptiste mit einem grellen Licht in die Augen leuchtete. »Das sieht ja schon sehr gut aus«, sagte er. »Pupillenreaktionen normal«, gab er dann in ein Diktiergerät ein. »Haben Sie noch Schmerzen?«

»Oui, mein Kopf dröhnt immerzu.«

»Das wird sich in den nächsten Tagen geben.« Der Arzt forderte ihn zu ein paar seltsamen Übungen auf, so musste Baptiste den Kopf hin- und herbewegen, die Backen aufblasen und mit der Zunge über seine Lippen fahren. »Neurologisch sehe ich keine Auffälligkeiten. Das heißt, wir können Sie heute schon entlassen«, erklärte der Mediziner. »Benötigen Sie eine Krankschreibung?«

»Das ist nicht notwendig. Ich bin selbstständig und führe ein Lokal.«

»Sie brauchen wenigstens eine Woche Ruhe, ich fürchte, Sie werden so lange für einen Ersatz in Ihrem Lokal sorgen müssen.«

»Eine Woche?« Wie sollte das gehen? Er hatte gerade die Einnahmen des letzten Monats verloren. Und jede Woche zählte!

»Ich fürchte schon. Jetzt ist erst einmal Bettruhe für Sie angesagt. Ich schreibe Ihnen noch ein Schmerzmittel auf, das Sie bitte bei Bedarf nehmen.« Er kritzelte etwas auf einen Block und riss den obersten Bogen ab. Es handelte sich um ein Rezept, das er Baptiste reichte.

»Gute Besserung«, sagte der Mann im weißen Kittel und verließ das Krankenzimmer genauso schnell, wie er gekommen war.

Erna gab dem Weißkittel die Klinke in die Hand. »Die Polizei ist verständigt, Herr Arnault, sie schicken im Laufe des Nachmittags einen Beamten vorbei.«

»Der muss aber ins Fleur kommen. Ich bin gerade entlassen worden.«

»Wirklich? Das ist ja großartig.«

»Wie man es nimmt. Sagen Sie, Erna, Sie sind nicht zufällig mit dem Auto hier?«

»Doch.«

»Können Sie mich mitnehmen?«

Erna lachte. »Nichts leichter als das.«

»Er ist zurück«, sagte Neele leise.

Lilly warf einen Blick aus dem Schaufenster. Dort stand Ernas Wagen. »Jetzt schon?«

»Sie hat ihm gerade hereingeholfen«, fuhr Neele fort. Die gute Freundin war natürlich längst informiert worden und nicht weniger schockiert gewesen als Lilly über den ganzen Vorfall. Sie rätselten, was überhaupt geschehen war. Warum Baptiste offenbar gestürzt war und sich den Kopf angeschlagen hatte. Oder steckte noch mehr dahinter?

»Ich sehe nachher mal nach ihm«, sagte Lilly. Im Moment war der Laden voll. Und sie kam nicht weg.

»Mach das. Bitte sag ihm gute Besserung von mir.«

»Na klar.«

Es fiel Lilly schwer, sich auf die Arbeit zu konzentrieren. Sie brachte Bestellungen durcheinander, verschüttete versehentlich zwei Gläser und dann fiel ihr auch noch eine von Neeles Lieblingstassen herunter. Und als der Getränkelieferant am frühen Nachmittag vor dem Café hielt, stand sie immer noch neben sich. Lilly öffnete hilfsbereit die äußere Kellertür und begrüßte den netten Fahrer, der ihr seit der Eröffnung ihres Lädchens zwei Mal die Woche Getränke anlieferte.

»Tach, Frau Wendelin«, erwiderte er und schleppte die erste Kiste nach unten.

Da bemerkte Lilly einen Polizeiwagen, der die Winkelmanngasse herunterfuhr und vor dem Bistro hielt. Ein uniformierter Mann stieg aus und betrat das Fleur, während der Lieferant eine Kiste nach der anderen auslud und heruntertrug. Lilly wünschte, er würde sich mehr beeilen und trat nervös von einer Stelle auf die andere. Doch die Anzahl von Kisten nahm kein Ende. Heute ging wirklich alles schief.

Nachdem der Lieferant endlich fertig war und Lilly den Erhalt quittierte, zögerte sie keine Sekunde länger und eilte zum Fleur. Sie stieß die Tür mit solcher Kraft auf, dass Lilly ins Lokal stolperte.

»Vorsicht, junge Dame«, sagte der Polizist, der gerade gehen wollte.

»Wir haben geschlossen. Haben Sie das Schild nicht gesehen?«, pflaumte Michel sie von hinter der Theke aus an.

Lillys Blick glitt durch den Raum und blieb auf dem Fenstertisch haften, wo Baptiste mit Erna saß, die mütterlich den Arm um ihn gelegt hatte.

»Was ist denn passiert? Warum war denn die Polizei hier?«, fragte Lilly aufgeregt.

»Ich konnte mich wieder erinnern. Es war nicht nur ein Sturz von der Treppe. Man hat mich überfallen. Ich habe gerade eine Aussage gemacht.« Er sprach ganz ruhig, als wäre es das Selbstverständlichste der Welt.

»Baptiste braucht jetzt Ruhe«, sagte Erna.

»Ich wollte nur nach dem Rechten sehen«, entschuldigte sich Lilly und wandte sich um. Sie wollte auf keinen Fall stören.

»Non, bleib. Bitte«, sagte Baptiste. »Aber ihr anderen, ihr könnt gehen. Das Fleur bleibt diese Woche geschlossen, ich brauche euch nicht länger.«

Erna und Michel tauschten Blicke aus. Sie waren wahrscheinlich genauso irritiert wie Lilly, erhoben aber keinen Einspruch und folgten Baptistes Wunsch.

»Wenn etwas ist, Sie haben ja meine Nummer«, sagte Erna noch. »Ich bin so schnell hier wie der Witz.«

Schon waren die zwei Angestellten verschwunden.

Lilly guckte Baptiste irritiert an. »Schnell wie der Witz?«

»Ich denke, sie meint Blitz.« Er zuckte mit den Schultern.

»Wie geht es dir denn? Besser, hoffe ich.« Lilly ging zu seinem Tisch.

»Oui, aber das Gespräch mit der Polizei war sehr zäh. Der gute Mann wollte es einfach nicht verstehen, dass ich das Gesicht des Räubers nicht sah.«

Lilly wurde ganz übel. Das alles hatte nur wenige Meter vor ihrem Café stattgefunden.

Baptiste hielt sich den Kopf. »Ich glaube, ich sollte mich hinlegen.«

Das war sicher das Beste. Lilly nickte zustimmend. Langsam schob Baptiste den Stuhl zurück, doch als er aufstand, schwankte der junge Mann sichtlich.

»Ich helfe dir lieber.« Lilly trat an seine Seite und stützte ihn.

»Nicht doch, dass ist nicht nötig.« Er musste offenbar immer noch den Starken spielen.

Lilly nickte, ließ aber nicht locker. »Ich bleibe bei dir. Am Ende stürzt du noch. Und es ist meine Schuld, nein, nein. Das kann ich nicht erlauben.« Also duldete sie keine Widerrede und führte ihn die hölzerne Treppe ins oberste Stockwerk hinauf. »Das Schlafzimmer ist dort vorne.« Er deutete den schmalen Gang herunter und Lilly lenkte ihn dorthin.

»Ich weiß, ich war ja schon mal hier.« Sie lächelte.

»Oui, der DVD Abend. Verzeih, mein Kopf ist im Augenblick ein Sieb.« Erschöpft setzte er sich aufs Bett und streifte die Schuhe ab.

Lilly verschwand im Bad und befeuchtete ein Tuch, das sie ihm auf die Stirn legte. Schon ihre Großmutter hatte auf kalte Wickel bei Kopfschmerz gesetzt – um einen kühlen Kopf zu bewahren, versteht sich.

Batipste stöhnte leise und schloss die Augen. »Bleibst du noch ein bisschen?«, fragte er müde.

Eigentlich musste sie wieder ins KittyCat. Aber ein paar Minuten hatte sie noch. Lilly setzte sich auf den Schemel neben seinem Bett. Es rührte sie, dass er sich ihre Nähe wünschte. Schon im Krankenhaus war das der Fall gewesen. Sie beobachtete, wie seine Augen unter den Lidern zuckten, sein Atem sich verlangsamte und er schließlich einschlief. Sacht zog sie die Decke bis zu seinem Kinn, damit er es schön warm hatte.

»Bring ihm doch ein paar Sandwiches mit«, sagte Neele ein paar Tage später und drückte Lilly einen Stapel in Alufolie gewickelte belegte Brötchen in die Hand. »Die sind aus unserer Theke und heute leider übriggeblieben, schmecken aber noch ganz frisch«, versicherte sie.

Lilly nickte. Das war eine gute Idee! Sie machte sich gleich auf den Weg zu Baptiste. Jeden Abend sah sie nach ihm, um sicherzugehen, dass er sich schonte und versorgt war. Baptiste betonte zu dieser Gelegenheit immer wieder, dass er eigentlich fit genug war, Gäste zu bedienen. So schlimm sei der Kopfschmerz nun auch nicht. Typisch Mann, dachte Lilly. Immer Stärke zeigen. Außer bei Schnupfen.

Sie schloss die Seitentür, die direkt zu seiner Wohnung führte, auf und begab sich ein Stockwerk höher. »Baptiste?«

Er antwortete nicht.

Als sie sein Schlafzimmer betrat, schlief Baptiste, die Decke lag halb am Boden und sein Gesicht war zur Hälfte im Kissen vergraben. Sie legte die Sandwiches auf dem Nachtschränkchen ab und wollte sich auf leisen Sohlen wieder davonmachen, als er »Lilly« flüsterte.

Überrascht drehte sie sich um. War er doch wach? »Baptiste?«

Keine Reaktion. Nein, er schien tief und fest zu schlafen, aber womöglich von ihr zu träumen.

Lilly hätte das nicht erwartet, doch es rührte sie sehr. Mit einem breiten Lächeln auf den Lippen schlich sie sich zur Tür, als sie das Rascheln der Decke hinter sich vernahm.

Dann gähnte Baptiste. »Lilly, wie spät ist es?«

»Zu spät«, sagte sie leise und drehte sich zu ihm um. »Hast du etwa den ganzen Nachmittag geschlafen?«

»Ich glaube schon. Das wird eine lustige Nacht. Ich bin gar nicht mehr müde.« Er streckte sich.

»Iss ein paar Sandwiches«, schlug sie vor.

»Wie lange bist du schon hier?«

»Erst seit ein paar Minuten. Ich wollte dich nicht wecken.«

Er griff nach den Sandwiches, wickelte sie aus der Alufolie und schnappte sich ein belegtes Brötchen. Herzhaft biss er hinein. »Mmmh, die sind gut.«

»Ich leite dein Lob an Neele weiter.«

»Würdest du mir noch einen Gefallen tun?«

»Klar, welchen?«

»Ich hätte Lust auf einen Pfefferminztee.«

»Pfefferminztee? Kommt sofort.« Sie ging in seine Küche. Inzwischen kannte sie sich in Baptistes Wohnung gut aus. Sie wusste, wo was lag, und so war der Tee schnell zubereitet und serviert.

»Ich danke dir«, sagte er sanft. »Ich weiß gar nicht, wie ich diese Woche ohne dich überstanden hätte.«

»Wahrscheinlich wäre dann Erna jeden Tag gekommen, um nach dir zu sehen.«

»Vielleicht. Aber so ist es mir lieber.«

»So?« Ihr Herz klopfte schneller.

»Erna lebt in Lohheide. Der Weg ist also deutlich länger.«

Lilly lachte. »Du bist wie immer ein Charmeur.«

»Ernsthaft, ich finde es schön, dass du hier bist.« Seine Stimme klang zärtlich. »Und ich bin sehr froh, dass wir wieder Freunde sind.«

»Na klar, Freunde.« Oje …

Plötzlich klingelte es unten.

»Erwartest du Besuch?«

»Eigentlich nicht.«

»Ich sehe mal nach, wer es ist«, sagte Lilly und ging runter.

»Sie???«, sagten Lilly und Beatrix Guthweiß gleichzeitig, kaum, dass Lilly die Tür geöffnet hatte.

»Was machen Sie denn hier?«, fragte Trixi und krallte ihre Finger in den Präsentkorb, den sie mitgebracht hatte.

»Ich kümmere mich um Baptiste.«

»Ver…stehe.«

»Er ist überfallen worden.«

»Ich weiß, Schätzchen, ganz Oldendorf spricht darüber. Und in der Zeitung stand es Dank mir natürlich auch. Deswegen bin ich hier, ein Krankenbesuch.«

»Ich frage nach, ob er Sie sehen will«, sagte Lilly diplomatisch.

»Das müssen Sie erst fragen?« Trixis Augen funkelten. »Sind Sie das neue Hausmädchen, oder was?«

»Nein, nur seine Freundin.«

Trixi blieb der Mund offen stehen.

»Einen Moment bitte.« Lilly ging hoch, fragte Baptiste, ob er Trixi sehen wollte, doch bereits sein genervtes Augenrollen sagte mehr als tausend Worte.

»Sie hat dir sogar ein Geschenk mitgebracht«, sagte Lilly einlenkend.

»Ich brauche Ruhe, das hat der Arzt gesagt. Schick sie bitte weg.«

»Na schön, aber das wird sie sicher kränken.«

Und so war es auch. Trixis Miene versteinerte förmlich. Dennoch drückte sie Lilly den Korb in die Hände. »Viel Spaß mit diesem selbstverliebten Narziss. Lange Freude werden sie nicht mit ihm haben.«

Trixi rauschte zu ihrem Moped. Lilly wollte ihr hinterherrufen, dass hier ein Missverständnis vorlag, denn sie war ja gar nicht seine, sondern nur eine gute Freundin. Doch Trixi hatte schon ihren Helm aufgesetzt, saß auf und brauste davon.

Lilly zuckte mit den Schultern und brachte den Korb nach oben. Darin fanden sich Wein, Teegebäck, Madeleines und Schokotrüffel. Das sah echt gut aus.

»Sie hat sich so viel Mühe gegeben«, murmelte Lilly.

»Diese Körbe kann man schon fertig kaufen«, sagte Baptiste. »Trixi wirkt nach außen nett, aber sie ist mit allen Wassern gewaschen, glaub mir das. Sie wittert bestimmt nur wieder eine Story.«

»Meinst du?« Aber wahrscheinlich hatte Baptiste recht – mit dem ersten Artikel übers KittyCat hatte sie Lilly ja auch schon über den Tisch gezogen. Oder sie wollte ihn zum x-ten Mal zurück? »Meine Oma hat immer gesagt: Höflichkeit ist das Merkmal eines zivilisierten Menschen. Du solltest dich also trotzdem bei Trixi bedanken, Baptiste.«

»Wenn du das sagst, Lilly.«

Lilly musste schmunzeln, aber sie traute sich nicht zu gucken, ob auch Baptiste lachte.

Kapitel 12

»Ich sehe doch, dass Sie sie vermissen.« Lilly stellte den Kaffee Latte vor ihn hin. »Es geht mich ja nichts an, aber sollten Sie nicht etwas unternehmen? Vielleicht geht es ihr nicht gut? Es muss ja seinen Grund haben, warum sie nicht mehr ins KittyCat kommt.«

Erik Pallaske nahm einen der beiden Zimtsterne von der Untertasse und tunkte ihn in seinen Milchkaffee. Nachdenklich nickte er.

Vielleicht hatte Lilly recht. Seit über zwei Wochen blieb sie ihrem Stammcafé fern. Nicht einmal ihr dauerlächelnder Pfleger Gero hatte sich blicken lassen. Und die Seniorengruppe, die immer mittwochs kam, wurde von einem anderen Pfleger begleitet. Erik hingegen saß jeden Tag an ihrem Lieblingstisch und hoffte, dass die Tür aufging und Marieta hereinkam.

Aber das war nicht der Fall. Stattdessen saß nun Mrs. Grey auf Marietas Stuhl und schaute ihn aus ihren großen bernsteinfarbenen Augen aufmerksam an. Die Perserdame reagierte auf ihren richtigen Namen viel besser als auf Sugardoll, weswegen sie nun von allen Mrs. Grey genannt wurde. Und als er einen Bissen von seinem Latte-getränkten Zimtstern nehmen wollte, weiteten sich die Pupillen der Perserdame vor Aufregung und sie verfolgte mit größter Entzückung sehr genau, wie er das Objekt ihrer Begierde zu seinem Mund führte. Dabei leckte sie sich aufgeregt über das Mäulchen.

»Du bekommst genug Leckerlis«, wies Erik sie auf den Umstand hin, dass überall Näpfe mit Trockenpellets herumstanden. Aber die waren natürlich nicht halb so interessant wie ein Zimtstern.

»Du kennst doch die Regeln, Mrs. Grey. Den Gästen ist es

untersagt, die Katzen zu füttern.« Sehr zum Leidwesen der schnurrenden Attraktionen.

Mrs. Grey streckte das Pfötchen nach dem ersehnten Leckerbissen aus. Aber Erik schmunzelte nur. Dass die Perserdame gern außerhalb der Fütterungszeiten naschte, sah man ihr an. Keine andere Katze stand so gut im Futter.

Mit einem leisen Glockenbimmeln ging die Tür auf und Erik hob hoffnungsvoll den Kopf. War es Marieta? Nein, natürlich nicht. Das Warten und Sehnen fand einfach kein Ende.

Der Zahnarzt Dr. Wilbur, dessen Praxis sich ebenfalls in der Winkelmanngasse befand, schob seinen massigen Körper durch die kleine Tür. Wie jemand mit so großen und groben Händen so feine Arbeiten durchführen konnte, war Erik ein Rätsel. Dem Doktor folgte seine neue Lebensgefährtin, die zuvor als Assistentin in der Praxis gearbeitet hatte. Solche Dinge bekam Erik mit, weil in der Winkelmanngasse jeder jeden kannte. Und seine Älteste immer auf dem Laufenden war. Nur was Marieta anging, da schien niemand irgendetwas zu wissen. Einerseits war das nicht verwunderlich, denn das Seniorenheim befand sich im Nachbarort. Andererseits war seine Tochter Daniela selbst über die Geschehnisse in Eversen bestens informiert. Sie wusste, wer geheiratet hatte, wer ein Kind erwartete und wer sich scheiden ließ.

Der Zahnarzt und seine Freundin wurden von Lilly begrüßt und zu einem der wenigen freien Tische geführt.

Erik ließ die Schultern hängen. Ja, vielleicht sollte er nach Marieta sehen. Der Gedanke, ihr könne es nicht gutgehen, setzte ihm zu. Dabei war Marieta in letzter Zeit aufgeblüht. Er hatte die erstaunliche Wandlung Marietas aus nächster Nähe miterlebt. Ihre Mimik war zuvor einer Maske gleich gewesen. Starr und unlebendig. Bis Mrs. Grey sich auf ihren Schoß gesetzt hatte. Erik würde niemals das zauberhafte Lächeln vergessen, das sich auf ihrem plötzlich recht jugendlich anmutenden Gesicht gezeigt hatte. Es war warm und freundlich gewesen. Und es hatte auch etwas in ihm verändert. Etwas, von dem er niemals geglaubt hatte, es auf seine alten Tage noch einmal spüren zu dürfen.

Mrs. Grey versuchte abermals nach dem Zimtstern zu angeln »Du gibst wohl niemals auf«, sagte er amüsiert und aß den Stern auf. Niemals aufgeben. Das war früher sein Motto gewesen. Er hatte angepackt und verändert. Vielleicht war es an der Zeit, wieder der alte Erik zu werden. Eine Zeitreise in die Vergangenheit zu machen, um Dinge in Ordnung zu bringen, die aus dem Ruder liefen.

Entschlossen schob er seinen Stuhl zurück, legte einen Fünf-Euro-Schein auf den Tisch und nickte Lilly zu, die gerade die Bestellung von Dr. Wilbur in ihren Block kritzelte, ehe er das Café festen Schrittes verließ. Der Bus, der nach Eversen fuhr, war schon in der Ferne zu sehen.

Der Mensch im Mittelpunkt. Erik Pallaske blickte auf das Schild, dessen Aufdruck ihn mit Stolz erfüllte. Es hing über einem Desinfektionsspender im klinischen Vorraum des Domizils, aus dem mit seiner Unterstützung ein Ort der Geborgenheit am Lebensabend geworden war.

Er drückte auf die Pumpe. Eine Vorsichtsmaßnahme, um gefährliche Erreger im Keim zu ersticken, bevor sie ihren Weg zu den Bewohnern fanden. Doch mehr als ein einziges, bläuliches Tröpfchen spuckte der Spender nicht aus.

»Das war früher anders«, murmelte er verärgert und betrat die Lobby durch die automatische Schiebetür. Schwüle Luft schlug ihm in einem Schwall entgegen und raubte ihm den Atem. Was für eine Hitze! Vom Nordpol in die Tropen. Auch das war neu. Die Heizung im Haus war offensichtlich ein wenig hyperaktiv eingestellt. Rasch nahm er Schal und Mantel ab und blickte sich um. Pastellfarbene Wände und große Leinwände mit moderner Kunst. Es hatte sich doch so einiges verändert.

»Kann ich Ihnen helfen?«, fragte eine junge Frau, die plötzlich neben ihm stand, als hätte sie nur auf ihn gewartet. Das violette Shirt sowie das laminierte Namensschild wiesen sie als Pflegerin aus. Erik zog seine Brille aus der Hemdtasche, setzte sie auf und versuchte den Namen zu entziffern. »Sabine«, las er laut. Nur der Vorname. Das war persönlicher.

»Sind Sie ein neuer Bewohner?« Sabines Stimme überschlug sich fast, was kein Wunder war, da Freddy Quinns »Sankt Niklas war ein Seemann« aus den Lautsprecherboxen dröhnte.

»Was haben Sie gesagt?«

»Sind Sie ein neuer Bewohner?«, rief sie lauter.

Bewohner? Er runzelte die Stirn. Fast hatte er vergessen, dass er keine fünfundvierzig mehr war. Sabine warf einen Blick auf die Armbanduhr und tippte mit dem Fuß auf. Die jungen Leute von heute, keine Geduld. Immer im Stress. Wie emsige Ameisen eilten sie umher und sahen doch nicht das, worauf es ankam. Die Dame im Rollstuhl, die einsam an einem festlich geschmückten Tisch saß und weinte, wurde genauso übersehen wie das alte Pärchen, das sich vor dem künstlichen Kamin stritt. Erik hörte nicht, was sie sagten, aber die wilden Gesten sprachen Bände. Ein Pfleger, der hier schlichtete, wäre vonnöten gewesen. Aber niemand hatte Zeit.

Sein Blick glitt durch den Raum und Ernüchterung machte sich in ihm breit. Alles hatte sich verändert, nicht nur Details, auch der Umgang miteinander. Krampfhaft versuchten die Mitarbeiter für Weihnachtsstimmung zu sorgen. Doch wenn Erik in die traurigen Gesichter der wenigen Senioren sah, die sich um den überladenen Kunstbaum versammelt hatten, wollte er am liebsten fliehen. So viel Kitsch, dabei hatte der Dezember gerade erst begonnen. Was war nur aus diesem Heim geworden? Wie froh er plötzlich darüber war, dass Daniela eigene Räume im Tiefpaterre wohnlich für ihn eingerichtet hatte, nachdem er das gemeinsame Haus verkauft hatte. Das alte Haus. Der Ort, an dem seine Frau und er ihren Lebensabend hatten verbringen wollen. Es war alles anders gekommen. Und jetzt fürchtete er erneut, jemanden zu verlieren, der ihm wichtig war.

»Nein, ich … ich bin für einen Besuch hier«, erklärte er mit belegter Stimme.

»Ach so! Wen möchten Sie denn besuchen?«, fragte Sabine ehrlich interessiert.

»Marieta. Marieta Tetzlav.«

Die Musik war einfach zu laut, deswegen winkte Sabine ihn mit sich in einen Nebenraum, der nach Zimt und Mandeln roch. »Wie war der Name?«

»Marieta Tetzlav. Ich habe lange nichts von ihr gehört. Vielleicht können Sie mir sagen, ob es ihr gut geht?«

»Tetzlav … Da habe ich leider keine Info. Was aber bedeutet, dass es nichts Ernsthaftes sein kann, denn die schweren Fälle habe ich abgespeichert.« Sie tippte sich an die Schläfe.

Erik atmete auf.

»Herr Pallaske! Das ist ja ein Ding!«, rief plötzlich jemand.

Erik traute seinen Augen kaum und für den Moment verschwand auch sein Unbehagen. Der alte Egon, seines Zeichens Hausmeister und Mädchen für alles, kam auf ihn zu und schüttelte ihm kräftig die Hand, in der anderen hielt er ein Schnittchen, das er sich wohl vom Mitarbeiter-Buffet geschnappt hatte. Die Zeichen der Zeit waren auch an ihm nicht spurlos vorübergegangen. Wie viele alte Menschen hatte er ein vorstehendes spitzes Kinn entwickelt. Aber die gütigen Augen, die eine ganz eigene Weisheit in sich bargen, waren ihm geblieben. Es war gut zu wissen, dass er noch hier war. Jemand vom alten Inventar.

»Sie kennen sich?«, fragte Sabine verblüfft.

»Aber ja, das ist doch Herr Pallaske, unser alter Direktor.«

»Der Herr Pallaske«, wiederholte Sabine und blickte ihn ungläubig an. »Das ist jetzt aber wirklich ein Ding.«

»Er war der beste Direktor, den wir je hatten«, sagte Egon im Brustton der Überzeugung. »Auf Herrn Pallaske konnte man immer zählen. Egal, ob Mitarbeiter oder Bewohner. Bei Ihnen war jeder gut aufgehoben.«

»Ist ja gut, Egon.« Erik hob beide Hände. »Sie übertreiben ein wenig.« Wenn er sich den heutigen Zustand des Heims ansah, hatte er sogar das Gefühl, nicht allzu viel erreicht oder seinen Nachfolgern mitgegeben zu haben.

»Und ich hielt Sie zuerst für einen neuen Bewohner. Tut mir sehr leid, Herr Pallaske«, sagte Sabine mit geröteten Wangen.

»Schon gut. Ich bin ja nun auch nicht mehr der Jüngste.« Fast vierundachtzig Jahre hatte er auf dem Buckel. Die Verwechslung war also zu verzeihen.

»Das waren damals noch Zeiten. Da gab es noch keine Mitarbeiterkürzungen und Einsparungen an allen Ecken und Enden. Der Mensch stand im Mittelpunkt«, sinnierte Egon und gönnte sich einen Bissen von seinem Schnittchen. Wie recht er damit hatte. »Aber was machen Sie denn eigentlich hier?«, fragte Egon.

»Der Herr Pallaske möchte eine Bewohnerin besuchen.«

»Ah, das ist aber sehr nett.«

»Ich möchte Sie auch ungern länger aufhalten, wenn Sie mir vielleicht sagen würden, wo ich Marieta Tetzlav finde?«

»Oh, natürlich. Wissen Sie was, Herr Pallaske, ich begleite Sie ein Stück, ich muss sowieso in den zweiten Stock«, schlug Sabine vor.

»Das wäre wirklich sehr freundlich. Und Sie, Egon, Sie gönnen sich hoffentlich ein paar Tage Auszeit über Weihnachten?« Erik wusste, dass Egon unermüdlich war. Ein echter Workaholic.

»Mach ich, Herr Pallaske, mach ich.« Beide Männer schüttelten sich die Hände. »Ich hoffe, Sie kommen uns im neuen Jahr wieder besuchen«, sagte Egon. »Oder ich lade Sie auf ein Bier ein.«

»Ich komme darauf zurück«, sagte Erik lächelnd und folgte Sabine zu den Fahrstühlen. Ihm fiel auf, wie nervös sie plötzlich war. Hektisch kramte sie in ihren Hosentaschen nach dem Liftschlüssel. Den Mitarbeiterlift hatte er damals noch selbst einbauen lassen. Er befand sich etwas abseits von dem Fahrstuhl für die Bewohner und hatte sich innerhalb kürzester Zeit bewährt. Putzwagen und Egons Technikanlagen waren sich nicht mehr mit Rollatoren und Rollstühlen in die Quere gekommen.

»So etwas erlebt man ja auch nicht alle Tage, dass ein so bekannter Direktor uns besucht«, sagte sie und zog erfreut ihren Schlüsselbund hervor.

»Sie machen mich verlegen, Sabine«, gestand Erik.

Sabine steckte den Schlüssel ins Schloss und mit einem Pling ging die Fahrstuhltür auf. Sie stiegen ein. »Nicht so bescheiden, Herr Pallaske. Sie haben damals Bonnie und Clyde geschnappt.«

Er lächelte. »Diese alte Geschichte kennen Sie?«

Sabine drückte auf den Knopf für die zweite Etage. »Und ob! Das war kurz nachdem Sie die Leitung übernommen hatten. Ein altes Ehepaar, das von den Kollegen Bonnie und Clyde genannt wurde, versuchte, aus dem Domizil auszubrechen. Nachts! Sie hatten den Pfleger ausgetrickst, indem sie ihre Kleidung unter die Bettdecken gestopft hatten, so dass es aussah, als würden sie schlafen. In Wahrheit aber schlichen sie mit dem bisschen Geld, das sie hatten zusammenkratzen können, und dem Kuchen vom Nachmittag als Proviant durch das ganze Haus.«

»Sie waren schon sehr alt und fanden den Ausgang nicht.«

»Aber dafür haben Sie sie gefunden, weil Sie Überstunden gemacht hatten. Sie hätten die beiden einfach auf ihr Zimmer zurückbringen können, stattdessen nahmen Sie sie aber mit ins Büro und klärten mit ihnen, warum sie sich im Eversen Park so unglücklich fühlten. Sie hatten nicht nur ein offenes Ohr für Bonnie und Clyde, Sie haben auch die Ideen umgesetzt, die sie Ihnen vorschlugen. Mehr seniorengerechte Sportangebote, verschiedene Menüs zum Mittagessen, alle zwei Wochen Bastelkurse. Und wer die nicht mag, geht zum Töpfern. Das waren tolle Neuerungen.« Sabine blühte förmlich auf. Und zum ersten Mal, seit Erik der Pflegerin begegnet war, erkannte er, dass sie in ihrem Job richtig war.

»Sie haben wirklich viel für den Eversen Park und seine Bewohner getan. Viel mehr als jeder andere Direktor«, betonte sie.

Erik nickte nur, er wusste nicht, was er hätte sagen sollen.

Abermals erklang das schrille Pling und ruckelnd schob sich die Fahrstuhltür auf. »Da wären wir. Frau Tetzlav lebt in Zimmer 14, den Gang rechts runter. Ich muss mich jetzt um eine andere Bewohnerin kümmern. Hat mich wirklich gefreut, Ihre Bekanntschaft zu machen.«

Sie verließen den Lift, Sabine schenkte ihm einen anerkennenden Blick und bog um die Ecke. Dann atmete Erik tief durch und blickte den Gang hinunter. Einsam und steril war dieser endlose Flur. Und es war hier oben viel kälter als in der Lobby.

»Die wollen sicher Heizkosten sparen«, murmelte er und legte Mantel und Schal wieder an.

»Ich verstehe nicht, was daran so schwer ist«, durchbrach plötzlich eine aufgebrachte Stimme die Stille.

Erik schaute sich um, doch es war niemand zu sehen.

»Sie haben von mir persönlich die Anweisung bekommen, auf meine Mutter aufzupassen. Und was ist passiert? Ich fahre mit dem Wagen auf Ihren Parkplatz vor, um sie mit meinem Besuch zu überraschen, Weihnachtsgeschenke vorbeizubringen, und erwische sie im Garten. Ohne Mantel! Ohne Schal! Bei dieser Kälte! Sie wollte Tannenzapfen für die Bastelgruppe sammeln.«

»Tut mir sehr leid, es kommt nicht wieder vor.« Das war doch Geros Stimme!

Erik lief eilig den Gang hinunter, um nach dem Rechten zu sehen. Angehörige konnten manchmal viel schwieriger sein als die dickköpfigsten Bewohner.

»Meine Mutter hat eine schwere Grippe. Kälte ist für sie Gift.«

»Es ist nur ein grippaler Infekt …«, merkte Gero kleinlaut an, aber der Angehörige schnitt ihm sofort ins Wort.

»Machen Sie einfach Ihren Job, Herr Ansbach, dann haben wir zwei keine Probleme. Meine Mutter wird das Haus nicht verlassen. Es ist jetzt Schluss mit diesen Ausflügen ins Freie. Überall Keime! Soll sie sich eine Lungenentzündung zuziehen?«

»Natürlich nicht, Herr Tetzlav!«

»Und was Besuche dieses Katzencafés angeht, hat sich meine Meinung nicht geändert. Diese sind und bleiben tabu.«

»Aber … Ihre Mutter liebt dieses Café … und vermisst die Tiere …« Gero klang traurig und hilflos.

»Es spielt überhaupt keine Rolle, was meine Mutter vermisst oder nicht vermisst«, bestimmte Tetzlav barsch. »Denken Sie an die Erreger, die diese Viecher verbreiten. Von der Hygiene ganz zu schweigen. Wenn ich früher gewusst hätte, wie unverantwortlich das hier zugeht, hätte ich diese Cafébesuche schon längst unterbunden. Das können Sie mir aber glauben. Ich muss Ihnen wohl nicht erklären, wie empfindlich das Immunsystem älterer Menschen ist.«

»Nein, sicher nicht …«

»Gut, dann sind wir uns ja einig. Frohe Weihnachten, Gero.«

»Ja … frohe Weihnachten …«

Gerade als Erik das Zimmer 14 erreichte, kam Gero ihm aus der offenstehenden Tür entgegen und stieß fast mit ihm zusammen. Er wirkte angespannt, schien Erik nicht einmal zu erkennen, und schob sich einfach nur an ihm vorbei. Erik überlegte, ob er Gero aufmuntern sollte, nach einer solchen Anklage eines Angehörigen war das sicher nötig. Aber Gero preschte so schnell den Gang herunter, dass Erik ihn nicht mehr einholen würde können, selbst wenn er es gewollt hätte.

Erik lugte in Marietas Zimmer und hob gleichzeitig die Hand, um an die offene Tür zu klopfen, als ihm das Herz bei Marietas Anblick förmlich in die Hose rutschte. Sie lag auf ihrem Bett, Beine und Arme steif von sich gestreckt, die Augen tief in die Höhlen gesunken. Ihr Gesicht wirkte leblos und fremd, dazu um Jahre gealtert. Sie sah so unglücklich, so weit weg aus, dass es Erik in der Seele wehtat, sie so zu sehen. Er ließ die Hand sinken.

Was hatte Gero gesagt? Sie hatte einen grippalen Infekt? Dies erklärte gewiss nicht ihren Zustand. Ein Schnupfen raubte niemandem die Lebensfreude.

Noch hatten weder Marieta noch ihr Sohn ihn bemerkt. Tetzlav junior hatte sich von seiner Mutter abgewandt und blickte aus dem Fenster, die Arme hinter dem Rücken verschränkt. Er war eine hochgewachsene Gestalt, die steif wirkte, förmlich gekleidet war und eine Kälte ausstrahlte, die Erik bis zu ihm spürte.

»Du fragst dich sicher, warum Anna und die Kinder nicht mitgekommen sind. Anna hat wirklich eine stressige Woche im Büro hinter sich. Überstunden. Aber ich soll dich grüßen. Auch von Oliver und Tanja. Die ist übrigens groß geworden, das glaubst du kaum. Du solltest sie sehen.«

Marieta verzog keine Miene. Erik war nicht einmal sicher, ob sie ihrem Sohn überhaupt zuhörte.

»Die Weihnachtspläne haben sich auch geändert. Leider. Wir werden über die Feiertage wegfahren. In den Harz. Das hat sich Anna wirklich verdient. Es bedeutet leider auch, dass wir dich dieses Jahr nicht zu uns holen können. Aber ich bin sicher, die Pfleger werden ein wunderbares Fest herrichten. Die Dekorationen und der Weihnachtsbaum in der Lobby sind allerliebst. Findest du nicht? Jetzt sag doch auch mal etwas.«

Marieta antwortete nicht. Und ihr Sohn blieb am Fenster stehen. Er schenkte ihr keinen Blick, als wäre sie gar nicht da. Erik wurde schwer ums Herz. Und zugleich erfasste ihn Wut. Weil dieser Mensch so blind war, dass er nicht sah, was er anrichtete. Erik konnte dieses Verhalten nicht dulden.

»Sie sollten sich schämen«, platzte es aus ihm heraus.

Erst da bemerkten ihn Mutter und Sohn. Beide blickten erstaunt zu ihm. Die gleiche spitze Nase, die gleiche hohe Stirn. Und doch waren sie so verschieden wie Feuer und Wasser.

»Wer sind Sie? Was fällt Ihnen ein, unser Gespräch zu belauschen?«, fragte Sohnemann aufgebracht.

»Sie können Marieta nicht einsperren! Schauen Sie Ihre Mutter doch an, Sie ist todunglücklich hier!«

»Also ich muss doch sehr bitten.«

»Marieta, komm mit.« Er ging auf sie zu und reichte ihr beide Hände. Leben kehrte in ihre Augen zurück. Und sogar das winzige Lächeln, in das er sich verliebt hatte. Sie nahm seine Hände und ließ sich aus dem Bett helfen. Dabei wirkte sie unsagbar dünn, als hätte sie seit Tagen Essen verweigert.

»Moment mal! Was wird das hier? Was haben Sie vor?«

Erik ignorierte den jungen Mann, führte Marieta zum Kleiderhaken und half, ihr Mantel und Schal anzuziehen.

»Das können Sie nicht machen! Hallo? Hilfe!«, rief das hochgewachsene Bürschchen panisch. Da tauchte auch schon Sabine in der Tür auf.

»Gut, dass Sie da sind«, sagte der Sohn erleichtert. »Dieser Mann will meine Mutter entführen.«

»Der Herr Pallaske?« Sabine lachte.

»Ich meine es ernst.« Der junge Mann gestikulierte wild.

»Wir machen nur einen kleinen Ausflug in den Park, um uns die Beine zu vertreten und frische Luft zu schnappen. Das ist gut für den Kreislauf«, erklärte Erik gelassen.

»Das klingt doch nach einer schönen Idee«, sagte Sabine heiter.

»Sie verstehen nicht. Sind denn hier alle verrückt geworden? Meine Mutter hat eine Grippe!«

»Es ist ein Schnupfen«, sagte Marieta kühl. »Und ich möchte gern mit Erik in den Park gehen.«

Sohnemann blieb der Mund offen stehen.

»Da haben Sie's. Ist doch alles Bestens«, sagte Sabine. »Ich wünsche Ihnen beiden viel Spaß.«

»Danke, Sabine.« Erik führte Marieta seelenruhig aus ihrem Zimmer. Und mit jedem Schritt, der sie aus ihrem Kerker herausführte, schien ihre Entschlossenheit größer zu werden und ihr Lächeln ebenfalls.

Erik hörte noch, wie Herr Tetzlav versuchte, mit Sabine zu diskutieren. Aber die ließ sich nicht von seinen Ansichten überzeugen. »Ich verstehe ja Ihre Aufregung, Herr Tetzlav. Aber der Herr Pallaske weiß schon, was er tut. Er ist nämlich der beste Direktor, den wir hier jemals hatten. Verstehen Sie?«

Wenige Augenblicke später hatten sie den Eingang des nahe gelegenen Parks erreicht, der auch der Namensgeber des »Eversen Park Seniorenstifts« war. Eine schöne, gepflegte Anlage, selbst zu dieser Jahreszeit. Vom Herbstlaub war keine Spur mehr zusehen. Die Natur hielt Winterschlaf. Es war angenehm still. Zumindest äußerlich.

In ihm tobte ein wahres Konzert an Glücksgefühlen, weil er endlich wieder mit Marieta vereint war. Es schien, als merkte er erst jetzt, wie sehr er sie tatsächlich vermisst hatte.

»Und ich hatte schon befürchtet, du würdest wegen mir nicht mehr ins KittyCat kommen«, flüsterte er.

Marieta schaute ihn aus glänzenden Augen an. »Wie kommst du denn nur darauf, Erik? Du glaubst gar nicht, wie sehr ich die Katzen und dich vermisst habe.«

Er drückte sie eng an sich. »Sieh nur«, sagte Erik und blickte zum Himmel auf. »Es fängt an zu schneien!«

Marieta hielt ihre Hand auf, um ein paar Schneeflocken einzufangen.

Kapitel 13

»Frau Wendelin war jeden Tag hier, oder?«, meinte Michel. Heute machte das Fleur wieder auf. Und der junge Student stand bereits pflichtbewusst auf der Matte.

»Oui«, sagte Baptiste. Ein wenig bedauerte er sogar, dass es ihm wieder gut ging, denn das bedeutete auch, dass Lilly ihn nicht länger mit Schokopudding und geschältem Obst verwöhnen würde. Vor allem aber würde er ihre täglichen Besuche vermissen.

«Das ist sehr nett von ihr, finden Sie nicht?»

»Naturellement!« Baptiste konnte nicht umhin, zuzugeben, dass er ihre Fürsorge sehr genossen hatte. Manchmal hatte sie ihm eine warme Brühe mitgebracht, ein anderes Mal hatte sie seine Einkäufe erledigt.

»Dann sind Sie jetzt sicher nicht mehr böse auf sie.«

»Non«, gab er zu. Sie waren wieder Freunde. Und das war ein gutes Gefühl.

»Dachte ich mir. Vielleicht ist sogar eine kleine Entschuldigung fällig?«

»Wofür denn?«

»Sie haben sich doch die ganze Zeit darüber aufgeregt, dass Mr. Maunz in Ihre geliebten Zierbüsche macht.«

»Ah oui, das ist nun wirklich nicht die feine Art. Das wirst du wohl einsehen.«

»Würde ich, wenn er es tatsächlich getan hätte.«

»Wie meinst du das?«

Michel zog einen Plastikbeutel hinter seinem Rücken hervor und schüttete den Inhalt vor Baptiste auf die Bar. Da lag eine zerkaute Spielzeugmaus, ein Ball aus Schaumstoff, eine alte Socke und noch weiterer Krimskrams.

»Was ist das?«, fragte Baptiste irritiert.

»Das, was ich heute Morgen in Ihrem Busch gefunden habe.«

»Du hast meine Hecke durchwühlt?«

Michel schmunzelte. »Ja, ich wollte Ihnen einen Gefallen tun. Weil Sie doch jetzt so lange krank waren und ich wusste, wie sehr es Sie stört, dass der Kater dauernd in Ihrem Busch verschwindet. So war es auch heute. Aber ich fand eben diese Sachen unter den Zweigen.«

»Verwirrend. Was bedeutet das?«

»Es ist ein Versteck«, erklärte Michel ganz fachmännisch.

»Was ist es, bitte?«

»Ein Versteck. Für Katzenspielzeug. Es sieht so aus, als hätte Mr. Maunz seine Lieblingssachen dort vorübergehend untergebracht. Vielleicht auch, um sie vor den anderen Katzen zu verbergen.«

Baptiste runzelte die Stirn. Er hatte keine Ahnung gehabt, dass Katzen so etwas taten. Im selben Moment fiel ihm ein, welchen Aufstand er wegen dieser Busch-Geschichte gemacht hatte. Völlig grundlos offenbar. *Ich bin ein Idiot*, dachte er. Jetzt verstand er auch, warum Michel von einer Entschuldigung gesprochen hatte. Er musste gleich mit Lilly reden.

Und als er sie gerade zufällig über die Straße kommen sah, legte er rasch das Handtuch zur Seite und wies Michel an, die Zutaten für Crêpeteig aus der Vorratskammer zu holen.

»Die haben wir doch schon längst aufgebraucht, oder?«

»Jetzt sieh schon nach«, sagte Baptiste und eilte zur Haupttür des Fleurs.

»Oh, das ist ja ein Service«, freute sich Lilly, als er ihr die Tür aufhielt. Ihre warmen Augen suchten seinen Blick und ihr Lächeln strahlte. »Wie ich sehe, bist du wieder auf den Beinen?«

»Oui. Das habe ich unter anderem dir zu verdanken.«

Lilly winkte ab. Sie ahnte vermutlich nicht, wie viel ihm ihre täglichen Besuche bedeutet hatten. »Ich wollte dich einladen«, eröffnete sie und legte einen Flyer auf die Theke. »Plätzchenbacken im KittyCat.«

»Was soll das sein?«, wunderte er sich.

»Steht doch drauf. Ich biete an, dass die Gäste ihre eigenen Weihnachtsplätzchen backen. War Neeles Idee. Und ich finde sie großartig. Wenn du Lust hast, kannst du dich gern zu uns gesellen. Wir würden uns alle sehr darüber freuen.«

Baptiste fuhr sich nachdenklich über das Kinn und schlenderte hinter die Bar. »Ich weiß nicht recht.«

»Ach komm schon, das wird ein großer Spaß.« Sie wippte aufgeregt auf und ab, so dass die Bommeln ihrer Mütze hin- und herschwangen. »Außerdem werden die Katzen in ihrem Rückzugsraum bleiben«, betonte sie. »Also bleibt die Anzahl von Katzenhaaren auf ein Minimum beschränkt.«

»Das hört sich gut an. Apropros Katzen. Ich muss mich entschuldigen, wegen der Sache mit Mr. Maunz. Offenbar hat er nur seine Lieblingsspielzeuge in meinem Busch versteckt.« Er reichte ihr die Plastiktüte samt Inhalt. »Hier, die wird er sonst vermissen. Tut mir wirklich leid.«

Lilly steckte die Plastiktüte in ihre Manteltasche und winkte ab. »Schon vergessen.«

Wirklich? Baptiste war beeindruckt, dass Lilly so unkompliziert war.

»So, nun will ich aber auch wissen, ob du mit uns Plätzchen backen wirst.«

»Na schön, ich bin dabei«, sagte er, er hatte ja auch etwas wiedergutzumachen. Noch dazu genoss er die Zeit mit ihr.

Lilly klatschte vergnügt in die Hände, breitete dann die Arme aus und umarmte ihn über die Theke hinweg. »Ich wusste, dass du ja sagst. Ich freue mich so.«

Baptiste erstarrte innerlich für einen Moment. Diese Umarmung – sie tat so gut. Sie wärmte etwas in ihm. Aber er war nicht sicher, ob er das wollte.

»Dann sehe ich dich morgen? Vergiss nicht, gute Laune mitzubringen.«

»Klingt ja ganz einfach.«

»Sag ich ja. Was ist?«, wunderte sie sich plötzlich.

Baptiste schreckte auf. Er hatte sie ungehörig lange angestarrt. Und es war ihm nicht mal aufgefallen. »Nichts«, sagte er rasch.

»Na schön. Ich geh dann mal.« Sie schlenderte zur Tür, bei jedem Schritt wippten ihre Bommeln.

»Lilly?«

Sie drehte sich an der Tür um. »Ja?«

»Danke. Für alles.«

»Keine Ursache, Nachbar.«

Nachbar. Er schmunzelte und beobachtete durch das Fenster, wie Lilly über die glatte Straße schlitterte, offensichtlich hatte sie dabei großen Spaß.

»Warum verleugnen Sie es?«, fragte Michel, der wie aus dem Nichts plötzlich neben ihm stand.

»Wo kommst du denn auf einmal her?«

»Aus der Vorratskammer, wo Sie mich hingeschickt haben, um die Zutaten für Crêpeteig zu suchen, die wir, wie ich es voraussagte, längst aufgebraucht haben. Ich habe sie auf die Einkaufsliste gesetzt.«

»Ah. In Ordnung.«

»Das ist keine Antwort auf meine Frage.«

»Welche Frage?«

»Warum Sie es verleugnen?«

»Wovon sprichst du bloß?«

»Von Lilly Wendelin natürlich.« Michel rollte mit den Augen.

»Ich verstehe es immer noch nicht.«

»Dann sind Sie der dümmste Mensch der ganzen Winkelmanngasse. Glauben Sie, Erna oder ich wüssten nicht längst Bescheid. Sie mögen die junge Frau. Und zwar ganz schön doll.«

»So … so ein Unsinn! Wir verstehen uns wieder etwas besser, das ist alles.« Baptiste verschränkte die Arme.

»Ja, ja, natürlich. Deswegen schauen Sie ihr auch so verträumt nach. Dabei steht es außer Frage, dass Lilly Sie auch mag.«

»Glaubst du wirklich?«, fragte Baptiste eine Spur zu aufgeregt. »Ich meine, wie kommst du denn auf diesen Gedanken?«

»Ich habe Augen im Kopf.«

Baptiste blickte auf den Flyer, den Lilly vergessen hatte, und streichelte diesen gedankenversunken, als handelte es sich nicht um ein Stück Papier, sondern um Lillys Hand. Und dann wurde ihm alles klar! Mit einem Schlag! Michel hatte recht, und Baptiste lag falsch. Er hatte geglaubt, dass keine Frau je die Mauer um sein Herz würde überwinden können. Dass eine jede daran scheiterte, weil die Mauer zu hoch und zu dick war. Doch eine kleine Maus, grau, aber niedlich, hatte tatsächlich eine Ritze gefunden … Er musste los!

»Wo wollen Sie denn ohne Mantel hin? Es ist kalt draußen«, rief Michel ihm nach.

Doch Baptiste ignorierte die Rufe. Schon war er im Café, in dem es angenehm warm und das wie immer gut besucht war. Der schwarze Kater beobachtete ihn eindringlich von seinem Aussichtsposten, als wäre Baptiste ein Eindringling. Neele schwirrte von einem Tisch zum anderen, Lilly war nirgends zu sehen. Also schaute er sich um und entdeckte ganz zufällig, dass der eingerahmte Artikel mit dem Interview gar nicht mehr an der Wand hing. Baptiste staunte und verspürte ein warmes Gefühl in der Brust. Sie hatte ihn endlich abgenommen. Für ihn, obwohl dieser Artikel ihr so wichtig gewesen war.

»Baptiste, ich bin gleich bei Ihnen«, sagte Neele hinter der Theke und winkte ihm zu.

Er ging näher. »Wo ist Lilly? Ich muss zu ihr.« Ihr endlich sagen, was er wirklich fühlte. Denn da war viel mehr, als ihm selbst klar gewesen war!

»In der Küche, aber … warten Sie doch!« Neele hielt ihn am Arm fest.

»Ich muss mit ihr sprechen, es ist dringend.« Sein Herz stolperte. Hatte er noch einen letzten Zweifel gehabt, so zeigte ihm eben dieses Stolpern, wie verknallt er in sie war. Es tat ihm leid, dass er sie oft unfair behandelt hatte. All das wollte er ihr endlich sagen. Es rauslassen. Sie in seine Arme schließen. Sie küssen.

»Lilly hat Besuch.«

»Besuch?«

»Ihr Ex ist hier«, erklärte Neele.

Es war, als hätte Neele gerade einen Eimer kaltes Wasser über ihn ausgeschüttet.

Schon wieder dieser Ex? Der Traumkerl, der ihr Ein und Alles war? Er hatte gedacht, die Sache wäre erledigt gewesen. Doch offenbar war es wohl doch ernster als angenommen, sonst wäre er nicht hier.

»Ich …« Was sollte er jetzt tun? Kopflos schritt er zur Tür. Eigentlich wollte er nur weg. So schnell wie möglich.

»Nein, warten Sie doch.«

Baptiste hielt inne.

»Lilly empfindet nichts mehr für ihn«, erklärte Neele.

Langsam drehte er sich wieder um. »Ist das so?«

»Er ist inzwischen so was wie ein guter Freund für sie. Aber es sind keine Gefühle im Spiel.«

»Aber Sie sagten mir doch selbst, es sei eine On-/Off-Beziehung und …«

»Vergessen Sie das ganz schnell wieder.«

Baptiste trat unruhig von einer Stelle auf die andere. Die Situation erinnerte ihn dennoch an den Pariser Gau. Auch wenn die Rollen etwas anders verteilt gewesen waren. Fest stand aber, dass aus einem guten Freund sehr schnell viel mehr werden konnte.

»Vertrauen Sie Lilly«, sagte Neele und lächelte ihn an, als wüsste sie längst, was in seinem Herzen vor sich ging. Und womöglich war das auch so, denn Erna und Michel hatten es ja auch lange vor ihm erkannt.

Baptiste nickte. »Also schön. Sagen Sie Lilly bitte, dass ich hier war und gern mit ihr sprechen möchte. Am besten heute Abend. Ich muss nachher noch auf das Polizeirevier, ein paar Fragen beantworten. Aber abends habe ich Zeit.«

»Ich richte Lilly alles aus.«

»Und deswegen bin ich hier«, beendete Alex die ausführliche Erklärung für sein plötzliches Auftauchen.

Lilly war schockiert. Er hatte tatsächlich seiner WG gekündigt und wollte nach einem wiederholten Streit mit dem reichen Daddy neu anfangen. Hier, in ihrem Oldendorf. Das konnte sie ihm nicht verbieten, aber glücklich war sie darüber überhaupt nicht.

»Und wie soll es jetzt weitergehen?« Er hatte sich hoffentlich ein Hotel gesucht.

»Ich dachte, ich kann bei dir schlafen?«

Offensichtlich hatte er das nicht getan. »Alex, das ist keine Gaststätte. Es ist nur ein Café.«

»Ich spreche nicht vom Café. Ich meine bei dir.«

»Das geht nicht. Nein, das kommt nicht in Frage. Wir hatten das Thema doch schon. Es ist aus.« Alex ließ den Kopf hängen, jetzt tat er ihr fast leid. »Es gibt in der Nähe ein wirklich schönes Gasthaus. Und auch ein Hotel, in dem meine Familie schon öfter untergekommen ist. Ich kann dir die Nummer geben, wenn du willst.«

»Ich verstehe, Lilly. Offenbar bist auch du gegen mich.« Er warf seinen Rucksack über die Schulter.

»Wo willst du denn jetzt hin?«

»Wohin schon, ich suche mir was Eigenes.«

Mit diesen Worten ging er. Einfach so. Und er hatte Lilly mal wieder ein schlechtes Gewissen gemacht, obwohl sie doch eigentlich nur Grenzen gesetzt hatte. Oder war sie zu hart zu ihm gewesen?

Neele war schnell zur Stelle. »Er sieht schon süß aus«, meinte sie. »Aber warum ist er so schnell gegangen?«

»Du kannst ihn gern haben.«

»Naja, ein bisschen romantisch ist es ja schon, dass er alles aufgibt, um bei dir zu sein, oder?«

War es das? Ja, wahrscheinlich. Dann war Lillys Sinn für Romantik verloren gegangen.

»Hier, der Schokokuchen ist für Tisch 5«, sagte Neele und drückte ihr den Teller in die Hand. »Ach ja, und Baptiste war hier. Er möchte dich heute Abend sprechen.«

»Oh, alles klar.« Worum es wohl diesmal ging? Sicherlich würde er versuchen, sich doch irgendwie vor dem Back-Tag zu drücken. Lilly schmunzelte bei dem Gedanken.

An diesem Abend machte Baptiste das Bistro früher dicht und entließ Erna und Michel in den Feierabend. Die beiden waren sichtlich verwundert, aber an den Blicken, die sich seine Angestellten zuwarfen, ahnte er, sie dachten sich schon ihren Teil.

Tatsächlich wollte Baptiste eine möglichst romantische Atmosphäre erzeugen, wenn er Lilly seine Gefühle gestand. Dafür war die richtige Stimmung unabdingbar.

Er dimmte das Licht, legte seine Lieblingssongs auf und zündete eine Kerze auf dem Tisch an, an dem sie heute Abend sitzen würden. Der Flammkuchen war im Ofen und der Sekt kühlgestellt. Fehlte nur noch Lilly.

Wie sie auf sein Geständnis reagierte? Nervös knete er seine Hände. Immer wieder blickte er zwischen der Uhr und dem KittyCat, das schon geschlossen hatte, hin und her. Es brannte zwar noch Licht in dem kleinen Lädchen, aber der letzte Gast war bereits gegangen.

Lilly kam nicht. Hatte Neele ihr seine Nachricht nicht ausgerichtet? Er beobachtete wie gebannt den Sekundenzeiger seiner Wanduhr, die zwischen den Weinregalen hinter der Theke hing. Umrahmt von zwei kleinen Gemälden, die Szenen der französischen Revolution abbildeten.

Es sah Lilly gar nicht ähnlich, ihn warten zu lassen, und Geduld war noch nie seine Stärke gewesen. Also ging er zur Bar, um sie anzurufen. Das Freizeichen erklang, aber niemand ging ran.

Wie merkwürdig. Das trug alles nicht dazu bei, dass sich seine Nervosität legte. Er versuchte es auf ihrem Handy, doch als der AB ranging, legte er auf, ohne etwas darauf zu sprechen. Er wollte keinen unnötigen Druck machen.

Da sah er, wie ein junger Mann das Café betrat, obwohl die Stühle längst hochgestellt waren. Unwillkürlich verkrampften sich Baptistes Hände, so dass das Weiß seiner Knöchel hervortrat. Hochgewachsen, sportlich. Das musste er sein. Der Traummann aus Berlin!

Was wollte der denn um diese Zeit noch bei Lilly? Neele hatte ihm doch versichert, dass nichts mehr zwischen den beiden war …

Der Tag war schnell zu Ende gegangen. Nach Feierabend wollte Lilly sich auf den Weg zu Baptiste machen, als Alex aufgelöst das Café betrat. Er wirkte wieder verzweifelt, weswegen Lilly ihn nicht gleich wieder rausschmeißen wollte.

Hektisch klopfte er sich den Schnee von der Kleidung. »Bitte Lilly, schick mich nicht gleich wieder weg.«

»Was ist denn jetzt schon wieder passiert?«, fragte sie einigermaßen mitfühlend.

»Mein Vater hat erfahren, dass ich das Studium geschmissen habe«, sagte er, nahm einen Stuhl runter und ließ sich an den Tisch sinken.

»Du hast auch dein Studium abgebrochen?« Davon hörte sie zum ersten Mal. Sie war davon ausgegangen, dass er an die Uni von Soltau gehen wollte, sofern er seine Pläne, in die Heide zu ziehen, wirklich wahrmachte. Oder seine Masterarbeit hier schreiben … Aber was zerbrach sie sich Alex' Kopf?

»Ja. Ich hatte auf all das keine Lust mehr. Wie du weißt, habe ich immer versucht, es meinem Vater recht zu machen. Er hätte es eben gern gesehen, wenn ich eines Tages seine Praxis übernommen hätte. Doch das ist halt nicht mein Ding, weswegen ich mich ja für das Informatikstudium entschieden hatte.«

Sie setzte sich zu ihm und seufzte.

»Ich wollte eigentlich immer nur Anerkennung von ihm, dass er stolz auf mich ist. Aber egal was ich tat, es war nie genug.« Er fuhr mit beiden Händen durch seine Haare. »Es war eine Kurzschlussreaktion. Ich habe einfach alles hingeworfen, weil es doch ohnehin keinen Sinn macht«, erklärte er. »Aber was bin ich ohne ihn?«

»Du bist ein netter Kerl«, beruhigte sie ihn. Zum ersten Mal wirkte er nämlich tatsächlich wie ein solcher.

»Findest du das wirklich?« Er schaute ihr in die Augen. Seine Augäpfel wirkten gerötet.

Sie nickte sanft. Vor Monaten noch hätte sie sich nicht vorstellen können, mit ihm jemals wieder an einem Tisch zu sitzen, geschweige denn freundschaftliche Gefühle für ihn zu hegen. Doch er hatte sich anscheinend verändert und dachte wirklich über sich nach.

»Jedenfalls hat er es nun erfahren, weil meine Exmatrikulationsbestätigung an seine Adresse geschickt wurde. Er hat mich sofort enterbt. Per Handy! Ich bin nicht länger sein Sohn. Du kennst das ja, wie solche Väter eben sind. Die Kreditkarten hat er auch gesperrt.«

»Es tut mir leid, Alex, wirklich.« Eine ähnliche Reaktion hatte sie von ihrer Mutter erwartet, aber dazu war es ja nie gekommen. Daher tat Alex ihr gleich noch mehr leid.

»Ach ja? Du willst mich doch auch nicht hier haben. Dabei ist das hier der einzige Ort, an den ich gehen konnte. Wo soll ich denn sonst hin?«

Sie zog die Luft durch die Zähne. Aber was sollte Lilly machen, sie konnte ihn schlecht vor die Tür setzen bei dieser Kälte. Und schon gar nicht in seinem angeschlagenen Zustand. »Also schön. Eine Nacht. Morgen suchst du dir einen Job und eine Unterkunft.«

»Eine Nacht ist alles, was ich brauche«, sagte er und lächelte sie verschmitzt an.

Sie zeigte ihm den Weg nach oben, führte ihn in das Wohnzimmer und deutete auf die Couch. »Das ist dein Bett für eine Nacht.« Sie betonte es nochmal. *Eine* Nacht.

»Sieht gemütlich aus.« Er setzte sich auf das Sofa. »Hier fühlt man sich richtig wohl.«

»Ich meine es ernst, Alex. Richte dich hier nicht ein.«

»Du hast eine klare Ansage gemacht und ich gebe dir mein Wort, dass ich mich daran halte.«

Kurz darauf nahm er eine Dusche. »I was made for lovin' you, baby«, klang es aus dem Bad und gar nicht mal schlecht. Er hatte eine angenehme Stimme. Lilly schmunzelte. Den Song hatte er auch früher immer unter der Dusche gesungen. Damals hatte sie ihm gern zugehört. In einen Bademantel gehüllt, die Haare mit einem Handtuch trocken rubbelnd kam er schließlich in ihr Schlafzimmer.

»Du hast dich im Zimmer geirrt, Alex.«

»Ich dachte, wir plaudern noch ein bisschen. Ist ja fast wie früher, wenn du bei mir übernachtet hast, oder?«, meinte er.

»Nicht ganz. Du darfst zum Frühstück bleiben, obwohl ich so viel … Arbeit habe.«

Alex ignorierte ihre Anspielung und setzte sich neben sie aufs Bett, hielt aber einen gewissen Abstand ein. »Hör mal, ich will dir nicht zur Last fallen. Ich hab mich vorhin umgesehen. In Eversen gibt es einen Job in einer Herberge. Das sind zwei Fliegen mit einer Klappe. Ich habe noch etwas Bargeld bei mir und werde mir dort morgen ein Zimmer nehmen. Ich hätte vielleicht auch heute schon ein Bett bekommen, aber es ging mir nach dem Telefonat mit meiner Familie nicht gut. Und als mein Dad mir sagte, dass er mich sogar enterbt, brauchte ich jemanden zum Reden.«

Das konnte Lilly sogar verstehen. Und dennoch hatte sie das Gefühl, dass Alex einfach Hals über Kopf losgefahren war. Wie immer ohne Plan. »Meinst du, Eversen ist der richtige Ort für mich?«

»Das wirst du schon rausfinden.« Sie drehte sich ein wenig von ihm weg.

»Macht's dich nervös, wenn ich in deiner Nähe bin?« Und schon ging es los.

»Ach, Alex …«

»Ich muss es wissen, Lilly. Ich empfinde noch etwas für dich, das weißt du, oder?«

»Du bist wegen mir hier, das verstehe ich. Hier ist ein Anker. Irgendwie. Aber du warst es auch, der zerstörte, was wir hatten. Also was soll das Ganze?«

»Ich habe einfach erkannt, wie wichtig du mir bist. Ist das verboten?«

Wieder dieser Blick. Sie hatte es ja geahnt. Alex würde nicht so schnell aufgeben. »Verboten ist es nicht, aber eine Sackgasse ist es trotzdem.«

»Ach, Lilly …«

»Vielleicht sollten wir jetzt schlafen.« Sie hatte wirklich keine Lust, noch mal das gleiche Gespräch wie am Bahnhof Zoo zu führen.

»Ganz wie du willst, Lilly.« Er stieg vom Bett, dabei ging sein Bademantel auf und seine muskulöse Brust entblößte sich für einen kurzen Moment. Das war natürlich nie und nimmer Absicht gewesen. Lilly schüttelte amüsiert den Kopf und versuchte das Bild ganz schnell zu vergessen.

»Ich gehe dann mal zu meinem Schlafsofa.«

»In Ordnung, aber wundere dich nicht, es kann hier nachts vollwerden«, erklärte Lilly grinsend.

Alex blickte sie irritiert an. »Wie meinst du das?«

»Meine Katzen. Die schlafen gern bei mir oder jagen meine Füße, wenn ich sie im Schlaf bewege. Ich glaube, dass sie aber auch ab und zu im Wohnzimmer schlafen.«

»Cool.«

Lilly hatte den Eindruck, sie konnte im Moment sagen, was sie wollte, Alex würde alles cool finden. Sie knipste das Licht aus, zog die Decke hoch, schloss die Augen und versuchte, so schnell wie möglich einzuschlafen.

»Lilly?«, kam es aus dem Dunkel.

»Du bist immer noch hier? «

»Sag ehrlich, empfindest du noch etwas für mich?«

»Ich versuche gerade zu schlafen.« Außerdem hatte sie ihm schon mehr als einmal diese Frage beantwortet.

»Ich weiß. Aber sei ehrlich zu mir.«

»Du kennst die Antwort auf diese Frage bereits.«

»Gibt es einen anderen?«

Sie atmete tief durch.

»Verstehe. Das ist es also.«

»Nein, das ist es nicht. Es gibt niemanden. Nicht mehr.« Baptiste und sie hatten sich wieder aneinander angenähert. Sie waren

Freunde. Und Nachbarn. Und eigentlich hätte sie ja noch bei ihm vorbeischauen sollen! Ach, Mist. Lilly seufzte.

»Lilly?«

»Schlaf jetzt!«, befahl sie ungewohnt streng.

»Ist ja schon gut.«

Hoffentlich sagte er jetzt keinen Ton mehr. Und tatsächlich, dass tat er nicht. Er verschwand im Wohnzimmer, kurz darauf hörte sie ihn leise schnarchen. Beneidenswert, wie schnell manche Menschen einschlafen konnten. Lilly war müde, sie wollte auch schlafen. Doch Alex' Anwesenheit wühlte sie auf und verunsicherte sie. Ein paar alte Gefühle, ganz fern, waren tatsächlich aufgetaucht. Es war merkwürdig, in einen Menschen verliebt zu sein. Jeden Zentimeter seines Körpers zu kennen und dann – eben nicht mehr.

So fielen Lilly erst bei Morgengrauen die Augen zu. Und dann war es eigentlich auch schon wieder Zeit aufzustehen.

Gegen 8.30 Uhr klingelte der Wecker. Sie hob schlaftrunken den Kopf und schleppte sich ins Wohnzimmer, aber das Sofa war leer, von Grammy abgesehen, die sich in das Kopfkissen gekuschelt hatte und sich bei Lillys Anblick zufrieden räkelte.

»Alex?«, rief sie, in dem Glauben, dass er irgendwo im Haus steckte. Doch es kam keine Antwort. Und dann fand sie auf dem TV-Tisch einen Brief.

Liebe Lilly,
vielleicht hast du recht. Vielleicht war es blauäugig von mir, hierherzukommen. Ich wusste nicht, wohin ich sonst gesollt hätte. Als ich heute Morgen aufwachte, wurde mir jedoch klar, du hast ein eigenes Leben, in dem ich nur störe. Es tut mir leid, dass ich dir Schwierigkeiten gemacht habe. Ich werde nach Berlin zurückkehren und mich meinem Vater stellen, alles in Ordnung bringen und trotzdem mein Leben so leben, wie ich es für richtig halte, anstatt mich seinen Wünschen unterzuordnen. Gut möglich, dass mich der Mut

verlässt, sobald ich sein Haus betrete. Aber im Augenblick bin ich fest entschlossen, die Sache durchzuziehen.
Vielleicht begegnen wir uns irgendwann wieder. Ich danke dir für alles.
Alex

Lilly faltete den Zettel zusammen und lächelte. Alex würde das schon irgendwie hinkriegen.

Kapitel 14

Baptiste wollte gerade das Eis von der Windschutzscheibe seines Wagens kratzen, um noch rasch ein paar Einkäufe zu erledigen, bevor das Fleur öffnete, als ihm ein Fremder auffiel, der das KittyCat verließ. Er erkannte den Kerl wieder. Der Traumtyp aus Berlin. Er hatte offenbar bei ihr übernachtet. Das erklärte wohl auch, warum Lilly Baptiste gestern nicht einmal angerufen hatte!

‚Du hattest deine Chance', meldete sich eine leise Stimme in seinem Hinterkopf. Und es war wahr. Er hatte nicht nur eine Chance gehabt, sondern mehrere. Er hatte sie alle vertan, Lilly immer wieder von sich gestoßen, aus Angst vor Nähe. *Selber schuld. Du verdienst es nicht anders.* Diese Gedanken waren nicht neu. Sie waren sogar sehr alt. Damals, als Georgie mit ihrem besten Freund auf- und davongelaufen war, hatten sie ihn bereits malträtiert.

Nun stand er da, mitten im beginnenden Schneeschauer. Die Straßen verschwanden allmählich unter einer dicken weißen Decke. Auch auf den Autodächern hatte sich weißes Flies gelegt. Es sah aus wie Zuckerguss.

Für einen Moment war er wieder in der Bretagne. Dort schneite es nur selten. Ein Schneeball traf ihn dennoch am Kopf und ein glockenhelles Lachen erklang, damals in der Vorweihnachtszeit vor vielen Jahren. Georgie war gerade erst in die Nachbarschaft gezogen. Mit ihren rosa Handschuhen formte sie den nächsten Ball, der auch prompt gegen seine Schläfe schlug. *Du hast es nicht anders verdient!* Erneutes Gelächter.

»Herr Arnault, was stehen Sie denn hier in der Kälte?«, sprach Erna ihn an und kam auf ihn zu. Ihr Wagen parkte ein paar Schritte hinter ihr. Sie griff nach seinem Arm und zog ihn ins

Fleur. »Sie bekommen noch eine Erkältung. Der Mantel ist doch viel zu dünn. Was haben Sie denn überhaupt da draußen gemacht?«

»Ich weiß nicht recht«, murmelte er. »Eigentlich wollte ich einkaufen. Wie spät ist es jetzt?« Ein Blick auf die Uhr verriet, dass er eine halbe Ewigkeit wie weggetreten gewesen war. Er hatte immer noch den Eiskratzer in der Hand. Hatte er Lilly verloren?

»Sie wirken ein wenig blass, ich hoffe, Sie haben keinen Rückfall erlitten?«

Er winkte ab. Das war wirklich nicht das Problem.

»Aber Sie haben doch irgendetwas. Jetzt raus mit der Sprache.«

»Sie hat einen anderen«, kam es ihm wie in Trance über die Lippen. Gleich darauf biss er sich auf die Zunge.

»Frau Wendelin? Hat sie Ihnen das erzählt?«

»Nein, das brauchte sie gar nicht. Offenbar ist sie wieder mit ihrem Ex aus Berlin zusammen.«

»Seit wann?«

»Seit heute. Oder seit gestern. Woher soll ich das wissen.«

»Sie werden doch wohl um sie kämpfen.«

»Was?«

»Na, ich bitte Sie, das ist ja wohl das Mindeste. Wie soll Frau Wendelin sonst wissen, dass sie Ihnen wichtig ist.«

»Ich werde gar nichts tun. Ich werde auch nicht zu diesem Backnachmittag heute gehen.«

»Das kommt nicht in Frage, Herr Arnault. So schnell werfen Sie mir kein Korn auf die Flinte.«

Er blickte Erna verdutzt an. »Sie gehen nachher da rüber, schauen ihr fest in die Augen und sagen selbstbewusst, dass Sie sie lieben.«

Er erkannte Erna nicht wieder. So entschlossen trat sie sonst nicht auf.

»Haben Sie mich verstanden, Herr Arnault?«

Baptiste wusste nicht, ob er das konnte.

»Jetzt schauen Sie mich nicht wie ein begossener Pudel an, lassen Sie sich etwas einfallen. Seien Sie doch mal ein wenig karitativ. Haben die Männer von heute keine Ideen mehr?«

»Du meinst kreativ?«

»Sie wissen schon, was ich meine. Kreativ, karitativ. Ist doch alles dasselbe.«

»Wissen Sie was, Erna. Sie haben völlig recht!« Ein Liebesgeständnis bei Kerzenschein … Was hatte er sich dabei nur gedacht?!

»Das habe ich? Ich meine, natürlich habe ich das.« Erna stemmte triumphierend die Hände in die Hüften.

Baptiste würde Lilly nicht kampflos aufgeben! Warum auch? Den Berliner Schnösel würde er in die Tasche stecken. Zweifach! »Erna, Sie sind dieses Jahr mein Weihnachtsengel! Sie haben mir die Augen geöffnet.«

»Ich warte im Auto«, sagte Daniela und drehte die Heizung auf.

Erik blickte aus dem Beifahrerfenster zu dem weihnachtlich geschmückten Haus mit der Nummer 28. Hier lebten Hannes Tetzlav und seine Familie. Die Adresse hatte er aus dem Telefonbuch. Marieta wusste nicht, dass er hier war, um mit Sohnemann zu sprechen. Es wäre ihr vielleicht nicht recht, wenn er sich einmischte. Aber Erik konnte nicht anders.

»Nur Mut, Dad, du schaffst das schon«, sagte Daniela aufmunternd. Sie kannte inzwischen das ganze Drama um den Tetzlav-Clan und stimmte ihm zu, dass Marieta keine Gefangene war und auch nicht wie eine solche behandelt werden sollte. Nach Eriks letztem Besuch im Eversen Park Seniorenstift hatte Tetzlav sich durchgesetzt. Alle Ausflüge ins KittyCat waren endgültig verboten worden.

Erik nickte Daniela zu, stieg aus und ging zu dem kleinen Gartentor, das sich problemlos aufschieben ließ. Nach ein paar Stufen klingelte er an der Tür und gleich darauf öffnete ein Junge, der um die zehn Jahre alt sein mochte.

»Ja bitte?«, fragte er irritiert.

»Ist dein Papa zu Hause?«

Der Junge nickte »Papa? Da will dich ein Mann sprechen.«

Hannes Tetzlav kam an die Tür und erkannte Erik sofort. »Sie!«

»Wir müssen reden. Es geht um Ihre Mutter.«

»Ich glaube nicht, dass es da viel zu besprechen gibt. Ich lasse nicht zu, dass Sie sich ein zweites Mal über meinen Willen hinwegsetzen!«

»Wer ist denn da, Schatz?«, erklang eine weibliche Stimme. Es musste wohl Tetzlavs Ehefrau sein. Schon stand sie neben dem hochgewachsenen Bürschchen. Eine eigentlich sympathische Erscheinung, die junge Dame.

»Erik Pallaske, ein Freund Ihrer Schwiegermutter«, erklärte Erik.

»Ein Freund von Marieta? Und den lässt du hier draußen stehen? Kommen Sie rein.«

Tetzlav junior rollte mit den Augen. Wenig später saßen sie bei einer heißen Tasse Tee im Wohnzimmer und Erik hatte eigentlich schon alles erzählt, was es zu erzählen gab. Er war ein Freund von Marieta und empfand die Anordnungen von Hannes Tetzlav als viel zu einschränkend. »Ihre Mutter liebt das KittyCat. Und sie fühlt sich wohl unter den Leuten. Das kann Ihnen doch nicht entgangen sein«, schloss er seine Ausführungen.

Hannes Tetzlav beugte sich vor. Er wirkte viel weniger aufgeregt als zuvor. »Hören Sie, Herr Pallaske, ich finde es wirklich schön, dass Sie sich um meine Mutter sorgen. Sich um sie kümmern. Aber meine Mutter ist nicht mehr allzu jung.«

»Das bin ich auch nicht.«

»Mag sein. Sie sind noch ganz gut drauf, wenn ich das so sagen darf. Meine Mutter kränkelt schnell. Nicht auszudenken, wenn sie sich irgendwo eine Lungenentzündung einfängt.«

»Ich verstehe, dass Sie sich um die Gesundheit Ihrer Mutter sorgen. Aber begreifen Sie doch, die beste Medizin ist für sie, unter Menschen zu sein. Spaß am Leben zu haben. Wie würde es Ihnen gehen, wenn Sie in Ihrem Zimmer eingesperrt wären?«

»Das ist doch etwas ganz anderes.«

»Ist es das?«

»Sie verstehen mich schon. Das klingt ja in der Theorie alles ganz toll. Aber wie viel Spaß hat sie, wenn sie erst einen chronischen Husten entwickelt, weil sie sich bei einem Gast angesteckt hat? Sie weiß doch kaum, was sie tut. Sie geht ohne Schal und Mantel nach draußen, um Tannenzapfen zu sammeln.«

»Haben Sie ein wenig Vertrauen in Marieta. Behandeln Sie sie nicht wie ein kleines Kind«, beschwor Erik den jungen Mann.

»Ich finde Herr Pallaske hat nicht unrecht«, meldete sich Anna zu Wort.

»Du fällst mir in den Rücken?«

Sie legte beruhigend ihre Hand auf seine. »Was Herr Pallaske erzählt, klingt doch ganz vernünftig. Wir können dieses Jahr Weihnachten nicht mit ihr feiern. Gönn ihr doch die kleine Freude mit dem Cafébesuch.«

»Es geht nicht ums Gönnen. Ich wünsche meiner Mutter nur das Beste! Ich bin für sie verantwortlich. Ich habe die Vollmacht, in ihrem Sinne zu handeln. Vielleicht muss ich dich daran erinnern, warum sie ins Heim gekommen ist? Sie hatte einen Schlaganfall! Das wussten Sie wahrscheinlich nicht, Herr Pallaske. Als Folge dessen konnte sie sich zuerst kaum bewegen und auch nicht richtig sprechen. Es ist ein Wunder, dass sie es überhaupt überlebte. Nach und nach bildeten sich die Folgen zurück, aber wir konnten nicht all das leisten, was im Eversen Park geleistet wird und wurde. Glauben Sie mir, ich habe meine Mutter nicht gern dort abgegeben. Aber es war die einzige Möglichkeit, die uns blieb.«

Erik nickte nachdenklich. Er hatte tatsächlich nicht gewusst, aus welchem Grund Marieta pflegebedürftig geworden war. Auch wenn er Tetzlavs Sicht nun besser verstand, war er immer noch überzeugt, dass Marieta das KittyCat brauchte!

»Wir reden hier nur von einem Besuch eines Cafés, der einmal die Woche stattfindet. Ihre Mutter blüht in dieser Umgebung auf. Erlauben Sie ihr, heute am Backtag teilzunehmen. Kommen Sie auch ins KittyCat, bringen Sie Ihre Kinder mit und sehen Sie die Verwandlung Ihrer Mutter mit eigenen Augen. Glauben Sie mir, Sie können Ihr das nicht länger verbieten, nachdem Sie das gesehen haben.«

Hannes und Anna Tetzlav tauschten Blicke aus.

»Das klingt fair«, sagte Anna. »Und Oliver und Tanja wird es sicher Spaß machen.«

»Also schön«, gab Tetzlav nach. »Wir werden da sein.«

Als Baptiste am frühen Nachmittag zum Backtag ins KittyCat ging, war er so wild entschlossen wie nie zuvor, um Lillys Liebe zu kämpfen. Gerade als er durch den Schnee stapfte, fiel ihm der rote Kater auf, der unsicher über die eisglatte Straße schlich. Der erkältete sich doch bei diesen Temperaturen!

Baptiste dachte nicht weiter nach und schnappte sich das Tier. Sacht hob er es hoch. Allergie hin oder her. Er durfte nicht zulassen, dass Mr. Maunz sich am Ende eine Lungenentzündung zuzog. Schließlich hatte er nicht nur Lilly Unrecht getan, sondern auch dem kleinen Fellknäuel, wahrscheinlich war der Kater sogar gerade wieder in einem der Zierbüsche gewesen. Behutsam trug Baptiste ihn ins Café.

Kaum hatte er dieses betreten kam ihm ein warmer Schwall entgegen. Gelächter und Geplaudere von allen Seiten. Gutgelaunte Gesichter, Kinder, die lachten. Auf jedem der Tische war eine Teigrolle mitsamt Ausstechformen. Neele beeilte sich die fertigen Plätzchen zu verteilen und frische einzusammeln, die sie in die Küche brachte.

Noch hatte niemand Baptiste bemerkt. Er setzte den Kater vorsichtig ab und hielt nach seinem Konkurrenten Ausschau. Aber die hochgewachsene Gestalt von heute Morgen war nirgends zu entdecken.

»Baptiste!«, rief Lilly und kam auf ihn zu. Glockenhell und warm klang ihre Stimme. Und so lieblich, dass er unweigerlich lächeln musste. »Ich freue mich so, dass du da bist.«

»Ich freue mich auch. Ich habe übrigens Mr. Maunz auf der Straße gefunden. Ich dachte, es wäre zu kalt für ihn.«

»Danke!« Lilly lächelte ihn nun auch an. Es war ein traumhaftes Lächeln. »Ich bringe ihn gleich in den Rückzugsraum. Er muss mir irgendwie entwischt sein.«

Sie tippte sich mit der Fingerspitze ans Kinn. »Aber erst mal zu dir.« Lilly packte Baptiste am Arm und zog ihn mit sich zu einem der hinteren Tische. »Hier sind Ausstechformen und alles, was du sonst noch brauchst. Ich bin auf deine Kreationen gespannt und bringe nur rasch Mr. Maunz zu den anderen Katzen. Dann gibt's hier auch keine Katzenhaare.«

Mit diesen Worten entfernte sie sich, hob den roten Kater hoch und trug ihn fort. Baptiste setzte sich hin und musterte die Formen. Tannenbäume, Weihnachtssterne, Herzen und Sternschnuppen.

»Oh, hier braucht noch jemand frischen Teig«, sagte Neele und stellte eine Schüssel mit fertig angerührten Teig vor ihn hin. »Ausrollen, ausstechen, backen, dekorieren. Ich hole die Kunstwerke ab und schiebe sie in den Ofen.«

Das konnte vielleicht wirklich ganz spaßig werden. Das Ausrollen ging recht fix. Das Ausstechen ebenfalls.

Lilly kam an seinen Tisch zurück. »Das sieht ja schon sehr gut aus.« Sie beugte sich über den Tisch, schnappte sich ein paar Ausstecher und lächelte ihn erneut warm an. »Darf ich?«

Ihre Lippen wirkten so einladend und bebten sinnlich. In ihm wuchs der Wunsch, von ihnen zu kosten.

»Was denn?«, fragte er plötzlich heiser. Ihn küssen? Er würde sie nicht zurückweisen!

»Beim Ausstechen helfen«, sagte sie und kicherte.

Baptiste nickte. Natürlich. Klang ja ganz harmlos.

In dem Augenblick störte Neele den zarten Moment zwischen ihnen und stellte ein Tablett frischgebackener Plätzchen zum Dekorieren vor sie hin. »Damit ihr nicht so lange warten müsst«, erklärte Neele bedeutungsschwanger.

Baptiste sog den Duft des warmen Gebäcks ein, himmlisch. Vorsichtig setzte Lilly ein paar Liebesperlen auf einen Tannenbaum. Wie kleine Christbaumkugeln. Es schien ihr großen Spaß zu machen. Und ihm machte es Spaß, ihr zuzusehen. Rasch griff er nach ein paar Mandelsplittern und legte diese auf ein Herz. Im Nu waren alle Plätzchen dekoriert und viele ausgestochen.

»Wir müssen die rohen Plätzchen noch auf das Blech hier tun. Dann schieben wir sie in den Ofen.« Lilly übernahm das für ihn. Sie schaute ihn auf eine Weise an, die ihm durch und durch ging. Aber warum tat sie das, wenn sie doch ihren Berliner Traummann hatte? Womöglich war sie gar nicht so sehr an diesem interessiert. Er sah ihn ja auch nirgends. Was ziemlich eigenartig war. Oder war sich der Kerl zu fein zum Plätzchenbacken? Baptiste musste jetzt einfach wissen, woran er war und folgte Lilly in die Küche.

In der türlosen Öffnung blieb er stehen und beobachtete, wie Lilly die Plätzchen mit großer Sorgfalt in den Ofen schob.

Neele verließ gerade die Küche und rempelte Baptiste an. »Nur nichts anbrennen lassen«, flüsterte sie ihm zu.

Als Lilly das Blech im Ofen verstaut hatte, drehte sie sich um und erschrak, als sie ihn bemerkte. »Oh, ich hab gar nicht mitbekommen, dass du hier bist.«

»Ich …« Was sollte er jetzt sagen. Einfach drauflos? Dass er sich verliebt hatte? Konnte er das einfach so?

Seien Sie karitativ, hallten Ernas Worte in seinem Ohr nach. Kreativ sein? In so einem Moment? Es fiel ihm nichts ein und er schaute sich nach Worten suchend um, bis er den kleinen Mistelzweig am Türrahmen über sich entdeckte.

Lilly kam näher, ihre Wangen schimmerten rot. Es sah süß aus. Natürlich. Weil alles an ihr süß war. So süß, dass er nicht widerstehen konnte. Seine Gefühle fuhren Achterbahn.

»Was ist denn los?«, fragte sie. Jetzt stand sie direkt vor ihm. »Irgendetwas stimmt doch nicht mit dir.«

»Du stehst unter einem Mistelzweig, wusstest du das?«, flüsterte er.

Sie blickte zum Türrahmen hoch. »Den muss Neele angebracht haben.«

Ihre kecke Unterlippe zitterte. Baptiste war in diesem Moment alles egal. Ob sie nun mit ihrem Ex wieder zusammen war oder nicht. Der Kerl war sowieso nicht gut genug für sie! Und das würde er ihr nun beweisen.

Baptiste beugte sich zu ihr runter, packte ihr Gesicht mit beiden Händen und hauchte ihr einen sinnlichen Kuss auf die Lippen.

Nein, seine Gefühle waren zuvor gewiss nicht Achterbahn gefahren. Vielleicht Karussell, aber niemals Achterbahn. Denn genau das taten sie jetzt. Alles in ihm jubilierte, vibrierte. Baptiste hatte das Gefühl, den Boden unter den Füßen zu verlieren und zu schweben. Sein Herz stolperte, raste, hielt inne, setzte erneut ein. Es war ein einziges Chaos, das sich aber wundervoll anfühlte.

Ihr Kuss schmeckte so warm und zärtlich. Ganz sacht ließ er wieder von ihr ab. Es brauchte einen Moment, ehe er im Hier und Jetzt landete.

»Was …?«, fragte sie irritiert und leckte sich dennoch über die Lippen.

»Ich weiß, ich bin nicht immer fair gewesen. Manchmal sogar ein echter Mistkerl. Aber ich bin besser als dieser Schnösel. Ich weiß es, weil er es war, der dich zum Weinen gebracht hat, als wir uns zum ersten Mal begegneten.«

»Ich kann dir nicht ganz folgen.«

»Ich weiß, auch wegen mir hattest du Kummer. Aber ich werde an mir arbeiten. Ich werde der Mann sein, den du verdienst.«

»Wovon sprichst du …«

»Von dem Schnösel, der bei dir übernachtet hat. Er ist nicht der Richtige für dich. Aber ich bin es. Ich fühle es.«

»Du meinst Alex? Der ist wahrscheinlich wieder in Berlin. Oder was weiß ich.«

Baptiste hielt inne. In Berlin? »Ich dachte, du und er …«

Lilly lachte leise. »Ich bin nicht mit Alex zusammen. Wie kommst du denn darauf?«

Jetzt verstand Baptiste gar nichts mehr. Er hatte Alex doch am Morgen aus dem KittyCat kommen sehen. »Ich habe da wohl was falsch verstanden …«

»Sieht ganz so aus.« Sie verschränkte die Arme vor der Brust, schmunzelte aber immer noch. »Du warst also eifersüchtig auf Alex? Wegen mir?«

Er konnte es wohl nicht leugnen. Baptiste nickte. Er kam sich dumm vor. Aber Lillys Lächeln wurde nur noch größer.

»Wir stehen immer noch unter einem Mistelzweig«, sagte sie und legte ihre Hände auf seine Brust.

Mit leuchtenden Augen schaute sie zu ihm auf. Sie war offenbar gar nicht böse, dass er sie einfach geküsst hatte. Baptiste schluckte. Er konnte ihren Lippen nicht länger widerstehen. Sie bebten so süß. Doch noch ehe er seine erneut auf ihren Mund legen konnte, stellte sich Lilly plötzlich auf die Zehenspitzen und kam ihm entgegen, um ihn leidenschaftlich zu küssen …

Erik Pallaske beobachtete mit Freude, wie viel Spaß Marieta am Keksebacken hatte. Mit großer Hingabe dekorierte sie ihre Plätzchen, bestrich das eine mit Schokoglasur, das andere mit Zuckerguss. Und zwischendrin naschte sie einen kleinen Schokoweihnachtsmann aus dem Dekokörbchen, das auf ihrem Tisch stand. Auch Daniela, die Marieta in ihrem Wagen mit ihm abgeholt hatte und außerdem seine moralische Stütze war, schien den Nachmittag in vollen Zügen zu genießen. Als jedoch die Tür aufging und Hannes Tetzlav mit seiner Frau das Café betrat, versteifte sich Marieta.

»Was will der denn hier?«, fragte sie.

Zielstrebig kam er auf ihren Tisch zu.

»Ich habe ihn gebeten, uns heute Gesellschaft zu leisten«, gestand Erik.

»Aber warum?« Marieta schien gar nicht glücklich über die Anwesenheit des Sohnes.

Doch hinter der hageren Gestalt im feinen Anzug kamen zwei Kinder, ein Junge und ein Mädchen, hervorgerannt und riefen lauthals: »Oma!«

Mit ausgebreiteten Armen eilten sie auf Marieta zu und diese erhob sich von ihrem Stuhl und umarmte die beiden innig. »Ihr seid auch hier, das ist ja wundervoll.«

Erik atmete auf. Seine schlimmste Befürchtung, nämlich dass Marieta gleich wieder würde gehen wollen, war nicht eingetreten.

»Guten Tag«, sagte Anna Tetzlav und reichte jedem die Hand, dann setzte sich das Pärchen zu ihnen. Tetzlav selbst nickte nur zur Begrüßung.

»Wir wollen auch Kekse backen«, sagte Enkeltochter Tanja, und Marieta war sofort bereit, ihre Ausstechformen und den frischen Teig zu teilen. Wie zu erwarten gewesen war, fanden besonders die Enkelkinder großen Gefallen an der Backaktion. Hannes hingegen beobachtete alles distinguiert. Er zog nicht einmal seine Handschuhe aus.

»Lasst uns doch einen Lebkuchenmann backen«, schlug Marieta ihren Enkeln vor. Nur kurz blickte sie zu Hannes, der keine Reaktion zeigte. Anna aber lächelte Marieta aufmunternd zu.

»Brauchen wir dafür nicht Lebkuchenteig?«, fragte Oliver.

»Den gibt es hier auch. Wir müssen nur die nette Neele fragen, die bringt ihn uns.«

»Wer ist denn Neele?«

Marieta deutete auf die kurzhaarige Frau am Tresen, die gerade Kaffee zubereitete.

»Ich gehe sie gleich fragen«, sagte Oliver und sprang auf.

Wenig später kam Neele schon mit einer Portion Lebkuchenteig an ihren Tisch. »Der wurde hier extra von einem jungen Mann bestellt?«

»Ja, von mir!«, rief Oliver.

»Dann viel Spaß!«

Der schöne dunkle Lebkuchenteig wurde ausgerollt, aber anstatt ihn mit den Formen auszustechen, formten Marieta und ihre Enkel kleine Männchen daraus. »Nachdem die im Backofen waren, dekorieren wir sie mit Liebesperlen und Marzipanschmuck. Was meint ihr, klingt das gut?«

»Jaaa!«, riefen die Enkel einstimmig.

»Macht doch auch mit«, forderte Tanja ihre Eltern auf.

Anna ließ sich nicht lange überreden. »Na schön, warum nicht«, sagte sie und begnügte sich mit dem Ausstechen.

Hannes hingegen schüttelte mit dem Kopf. Er war der Einzige im Raum, der noch seine Wintersachen anhatte. Der Schal verdeckte einen Teil seines Gesichts. Hannes beobachtete alles um sich herum und seine Miene verriet nicht, was er dachte. Vielleicht war er wirklich blind, so dass er nicht mitbekam, wie glücklich seine Mutter hier im KittyCat war. Er selbst schien seinen Aufenthalt nicht sonderlich zu genießen.

»Ich bin mal fünf Minuten draußen«, sagte er zu Anna und deutete auf seine Zigarettenschachtel.

Kaum, dass er das Café verlassen hatte, entschloss sich Erik, ihm zu folgen. »Ich bin auch gleich wieder da«, sagte er zu Daniela, ging zur Garderobe, um sich anzuziehen, und verließ den Laden.

Am Straßenrand stand Hannes und zog an seiner Zigarette. Erik straffte die Schultern. Der Kerl war ihm nicht unbedingt sympathisch, aber ein Gespräch war unumgänglich. Entschlossen ging er auf ihn zu. »Sie fühlen sich nicht wohl in dem Café, oder?«

»Es geht. Frau Wendelin hat einiges daraus gemacht. Das muss man ihr lassen. Als ich ihr das Geschäft verkaufte, habe ich nicht kommen sehen, was daraus wird.«

»Ihre Mutter blüht dort auf, das haben Sie ja nun selbst gesehen.« Erik rechnete mit etlichen fadenscheinigen Begründungen, die ihm klar machen sollten, dass Marieta in ihrem Pflegeheimzimmer mit dreimaligem Ausgang, nämlich zum Frühstück, Mittag und Abendbrot, besser aufgehoben sei.

Doch zu Eriks Überraschung nickte Hannes. »Sie haben recht. Es geht ihr gut. Ich habe sie lange nicht so fröhlich gesehen. Sie scheint fast ein anderer Mensch zu sein.«

»Sie ist hier sie selbst.«

»Mag sein. Nach dem Schlaganfall war sie verändert. Ihre Persönlichkeit war anders geworden. Ich dachte damals, ich hätte sie für immer verloren. Aber jetzt erkenne ich meine Mutter von früher wieder. Eine lebenslustige Frau.«

»Nach dem Schlaganfall hatten Sie Angst, dass Ihre Mutter krank bleibt. Oder schlimmer noch, immer kränker wird.«

»Ja«, gab Hannes zu und zog erneut an der Zigarette, die im Dunkeln glühte.

»Sie können sie trotzdem nicht einsperren. Sie hat ein Recht auf ihr Leben.«

Hannes blies den Rauch in die Luft. Dabei legte er den Kopf in den Nacken, so dass seine Erscheinung noch insektenartiger wirkte. »Sie haben ja recht, Erik.« Hannes fuhr sich über die Stirn. »Ich war besorgt und gleichzeitig unfähig, ihr beizustehen.« Jetzt blickte er Erik direkt an.

»Das heißt, Sie haben nichts mehr dagegen, wenn Marieta das KittyCat besucht?«

Hannes lachte leise. »Nein, natürlich nicht. Ich möchte, dass sie glücklich ist. Verstehen Sie?«

Erik nickte zufrieden. Das war doch ein Wort. Und genau das Gleiche wollte er auch. Wie gut, dass Hannes zur Vernunft gekommen war.

»Gehen wir wieder rein? Vielleicht sollten Sie Ihrer Mutter das alles sagen, was Sie mir gerade gesagt haben.«

»Vielleicht sollte ich das tun«, sah Hannes ein.

Beide Männer kehrten ins KittyCat zurück, wo immer noch fröhliches Treiben herrschte, Plätzchen ausgestochen und gebacken wurden. Der Duft von Mürbeteig und Lebkuchen lag in der Luft. Erik blieb an der Theke stehen und beobachtete, wie Hannes mit Marieta sprach. Und dann hellten sich ihre Züge auf.

Kapitel 15

Abends half ihr Baptiste beim Aufräumen. Das sei okay, weil Erna im Fleur die Stellung hielt und die Gäste bewirtete. Überall klebten noch Teigreste an Tischen und Stühlen, die entfernt, und etliches Geschirr, das gespült werden musste, stand herum. Aber der Aufwand hatte sich gelohnt. Die Leute hatten heute großen Spaß mit ihrem Backwerk gehabt.

Gerade standen sie gemeinsam in der Küche und räumten das nun saubere Geschirr aus der Spülmaschine in die Schränke, als Baptiste hinter sie trat, sacht die Arme um sie legte und einen süßen Kuss auf ihren Nacken hauchte, der Lilly eine Gänsehaut verursachte.

»Mmmh. Daran könnte ich mich gewöhnen«, sagte sie und drehte sich zu ihm um.

»Nicht zu schnell, hoffe ich. Denn was wäre ein Kuss ohne Kribbeln im Bauch?« Er neigte sich zu ihr runter und bestäubte ihre Lippen. Lilly ging das Herz auf. Er schmeckte so gut. Und es kribbelte tatsächlich wundervoll in ihrem Bauch, als tobten hunderte Schmetterlinge durch diesen.

Seufzend schloss Lilly die Augen.

Sie wusste nicht, welche Wandlung in ihm vorgegangen war, aber sie war unglaublich froh, dass diese stattgefunden hatte. *Das war der Zauber des KittyCat*, dachte sie. Es gab ihn wirklich, Neele hatte die ganze Zeit recht gehabt. Endlich hatte er auch bei ihr gewirkt.

Sie schmiegte sich an Baptiste, genoss die Wärme, die sein Körper ausstrahlte und das Streicheln seiner Hände über ihren Rücken. Zu gern hätte sie den ganzen Abend in seinen Armen verbracht. Doch es gab noch so viel zu tun.

»Wir müssen leider weiter aufräumen«, flüsterte sie, ohne ihn loszulassen.

»Gib uns noch ein paar Minütchen.«

Sie öffnete die Augen und lächelte ihn an. Sein Blick war nicht mehr so hart und kalt, sondern warm und zärtlich. Das Blaugrau seiner Iriden leuchtete. Lilly konnte nicht aufhören, seine faszinierenden Augen anzublicken. Das war der echte Baptiste, mit dem sie hier stand und der sie so sehnsuchtsvoll ansah. Der Mann hinter der unnahbaren Fassade. Ihr Lächeln wurde größer, als sie sich dessen bewusst wurde. Sie hatte doch schon immer gewusst, dass hinter jeder rauen Schale ein weicher Kern steckte. Und irgendwie hatte sie es geschafft, den echten Baptiste hinter seiner Deckung hervorzulocken.

Baptiste beantwortete ihr Lächeln mit einem Küsschen auf ihren Schopf. Dann löste er sich schließlich von ihr, doch während sie weiter aufräumten, bis die Küche und alle Räume blitzblank waren, warfen sie sich immer wieder liebevolle Blicke zu.

»Ich habe übrigens noch etwas für dich«, sagte Lilly schließlich, nachdem es im Café nicht mehr wie auf einem Schlachtfeld aussah.

»Einen süßen Kuss, hoffe ich.«

Sie schmunzelte. »Besser. Setz dich schon mal hin, ich bin gleich wieder da.«

Lilly verschwand eilig in der Küche, um die Überraschung für ihn zu holen, die sie schließlich, als sie wieder vor ihm stand, hinter ihrem Rücken hervorzog. »Tadaaa!«

In ein durchsichtiges Tütchen verpackt, reichte sie ihm seine selbstgebackenen Plätzchen.

Baptiste lachte. »Oh, die hatte ich fast vergessen.«

»Probier mal.«

Er nahm ihr das Tütchen ab, zog das gekringelte Geschenkband ab und griff beherzt zu. »Mmmh«, machte er schließlich. »Gar nicht so übel. An meine Madeleines kommen die zwar nicht ran, aber …«

»Ach, du«, sagte Lilly grinsend und gab ihm einen spielerischen

Stoß an die Schulter. Als sie sich hinsetzen wollte, packte Baptiste sie einfach und setzte sie sich auf den Schoß.

»Hey!« Lilly kicherte.

Schon lagen wieder seine Arme um sie und sein Kopf lehnte sich an ihren Rücken. »Tut mir leid, so schnell lasse ich dich nicht wieder los.« Er atmete tief ein. »Du riechst wirklich gut«, flüsterte er.

»Das sind die Plätzchen«, meinte sie.

»Non, du.«

Sie wandte sich auf seinem Schoß, umfasste sein Gesicht mit beiden Händen und hauchte einen Kuss auf seine Nasenspitze. »Findest du?«

»Oui«, sagte er völlig ehrlich.

Erneut umschlossen sich ihre Münder. Lilly konnte einfach nicht genug von ihm bekommen. Und ihm ging es augenscheinlich genauso. Es schien, als brach all die aufgestaute Sehnsucht mit einem Mal hervor. Aus ihnen beiden. Sie drückte ihre Stirn an seine und genoss einfach nur ihre Zweisamkeit.

»Zu guten Weihnachtsplätzchen gehört auch ein guter Glühwein, oder?«, fragte sie schließlich nach einer ganzen Weile, denn ein Glühwein war jetzt genau das Richtige um diesen vorweihnachtlich-romantischen Abend perfekt zu machen.

»Da würde ich nie widersprechen.«

»Ich hole ihn. Bin gleich wieder bei dir.« Sie löste sich nur ungern von ihm, als Grammy um Lillys Beine strich.

Ach herrje, das Futter hatte sie fast vergessen. Sie entschuldigte sich kurz, um den Stubentigern ihr Abendbrot zu geben. Mrs. Grey war natürlich als Erstes am Napf.

»Raubtierfütterung«, meinte Baptiste schmunzelnd, als Lilly an ihren Platz zurückkehrte. Den Glühwein hatte sie bei der Gelegenheit auch gleich mitgebracht.

»Du zeigst gar keine allergische Reaktion«, stellte sie überrascht fest.

Zwar hatte sie die Katzen während des Plätzchenbackens ausgesperrt gehabt, aber nun waren sie wieder da und dennoch nieste Baptiste nicht einmal.

»Du hast recht«, sagte er überrascht.

»Dann stimmt es wohl, dass das Immunsystem stärker ist, wenn man glücklich ist.«

Baptiste lächelte und griff nach ihrer Hand. »Das bin ich«, gab er zu. »Sehr sogar. Vielleicht waren es aber auch nie die Katzen«, überlegte er dann. »Immerhin war Mr. Maunz schon hier, als ich nach dem vermeintlichen Einbrecher in deiner Wohnung suchte.«

»Du hast recht. Aber was war es denn sonst?«

»Womöglich die frische Farbe? Oder irgendein Kleber, den ihr fürs Laminat verwendet habt.«

»Oh ja, das könnte natürlich sein.« Lilly war das sogar lieber. Ein Partner mit Katzenallergie war in ihrem Fall natürlich kompliziert.

Sanft strich er ihr eine Strähne aus dem Gesicht. »Das ist der schönste Abend seit Langem. Es wäre schade, wenn er jetzt endet.«

Lilly seufzte. Es ging ihr genauso. Sie hatte unglaublich lange auf diesen Moment gewartet, zwischendrin ganz die Hoffnung aufgegeben, doch jetzt saßen sie hier. Händchenhaltend bei Glühwein im Kerzenlicht.

Da sprang Mr. Maunz auf den Tisch und schob sich zwischen die beiden, um seinen Kopf an Lillys zu reiben. Dadurch drängte er Baptiste ein Stück zurück. Ihre Hände ließen einander los.

»Der kleine Kerl mag mich wohl immer noch nicht«, scherzte Baptiste. »Dabei habe ich dich vor einer Unterkühlung bewahrt.«

»Daran liegt es nicht, er teilt nur einfach nicht gern.«

»Das erklärt das Spielzeug in meinem Busch. Demnach gehörst auch du ihm?«

»Nicht nur ich, das ganze Café.«

Baptiste lachte. »Zumindest lässt er jetzt meine Mülltonnen in Ruhe. Dafür bin ich dir dankbar, kleiner Kater.«

Er streckte die Hand aus, um Mr. Maunz hinterm Ohr zu kraulen. Doch kaum hatte Baptiste ihn berührt, fuhr der Kater herum und holte mit der Pfote aus. Baptiste wich erschrocken zurück.

»Was hast du denn plötzlich? Baptiste hat dich vorhin vor der Kälte geschützt, erinnerst du dich? Er ist ein Freund.«

»Das sieht Mr. Maunz offenbar anders.« Baptiste hatte einen kleinen Kratzer an der Hand.

»Ich verstehe das nicht, er ist doch sonst nicht so.«

»Wer versteht schon Katzen, sind sie nicht dafür bekannt, unberechenbar zu sein?«

»Ich weiß nicht, für viele Katzen mag das stimmen. Grammy zum Beispiel ist schwer einzuschätzen, aber Mr. Maunz ist wie ein guter Freund, auf den ich mich verlassen kann.«

»Dann ist er wohl wirklich eifersüchtig, wer könnte es ihm auch verübeln?«, meinte Baptiste, und Lilly kraulte Mr. Maunzens Rücken. Ganz sacht versuchte sie ihn vom Tisch zu schieben, aber Mr. Maunz blieb hartnäckig. Wann immer seine Vorderpfötchen den Rand des Tisches erreichten, drehte er einfach um und drückte seinen Kopf erneut an Lillys Stirn.

»Ich fände es wie gesagt sehr schade, wenn der Abend nun enden würde«, griff Baptiste das Thema wieder auf. In dem Moment drehte sich Mr. Maunz mit einigem Schwung zu Lilly, um ihr einen Nasenstups zu geben, so dass sein Schwanz gleichzeitig in Baptistes Gesicht schlug.

Lilly lachte unwillkürlich, doch sie sah Baptiste an, dass er die Situation nicht allzu witzig fand. »Sei nicht böse, er ist nur ein Kater.«

Da klingelte auch noch ihr Handy, das Lilly schnell aus der hinteren Tasche ihrer Jeans zog. Die Nummer ihrer Schwester stand auf dem Display.

»Ich muss da rangehen, vielleicht ist es wichtig«, erklärte Lilly.

»Natürlich.«

Sie erhob sich, ging in die Küche und nahm den Anruf an.

»Ich bin so froh, dass ich dich erreiche«, sagte Ivy aufgelöst. Ihre Stimme war heiser, sie hatte offenbar geweint. Denn so klang sie immer, wenn sie geweint hatte.

»Was ist passiert?«, wollte Lilly wissen.

»Ich bin in Oldendorf«, sagte Ivy atemlos.

»Was?«

»Im Hotel. Ich wusste nicht wohin, wollte dir nicht auf die Nerven gehen und …«

»Du gehst mir doch nicht auf die Nerven! Was ist passiert?«

»Ich habe mich mit Sebastian gestritten. Und zwar richtig schlimm.« Ivy fing an, zu schluchzen. Lilly wusste, dass Ivy sehr temperamentvoll sein konnte. Und auch Sebastian war nicht ohne. Es war jedoch noch nie vorgekommen, dass einer der beiden den Streit verlassen hatte und weggefahren war.

»Wo ist er denn? Noch in Berlin?«, hakte Lilly nach, um sicherzugehen, dass sie die Situation richtig verstanden hatte.

»Ja. Ich weiß nicht, was ich machen soll.«

In dem Zustand wollte Lilly Ivy nicht allein lassen. »Ich bin gleich bei dir«, versprach sie und legte auf.

Rasch eilte sie zu Baptiste zurück, der immer noch vergebens versuchte, sich Mr. Maunz anzunähern. Der Kater hob drohend die Pfote, sobald Baptiste ihm zu nahe kam.

»Das ist ein Notfall. Meiner Schwester geht es nicht gut. Ich muss mich um sie kümmern.«

»Du fährst nach Berlin?« Baptiste sprang auf.

»Nein, nein, sie ist hier. In Oldendorf.«

»Ah! Kann ich etwas für dich tun?«

»Nein, aber danke! Ich muss gleich los.« An der Tür wandte sie sich um. »Tut mir leid, unser erster Abend …«

»Schon gut. Es ist wichtig.«

Gemeinsam verließen sie das Café. Lilly küsste ihn zärtlich auf den Mund, froh über sein Verständnis und machte sich auf den Weg zum Hotel.

Das Zimmer war vom Duft der Räucherstäbchen erfüllt, die sich Ivy zur Beruhigung angezündet hatte. Sie hatte immer ein paar in ihrer Handtasche dabei, wie sie Lilly einmal verriet. Vanille und Lemonengras waren die Noten, die Lilly identifizierte.

»Ich bin so froh, dass du gleich gekommen bist«, sagte Ivy immer noch aufgelöst. »Möchtest du einen Beruhigungstee? Er ist nach einem alten schamanischen Rezept gebraut«, erklärte sie und nahm an dem kleinen roten Rundtisch am Fenster Platz.

Lilly setzte sich zu ihr. »Wenn du meinst, dass das hilft.«

»Das wirkt, das garantiere ich! Zumindest die Nerven werden beruhigt.«

Sie stellte Lilly eine Tasse hin und goss den Tee aus einer Isokanne ein. Es roch lecker.

»Jetzt erzähl schon. Du fährst doch nicht einfach grundlos drei Stunden durchs Land. Was ist passiert?«

Ivy nippte an ihrem Tee, verzog dann aber die Lippen. »Ist noch sehr heiß«, erklärte sie keuchend.

»Ivy …«

»Wir haben uns gestritten. Das habe ich dir doch schon gesagt.«

»Und weswegen?«

Ivy brach unvermittelt in Tränen aus.

Lilly lief zu ihr rum und legte die Arme von hinten um sie. »Was ist denn los, sprich doch endlich mit mir.«

»Ich habe alles kaputt gemacht! Ich habe so schreckliche Dinge zu ihm gesagt.«

»Warum hast du das denn getan?«

»Weil er … keine Kinder will.«

»Ich dachte immer, ihr wolltet Kinder haben?«

»Ja schon, das hat er früher gesagt. Wir sind beide achtundzwanzig Jahre alt. Im besten Alter sozusagen. Und jetzt heißt es plötzlich, dass er noch Zeit braucht.«

»Aber das ist doch kein Grund, wegzulaufen, Ivy.«

»Doch, ist es schon.« Sie weinte noch stärker und krallte sich nur umso mehr an ihrer Teetasse fest.

»Ich habe einen Schwangerschaftstest gemacht«, brach es aus ihr hervor.

Jetzt war Lilly wirklich platt. Man machte schließlich nicht einfach so einen Schwangerschaftstest, sondern nur dann, wenn man schwanger werden wollte oder sich Anzeichen für eine Schwangerschaft zeigten.

»Ich bin überfällig. Sogar schon etwas länger, hatte mir nichts dabei gedacht, du verstehst? Daher dachte ich, es kann ja nichts schaden, den Test mal zu machen. Er war positiv.«

»Oh mein Gott«, schoss es aus Lilly heraus! Sie klatsche die Hände vor Freude zusammen. »Das heißt, du wirst Mama und ich werde Tante!«

»Ja, aber das Kind soll doch auch einen Vater haben!«

Lilly setzte sich wieder hin. Allmählich konnte sie Ivys Wut auf Sebastian verstehen. Offenbar hatte er sich nicht nur nicht über die guten Nachrichten gefreut, er schien Ivy auch noch an den Kopf geknallt zu haben, dass er das Kind nicht wollte. Das passte eigentlich gar nicht zu Sebastian.

»Er fühlt sich zu jung. Was erwartet er denn jetzt von mir? Wir haben immer aufgepasst, ich nahm die Pille, es war einfach Schicksal, verstehst du?«

»Ich sollte ihm mal die Leviten lesen!«, sagte Lilly und schnappte sich das Smartphone von Ivy, das auf dem Tisch lag. »Aber hier sind ja lauter Kurznachrichten!«

Und es kam gerade eine weitere an. Ivy hatte das Handy auf leise gestellt. Deswegen hatten sie nichts gehört.

»Ich will die nicht lesen. Er kann mir gestohlen bleiben! Dieser Mistkerl! Ich hatte mich so gefreut und gedacht, es ginge ihm auch so, da er ja immer davon erzählt hatte, dass er eine riesengroße Familie haben will.«

»Du solltest das aber vielleicht doch mal lesen. Vielleicht hat er seinen Fehler längst eingesehen.«

»Mir egal«, sagte Ivy trotzig.

»Ich lese sie, okay?«

»Mach doch.«

Lilly klickte die ersten Nachrichten an.

»Wo bist du, Ivy? Bitte melde dich!«

»Ich mache mir Sorgen um dich!«

»Es tut mir so leid, bitte ruf mich an.«

In diesem Stil waren alle Nachrichten. Offensichtlich bereute Sebastian, was er angerichtet hatte. Doch Ivy wollte davon nichts wissen. Das passte nun schon eher zu den beiden.

»Ich habe die Karten vor Kurzem befragt«, erklärte sie. »Und die haben mir gesagt, dass unsere Ehe unter keinem guten Stern mehr steht. Genau das hat sich ja auch bewahrheitet.«

»Das kannst du doch nicht ernsthaft glauben. Sebastian liebt dich. Das schreibt er hier sogar.«

Ivy zog die Nase hoch. »Wirklich?«

»Aber ja, sieh doch selbst.« Lilly hielt ihr das Handy hin, so dass sie die Nachricht lesen konnte.

Ein kleines Lächeln trat auf Ivys Lippen, als sie diese Nachricht las. »Er war damals gar nicht mein Traummann gewesen. Aber er war hartnäckig, hat um mich gekämpft und mich schließlich überzeugt«, erklärte sie und wischte sich die Tränen mit einem Taschentuch aus den Augen. »Und die Schwingungen waren auch gut. Von da an konnte ich mir nicht mehr vorstellen, jemals einen anderen zu lieben.«

Lilly lächelte. Das klang wirklich schön. »Sieh mal, dass mit der Schwangerschaft kam für ihn genauso unerwartet wie für dich. Er musste sich erst daran gewöhnen. Aber hier schreibt er auch, dass er den Gedanken an ein Baby immer schöner findet.«

Ivy riss Lilly das Phone aus den Händen. »Ja, hier steht es tatsächlich. Habe ich etwa überreagiert?«

»Ein bisschen, vielleicht«, sagte Lilly sanft. Ivys Hormone waren wohl mit ihr durchgegangen, was in dieser Situation nur zu verständlich war. »Ruf ihn doch einfach mal an«, schlug sie vor. »Ich vertrete mir so lange die Beine in der Lobby. Du kannst durchklingeln, wenn du fertig bist.«

Ivy nickte. »Das ist eine gute Idee.«

Lilly verließ das Hotelzimmer, fuhr mit dem Lift nach unten und setzte sich auf eines der bequemen Sofas. Es dauerte gut eine Stunde, ehe sich der Vibrationsalarm ihres Handys meldete.

»Und? Alles geklärt?«, fragte Lilly.

»Alles geklärt«, bestätigte Ivy. Sie klang unendlich erleichtert. »Kommst du trotzdem noch mal hoch?«

»Na klar.«

Wenig später lagen die Schwestern auf dem weichen Boxspringbett.

»Ich bleibe über Nacht hier. Ich bin noch immer sehr aufgelöst und nicht fahrtauglich. Außerdem muss ich ja jetzt auf zwei aufpassen«, erklärte Ivy, die ihren Kopf auf Lillys Schoß gebettet hatte.

Diese spielte mit den glatten Haaren ihrer älteren Schwester. »Das verstehe ich. Ich würde es genauso machen.«

»Sebastian war am Telefon ganz anders als vorhin. So verständnisvoll. Ich glaube, er hatte Angst, mich zu verlieren.«

Lilly seufzte. »Ihr seid wirklich ein schönes Paar.«

»Ja. Du hast recht. Ich habe das für kurze Zeit aus den Augen verloren. Danke, dass du gleich gekommen bist. Du bist die Beste!« Ivy drückte ihre Hand.

»Ich bin für dich da und du bist für mich da. Unser altes Bündnis, weißt du noch?«, fragte Lilly amüsiert.

»Ja, natürlich. Wie alt waren wir denn da?«

»Zwischen acht und zehn Jahren?«

»Das kann gut sein. Zum Glück gilt es heute noch.«

Lilly schloss die Augen. Sie war mit einem Mal sehr müde. »Das tut es. Für immer.«

Kapitel 16

Als Lilly am nächsten Morgen zum KittyCat zurückfuhr, war sie guter Dinge. Ungewollt war sie im Hotelzimmer neben ihrer Schwester eingeschlafen, doch rechtzeitig aufgewacht, um die Küche schon mal vorzubereiten. Außerdem war es Ivy heute Morgen richtig gut gegangen. Sie war nicht mehr das Häufchen Elend von gestern Abend, sondern wieder die starke und selbstbewusste junge Frau, die sie sonst war. Alles wendete sich zum Guten. Auch für Baptiste und Lilly. Der gestrige Abend mit ihm war sehr schön gewesen. Sie hoffte, daran anknüpfen zu können. Noch einmal seine Lippen an ihrem Nacken und die Schmetterlinge in ihrem Bauch zu spüren.

Doch kaum hatte sie ihren Wagen vor dem Café geparkt und das KittyCat betreten, traf sie der Schlag. Die Regale waren umgeworfen und Schubfächer ausgeräumt worden. Es sah aus, als hätte hier ein Orkan gewütet.

Lilly blieb das Herz stehen. Was war hier los?!

Ein Einbruch! Das war die einzige Erklärung!

Rasch lief sie hoch in ihre Wohnung. Dort sah es nicht besser aus. Schränke durchwühlt, Kleidung am Boden. Wo waren ihre Katzen?

»Mr. Maunz?«, rief sie aus Leibeskräften. Ihre Bettdecke bewegte sich und ein kleines Köpfchen lugte darunter hervor. »Da bist du ja!« Sie befreite ihn von der Decke und nahm ihn hoch, drückte ihn an sich. »Dir ist nichts passiert.«

Aber was war mit den anderen? Lilly fand Franz auf dem Kratzbaum, Grammy im Grammophon und Mrs. Grey hatte sich unter der Spüle in der Küche versteckt. Die Tiere waren sichtlich gestresst. Gut möglich, dass sie die halbe Nacht in ihren Verstecken verbracht hatten.

»Das darf doch alles nicht wahr sein!« Sie versuchte Baptiste zu erreichen, denn womöglich hatte der Einbruch auch etwas mit dem Überfall im Fleur zu tun. Doch er ging nicht ran. Dann fiel Lilly die Kasse ein! Der Räuber musste es auf ihre Einnahmen abgesehen haben. Genau wie bei Baptiste! Hatten sie den kleinen Safe gefunden?

Lilly schob vorsichtig den Kratzbaum, den Franz zu seinem Aussichtsturm erkoren hatte, zur Seite und atmete auf, als sie den Safe erblickte. Er war verschlossen. Und als sie ihn mit einer Hand öffnete, denn sie hielt Mr. Maunz nach wie vor in ihrem Arm, lag das Geld noch darin. Der Einbrecher hatte es nicht gefunden.

»Gut aufgepasst, Franz, alter Wachkater«, sagte Lilly erleichtert und gab ihren Fellnasen erst mal ein Frühstück zur Beruhigung. Sie sollten das Gefühl bekommen, dass hier wieder Normalität herrschte. Mehr oder weniger.

Und doch, der Morgen fing ja gut an. Sie musste die Polizei verständigen! Ganz bestimmt gab es einen Zusammenhang zum Überfall auf das Fleur! Lilly war sich ganz sicher. Sie hatte schon das Telefon in der Hand, als es an der Tür klingelte. Wer konnte das denn sein? Lilly stellte das Telefon zurück in die Ladestation und öffnete einem strengen Herrn im hochgeschlossenen Mantel die Tür.

»Wir haben noch nicht geöffnet«, erklärte sie ihm durcheinander.

»Das weiß ich.« Er zückte ein Dokument und hielt es ihr vor die Nase. »Gesundheitsamt Niedersachsen. Wolfram mein Name.«

»Gesundheitsamt?« Was hatte das denn zu bedeuten? Lilly hatte alle Auflagen für das Café erfüllt. Ein Schnüffler dieser Art hatte ihr gerade noch gefehlt. Zumal es im Moment wie in einem Saustall aussah.

»Darf ich eintreten?«

»Ungern, denn …«

Er schob sich einfach an ihr vorbei. Herr Wolfram zischte leise, als er das Chaos bemerkte. Sogleich machte er sich ein paar Notizen.

»Das sieht nicht immer so aus!«

»Natürlich nicht.«

»Ich meine es ernst. Hören Sie, bei mir wurde heute Nacht eingebrochen.«

Erneut machte er sich eine Notiz. »Wo ist die Küche?«

Lilly seufzte. »Hier entlang, bitte. Aber so sagen Sie mir doch, warum das Gesundheitsamt Sie geschickt hat.«

»Es gab eine Beschwerde.«

»Wie bitte?«

»Ein Gast hat offenbar die hygienischen Zustände bemängelt.«

Lilly konnte es nicht glauben. Wer sollte das gewesen sein? »Nennen Sie mir den Namen.«

»Das kann ich nicht.«

Sie erreichten die Küche.

»Oh mein Gott«, stieß Lilly aus. Vor ihr auf den Fliesen lagen die Überreste einer Maus, die offenbar einer ihrer Katzen zum Opfer gefallen war. In der Aufregung hatte sie das vorhin gar nicht bemerkt. »Ich versichere Ihnen, so etwas kam bisher noch nie vor. Nachts dürfen meine Tiere gar nicht raus.« Doch weil sie sehr hastig zu Ivy gefahren war, hatte sie natürlich vergessen die Katzenklappe abzuschließen. Über diese musste es dem Einbrecher auch gelungen sein, ihre Tür aufzukriegen, ohne diese zu zerstören. Lilly seufzte, sie hatte den Verbrecher quasi eingeladen.

Wieder machte sich Herr Wolfram Notizen. »Sie haben Mäuse im Haus?«

»Nein!«

»Dann sind Ihre Katzen also Freigänger.«

Lilly fuhr sich verzweifelt über die Stirn. War das ein Problem? Sie erinnerte sich an keine einzige Auflage, die das verbot. Herr Wolfram sah das offenbar kritisch. Er gab ihr einen Durchschlag.

»Was bedeutet das?«, fragte Lilly aufgelöst.

»Das steht alles hier drauf. Sie müssen das Café schließen.«

»Was?!«

»Bringen Sie das alles hier in Ordnung, erfüllen Sie die Auflagen in der beigefügten Liste, dann sehen wir weiter.«

Tränen stiegen ihr in die Augen. Das durfte nicht wahr sein!

»Einen schönen Tag noch«, sagte er und ging. Er ging einfach so.

Lilly ließ sich auf den Küchenboden sinken. Ein Albtraum! Sie hatte so hart gearbeitet, um ihren Traum vom eigenen Café wahrzumachen und jetzt das! Sie schaute auf die Auflagenliste. Einundzwanzig Punkte standen darauf.

»Hallo? Was ist denn hier los? Jemand da?«, hörte sie Neele.

»Hier«, sagte Lilly nur und schluchzte, während sich Schritte näherten.

»Was ist passiert?«

»Alles kommt zusammen. Ein Einbruch und jetzt das hier.« Lilly deutete zu der toten Maus.

Neele half Lilly auf, die ihr zur Erklärung den Durchschlag in die Hand drückte. »Einbruch? Wovon redest du?«

Neele überflog das Schriftstück und starrte Lilly fassungslos an. »Das ist ein Scherz, oder?«

»Leider nein. Ein Gast soll sich beschwert haben. Und ich weiß auch schon, wer es war.«

»Wer denn?«

Von wegen Gast. »Alex natürlich! Das ist seine Rache, weil er mich nicht zurückbekommen hat.« Dabei hatte er ihr doch so einen netten und vernünftigen Brief geschrieben gehabt. Lilly war wirklich enttäuscht.

»Unfassbar!«

»Ich weiß, was ich jetzt mache. Mein Schwager hat Verbindungen, er wird herausfinden, ob ich mit meinem Verdacht richtigliege. Und wenn das der Fall ist, ist er dran! Würdest du die Polizei verständigen?«

»Natürlich.«

Lilly schnappte sich ihr Smartphone, um Sebastian gleich anzurufen.

»Ist etwas mit Ivy?«, fragte er aufgeregt, denn mit einem so frühen Anruf von ihr hatte er offenbar nicht gerechnet.

»Nein, nein, sie ist auf dem Weg nach Berlin. In zwei Stunden ist sie bestimmt schon bei dir.«

»Puh, da bin ich aber froh. Danke, dass du bei ihr warst und vermittelt hast. Du hast etwas gut bei mir.«

»Den Joker muss ich gleich einsetzen«, sagte Lilly und erklärte die Lage. Es klang wie in einem schlechten Roman. Ein Unglück reihte sich ans nächste.

»Ich helfe dir, das ist doch Ehrensache.«

Sebastian musste nur ein paar Anrufe machen, schon meldete er sich wieder bei Lilly. Wie gut, dass ihr Schwager seit Jahren im Gastronomiebereich tätig war und dadurch den einen oder anderen Kontakt geknüpft hatte. Auch innerhalb von Behörden wie dem Gesundheitsamt. Und wenn er jemanden nicht kannte, so kannte der zumindest jemand anderen, der den richtigen Kontakt hatte. »Ich habe den Namen. Aber es muss unter uns bleiben, dass du ihn von mir hast.«

»Natürlich!«

»Das wird dich schocken«, warnte er sie vor.

»Glaub ich kaum. Ich weiß ja im Grunde schon, dass Alex hinter allem steckt.« Dieser elende Verräter!

Sebastian schwieg, was Lilly irritierte. »Oder?«, hakte sie nach.

»Nein, dein Ex war es nicht, der dir das Gesundheitsamt auf den Hals schickte, sondern dein Nachbar von gegenüber. Aus dem Fleur.«

»Wa…as?« Nun zerbrach endgültig etwas in ihr. Den Einbruch und die vorübergehende Schließung des KittyCat – das konnte sie verkraften. Aber, dass Baptiste, der Mann den sie gestern geküsst hatte, sie angeschwärzt hatte, war zu viel!

Ihr glitt das Telefon aus der Hand …

»Kennen Sie diese Frau?«, fragte der Beamte und schob ein Foto über den Tisch. Rotes Haar, schmale Wangen, ein Schmollmund.

»Das ist Beatrix«, sagte Baptiste erstaunt. »Sie ist Reporterin beim Heide Boten.«

»Das wissen wir. Offenbar hat die junge Frau eine Reihe von Einbrüchen inszeniert, um dann Artikel darüber zu verfassen.«

»Was?« Das musste ein Irrtum sein. Trixi liebte ihren Job, aber zu solchen Mitteln würde sie niemals greifen. Oder doch?

Der Beamte ließ einen Stapel Zeitungen vor Baptiste auf den Tisch fallen. »Nicht nur, dass sie diesen Einbrüchen eine ganze Serie widmete, ihre Informationen waren außerdem präziser als die ihrer Kollegen. Sie hoffte wohl auf einen großen Durchbruch.«

Baptiste lehnte sich skeptisch zurück. Heute Morgen hatte man ihn gebeten, nochmals auf das Revier zu kommen, weil es Neuigkeiten zu seinem Fall gab. Aber die Story war doch absurd!

»Wir haben Frau Guthweiß auf frischer Tat ertappt. Letzte Nacht schlug sie wieder zu, und das an mehreren Orten.«

»Wollen Sie mir sagen, dass Trixi auch mein Bistro überfiel?«

»Wir haben zumindest ihre Fingerabdrücke bei Ihnen gefunden.«

»Äh, sie war öfter da …« Baptiste musste schlucken.

»Aber Ihre Geldkassette haben Sie ihr nicht vorbeigebracht, oder?« Der Polizist verdrehte die Augen.

»Natürlich nicht.«

»Sie hat letzte Nacht diverse Einbrüche verübt, sie war wohl etwas übermütig. Ein Café hier in Oldendorf. Und ein Kiosk in Lohheide, wo man sie gegen drei Uhr nachts zufällig geschnappt hat.«

»Hier in Oldendorf? Hier gibt es nur noch das KittyCat! Mon dieu!« Er musste so schnell wie möglich zu Lilly. Allmählich machte alles Sinn. Es war Trixi nicht nur um ihre Artikel gegangen, sie hatte sich auch an Baptiste rächen wollen!

Baptiste sprang auf.

»Wo wollen Sie denn hin?«

»Zu Lilly, natürlich.« Hoffentlich war ihr nichts passiert. Er machte sich Vorwürfe, denn der Einbruch hatte ja nur ein paar Meter entfernt stattgefunden, und er hatte nichts gemerkt, sondern tief und fest geschlafen. Selbst heute Morgen waren ihm keine Einbruchsspuren aufgefallen.

»Nicht so schnell mit den jungen Pferden, ich brauche noch eine Unterschrift von Ihnen. Sie können immerhin damit rechnen, Ihre verlorenen Einnahmen bald wieder zu erhalten.«

»Das sind ausnahmsweise wirklich mal gute Nachrichten.«

Der Beamte ließ Baptiste eine schriftlich verfasste Aussage unterschreiben. »Vielen Dank.«

»Kann ich jetzt also gehen?«

»Ja, das war's schon.«

Baptiste eilte los, stieg in seinen Wagen und fuhr so schnell wie möglich zum KittyCat.

Die Fahrt war ihm wie eine Ewigkeit erschienen. Effektiv war er kaum mehr als ein paar Minuten unterwegs gewesen. Aber jetzt war er endlich hier. Baptiste stieg gerade aus dem Auto, als Lilly auf ihn zustürmte. Die Ärmste, sie war sicher völlig aufgelöst.

Er breitete bereits die Arme aus, um sie zu trösten, doch statt sich an ihn zu schmiegen, drückte sie ihn von sich weg, so dass er rücklings stolperte.

»Was ist denn los?«, wunderte er sich.

Lilly hob abwehrend beide Hände. »Fass mich nicht an«, sagte sie mit eisiger Stimme.

»Warum sagst du das?«

»Du hast gewonnen, Baptiste. Das Gesundheitsamt war da. Ich muss mein Café jetzt schließen. Die Konkurrenz ist weg vom Fenster. So, wie du es immer wolltest.« Eine perlrunde Träne glitt über ihre Wange.

Das Gesundheitsamt! Oh nein, wie war das möglich? Er hatte seine Beschwerde doch sofort zurückgezogen. »Lilly, ich wollte … dir nicht schaden, dass musst du mir glauben. Du bist mir wichtig.«

»Ja, das klingt sehr glaubwürdig. Du musst mich wirklich für total bescheuert halten.« Sie schrie nun fast. Er hatte Lilly nie so wütend gesehen. Sie war klein, ihre Wut anscheinend aber riesengroß. »Du hast alles zerstört, was ich mir aufgebaut habe!«

»Das wollte ich nicht. Ich bringe es in Ordnung, versprochen.

Ich hatte das Gesundheitsamt wieder abbestellt. Und überhaupt, das ist schon Wochen her!«

»Warum hast du es überhaupt informiert? Das Café war mein Traum! Alle waren glücklich! Unsere Stammgäste, die alten Leute aus dem Pflegeheim, die regelmäßig kommen. Sie liebten die Katzen, den Kuchen, einfach alles. Warum hast du ihnen das kaputt gemacht? Warum hast du es mir kaputt gemacht?«

Baptiste schämte sich zutiefst. Er wollte Lilly in seine Arme ziehen, alles wiedergutmachen. Er war ein Idiot gewesen. Eine Kurzschlusshandlung. Aus Eifersucht. Erfolgssucht. Was auch immer. Es war falsch gewesen. Er hatte es ja quasi im selben Moment gemerkt und versucht, es rückgängig zu machen. Doch offenbar hatte die Behörde seinen zweiten Anruf ignoriert oder vergessen, die Information weiterzuleiten.

»Gib mir die Chance, es wiedergutzumachen. Bitte«, sagte er verzweifelt. Er durfte sie nicht verlieren! Sie hatte die Mauer um sein Herz durchbrochen. Niemandem war das zuvor gelungen.

»Wie soll das gehen? Ich muss schließen. Noch heute. Aber das ist gar nicht das Schlimmste. Das Schlimmste ist, dass ich dir vertraut habe.« Ihre Stimme zitterte jetzt. »Gestern … da dachte ich, dass … ich dir wirklich etwas bedeute.«

»Das tust du! Lilly, du kannst mir immer noch vertrauen.«

»Nein, Vertrauen lässt sich nicht wie Licht anknipsen. Was du getan hast, kann ich nicht verzeihen. Und es wundert mich nicht im Geringsten, dass Mr. Maunz nach dir schlug und Georgie dich verließ!«

»Woher … weißt du von Georgie?« Jetzt war er wirklich geschockt.

Lilly hielt inne. Ihre Pupillen zuckten nervös.

Er hatte niemandem von Georgie erzählt. Nur Trixi und … »Lucky Troll … Du bist Lucky Troll?!« Das war unmöglich!

»Und wenn schon, Mr. Egoversum, was spielt das für eine Rolle?«

»Hast du mich ausgehorcht?!«, fragte er.

»Natürlich nicht. Ich wusste es am Anfang selbst nicht einmal«, rechtfertigte sie sich. »Erst, als du dein Album online eingerichtet hast.«

»Das kann doch nicht wahr sein!« Der gescheiterte Heiratsantrag war der Riss in seinem Herzen, den er nie hatte kitten können. »Ich habe dir mein Herz ausgeschüttet, dir von meiner Vergangenheit erzählt, weil ich dachte, du wärst jemand ganz anderes. Es ist Heuchelei, jetzt von Vertrauen zu sprechen!«

»Dreh nicht den Spieß um! Ich wollte dir helfen, das ist alles. Und ja, vielleicht hätte ich früher etwas sagen sollen, aber durch Lonely habe ich überhaupt erst erkannt, dass du nicht der Dorf-Casanova bist, für den dich alle halten.«

Er verstummte.

»Allerdings weiß ich nicht mehr, wer du wirklich bist. Du hast mich so glücklich gemacht, als du mich unter dem Mistelzweig geküsst hast. Und nun macht mein Café noch heute die Pforten dicht. Vielleicht für immer. Damit endet mein Traum. Und ausgerechnet der Mensch, dem ich mein Herz schenken wollte, ist dafür verantwortlich.«

»Sag das nicht«, lenkte er ein. »Hör mir bitte zu, damit du es richtig verstehst. Ich hatte meine Beschwerde zurückgezogen. Aber das muss das Gesundheitsamt ignoriert haben. Es lässt sich alles regeln.«

»Eben nicht. Das ist nicht mit einem Anruf getan! Und es ist doch egal, ob du die Beschwerde zurückgezogen hast. Du hast sie überhaupt erst aufgegeben und mir damit sehr wehgetan. Ich weiß im Moment nicht, ob ich dir jemals verzeihen kann«, sagte sie.

»Wo gehst du denn hin?«

Sie antwortete nicht, ließ ihn einfach stehen.

Ein heftiger Schmerz brandete wie Feuer durch seine Brust. Das, was er immer am meisten gefürchtet hatte, war eingetreten. Er hatte sich verliebt und wurde erneut verlassen. Er sollte ihr nachgehen, sie überzeugen, dass er jetzt ein anderer war. Aber etwas lähmte ihn. Er sah nur, wie Lilly in ihren Wagen stieg, und wegfuhr.

Kapitel 17

Gegen zwanzig Uhr klingelte das Telefon. Erik Pallaske war fast in seinem Schaukelstuhl eingeschlafen und schreckte hoch. Wer konnte das sein? Er wischte sich den Schlaf aus den Augen und ging ran.

»Das haben Sie ja toll hinbekommen«, schallte es ihm entgegen.

»Wer ist denn da?«

»Hannes Tetzlav!«

»Herr Tetzlav! Was ist denn passiert?« Er bereute es, Hannes seine Nummer gegeben zu haben.

»Ich wusste von Anfang an, dass es ein Fehler war, meiner Mutter zu gestatten, regelmäßig das KittyCat zu besuchen!«, blökte er ihm ins Ohr.

»Das war kein Fehler, das wissen Sie auch. Ihre Mutter ist eine erwachsene Frau, lassen Sie ihr Freiräume.« Das hatten sie doch alles schon einmal. Pallaske seufzte innerlich.

»Ich habe die Vollmacht und trage dadurch die Verantwortung für ihr Wohlergehen.«

»Ihre Vollmacht ist auch nur ein Stück Papier! Und was ist denn überhaupt passiert?«

»Sagen Sie mir nicht, dass Sie noch nicht davon gehört haben?«

»Wovon gehört?«

»Dass das KittyCat dicht gemacht hat! Das Gesundheitsamt hat den Laden geschlossen! Und das wird seinen Grund haben. Ich dachte mir doch von Anfang an, dass diese Katzen Keime und Bakterien mit sich herumschleppen.«

Natürlich hatte auch Erik Pallaske mitbekommen, dass Lilly ihr Café hatte dichtmachen müssen. Doch das war sicher nur eine vorübergehende Angelegenheit. Erik war nicht minder betrübt darüber gewesen, als Marieta und er vorgestern vor verschlossener Tür gestanden hatten.

»Ich bin jedenfalls froh, dass dieser Bakterienhort nicht mehr existiert. Wer weiß, was sich meine arglose Mutter da alles eingefangen hat.«

»Beruhigen Sie sich doch, Tetzlav.«

»Ich werde mich nicht beruhigen!« Er schrie jetzt fast. »Sie haben meine Mutter dazu verführt, immer wieder in dieses verschmutzte Café zu kommen. Wenn sie nun krank wird, ist das Ihre Schuld! Aber das eine sage ich Ihnen, Besuche dieser Art, egal wo, sind von jetzt an tabu! Und ich wünsche darüber hinaus, dass Sie meine Mutter in Ruhe lassen!«

Das konnte doch nicht Tetzlavs Ernst sein! Dabei hatte Erik sogar Pläne gemacht. Es war mit Daniela abgesprochen, dass Marieta, so sie einverstanden war, zu Erik ins Souterrain ziehen konnte. Hier würde es ihr viel besser gehen als in irgendeinem Heim.

»Hannes, Sie machen einen Fehler«, versuchte Erik, auf ihn einzuwirken.

»Mein Fehler war es, auf Sie zu hören. Jetzt bin ich wieder bei Vernunft. Einen schönen Abend noch, Herr Pallaske.«

Er legte auf. Einfach so. Erik konnte es nicht fassen! Er rief zurück, aber Tetzlav ließ nur den Anrufbeantworter rangehen. Schöner Mist! Und was sollte das überhaupt heißen, Erik sollte Marieta von jetzt an in Ruhe lassen? Wollte Tetzlav ihm die Besuche im Pflegeheim verwehren? Das war doch lachhaft! Sie war seine Mutter, aber nicht seine Gefangene.

Am nächsten Tag fuhr Erik mit dem Bus nach Eversen, um Marieta zu besuchen und die Angelegenheit vor Ort mit der Leitung zu klären. Besuchsverweigerung? So etwas gab es doch gar nicht. Als er jedoch im Seniorenstift am Eversen Park ankam, hatte Hannes Tetzlav bereits alles in die Wege geleitet. Die Besuchszeiten für seine Mutter waren tatsächlich eingeschränkt worden, und insbesondere Erik war es von jetzt an verboten, Marieta zu sehen. Der bullige Pfleger, der am Empfang saß, ließ nicht mit sich reden. Die Leitung war auch nicht im Haus. Es schien, als hätte Erik den langen Weg völlig umsonst auf sich genommen.

»Frau Tetzlav empfängt jetzt nur noch ihre Familie«, verkündete der Bullie im tiefsten Bass.

Was waren das nur für Zustände? »Hören Sie, ich bin nicht irgendwer. Ich bin Erik Pallaske, der ehemalige Direktor vom Eversen Park Seniorenstift. Das Letzte, was ich will, ist, hier irgendwelchen Unfrieden zu stiften.«

»Mir ziemlich egal, wer Sie sind. Ich habe meine Anweisungen. Und zwar vom aktuellen Direktor.«

»Sie werden Schwierigkeiten bekommen, das ist Ihnen hoffentlich klar?«

»Ich mache nur meinen Job, Herr Pallaske.«

Es war nichts zu machen. Der Bullie bewegte sich keinen Millimeter. Da fiel Eriks Blick auf den Personalplan, der direkt hinter dem Empfang aushing. Und zwar in einer Schrift, die groß genug war, so dass auch Senioren lesen konnten, wer wann am Empfang saß. Zwei Mal die Woche war Sabine für diesen Dienst eingeteilt worden. Und mit Sabine, da war sich Erik sicher, konnte er reden. Allerdings hatte sie in beiden Fällen die Abendschicht. Das war nicht unbedingt günstig. *Aber besser als nichts*, dachte sich Erik. So lange er Marieta sehen konnte, war ihm die Uhrzeit egal.

»Ich sehe schon, ich kann hier nichts ausrichten«, sagte er.

»Können Sie nicht«, bestätigte der Bullie.

»Richten Sie Marieta wenigstens meine Grüße aus.«

Der Pfleger verzog das Gesicht.

»Bitte, Sie würden mir damit sehr helfen.«

»Also schön, ich werde es ihr sagen, wenn ich sie sehe und auch erkenne.«

Auch erkenne? Der Mann kannte seine Klienten offenbar noch nicht einmal. Was war nur aus dem Eversen Park geworden?

Schwermut machte sich in Erik breit. So war das alles nie gedacht gewesen. Der Mensch sollte im Mittelpunkt stehen. Damals wie heute. Aber heute herrschten andere Zeiten. Das sah man allein in den Umgangsformen des Bullies. Warum setzten sie nicht gleich einen Wachhund dorthin? Und was war so verkehrt daran, einen einsamen Menschen im Heim besuchen zu wollen? Erik verabschiedete sich mit hängenden Schultern. Seine große, nein, seine einzige Hoffnung lag jetzt bei Sabine.

Die Leute kamen nun wieder ins Bistro. Sie hatten keine andere Wahl. Das Fleur war erneut die Nummer Eins in Oldendorf. Doch es befriedigte Baptiste nicht im Mindesten. Er vermisste Lilly, die weder auf Mails noch Anrufe reagierte, die Hals über Kopf den kleinen Ort verlassen hatte. Von Erna, die mit Neele gesprochen hatte, wusste er, dass Lilly bei einer Freundin untergekommen war. Wo die Katzen steckten? Baptiste hatte keine Ahnung. Er sah sie nicht mehr. Vielleicht hatte Neele die Tiere vorübergehend bei sich aufgenommen. Das wäre eine Erklärung.

Wenn er aus dem Panoramafenster blickte, sah er gegenüber die heruntergelassenen Rollläden. Ein deprimierender Anblick. Das KittyCat wirkte wie ausgestorben. Es erinnerte ihn daran, was er verloren hatte. Auch die Stimmung im Fleur war nicht mehr dieselbe. Die Leute kamen zwar, aber sie wirkten nicht glücklich. Ihre Blicke waren starr, gelacht wurde offenbar nur noch im Keller. Wer konnte es ihnen verdenken. Selbst Erna und Michel wirkten verhalten. Sie machten ihren Job, sie waren höflich, aber trotzdem auch ein wenig abwesend. Im Gegensatz zu allen anderen wussten sie, weswegen Lilly wirklich geflohen war. Und Baptiste hatte das Gefühl, sie nahmen es ihm übel.

Die Tür ging auf und sein alter Stammgast Erik Pallaske trat ein. Er wirkte mitgenommen. Hatte er an Gewicht verloren? »Alles in Ordnung mit Ihnen?«, fragte Baptiste und führte den älteren Herrn zu einem freien Tisch.

Pallaske schaute aus dem Fenster, so wie Baptiste wenige Augenblicke zuvor, und seufzte. »Seit das KittyCat geschlossen hat, darf ich Marieta nicht mehr sehen. Man hat die Besuchszeiten bei ihr eingeschränkt. Dabei wollte ich sie fragen, ob sie zu mir ziehen möchte.«

Baptiste konnte dem älteren Herrn nicht ganz folgen. Was er aber heraushörte war, dass die Schließung des KittyCats ungeahnte Folgen nach sich gezogen hatte. Für die meisten von ihnen.

Baptiste wurde zum ersten Mal bewusst, dass das KittyCat nicht einfach nur ein beliebiges Café gewesen war. Es war zu einem Ort geworden, an dem man gute Freunde traf und neue Bekannte machte. Eine kleine Gemeinschaft war entstanden, so wie früher auch im Fleur. Die Katzen hatten den Menschen gutgetan, sie ermuntert, aufeinander zuzugehen.

Und er hatte das alles zerstört. Aus Dummheit und Egoismus. Auch er hatte die Quittung für sein Handeln bekommen. Lilly hasste ihn, und sein schlechtes Gewissen drohte, ihn zu erdrücken. Er musste irgendetwas tun, um den Schaden wiedergutzumachen und Lilly zurückzugewinnen. Denn mit jedem Tag, der verging wurde ihm umso mehr klar, wie wichtig sie ihm wirklich war.

Jemand stieß die Tür so schwungvoll auf, dass sie gegen die Wand krachte. Alle Gäste horchten auf. Eine dick eingemummelte Gestalt kam herein! Schnee perlte von Kapuze und Annorak. Für einen Augenblick hoffte Baptiste, dass es Lilly war. Und er vermutete, den anderen ging es genauso. Doch als die Gestalt mit behandschuhten Händen die Kapuze zurückwarf, kam unter dieser Neeles Gesicht zum Vorschein. Sie blickte sich grimmig um, bis ihr kühler Blick ihn traf. Er hatte noch nie so kalte Augen gesehen.

»Ein voller Laden! Darum ging es dir die ganze Zeit, nicht wahr?«, rief sie so laut, dass ihre Stimme den ganzen Raum erfüllte. Die Leute verstummten und schauten erneut zu ihr. »Ihr solltet alle wissen, dass dieser Mann der Grund ist, warum es das KittyCat nicht mehr gibt.«

Jetzt richteten sich alle Blicke auf ihn.

»Neele, es ist komplizierter«, versuchte er, sie zu beruhigen.

Doch Neele schnappte sich einen leeren Stuhl, zog diesen zur Mitte des Raumes und stellte sich darauf. »Ich will, dass ihr mir alle zuhört.«

»Nicht doch, Neele. Lass uns in Ruhe reden«, sagte Baptiste und schaute hilfesuchend zu Michel, der sich aber abwandte und mit größter Sorgfalt dem Abwasch der Biergläser hinter der Theke widmete. »Komm schon runter.« Baptiste zog an ihrem Arm.

»Ich würde gern hören, was Neele zu sagen hat«, meinte ein Gast. Die anderen stimmten zu.

Baptiste ließ von ihr ab.

»Um die Konkurrenz auszuschalten, hat Baptiste Arnault Lilly das Gesundheitsamt auf den Hals geschickt! Obwohl das Café immer picobello war, ich kann das bezeugen, wurde es nun geschlossen. Es war Lillys großer Traum! Zerstört durch eine falsche Anschuldigung. Das hat sie mir selbst gesagt. Seitdem habe ich nichts mehr von Lilly gehört, ich mache mir Sorgen um sie. Und ich denke, euch geht es genauso, denn Lilly gehört hierher, zu uns nach Oldendorf. Sag mir, Baptiste, kannst du überhaupt noch in den Spiegel blicken?«

»Das war feige von dir!«, rief jemand.

»Wirklich? Sie tragen dafür die Verantwortung?«, fragte jemand anderes.

Der Unmut der Leute wuchs.

»Es war ganz anders«, versuchte Baptiste zu erklären. »Ja, ich beschwerte mich, aber ich nahm die Beschwerde zurück.«

»Und dadurch bist du nun frei von Schuld?«, hakte Neele nach, die von ihrem Stuhl runterstieg und ihm mit dem Finger gegen die Brust tippte.

»Ich sah meinen Fehler ein. Glaubt ihr wirklich, es ginge mir ausschließlich um den Erfolg des Fleurs? Das ist nicht so. Niemals! Ich wollte es wiedergutmachen.« Er stieg nun selbst auf den Stuhl. »Und ich will es immer noch. Vertraut mir, auch ich möchte das KittyCat retten.«

»Auf einmal? Es war dir immer ein Dorn im Auge«, sagte Neele.

Baptiste schloss die Augen, dachte an Lilly, ihr süßes Lächeln und ihre wunderschönen Rehaugen. Ihm wurde warm ums Herz. »Weil ich Lilly sehr mag«, sagte er mehr zu sich selbst, aber die anderen hatten es auch gehört. »Sie ist der wichtigste Mensch in meinem Leben geworden. Ich wollte ihr nie wehtun, und doch habe ich es getan! Ich bereue das. Und ja, ich habe Fehler gemacht.

Ich will es rückgängig machen. Aber das geht nicht. Zumindest aber kann ich das KittyCat retten. Für Lilly. Damit sie zu mir, zu uns, zurückkommt. Denn ohne sie ist jeder Tag grau.«

Als er die Augen wieder öffnete, schaute er Neele an. Ihre Züge hatten sich aufgehellt. Die Zornesfalte auf ihrer Stirn war verschwunden. Die junge Frau nickte ihm zu, schien ihm zu glauben.

»Dann sag uns, wie wir unser Katzencafé zurückbekommen«, forderte sie ihn auf.

Und tatsächlich kam ihm in diesem Moment DIE Idee. »Es gibt einen Weg! Dafür brauche ich aber eure Hilfe!«

»Ja, retten wir das KittyCat!«, rief Pallaske entschlossen.

»Aber wie? Was müssen wir tun?«, wollte jemand anderes wissen.

»Wir müssen es auf Vordermann bringen, damit das Gesundheitsamt nichts mehr zu beanstanden hat, wenn es zur erneuten Prüfung kommt!«, sagte Baptiste.

»Aber was ist mit Lilly? Wo ist sie überhaupt?«, fragte ein weiterer Gast.

»Um Lilly werde ich mich kümmern, zu gegebener Zeit. Vertraut mir, ich weiß, was zu tun ist.« Baptiste hatte einen Plan. Vielleicht war er unsinnig, doch er musste es darauf ankommen lassen.

Erik Pallaske saß abends in dem alten Ohrensessel im Wohnzimmer, als das Telefon klingelte.

»Für dich«, sagte Daniela und reichte ihm den Hörer.

Wer konnte das denn sein? Hoffentlich nicht wieder Tetzlav.

»Neele hier!«, meldete sich eine freundliche Stimme am anderen Ende der Leitung. »Ich organisiere gerade alles für unsere Rettungsaktion morgen. Haben Sie vielleicht irgendetwas Weihnachtliches, das Sie mitbringen könnten? Eine Santa-Claus-Mütze oder so?«

»Äh … ich glaube nicht. Was ist das überhaupt, Santa-Claus-Mütze?«

»Eine Weihnachtsmannmütze«, warf Daniela ein.

»Ach so, nein, Frau Farber, so etwas besitze ich nicht.«

»Kein Problem. Ich habe einen kleinen Fundus. Da finden wir schon was für Sie.«

»Ich wusste ja nicht, dass ich mich verkleiden muss?«

Neele lachte. »Das wird morgen ganz viel Sinn ergeben, glauben Sie mir. Schönen Abend noch. Und entschuldigen Sie die späte Störung.«

»Schon gut. Bis morgen.« Er legte auf.

»Was hast du denn morgen wieder Schönes vor?«, hakte Daniela sichtlich amüsiert nach. »Lass mich raten, es hat etwas mit dem KittyCat zu tun?«

»Aber ja doch, womit denn sonst?« Erik schmunzelte bei dem Gedanken an ihren Plan.

Alle wollten sich im KittyCat treffen, um es auf Vordermann zu bringen, was nach dem Einbruch auch nötig war. Doch Marieta würde nicht dabei sein, was ihn traurig stimmte, denn sie gehörte wie alle anderen zu der kleinen KittyCat-Gemeinschaft. Nachdenklich musterte er Daniela, die auf dem Sofa saß, einen Glühwein trank und in der Abendzeitung blätterte. »Wie viele Ladeneinbrüche gehen auf das Konto von Beatrix Guthweiß?«, stand in dicken Lettern auf Seite Eins. Sie hatte ihr Ziel erreicht: Sie hatte Schlagzeilen gemacht. Nun ja, vielleicht auch haarscharf am Ziel vorbei. Seit mehreren Tagen war die Geschichte rund um die gefakten Einbrüche, die Trixi begangen hatte, das Hauptthema in allen Lokalzeitungen. Trixi, das wusste Pallaske, war auch für den Zustand des KittyCats verantwortlich. Unglaublich, was in manchen Menschen vor sich ging. Doch beim Thema Einbruch war der Bogen zum Ausbruch schnell gespannt. Pallaske dachte an das alte Pärchen, das sich zu seiner Zeit im Eversen Park auf Aus- statt Einbrüche spezialisiert hatte. Er schüttelte lächelnd den Kopf. Damals hatte er die beiden überzeugt, ihre Fluchtversuche einzustellen. Man musste den Leuten eben nur zuhören, dachte Pallaske. Aber Menschen wie Hannes Tetzlav waren dazu nicht in der Lage. So traurig es war. Sie meinten es gut, verursachten aber dennoch Schaden. Ausbaden musste es Marieta. Das war das Schlimmste daran. Doch plötzlich kam Erik eine Idee. Bonnie und Clyde – natürlich, so konnte es funktionieren!

»Ich bin noch mal weg«, erklärte er Daniela. Denn heute saß

Sabine im Eversen Park am Empfang. Den Dienstplan hatte er sich nämlich gemerkt!

»Um die Uhrzeit? Wo willst du denn hin? Es fährt doch jetzt gar nichts mehr«, rief Daniela ihm nach.

»Ich nehme mir ein Taxi«, sagte er, denn mehr Zeit für Erklärungen hatte er nicht.

»Wir machen es wie Bonnie und Clyde«, sagte Erik Pallaske wenig später in einem verschwörerischen Ton und beugte sich über Marieta, die in ihrem Bett lag. Pflegerin Sabine hatte Pallaske wie erwartet außerhalb der Besuchszeiten hereingelassen. Ausnahmsweise, wie sie mit einem Augenzwinkern kommentiert hatte. Und was sein Hausverbot anging? Das hatte sie geflissentlich ignoriert.

»Wie meinst du das?«, fragte Marieta schwach.

»Ich hole dich hier raus«, erklärte er.

»Mein Sohn hat mächtig Rabatz gemacht. Ich werde hier überwacht, darf nicht raus.«

»Ich weiß, Tetzlav junior und seine Keimphobie sind ein wenig anstrengend. Aber keine Sorge, ich schmuggle dich aus dem Eversen Park. Wir wollen das KittyCat wieder aufmachen.«

Marieta richtete sich auf. »Ist das wahr?«

»Ja. Wir wollen unsere Katzen und unseren Kuchen zurück. Dafür brauchen wir auch deine Hilfe. Bist du dabei?«

»Und ob!« Sie versuchte aus dem Bett zu steigen.

Erik drückte sie sanft in das Kissen zurück. »Nicht so hastig, meine Liebe. Ich hole dich morgen ab. Sagen wir gegen zehn Uhr?«

»Aber was ist mit dem Aufpasser?« Morgen war wieder die Bulldogge am Empfang. »Der lässt mich niemals gehen. Und Gero ist im Urlaub, der hätte vielleicht sein Okay gegeben.«

»Deswegen machen wir es wie Bonnie und Clyde«, wiederholte Erik überzeugt.

»Ich bin nicht sicher, ob ich es verstehe. Aber ich vertraue dir«, versicherte Marieta und drückte seine Hand.

Erik beugte sich über sie und küsste sie sanft auf die Stirn. »Hab nur Geduld, ich bin morgen wieder da.«

»Ich soll was tun?«, fragte Daniela entsetzt und kippte ihren Kaffeebecher in einem Zug runter.

Es war 8.30 Uhr morgens. Erik hatte kaum ein Auge zugetan, weil er die ganze Nacht an seinem Ausbruchsplan getüftelt hatte. »Na du sollst einfach nur ein nettes Lächeln aufsetzen und die Bulldogge davon überzeugen, dass du eine ganz normale Besucherin bist, die …«

»Ich habe es schon verstanden, Dad. Ich kann nur nicht glauben, dass du mir das ernsthaft vorschlägst!«

»Du bist meine einzige Hoffnung.« Ob seine Tochter das verstand?

»Ich weiß. Und ich will dich nicht im Stich lassen. Aber du weißt selbst, dass ich bei jeder Schulaufführung so heftiges Lampenfieber hatte, dass ich sogar umkippte. Ich werde alles ruinieren. Und was hast du dann gewonnen?«

»Danie, bitte.«

»Ich fahre den Wagen. Mehr kann ich dir nicht anbieten.«

»Aber dann wird Marieta im Eversen Park versauern. Das kannst du doch nicht wollen.«

In dem Moment klingelte das Telefon. Daniela ging ran. »Wieder für dich. Neele.«

Erik seufzte und nahm ihr den Hörer ab. »Was gibt's denn, Neele?«

»Sie würden nicht zufällig den Weihnachtsmann heute mimen?«, drang es aus dem Hörer.

»Was?« Wovon sprach Neele bloß?

»Für das Rettungsprojekt.«

»Ich denke, wir bringen das Café auf Vordermann?«

»Ja, natürlich. Und danach gibt es noch eine kleine Überraschung. Vertrauen Sie mir. Und machen Sie bitte bei dem Verkleidungsspaß mit, ja? Sie wären eine große Unterstützung.«

Erik fuhr sich nachdenklich über das Kinn. »Ja, ich könnte mir vorstellen, mich zu verkleiden. Könnten Sie sich das auch vorstellen?«

»Aber ja doch. Das habe ich auch vor.«

»Ich meine VOR unserem Treffen im KittyCat.«

»Worum genau geht's?« Neele klang neugierig.

»Das sag ich Ihnen. Passen Sie jetzt mal gut auf.« Erik Pallaske liebte es, wenn ein Plan Gestalt annahm.

»Ich kann nicht glauben, dass ich das wirklich mache«, sagte Daniela wenig später und hielt den Wagen auf dem Parkplatz des Eversen Seniorenstifts. Es war noch nicht mal zehn.

»Wir sind ja gleich wieder da. Halte die Stellung«, sagte Erik und stieg aus, um Neele die Rücktür aufzuhalten.

»Sie wissen, was Sie zu tun haben?«, hakte Erik nach, während er mit Neele, so schnell es die alten Beine zuließen, den Sandweg zum Seniorenstift entlanglief, vorbei an ein paar kahlen Laubbäumen und einem zugefrorenen Teich, auf dem Kinder Schlittschuh liefen.

»Ich bin im Bilde. Keine Sorge, Herr Pallaske, wir kriegen das hin.«

»Gut!«

Der Bullie würde niemanden außer den engsten Familienkreis zu Marieta lassen, also musste Neele vorgeben, die Dame im Nebenzimmer besuchen zu wollen und den Aufpasser gleichzeitig ablenken, damit Erik unbemerkt zum Fahrstuhl gelangen konnte.

»Da ist es ja schon. Der Eversen Park Seniorenstift!« Fast unauffällig wirkte das kleine Empfangshaus zwischen all den Tannen und Fichten, die sich ringsherum scharten und jahreszeitbedingt weiße Kleider trugen. Das dahinterliegende mehrstöckige Gebäude, in dem sich die Wohnanlage für die Senioren befand, war bei diesen Wetterverhältnissen kaum zu sehen.

»Na dann mal los«, sagte Neele entschlossen und lief durch die automatische Tür direkt auf den Empfang zu, wo der klobige Mitarbeiter saß. Schultern wie ein Bulle und Oberarme mit einem geschätzten Umfang von sechzig Zentimetern. Neele verwickelte ihn spielend in ein Gespräch. Dabei lehnte sie sich über die Rezeption und fesselte die Aufmerksamkeit des Bullies durch kokettes Lachen. Erik hingegen senkte den Blick und blieb auf Abstand, denn er wollte keine unnötige Aufmerksamkeit auf sich ziehen.

Unauffällig bewegte er sich in Richtung Fahrstuhl. Sein Plan schien aufzugehen, der Bullie übersah ihn gänzlich, winkte Neele durch und schöpfte nicht einmal wegen ihres ausgebeulten Mantels Verdacht. Sie verabschiedete sich und folgte Erik zum Fahrstuhl, der sich gerade öffnete.

»Habe ich Ihnen eigentlich schon gesagt, dass Sie heute einfach großartig aussehen?«, fragte er amüsiert.

Neele betrachtete sich im Spiegel und lachte. »Von wegen. Zwei dicke Mäntel übereinander! Ich sehe aus, als hätte ich zwanzig Kilo zugenommen, und schwitze mich zu Tode. Und diese Wollmütze macht es nicht eben besser.«

Mit einem Pling ging die Fahrstuhltür auf und sie stiegen aus, liefen den endlosen kalten Gang entlang, bis sie Marietas Zimmer erreicht hatten.

»Ich finds ja sehr romantisch, was Sie da vorhaben, wenn ich ehrlich bin.«

»Tja, meine Tochter hält mich für einen Narren.«

»Die Liebe macht uns alle närrisch«, sagte Neele im Brustton der Überzeugung.

Erik öffnete schließlich die Tür. Marieta stand schon bereit. Ungeduldig knetete sie ihre Hände. »Da seid ihr ja endlich.«

»Oh, da kann es jemand nicht erwarten, auszubrechen«, erwiderte Erik gutgelaunt.

Neele legte rasch den oberen Mantel, Schal und Mütze ab und reichte alles Marieta, die geschwind in die Sachen schlüpfte. »Ich wünsche euch Glück. Lasst euch nicht erwischen.«

»Keine Sorge, es wird niemand erwischt. Eine Dame im roten Wintermantel hat sich an der Rezeption gemeldet und genau eine solche Dame wird das Heim wieder verlassen. Sie warten fünf Minuten und folgen uns«, schlug er vor.

»Alles klar!«

Erik führte seine Begleitung zum Fahrstuhl und anschließend durch die Lobby. Niemand merkte, dass unter Neeles Mantel Marieta steckte. Der Bullie hob nicht einmal den Kopf. Er war ganz und gar in ein offensichtlich wichtiges Telefonat vertieft, so dass er alles um sich herum vergaß. Das funktionierte besser als erwartet!

Erik brachte die Dame seines Herzens zum Auto und nahm mit ihr auf der Rückbank Platz, wenig später stieg Neele zu ihnen und setzte sich auf den Beifahrersitz. »Ich bin ohne Probleme rausgekommen«, erklärte sie. »Wurde eigentlich gar nicht weiter beachtet.«

»Wir auch nicht«, sagte Marieta aufgekratzt, während Erik ihr half, sich anzuschnallen.

»Ich muss sagen, das war großes Kino, Dad.« Daniela lachte. »Ich habe ja nicht geglaubt, dass es so leicht wird. Aber ihr seid offenbar einfach rausspaziert.«

»Das ist kein Gefängnis, Schatz. Nur ein Altenheim.«

»Ja, manchmal vergisst man das.«

»Großes Kino, mh?«, meinte Marieta. »Ich sage euch, was großes Kino ist. Ich werde Hannes die Vollmacht wieder entziehen. Ich habe genug davon, dass er mir alles vorschreiben will, angeblich zu meinem Besten!«

Erik staunte. Die Entscheidung war großartig. Früher hatte Marieta die Unterstützung des Sohnes gebraucht, aber nun war sie fit und rege genug, sich wieder um ihre Angelegenheiten selbst kümmern zu können. Und er würde ihr dabei helfen.

»Also, wo soll es jetzt hingehen, Dad?«

»Zum KittyCat, natürlich. Wir haben da einiges zu tun!«

Kapitel 18

Das KittyCat war rappelvoll. Halb Oldendorf war gekommen, um das Lädchen wieder aufzubauen. Nachbarn, Stammgäste sowie Gelegenheitsbesucher aus Eversen oder Lohheide. Es wurde auf jedem Stockwerk gefegt, gehämmert, sortiert und geklebt, Kisten durch die Gegend getragen und Brauchbares recycelt.

Baptiste und Michel widmeten sich den zerstörten Regalen hinter der Theke. Hier war ganze Arbeit geleistet worden, denn es sah aus, als wären diese mit einer Axt zertrümmert worden. Trixi musste ein sehr großes Ego haben …

»Ob man die reparieren kann?«, fragte Baptiste. Teilweise waren die Einlegeböden in zwei oder mehr Hälften zerschlagen.

»Ein paar gewiss, aber ich fürchte, ich muss Ersatzbretter aus dem Baumarkt holen«, sagte Michel nachdenklich.

Das würde alles verzögern, war aber unumgänglich.

»Wie viel brauchst du?«, fragte Baptiste und holte seinen Geldbeutel aus seiner hinteren Hosentasche hervor.

»Rechnen wir später ab, so teuer wird's sicher gar nicht.« Michel klopfte ihm auf die Schulter und zog sich seinen Mantel über. Gerade als er zur Tür hinaus wollte, kamen ihm weitere Helfer entgegen. Es waren Erik Pallaske, der mit Marieta Tetzlav, seiner Tochter Daniela, die hin und wieder im Fleur die Mittagsangebote probierte, und einer mit zwei Reisetaschen bepackten Neele das KittyCat betrat. Doch der Strom riss noch lange nicht ab. Hinter ihnen kamen der Zahnarzt Dr. Wilbur und dessen Ehefrau herein. Baptiste war beeindruckt, wie vielen Menschen etwas am KittyCat lag.

»Hier ist ja schon einiges los«, sagte Erik. »Also schön, was können wir tun?« Pallaske schaute erwartungsvoll zu ihm und rieb sich die Hände.

«Un instant, s'il vous plaît!» Baptiste lehnte die Bretter des zertrümmerten Regals an die Wand und begrüßte die Neuankömmlinge. »Schön, dass Sie es geschafft haben.«

»Ich bitte Sie, Herr Arnault, wir wollen auch unseren Beitrag leisten«, erklärte Marieta selbstbewusst.

»Ich bringe die Kostüme eben in die Wohnetage«, sagte Neele und trug ihre Taschen die Treppe hoch.

»Was hat es nur mit diesen Kostümen auf sich?«, wunderte sich Erik.

»Das erfahren Sie noch, nur Geduld. Marieta, können Sie vielleicht die Vorhänge flicken?« Baptiste deutete zu den zerschlissenen Stoffgardinen. Trixi hatte sich in ihrer Eifersucht mächtig ausgetobt.

»Sicher, wenn Sie eine Nähmaschine haben?«

»Tatsächlich hat Erna eine mitgebracht.« Baptiste hatte seine Hilfsköchin im Vorfeld darum gebeten.

»Dann ist das kein Problem.«

»Gehen Sie am besten zu ihr, sie steht in der Sofaecke.«

»Na dann, auf ans Werk.« Marieta folgte seinem Fingerzeig. Auch für den Zahnarzt samt Gattin fand sich etwas zu tun.

»Haben Sie denn auch eine Aufgabe für mich? Es scheint mir ja kaum noch etwas übrig«, sagte Pallaske.

»Machen Sie sich keine Sorgen, für Sie haben wir sogar eine ganz besondere Aufgabe vorgesehen. Doch bis dahin können Sie mir gern bei der Reparatur der Regale helfen.«

Pallaske krempelte sich entschlossen die Ärmel hoch. »Ich bin dabei.«

Der Tag ging schnell herum, doch durch die Mitwirkung zahlreicher helfender Hände verwandelte sich das KittyCat in kurzer Zeit in jenen zauberhaften Ort zurück, den alle vermissten. Am Nachmittag waren die Regale wieder aufgebaut, die Vorhänge hingen an den Fenstern, allerdings etwas kürzer und in neuer Form. Doch das sah irgendwie hübsch aus, fand Baptiste.

»Sehr egelant«, befand Erna.

Wer das Café nun betrat, würde nicht ahnen, wie es noch vor wenigen Stunden ausgesehen hatte.

Es war vorzeigetauglich und bereit für einen Besuch vom Gesundheitsamt. Hier kam nun Lillys Schwager Sebastian aus Berlin ins Spiel. Aufgrund seiner Connections vermittelte er Baptiste jemanden, der schon morgen vorbeikommen sollte! Sebastian selbst wiederum war eine Connection von Neele gewesen. Da zeigte sich einmal mehr, wie wichtig Vitamin B sein konnte. Denn je schneller das Gesundheitsamt das Café wieder freigab, desto schneller würde Lilly – hoffentlich – nach Oldendorf zurückkehren.

»Damit es nicht wieder Wochen dauert, bis sie überhaupt reagieren«, erklärte Neele zufrieden.

Baptiste nickte. »Ich hatte meinen Anruf schon wieder völlig vergessen, es ist ja schon Monate her. Wer konnte denn ahnen, dass sie plötzlich aus dem Nichts auftauchen und dann sofort alles schließen?«

»Das sind die deutschen Beamten«, erklärte Pallaske. »Sie schlafen die ganze Zeit und wenn sie dann aktiv werden, schießen sie übers Ziel hinaus.«

»So ist es«, bekräftige Neele.

Zufrieden schaute sich Baptiste um. Ein paar Helfer waren bereits gegangen, der Großteil war aber noch hier. Nur wenige Dinge waren unwiderbringlich zerstört worden, darunter ein kleiner Kratzbaum.

»Ich habe einen Ersatz«, erklärte Erna und ging zu ihrem Auto, um einen alten aber noch intakten Kratzbaum von ähnlicher Größe heranzuschleppen.

»Großartig, Erna. Wo haben Sie den denn her?« Er nahm ihr das gute Stück ab.

»Aus dem Keller. Der gehörte früher meiner Minousch. Ich wollte den schon viel früher dem KittyCat spenden, aber nun passt es ja perfekt. Ist zwar ein fast antikes Stück, aber wie sagt man so schön, besser die Taube in der Hand, als dass es die Spatzen von den Dächern pfeifen.«

»Äh, so in der Art.« Er tauschte die Kratzbäume aus.

»Macht sich gut«, sagte Erna. »Überhaupt sieht es hier schon wieder aus wie früher.«

Dasselbe galt für Lillys Wohnetage, um die sich vor allem Neele und ein paar Frauen aus der Nachbarschaft, darunter Daniela Pallaske und die neue Gattin von Dr. Wilbur, gekümmert hatten.

»Erstaunlich, wie viel man an einem Tag schaffen kann«, meinte Baptiste erfreut.

Neele, die gerade Lillys herausgewühlte und heruntergeworfene Kleidung in den Schrank einsortierte, drehte sich zu ihm um und lächelte zaghaft. »Ja, das ist wahr. Da fällt mir ein, ich wollte mich entschuldigen.«

»Weswegen denn?«

»Ich habe dich falsch eingeschätzt. Das tut mir leid. Ich mag Lilly sehr, sie ist innerhalb kurzer Zeit zu einer richtig guten Freundin für mich geworden.«

Wem ging das nicht so?

»Jedenfalls dachte ich, du würdest ihr nicht guttun. Und dass es dir eigentlich nur ums Fleur geht. Aber jetzt sehe ich, wie viel sie dir wirklich bedeutet. Ich weiß, sie wird es auch erkennen.«

»Merci, Neele. Deine Worte bedeuten mir viel.«

Sie streckte ihm die Hand hin. »Freunde?«

»Freunde!«

Neele atmete auf. »So, dann zeige ich dir mal das Kostüm, das ich für Herrn Pallaske vorgesehen habe.« Sie öffnete eine der beiden Reisetaschen, die auf Lillys Bett lagen und zog einen dicken roten Mantel mit weißem Saum sowie einen langen Bart hervor.

Baptiste lachte. »Perfekt!«

»Ich habe noch mehr Kram dabei. Dekolichter, Plastiksterne, Engelsfigürchen. Du ahnst nicht, was ich alles auf meinem Dachboden lagere.«

»Ich bin beeindruckt. Das ist genau das, was wir für die Überraschung brauchen.«

»Wann fangen wir an?«

»Die Aufräumarbeiten sind soweit abgeschlossen. Ich trommle

die Truppe zusammen und kläre sie auf. Dann kann es eigentlich schon losgehen.«

In dem Moment wurde die Tür des Lädchens mit solcher Wucht zugeschlagen, dass die Wände wackelten. Abrupt wurde es muxmäuschenstill im Café. Baptiste und Neele tauschten irritierte Blicke aus.

»Was denken Sie sich eigentlich, Pallaske? Sind Sie von allen guten Geistern verlassen?«, brüllte jemand.

Das klang nach Ärger. Baptiste eilte nach unten, um nach dem Rechten zu sehen, und Neele folgte ihm.

»Jetzt sind Sie endgültig zu weit gegangen, aber nicht mit mir. Ich werde Sie verklagen«, sagte Hannes Tetzlav und schritt an Erik vorbei zu der Sofaecke, wo Erna und Marieta die Stoffreste der Vorhänge einsammelten. Erik folgte Tetzlav junior, überholte ihn und stellte sich schützend vor Marieta, sich mit beiden Händen auf seinen Stock stützend.

»Gehen Sie mir schon aus dem Weg. Du kommst jetzt mit, Mutter. Wir bringen dich ins Heim zurück.«

Erik blickte aus dem Fenster und entdeckte einen Wagen, der draußen parkte. Darin saßen Anna und die Kinder. Tanja hatte Kopfhörer eingestöpselt und Oliver spielte mit einem dieser tragbaren Videospiel-Konsolen. Die Ehefrau beobachtete jedoch genau, was hier drin vor sich ging.

»Das werde ich nicht«, sagte Marieta entschlossen und erhob sich, reckte ihm ihr Kinn entgegen.

»Das hast du gar nicht zu entscheiden. Ich kann wirklich nicht fassen, was in deinem Kopf vor sich geht. Gerade wollte ich mit Anna und den Kindern auf den Weihnachtsmarkt in Soltau fahren, als der Anruf aus dem Eversen Park kam. Die sind ziemlich aufgeregt, weil du verschwunden bist. Aber ich konnte mir gleich denken, wo ich dich finde und wer dich hierhergebracht hat. Also mach keine Schwierigkeiten und steig bitte ein.«

»Ich bleibe hier«, wiederholte Marieta.

Inzwischen hatten sich alle um Hannes und Erik gesammelt.

»Ich habe die Vollmacht!«, betonte Tetzlav.

»Und wenn schon, ich entziehe sie dir«, entgegnete Marieta ganz ruhig.

»Das ist doch auf Ihrem Mist gewachsen, Pallaske!«, sagte Tetzlav junior voller Zorn und packte Erik am Kragen!

»Lassen Sie auf der Stelle meinen Vater los«, rief Daniela und wollte dazwischengehen, doch Baptiste Arnault kam ihr zuvor.

»Jetzt ist es aber genug«, sagte der und trennte die beiden voneinander.

»Was mischen Sie sich jetzt auch noch ein?«, verlangte Hannes Tetzlav zu erfahren.

Baptiste schob den aufgebrachten Sohn ein Stück zurück. »Reißen Sie sich zusammen oder ich erteile Ihnen Hausverbot.«

»Das wird ja immer schöner. Hat denn hier jeder den Verstand verloren? Ich will doch nur meine Mutter ins Heim zurückbringen.«

»Wenn die Frau Tetzlav hierbleiben möchte, sollte sie auch hierbleiben dürfen«, sagte Erna und stellte sich neben Erik vor Marieta.

»Das sehe ich auch so«, meinte Daniela und gesellte sich ebenfalls hinzu, genauso wie Neele und Baptiste. Sehr schnell wurde der Schutzwall zwischen Marieta und ihrem Sohn größer.

»Das ist ja überaus rührend, wird Ihnen allen aber nichts nützen. Ich werde mich durchsetzen, Mutter. Darauf kannst du dich verlassen. Und Sie, Pallaske, ziehe ich vors Gericht. Stellen Sie sich schon mal darauf ein.«

»Vielleicht sollten Sie sich stattdessen einfach mal umdrehen«, sagte Erik.

»Umdrehen?« Tetzlav junior wandte den Kopf und erschrak, als er Anna und die Kinder hinter sich entdeckte. »Was macht ihr denn hier? Ihr solltet doch im Wagen warten.«

»Sehr witzig, und einfach ignorieren, wie du auf Pallaske losgegangen bist? Ich erkenne dich gar nicht wieder. Hast du denn vergessen, das Weihnachten ist?«, sagte Anna. Sie griff die Kinder bei den Händen und schritt an Hannes vorbei.

»Was wird das?«, fragte er gereizt.

»Was denkst du denn? Team Marieta!«, entgegnete Anna und lächelte Erik an.

Erst da schien Tetzlav junior klarzuwerden, dass er auf weiter Flur allein stand. »Du bist jetzt also auch gegen mich?«, fragte er zerknirscht.

»Nicht gegen dich, nur gegen diese Entscheidung.« Anna ging versöhnlich auf ihn zu. »Wir können dieses Jahr nicht mit ihr Weihnachten feiern, aber sie hat hier neue Freunde gefunden. Mach ihr das doch nicht kaputt.«

Tetzlav schloss die Augen und schien nachzudenken.

Inzwischen trat auch Marieta aus dem Schutzwall hervor, umarmte ihre Enkelkinder und schmiegte sich an Erik, der den Arm um sie legte.

»Sieh doch, sie sind so ein schönes Paar«, sagte Anna.

Tetzlav junior öffnete die Augen und musterte Erik und Marieta. Eine sehr unauffällige Veränderung seiner Züge ging vonstatten, doch Erik meinte tatsächlich ein kleines Lächeln auf seinen Lippen zu sehen. Dann drehte sich Hannes abrupt um und verließ das KittyCat.

»Was heißt das jetzt? Haben wir seinen Segen?«, fragte Erik verwirrt.

Anna nickte. »Alles Gute euch beiden. Lasst uns mal etwas gemeinsam im neuen Jahr unternehmen.«

Erik war erstaunt. »Sehr gern.«

Anna schnappte sich die Kinder und ging zum Ausgang.

»Tschüss, Oma. Und frohe Weihnachten«, rief Tanja.

»Macht's gut, ihr Süßen«, sagte Marieta. Sie hob die zitternde Hand und winkte.

Mit einem Mal wurde es besinnlich still im KittyCat. Erik drückte Marieta eng an sich, ihre Wärme ging auf ihn über. Ein behagliches Gefühl. Dieses Jahr würde es ein ganz zauberhaftes Weihnachten werden, da war er sich sicher.

Und wie auf Bestellung fing es an zu schneien. Aus dicken flauschigen Wolken purzelten die weißen Flocken hernieder, umhüllten die kahlen Äste der Bäume und die Gehwege. Erik schloss die Augen und küsste Marieta zart auf die Stirn. Es sah aus, als stünde das KittyCat fest und sicher inmitten einer Schneekugel.

»Heben Sie zwei Turteltäubchen sich die Romantik für später auf, ich brauche Sie noch, Pallaske«, sagte Neele, die als erste das Schweigen brach.

»Wofür denn bloß?«

»Als Weihnachtsmann, was denn sonst? Das habe ich Ihnen doch schon am Telefon gesagt.« Sie ging zur Tür.

»Und wo wollen Sie jetzt hin?«

»Nach Hause. Ich hole Mr. Maunz. Sie können sich inzwischen schon mal umziehen.«

Jetzt verstand Erik gar nichts mehr.

Kapitel 19

Erschöpft ließ sich Lilly auf ihre Liege sinken, verschränkte die Arme hinter dem Kopf und lauschte dem abendlichen Hupkonzert. Erstaunlich, wie viel um diese Uhrzeit selbst in Soltau los war. Ganz anders, als wenn man auf dem Dorf lebte. Sie vermisste die Ruhe und Abgeschiedenheit. In das Konzert mischte sich unvermittelt der Vibrationsalarm ihres Smartphones ein.

Aber Lilly ignorierte die Nachrichten und Anrufe, die seit Tagen ihr Handy zum Glühen brachten. Sie wollte für sich sein, keinen Kontakt haben, schon gar nicht zu Baptiste. Mit einem Seufzen schloss sie die Augen, versuchte die Erinnerung an den süßen Kuss unterm Mistelzweig zu verdrängen oder gar nicht erst aufkommen zu lassen.

Da spürte Lilly etwas an ihrem Fuß und hob den Kopf. Instinktiv glaubte sie, dass es Mr. Maunz war. Aber es war lediglich ein Phantomgefühl, ausgelöst durch den Windhauch, der durch die gekippte Luke in das kleine Kellerzimmer gekommen war.

Mr. Maunz war nicht hier. Und die anderen Katzen ebenfalls nicht. Neele kümmerte sich um die Tiere, bis Lilly wusste, wie es weiterging. Mit allem. Doch sie vermisste Maunz. Und sogar Baptiste, was lächerlich war! Niemand hatte ihr mehr Schaden zugefügt oder sie stärker enttäuscht als er. Das Fleur erhielt nun wieder die Aufmerksamkeit, die ihm zustand. Für Baptiste war es immer ein Wettkampf gewesen. Doch einen Gewinner gab es nicht, nur Verlierer.

Das Knarzen der Treppe riss sie aus ihren Gedanken. Gleich darauf ging die Tür auf.

»Ich mache mir Sorgen um dich«, sagte Karla und trat ein,

stellte Lilly ein Tablett mit heißem Tee auf den kleinen Rundtisch neben der einfachen Liege.

Der Geruch von Rooibos stieg ihr in die Nase. Welch beruhigender Duft. Lilly nahm ihre Tasse samt Untersetzer hoch und sog diese wundervolle Note auf.

»Du kannst so lange bleiben, wie du willst, das habe ich dir ja versprochen. Aber seit Tagen isst du nicht richtig und mummelst dich hier ein.«

Schon zum zweiten Mal gewährte ihr ihre gute Freundin Unterschlupf im Wohnkeller. Es war ein Gefühl, als würde sich ihr Leben im Kreis drehen.

»Wie soll es denn jetzt weitergehen?«, fragte Karla.

»Ich weiß es nicht.«

»Und dein Café?«

»Das ist dicht.«

»Aber nicht für immer. Du kannst doch unmöglich alles aufgeben, wofür du so hart gekämpft hast.«

Karla hatte ja recht. Das wollte Lilly auch nicht wirklich. »Ich brauche Abstand. Kannst du das verstehen?«

»Natürlich.« Karla strich über ihre Schulter. »Es ist wirklich blöd gelaufen. Und die eigenen Wunden zu lecken, ist gut und richtig. Nur solltest du nicht all die Menschen ausschließen, die dir helfen wollen und für dich da sind.«

Lilly nippte an ihrem Tee und stellte ihn anschließend wieder auf dem Rundtisch ab.

»Am Ende wirst du noch so eine verrückte Einsiedlerin. Das kannst du unmöglich wollen«, neckte Karla sie. »Zumal du dazu zumindest noch deine Katzen bräuchtest.«

»Na super«, maulte Lilly und musste fast ein bisschen lächeln. »Du stempelst mich also zur Cat Lady ab …«

In dem Moment schrieen die Zwillinge und das Babyphone an Karlas Gürtel implodierte fast. Die gute Freundin seufzte. Lilly wusste, sie hatte viel zu viel um die Ohren mit zwei Säuglingen und einem Kleinkind. Und was machte Lilly? Sie jammerte den ganzen Tag und versteckte sich hier vor der Welt.

»Ich muss nach ihnen sehen.«

»Na klar.«

»Ich komm später noch mal zu dir.«

Schon war Karla weg und Lilly saß wieder allein bei gedimmten Licht in einem nahezu fensterlosen Raum, von der kleinen, gekippten Luke an der Decke abgesehen.

Tief im Innern wusste Lilly, was sie tun musste. Es war nur so unendlich schwer. Warum tat es nur so entsetzlich weh, von den Menschen, die man … liebte, betrogen zu werden? Aber Lilly wusste, was das einzig Richtige war. Ihr Café aufgeben? Niemals! Dann würde sie eben eine Old Cat Lady werden, aber mit eigenem Café, besser als ein graues Mäuschen ohne Katzen, Kuchen und Café.

Ihr Handy vibrierte erneut. Lilly wollte, konnte es aber nicht länger ignorieren, sie griff nach dem Smartphone und warf einen Blick aufs Display, wo Neeles Name stand.

Eine Kurznachricht. Hoffentlich war mit den Katzen alles in Ordnung. Lilly öffnete die Message, darin befand sich nur ein Link zu einer Videoplattform. Irritiert betätigte Lilly diesen und startete damit automatisch ein Video.

»Hallo Lilly, wir vermissen dich«, sagte Neele in die Kamera. Ihre Wangen waren mit Glitzerstaub benetzt, im Hintergrund dudelte Weihnachtsmusik. Durch den Fischaugeneffekt wirkte ihre Nase riesig. »Und um dir zu zeigen, wie sehr, haben wir dieses Video aufgenommen.« Die Kamera schwenkte durch das Café. Aber dieses sah jetzt gar nicht mehr verwüstet aus. Sondern picobello wie eh und je. Die Theke glänzte. Und es lag sogar Kuchen hinter dem Glas!

»HO-HO-HO«, sagte jemand. Die Kamera schwenkte zu einem süßen Weihnachtsmann mit dickem Rauschebart und einer Glocke in der Hand. Erst auf den zweiten Blick erkannte sie ihn, es war Erik Pallaske. »Dieses Jahr haben mich wieder sehr viele Wunschzettel erreicht. Auf vielen von diesen las ich nur einen Wunsch: Das Katzencafé soll wieder öffnen! Wenn das kein Wink ist, weiß ich auch nicht weiter. Liebe Frau Wendelin, bitte kommen Sie zurück nach Oldendorf. Wir brauchen Sie und das KittyCat.«

»Und Ihren guten Kaffee«, fügte Marieta Tetzlav hinzu und winkte in die Kamera.

»Auch Ihre Katzen vermissen Sie«, sagte Michel vom Fleur und deutete auf Mr. Maunz, der mit treuem Blick und einer Mini-Weihnachtsmannmütze auf dem Kopf ausgesprochen wichtig in die Kamera schaute.

Erna hielt ein Plakat in die Kamera, auf dem »Wir vermiesen Sie, Lilly!« stand.

»Das KittyCat ist etwas Besonderes. Wenn ich mich erholen möchte, komme ich immer hierher«, sagte eine junge Frau, die zu Lillys Stammgästen gehörte.

»Wir hatten vorher nie ein so schönes Café in unserem kleinen Ort«, sagte ein anderer Gast.

»Ohne Sie, ist das KittyCat nicht dasselbe.«

»Sie gehören nach Oldendorf, zu uns!«

»Kommen Sie doch bitte wieder. Wir hatten immer eine schöne Zeit bei Ihnen.«

Lilly standen Tränen in den Augen. Man hatte sie nicht nur nicht vergessen, man vermisste sie sogar! All diesen Menschen lag etwas an ihr. Und ihr lag etwas an ihnen.

»Du glaubst vielleicht, diese Idee wäre auf meinen Mist gewachsen«, meldete sich wieder Neele zu Wort. »Aber da muss ich dich enttäuschen.« Jetzt richtete sich die Kamera auf Baptiste, der vor der Theke stand und fast schüchtern lächelte. Im Hintergrund leuchteten Dekosterne und Lichterketten. »Ich habe dir wehgetan. Das wollte ich nicht. Das KittyCat und du, ihr gehört hierher. Du hast es ja selbst gehört. Alle vermissen dich. Und ich brauche dich ebenfalls hier. Ich kann nicht rückgängig machen, was ich angerichtet habe, aber das Gesundheitsamt wurde verständigt, morgen kommt jemand vorbei, um sich alles anzusehen. Jetzt fehlst also nur noch du. Selbst wenn du mit mir nichts mehr zu tun haben möchtest, bitten wir dich alle, komm zu uns zurück.« Er senkte den Blick. Das Video endete hier.

Lilly war zutiefst ergriffen. Ihr war nicht klar gewesen, wie wichtig sie den Leuten von Oldendorf geworden war. Dass sie gerne kamen, das war eine Sache. Aber dass sie deswegen auch so viel für sie getan hatten! Sie vermisste jeden Einzelnen. Neele, Marieta, Erik, Mr. Maunz, Michel …

Baptistes trauriger Blick hatte sie sehr berührt. Er schien tatsächlich zu bereuen, was er ihr angetan hatte. Und er hatte mehr als nur Widergutmachung geleistet. Er hatte halb Oldendorf mobilisiert, um das Café aufzuräumen und dieses süße Video für sie zu drehen. Sie warf einen Blick auf das Datum am unteren Bildschirmrand. Das Video war vor zwei Tagen gedreht, aber erst heute hochgeladen worden. Das bedeutete, dass das Gesundheitsamt inzwischen vor Ort gewesen sein musste. Wie die Beurteilung wohl ausgefallen war? Lilly durchsuchte mit zitternden Fingern ihre Nachrichten auf dem Smartphone. Und schließlich fand sie eine SMS von Neele, die diese ihr gestern Abend geschickt hatte: Das KittyCat hat wieder auf!

Diese wenigen Worte trieben Lilly Tränen in die Augen. Sie konnte es nicht glauben! Ihr Café war wieder geöffnet!

Verdammt, wie konnte sie sich da länger verkriechen oder irgendwem böse sein?

Lilly schnappte sich ihre Sachen und stürmte die Treppe hoch, raus aus dem Keller! Dabei stieß sie fast mit Karla zusammen, die einen der Zwillinge im Arm wog. »Was ist denn jetzt los?«, wunderte sich Karla.

»Ich … muss los!«

»Um die Zeit? Wohin denn?«

»Nach Hause«, rief Lilly und rannte aus dem Haus zu ihrem Wagen. Angeschnallt war sie im Nu.

Dann trat sie aufs Gas und brauste in ihrem Kleinwagen über die Autobahn und Landstraßen. Sie konnte es gar nicht erwarten, die Tür zum KittyCat zu öffnen, durch ihr Café zu laufen, Kaffee für die Gäste zu machen, Mr. Maunz und Mrs. Grey zu streicheln und all die anderen Miezen auch. Sie wollte am liebsten sofort aus dem Schaufenster blicken, rüber zum Fleur und das Licht brennen sehen, in dem Wissen, dass Baptiste dort war, ganz in ihrer Nähe, und seine Gäste bediente!

Ihr Herz klopfte vor Glück wie wild bei dem Gedanken. Und als sie an dem gelben Ortsschild vorbeikam, drosselte sie die Geschwindigkeit nur, weil es die Straßenverkehrsordnung so vorgab. »Oldendorf«, las sie und ein warmes Gefühl breitete sich in ihrer Brust aus. Sie war endlich da, wo sie hingehörte. Lilly bog von der Hauptstraße in die Winkelmanngasse ein, als ganz plötzlich der Motor absoff. Warum denn ausgerechnet jetzt? Wieder und wieder drehte sie den Zündschlüssel um. Aber es passierte nichts.

»Egal!«, sagte sie zu sich selbst. Zwar befand sie sich am anderen Ende der Straße, aber die letzten paar Meter ging sie halt zu Fuß. Rasch stieg sie aus und rannte los, doch kaum hatte sie die ersten Schritte getan, wurde sie langsamer, denn um sie herum leuchtete der Schnee im Dunkeln. Und an allen Häusern und Geschäften blinkten Weihnachtslichter. Die Bäume waren geschmückt, die Dächer und Fenster ebenso. Aber keine Menschenseele war zu sehen.

Ruhig lag die Winkelmanngasse vor ihr, die alten Pflastersteine unter einer eisigen Schicht verborgen. Auf dem Gehweg waren Sandkörner und Kieselsteine gestreut worden, die ihr den Weg zurück nach Hause wiesen.

Sie ging weiter, doch andächtig und ganz langsam, denn etwas Schöneres hatte sie nie gesehen. Und so fand die weihnachtliche Stimmung endlich ihren Weg in Lillys Herz.

Baptiste schenkte einem älteren Pärchen Wein ein und blickte durch das Panoramafenster zum KittyCat. Es war erleuchtet. Drinnen saßen die Menschen und plauderten miteinander, Neele bediente sie. Als wäre Lilly nie weg gewesen. Doch sie war fort. Wegen ihm. Keine Nachricht, kein Anruf.

»Das ist ein echtes Weihnachtswunder, nicht wahr?«, sagte Michel im Vorbeigehen, eine Platte mit Flammkuchen in der Hand, die er am Nachbartisch abstellte.

»Weihnachtswunder?«, brummelte Baptiste.

»Na, dass das KittyCat wieder da ist.«

»Es ist wegen uns wieder da. Das ist kein Wunder.« Außerdem fehlte das Wichtigste: Lilly.

»Sie müssen schon dran glauben, dann kommt sie vielleicht zurück«, sagte Michel, als hätte er Baptistes Gedanken gelesen.

»Genau, man muss es sich nur ganz fest wünschen ... Soll ich auch nochmal dreimal in die Hände klatschen und sagen, dass ich an Feen glaube?«, raunzte Baptiste.

»Herrje, seit Lilly weg ist, sind Sie sogar noch unaustehlicher als sonst.« Michel verschwand hinter der Bar. »Was stand noch in dem Artikel über die Eröffnung des KittyCats über Sie? Griesgram? Grinch träfe es wohl besser!«

Baptiste öffnete den Mund, um Michel etwas entgegenzusetzen, aber schloss ihn dann wieder. Michel hatte ja recht. Die positive Stimmung im KittyCat war sogar auf das Fleur übergeschwappt – es war zwar nicht so voll wie früher, aber die Leute kamen wieder, weil sie zu ihm wollten, und nicht nur, weil das KittyCat geschlossen hatte. Trotzdem seufzte Baptiste schwer.

Plötzlich hörte er ein Schaben am Fenster. Mr. Maunz stand dort auf den Hinterläufen und strich mit den Vorderpfötchen über das Glas.

So etwas hatte er doch noch nie gemacht. Irgendetwas stimmte da nicht.

»Michel, ich vertrete mir kurz die Beine. Übernimm du bitte solange meine Tische.«

»Na klar, Chef.«

Kaum hatte Baptiste das Bistro verlassen, trabte Mr. Maunz los. Nach einigen Metern blieb er jedoch stehen und schaute sich nach Baptiste um.

»Ich soll dir folgen, oui?«

Mr. Maunz lief weiter, mit erhobenem Schwanz und wippendem Gang. Baptiste eilte ihm nach. Was machte er hier eigentlich?! Das war doch lächerlich.

»Bleib schon stehen. Wir gehen zurück!« Am Ende lief der Kater noch weg! Das durfte Baptiste nicht zulassen. Es war gar nicht so leicht mit dem Stubentiger mitzuhalten. Jetzt legte er sogar noch einen Zahn zu.

»Warte! Nicht doch!«, rief Baptiste und rannte los. Falls Lilly doch zurückkam, was in den Sternen stand, und Mr. Maunz war nicht mehr da, wäre das mehr als tragisch! Hoffte er etwa immer noch auf ein Wiedersehen? Ein Weihnachtswunder, wie Michel es nannte. Laut Neele hatte Lilly auf keine einzige ihrer Nachrichten reagiert. Wenn das kein klares Zeichen war: Sie kam nicht zurück!

Baptiste keuchte. Die Kälte setzte ihm zu und sein Atem bildete Spuren in der Luft. Hätte er doch nur seinen Mantel angezogen. Da plötzlich bremste Mr. Maunz ab. Und Baptiste tat es auch. In nicht allzu weiter Ferne machte er eine kleine Gestalt unter einer Straßenlaterne aus. Sie trug einen dicken Annorak und eine Bommelmütze.

»Lilly.« Das war doch nicht möglich!

Langsam ging er näher an sie heran. War es ein Traum? Jetzt hatte auch sie ihn entdeckt. Sie blieb abrupt im sanften Licht einer Straßenlaterne stehen, doch Mr. Maunz konnte offenbar nicht länger an sich halten. Der Kater rannte auf sie zu. Als Lilly ihn bemerkte, beugte sie sich zu ihm runter, streichelte ihn und Mr. Maunz machte kleine Freudensprünge.

»Lilly, ma chère«, sagte Baptiste, als er sie endlich erreicht hatte. Sein Herz raste, denn alles in ihm hoffte, dass sie auch wegen ihm hier war.

Im schneegedimmten Lichte der Laterne sah er keinen Zorn mehr in ihren warmen, dunklen Augen. »Woher wusstest du, dass ich hier bin?«

»Ich wusste es nicht, aber Mr. Maunz.«

Lilly nahm Mr. Maunz in den Arm, der sich an ihre dicke Jacke schmiegte. »Das sagt man doch, eine Katze spürt, wenn ihr Mensch nach Hause kommt.« Mr. Maunz reckte den Kopf und leckte über ihr Kinn.

»Lilly, es … tut mir alles so leid …«

»Nicht doch«, sagte sie versöhnlich und setzte Mr. Maunz ab.

Die letzten zwei Schritte, die sie noch voneinander trennten, kam Lilly auf ihn zu. Und zwar mit einem Lächeln, bei dem ihm die Knie weich wurden.

»Lass uns die Sache vergessen«, schlug sie zu seiner Überraschung vor.

»Das heißt, du verzeihst mir?«

Sie stellte sich auf die Zehenspitzen, legte die Arme um seinen Hals und blickte ihm tief in die Augen? »Was glaubst du denn?«

Noch ehe er antworten konnte, verschloss sie seinen Mund mit ihren süßen Lippen. Dabei strichen ihm ihre behandschuhten Hände über den Hinterkopf.

Baptiste schloss die Augen und genoss die Wärme, die Lillys Küsse in ihm auslösten. Es gab sie also doch, die Weihnachtswunder. Leidenschaftlich zog er sie in seine Arme, während Mr. Maunz schnurrend um ihre Beine strich, als wollte er ein unsichtbares Band um sie winden.

Kapitel 20

Es war Lillys erstes Weihnachten in Oldendorf. Sie hatte die Feiertage eigentlich in Berlin mit ihrer Familie verbringen wollen, doch nach ihrer Versöhnung mit Baptiste wollte sie bei ihm sein, die stürmische Zeit des ersten Verliebtseins genießen … Das beschauliche Örtchen hatte sich in den letzten Tagen und Wochen in ein kleines Schneeparadies verwandelt. Lilly konnte sich nicht erinnern, wann es zuletzt so viel Schnee kurz vor Weihnachten gegeben hatte. Die Straßen und Dächer der Häuser waren in ein herrlich glitzerndes Weiß getaucht, im Zentrum des Dorfes stand ein riesiger geschmückter Tannenbaum und ganz ähnlich, wie man es in den amerikanischen Weihnachtsfilmen sah, hatten alle Einwohner ihre Häuser und Vorgärten mit bunten Lichterketten verziert. In einigen Gärten standen sogar Plastikrentiere mit Schlitten.

Wenn Lilly durch den Ort spazierte, ging ihr das Herz auf, weil es einfach traumhaft aussah. Sie konnte sich kein schöneres Zuhause vorstellen. Geschenke waren schnell gekauft und Weihnachtskarten verschickt, nun konnte der Heiligabend kommen!

Und wie er kam!

Am vierundzwanzigsten Dezember saßen Baptiste und Lilly im Café unter dem reichlich geschmückten Weihnachtsbaum inmitten einer Runde aus Paketen, seidenen Schleifen, bunten Tellern mit Nüssen, Orangen und Lebkuchentalern sowie einer riesigen Sammlung an Weihnachtsgrüßen, die Lilly in ihrem Briefkasten gefunden hatte.

»Ich kann es nicht glauben, sie haben alle an uns gedacht«, freute sie sich und schnappte sich die erste Karte, auf der sich ein süßer Weihnachtsengel befand. »Hör mal zu, was hier steht.«

Ein frohes Fest wünschen Erik und Marieta! Bleibt wie ihr seid!

Lilly hatte gehört, dass Frau Tetzlav inzwischen zu Herrn Pallaske gezogen war. Es hatte ein paar Schwierigkeiten mit Hannes Tetzlav gegeben, aber dessen Frau hatte letztlich ein Machtwort gesprochen und jetzt war das glückliche Pärchen endlich vereint. Konnte es ein schöneres Weihnachtsgeschenk für die beiden geben?

Baptiste griff nach einer Postkarte aus dem Stapel. Das Motiv war nicht unbedingt weihnachtlich zu nennen, es zeigte einen wunderschönen Sonnenuntergang am Strand. »Fröhliche Weihnachten und ein gesundes neues Jahre wünscht Michel aus der Karibik«, las Baptiste vor. Wow, dachte Lilly, der konnte sich ja einen tollen Weihnachtsurlaub leisten. Und das als Student. Baptiste musste großzügig sein.

»Die hier ist von meinen Eltern«, freute sich Lilly und hielt die niedliche Karte mit einem Cartoon-Santa-Claus hoch.

Gesegnete Weihnachten aus Berlin. Lasst es euch gut gehen. Wir vermissen euch und kommen euch im neuen Jahr wieder besuchen. Mam und Paps.

»Oh, und die hier ist auch von deiner Familie«, sagte Baptiste, der erneut in den Stapel gegriffen hatte und ihr eine Karte mit bunten Schneeflocken reichte. Lilly riss sie ihm förmlich aus der Hand, denn sie ahnte bereits, dass sie von Ivy war.

Liebste Schwester, lieber Baptiste, wir schicken euch ganz wunderbare Weihnachtsgrüße. Ivy, Sebastian und der kleine Krümel, der ein Mädchen wird! Ja, wir wissen jetzt Bescheid! Du bekommst eine Nichte, Lilly.

Lilly quietschte vergnügt auf. Das waren tolle Nachrichten. Über einen Neffen hätte sie sich natürlich genauso gefreut. Baptiste, der seinen Kopf auf ihre Schulter gebettet und mitgelesen hatte, entdeckte einen kleinen gemalten Pfeil am Rand der Karte.

»Du musst sie wenden«, sagte er, was Lilly auch sogleich tat. Da ging der Text tatsächlich weiter.

Und einen Neffen bekommst du auch! Es sind Zwillinge!

Jetzt war Lilly wirklich ganz aus dem Häuschen!

»Tante Lilly«, feixte Baptiste.

Aber Lilly fand es richtig toll, Tante genannt zu werden! Und bei dem Gedanken, wie die Zwillinge ihrer Schwester mit denen von Karla durch die sommerliche Heide tobten wie sie in ihrer Kindheit, wurde ihr ganz warm ums Herz.

Sie lasen weiter. Viele Karten waren von ihren Stammgästen. Eine bunte Mischung an Weihnachts- und Neujahrsgrüßen.

Wir wünschen dem KittyCat-Team und vor allem Mr. Maunz ein frohes Fest! Wir freuen uns auf ein neues Jahr mit euch!

Diese Karte, die Jingle Bells spielte, wenn man sie öffnete, stammte von den Senioren aus dem Eversen Stift. Sie hatten alle unterschrieben. Auch Gero. Wie rührend.

Hallo Boss, ich bin gut in Berlin angekommen, um mit der Familie zu feiern. Du kennst mich ja, ich bin immer bestens organisiert, dachte ich jedenfalls. Aber ein Geschenk für meinen Cousin hatte ich dann doch vergessen. Und als ich das noch schnell im Kaufhaus besorgen wollte, stieß ich mit jemandem zusammen, der dir nicht ganz unbekannt sein dürfte. Weißt du schon, wer es ist? Na? Alex! Unglaublich, oder? Die Welt ist manchmal wirklich klein. Wir haben uns nett unterhalten. Ich werde ihn im neuen Jahr mal anrufen. Ist ja doch ein ziemlich Süßer, gelle? Ich hoffe, das ist für dich ok. Alles Liebe euch beiden und der Katzenbande! Eure Neele!

»Und? Ist es für dich ok?«, hakte Baptiste nach.

Lilly schmunzelte. Ein wenig seltsam wäre es schon, wenn Alex und Neele zusammenkämen, aber für sie war es in Ordnung, solange ihre gute Freundin glücklich war. Sacht griff sie nach Baptistes Kinn und hauchte ihm einen Kuss auf die Lippen. »Beantwortet das deine Frage?«

Er schloss genießerisch die Augen und lächelte. »Ich denke schon.«

Eine selbstgemachte Karte mit drei Kindern in Weihnachtskostümen erregte Lillys Aufmerksamkeit. Sie erkannte natürlich sofort, von wem sie war.

Ein frohes Fest im neuen Zuhause und einen guten Rutsch von Karla, Christoph und der Rasselbande.

»Noch mehr Zwillinge«, wunderte sich Baptiste beim Anblick der Kids.

»Ja, die sind echt süß, oder? Wär das was für dich?« Sie wollte nicht mit der Tür ins Haus fallen, aber dann war es ihr doch rausgerutscht.

»Oui, so eine kleine Lilly oder ein kleiner Baptiste, das wäre doch was, oder?«

Sie hauchte ihm ein Küsschen auf die Nasenspitze. »Aber ja. Mir würd's gefallen.«

Er schlang die Arme enger um sie und Lilly lehnte sich an ihn, kuschelte sich in seinen samtweichen Norweger-Pulli.

Die letzten Karten stammten aus Frankreich. Baptiste übersetzte ihr die guten Wünsche seiner Familie, die sie beide außerdem für das nächste Jahr in die Bretagne einlud. Lillys Herz klopfte gleich schneller. Wie aufregend allein der Gedanke war.

»Ah, hier ist ja noch eine, die hätte ich fast übersehen«, sagte Baptiste plötzlich und zog unter einem der Päckchen eine letzte Karte hervor.

Lieber Baptiste, liebe Lilly, ich freue mich, dass ihr euch gefunden habt. Ich habe immer an euch geglaubt. Ihr seid ein Team-Team! Liebste Weihnachtsgrüße, eure Erna.

»Team-Team?«, fragte Lilly.

»Ich denke, sie meint Dream-Team …«, flüsterte er.

Lilly bemerkte Baptistes gerührtes Lächeln und legte schließlich alle Weihnachtskarten in ihre Sammeldose, in der sie auch die Grüße der letzten Jahre aufbewahrte. »Wir kennen wirklich sehr viele liebe Menschen, oder?«

»Allerdings. Aber für die sind wohl nicht die vielen Päckchen hier, oder?«

»Nicht, dass ich wüsste.« Lilly lachte.

Er griff nach einem Paket. »Ah, hier steht: für Lilly. Das ist dann wohl an der richtigen Adresse gelandet.«

»Der Weihnachtsmann weiß, was er tut.«

Er reichte ihr das Geschenk. Lilly öffnete es und kaum hatte sie das Geschenkpapier abgemacht, schnappte es sich Grammy, um damit zu spielen. Mit den kleinen Pfötchen patschte sie immer wieder auf die bunte Verpackung und schlitterte damit über den Boden. Das Rascheln lockte auch die anderen Katzen an.

Lilly betrachtete derweil die kleine Box in ihrer Hand. Vorsichtig hob sie den Deckel ab und fand darin ein Medaillon aus Jadestein. »Es sieht wunderschön aus«, sagte sie. »Legst du es mir gleich an?« Sie hauchte ihm einen Kuss auf die Lippen.

»Wusstest du, dass einige alte Kulturen im Jadestein einen Stein der Liebe sahen, der aus Freunden Liebende macht?« Er nahm ihr die Kette ab, legte sie um ihren Hals und verschloss sie an ihrem Nacken.

Lilly lachte leise. »Nein, war mir nicht bekannt. Meinst du denn, das passt zu uns?«

»Wenn nicht zu uns, zu wem dann?« Baptiste wuschelte ihr über den Kopf. »Wir waren erst Nachbarn, dann Freunde, dann zerstrittene Freunde, Online-Freunde, wieder Freunde, Liebende, zerstrittene Liebende und schließlich erneut Liebende. Oder habe ich etwas durcheinander gebracht?«

»Mir schwirrt der Kopf. Nach dieser Aufzählung bin ich jedenfalls überzeugt, wir haben uns das Leben an der einen oder anderen Stelle unnötig schwer gemacht.«

»Oui, das ist ohne Zweifel der Fall.«

»Dann mache ich es mir jetzt ganz einfach, ich habe natürlich auch etwas für dich.« Sie drückte ihm sein Geschenk in die Hand.

»Was ist denn da drin?«

»Ich würde sagen, öffne es, dann weißt du es.«

»Also schön.« Gesagt, getan. Baptiste machte große Augen. »Das ist … wundervoll. Eine DVD über das Leben von Piaf. Woher wusstest du denn, dass ich Edith-Piaf-Fan bin?«

»Ich weiß so einiges über dich.« Sie zwinkerte ihm zu.

Er küsste sie innig. »Aber sag mal, Lilly. Für wen sind denn all die anderen Geschenke?«

»Für wen wohl?« Sie schmunzelte und hob dann eine Geschenkbox hoch. »Mrs. Grey, das ist für dich!«

Baptiste lachte. »Du bist verrückt.«

»Sie sind meine Familie. Und meine Familie bekommt natürlich eine kleine Aufmerksamkeit zu Weihnachten. Auch wenn wir ihnen wohl beim Auspacken helfen müssen.«

Franz bekam eine neue Maus an der Angel, Grammy einen Stoffball mit dem Aroma von Katzenminze, deren intensiver Geruch sie schnell berauschte und das Spielzeug wie von Sinnen abschlecken ließ, und Mrs. Grey einen Futterball, den man mit Leckerlis füllen konnte. Mr. Maunz erhielt eine neue Stoffmaus, über die er sich so sehr freute, dass er Lilly einen Nasenstups gab. Lilly lachte und streichelte Mr. Maunzens Rücken. »Die Maus hast du dir wirklich verdient. Zumal die alte ja schon ganz schön zerkaut war.«

Besser als diese Geschenke fanden die Stubentiger allerdings das Geschenkpapier. Es raschelte so wunderbar und ließ sich durch die Luft wirbeln, dass sie alle vier nicht genug davon bekommen konnten.

»Beim nächsten Mal kaufe ich einfach nur eine Rolle Geschenkpapier«, sagte Lilly amüsiert.

Baptiste grinste, zog sie in seine Arme und überhäufte ihren Nacken mit Küssen.

»Das kitzelt«, quietschte sie. »Hör auf damit.«

Baptiste dachte augenscheinlich nicht daran. Seine Küsse landeten nun forsch auf ihrem Hals und ihren Wangen. Sie waren überall. Und so herrlich prickelnd. »Kommt nicht in Frage, du bist so süß, ich bekomme einfach nicht genug.«

Lilly lachte und rang nach Atem, bis seine Lippen endlich ihren Weg zu ihrem Mund fanden. Ein feuriger Kuss, dann sank sie glücklich in seinen Schoß. Mit wild klopfendem Herzen. Sanft glitt seine Hand durch ihr Haar, spielte mit ihren Locken.

»Wie soll es im neuen Jahr eigentlich weitergehen?«, hauchte sie und blickte ihm in die Augen.

»Ich hoffe auf noch viele weitere Küsse.«

Lilly schmunzelte. »Ich meine mit dem Fleur und dem KittyCat. Sie stehen immer noch in Konkurrenz zueinander. Gibt es denn keinen Weg, dass beide Läden nebeneinander existieren können?«

»Leih mir ab und zu Mr. Maunz aus und das Fleur erblüht«, schäkerte Baptiste.

»Ich meine es ernst, Baptiste. Was können wir tun? Das steht doch sonst immer zwischen uns.«

Er fuhr sich nachdenklich über die Stirn. »Das tut es nicht, Lilly. Du bist das Wichtigste für mich.«

Seine Worte rührten sie zutiefst. Sie griff nach seiner Hand und drückte sie.

»Was das Fleur angeht, ich hatte mir schon vor einigen Wochen überlegt, meine Öffnungszeiten zu ändern. Später aufmachen, später schließen. Die meisten Gäste kommen abends, wenn das KittyCat schon geschlossen ist.«

»Vielleicht können wir uns ja auch zusammentun?«

»Ein französisches Bistro und ein Katzencafé?«

»Ich denke da an gemeinsame Events! Französische Wochen

oder so. Vielleicht sogar ein ganzes Straßenfest? Mit Spielen, süßem Kuchen und Crêpes?«

»Das könnte tatsächlich funktionieren. Ich sehe es schon vor mir. Nächstes Jahr backen wir die Plätzchen parallel im Fleur und im KittyCat.«

»Ja! Das wäre toll«, rief Lilly begeistert.

Zärtlich streichelte er ihre Wange. »Ich bin gerührt, dass dir das Fleur so am Herzen liegt, dass du es retten willst.«

»Natürlich liegt es mir am Herzen, weil du mir am Herzen liegst.« Sie reckte sich ihm entgegen und küsste ihn zärtlich.

Es wurde ein wundervoller Heiligabend. Das Weihnachtsessen gab es im Fleur, das heute nur für sie beide geöffnet hatte. Dafür hatte Baptiste im Vorfeld gesorgt. Lediglich ein Tisch war gedeckt und mit Kerzen und kleinen Weihnachtsfigürchen dekoriert.

Galant zog er Lilly den Stuhl zurück. »Nehmen Sie bitte Platz, Mademoiselle. Ich bin heute Abend Ihr Garçon.«

»Das ist aber nett.« Sie musterte ihn, in seiner aufrechten Haltung und der zuvorkommenden Art wirkte er tatsächlich wie der Kellner eines Luxusrestaurants. Selbstbewusst, ein wenig erhaben. Sexy.

»Das Menü wird sogleich angerichtet. Vorher wählen Sie einen Wein aus, oui?« Er reichte ihr die Weinkarte, mit der Lilly allerdings nicht viel anfangen konnte.

»Oh. Einen Wein? Vielleicht … ich kenne mich gar nicht so aus. Was empfehlen Sie denn?«

»Für diesen besonderen Anlass schlage ich Champagner vor.«

»Klingt gut.«

Er organisierte eine Flasche, stellte zwei schlanke Gläser vor sie hin und goss ein. »Es wird Ihnen munden.« Lilly nippte an ihrem Glas. Und tatsächlich, angenehm mild. Dennoch, es prickelte herrlich.

Baptiste, der eine Serviette über seinen Arm gelegt hatte, beugte sich zu ihr herunter.

»Sind Sie zufrieden, Mademoiselle?«

»Oh ja. Aber etwas zu essen wäre jetzt nicht schlecht.« Lilly zwinkerte ihm zu.

»Naturellement. Bei uns zu Hause gab es zu Weihnachten übrigens sieben Gänge«, erklärte er.

Lilly verschluckte sich. »So viel schaffe ich definitiv nicht.«

»Ich dachte es mir. Deswegen habe ich es auf drei Gänge beschränkt. Ich schätze, das ist in Ihrem Interesse, Mademoiselle?«

»Oh ja. Klingt gut.« Sie kicherte, weil der Champagner unter ihrer Zunge immer noch prickelte.

»Dann lassen Sie mich bitte der Küche Bescheid geben, dass sie anrichten soll.«

Er stolzierte in die Küche und kam mit einer Kochmütze auf dem Kopf, einer Schürze um die Hüften sowie einem Salat mit frischen Austern wieder. Interessant, auch als Koch machte er eine wirklich gute Figur. Sie wusste ja, dass er tatsächlich mit großer Leidenschaft in der Küche des Fleurs zugange war. Und eben diese Leidenschaft funkelte ihr nun aus seinen Augen entgegen.

»Dies ist unsere Vorspeise, Mademoiselle«, erklärte er und stellte die Kristallschüssel vor sie hin.

»So einen luxuriösen Salat habe ich noch nie gegessen«, erklärte Lilly. In diesem Bistro lernte man immer etwas Neues kennen.

»Sie sind ja auch im Fleur, hier ist alles exquisit. Und dieser Salat, da bin ich sicher, wird Sie verzaubern.«

Sie nickte amüsiert und nahm einen kleinen Happen, der tatsächlich vorzüglich schmeckte. Baptiste hatte sich selbst übertroffen, so viel stand fest. Auch wenn Austern ganz schön glibberig waren.

Der Hauptgang folgte auf dem Fuß: eine golden gebräunte Ente in Orangensauce mit Gemüse dekoriert. Allein der Anblick ließ einem bereits das Wasser im Munde zusammenlaufen. Und der Duft war köstlich.

Baptiste schnitt die knusprige Delikatesse in Scheiben und tat ihr auf. »Es war mir ein Vergnügen, dieses Weihnachtsdinner für Sie anzurichten, Mademoiselle. Natürlich wurden nur die besten Zutaten verwendet und nach Original französischen Rezepten gefertigt. Aber nun verabschiede ich mich und überlasse Sie Ihrer Verabredung.« Er drehte sich um, nahm Kochmütze und Schürze ab und verwandelte sich in ihr Rendez-vous für diesen Abend. So hatte sie ihren Baptiste am liebsten. Ein elegantes Hemd, eine legere Hose.

»Ich muss schon sagen, das hier ist ein tolles Bistro. Und der Kellner sowie der Koch sehen ziemlich sexy aus.«

»Muss ich etwa eifersüchtig werden?« Er grinste und setzte sich zu ihr.

»Kaum. Neben dir verblassen die natürlich.«

»Das werden sie nicht gern hören. Mais, c'est la vie.«

»Du hast dir wirklich sehr viel Mühe gegeben, vielen Dank.«

»Es war mir eine Freude.« Er lächelte zärtlich.

Lilly probierte von der Ente und schmolz dahin. Schon nach dem ersten Bissen bekam sie kaum genug von diesem Schmaus.

»Einfach köstlich«, sagte sie und nahm noch einen Happen, während Baptiste sich ebenfalls etwas von dem Weihnachtsmenü gönnte.

Am Schluss wartete noch ein kleines Dessert nach Art des Hauses, eine Creme mit Himbeeren, auf Lilly, danach fühlte sie sich kugelrund.

»Eigentlich gibt es noch einen zweiten Nachtisch«, erklärte er und lächelte sie spitzbübisch an.

»Ich bin wirklich so voll, ich kriege keinen Bissen mehr herunter.«

»Niemand hat etwas von essen gesagt, oder?« Jetzt zwinkerte er ihr zu.

Und Lilly verstand.

Wenig später fanden sie sich in Baptistes Schlafzimmer wieder. Er hatte es weihnachtlich dekoriert. Ihr zuliebe, denn er wusste, wie sehr sie all die bunten Lichter und Sterne liebte.

Lilly legte sich zu ihm ins Bett und schmiegte ihren Kopf an seine Schulter. »Hättest du geglaubt, dass wir nach all den Turbulenzen je zusammenkommen würden?«

Er hauchte einen zärtlichen Kuss auf ihre Schläfe. »Es ist eben ein Weihnachtswunder.«

Lilly lachte leise. »Du glaubst an so etwas?«

»Du nicht?«

»Ja, vielleicht, aber du …?«

»Was aber ich?« Er hob frech eine Braue.

»Du bist halt Realist, durch und durch.«

»Wir liegen hier, oder nicht?« Er legte den Arm um sie und zog sie eng an sich. Dabei schlüpfte seine Hand unter ihren Pulli und streichelte hauchzart ihren Rücken, wo sich eine wohlige Gänsehaut bildete.

»Lässt sich nicht abstreiten«, flüsterte sie. Ihre Fingerspitzen glitten über sein Kinn.

»Und das hier fühlt sich für mich auch sehr realistisch an«, fuhr er fort. Sacht hauchte er einen Kuss auf ihre Stirn.

»Mmh«, machte Lilly. »Nicht nur realistisch, sondern auch wundervoll.«

Seine Lippen berührten ihre Nasenspitze. »Wundervoll, oui, das stimmt«, sagte er. »Und süß.«

Jetzt wanderten seine Lippen tiefer, bis sie ihren Mund erreichten.

Lilly war glücklich. Sein Kuss ließ ihr Herz hüpfen. Er schmeckte himmlisch. Und dieser Moment schien wie ein Traum, zu schön, um wahr zu sein.

»Brauchst du noch mehr Beweise?«, hauchte er.

»Oh ja«, sagte Lilly und zwinkerte ihm zu, während die Weihnachtslichter am Fenster funkelten.

ENDE

Danksagung

Ein herzliches Dankeschön für die tolle Unterstützung an Steffi Kruschandl und Lars Schultze-Kossack von der Literarischen Agentur Kossack, meine Lektorin Theresa Schmidt-Dendorfer und den Piper Verlag, insbesondere Eliane Wurzer, sowie meine kleine Maunzerbande, die stets für Inspirationen sorgt.